KB056942

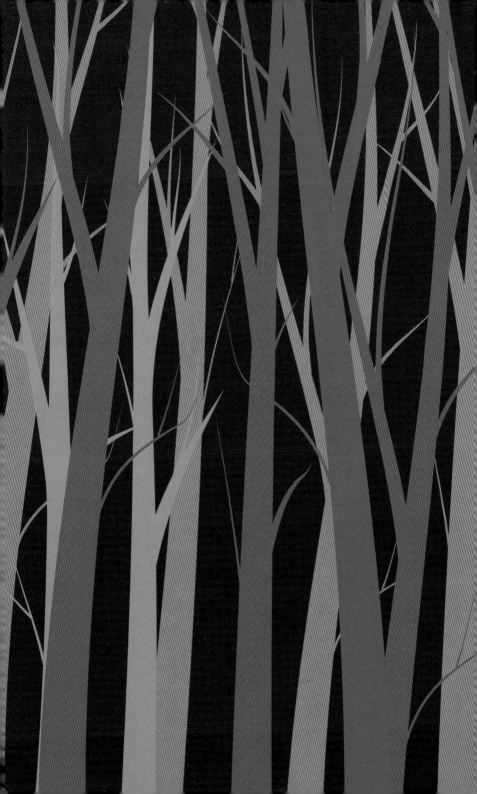

밀바닥

THE
BOTTOMS

밑바닥

조 R. 랜스데일
박미영 옮김

황금가지

차례

프롤로그

그 시절에는 지금처럼 뉴스가 빨리 퍼지지 않았다. 라디오나 신문으로 전해지지 않았으니까. 텍사스 동부는 그랬다. 지금과는 달랐다. 다른 카운티에서 벌어진 일은 그곳에서의 일로 끝나는 경우가 잦았다.

세계 뉴스야 모두에게 중요했지만, 빌지워터, 오리건, 또는 주를 가로질러 엘파소나 저 북쪽의 아마릴로에서 어떤 끔찍한 일이 벌어지든 우리에게 영향이 없다면 굳이 알 필요가 없었다.

요즘에는 끔찍한 살인사건이 났다거나 다른 뉴스 거리가 드문 시기라면 참혹한 세부사항을 속속들이 알 수 있으며, 우리와 아무 상관없는 메인 주 식품점 점원의 살인사건이라 해도 어디서든 접할 수 있다.

1930년대에는 몇 카운티 떨어진 곳에서 벌어진 살인 사건은 관련이 없으면 영영 모르고 넘어갈 수도 있었다. 앞서 말했듯이 그때는

7

소식이 느리게 전해졌고, 법 집행관들이 자기들 사건은 스스로 처리하려 했기 때문이다.

반면에, 뉴스가 더 빨리 전해졌더라면, 아니 전해지기나 했더라면 나았을 경우도 있었다. 하기야, 그랬더라도 뭐 하나 달라지는 것 없었을지도 모른다.

이미 벌어진 일은 어쩔 수 없다지만, 나이 여든이 넘어 여기 노인네들 요양원에서 내 몸뚱이가 썩어가는 악취 가득한 방에 누워, 뭐든 으깨고 다지고 아무 맛도 없는 식사가 튜브에 주입되기를 기다리는 동안 텔레비전에는 머저리들이 줄줄이 앉아 진행하는 토크쇼가 나오고 있는 와중에, 거의 칠십 년 전 그때 기억은 지금 이 순간만큼이나 생생하게 떠오른다.

내 기억으로 그 일은, 1933년과 1934년에 벌어졌다.

1부

1장

그 시절에도 돈 있는 사람들은 있었겠지만 우리는 아니었다. 대공황이 이어지고 있었다. 그리고 돈이 있었다 한들, 돼지, 닭, 채소, 그리고 식료품 외엔 뭐 살 것이 없었으며, 우리는 앞의 세 가지를 키웠으니 식료품만 사면 되었고 가끔은 물물교환으로 얻었다.

아버지는 농사를 좀 지었으며 우리가 살던 곳은 뭘 키우기 그리 나쁘지 않았다. 텍사스 북부 대부분과 서부, 그리고 오클라호마엔 바람이 몰아쳤지만, 텍사스 동부 쪽은 녹음이 우거졌으며 토양은 비옥하고 비가 충분히 와서 식물들이 쑥쑥 자랐다. 건기에조차 흙이 습기를 품고 있는 편이었고, 혹시 작물이 생각만큼 좋진 않더라도 자라긴 자랐다. 사실, 텍사스의 기타 지역이 시들고 흙먼지 풀풀 날리는 사이, 텍사스 동부는 엄청난 비바람과 심지어 폭풍에까지 시달리곤 했다. 가뭄보다는 비에 작물을 잃을 가능성이 더 높았다.

아버지는 이발소도 운영하고 있었고 일요일과 월요일을 제외하고 거의 매일 가게를 열었다. 그리고 지역 경관도 맡고 있었는데 달리 지원자가 없었기 때문이었다. 한동안 아버지는 치안 판사도 맡았었지만 결국엔 버겁다고 결론 내려, 짐 잭 포모사가 치안 판사직을 맡게 되었다. 아버지는 결혼식을 올려주고 사망 선언을 내리는 역할로는 짐 잭이 훨씬 더 그림이 된다고 늘 말했다.

우리는 사빈 강 근처 깊은 숲 속에 아버지가 우리가 태어나기 전에 지은 방 세 개짜리 하얀 집에서 살았다. 비가 새는 지붕, 전기는 없고, 연기가 풀풀 나는 나무 때는 스토브, 무너질 듯한 헛간, 누덕누덕 때운 차양이 달린 슬리핑 포치(더운 기후에서 차양을 치고 잘 수 있게 해둔 발코니 — 옮긴이), 뱀이 나오는 옥외 변소가 있었다.

우리는 석유 램프를 썼으며 우물에서 물을 길었고 사냥과 낚시를 많이 해서 식료품을 보충했다. 땅은 숲 바깥에 4에이커(약 5000평)쯤, 그리고 단단한 나무와 소나무가 무성한 산림이 25에이커쯤 있었다. 모래땅 4에이커를 '샐리 레드백'이라는 이름의 노새를 부려 경작했다. 차가 있기는 했지만, 아버지는 거의 경관 일과 일요 예배 때에만 차를 몰았다. 그밖의 경우엔 우리는 걷거나, 나와 동생은 샐리 레드백을 탔다.

우리 숲, 그리고 우리 땅을 둘러싼 수백 에이커의 숲은 사냥감과 벼룩, 진드기 투성이였다. 그 당시 동부 텍사스에선 큰 숲들이 벌채되지 않았고 산림을 유지하려면 어떤 도움이 필요한지 알려주는 산림청 같은 곳이 없었다. 그저 우리 없이도 숲은 수백 년간 살아왔으니 아마 알아서 하겠거니 짐작할 따름이었다. 그리고 당시엔 숲이

전부 누군가의 소유가 아니었다. 물론 임업은 큰 규모의 산업이었으며 점차 번성해 가고 있긴 했다.

하지만 숲에는 아직 웅장한 나무와 외진 곳이 있었을 뿐만 아니라 동물 외에는 누구도 발길 딛지 않은 시원하게 그늘진 강둑이 있었다.

멧돼지, 다람쥐, 토끼, 너구리, 주머니쥐, 아르마딜로, 그리고 온갖 종류의 새들과 뱀들이 잔뜩 있었다. 가끔은 독살스런 대가리를 나무옹이처럼 물 위로 까딱거리며 강을 헤엄치는 물뱀무리를 볼 수도 있었다. 하필 그 가운데에 떨어지게 된 사람에겐 화가 있을 것이며, 물뱀은 물속에선 물지 못하니 그 아래로 헤엄치면 무사하리라 믿는 멍청이들에겐 하늘의 가호가 있기를. 물뱀은 물 수 있을 뿐만 아니라, 그러고도 남을 놈들이다.

사슴들도 숲에 돌아다녔다. 사슴을 농작물처럼 키워서는 사냥 시즌 사흘 동안 술에 취해 고성능 라이플로 쏘아 잡는 요새보다는 적었을지도 모르겠다. 옥수수를 먹여 사육하고 애완동물처럼 훈련시켜 싼값에 사냥하고는 뭐 대단한 사냥이라도 한 것 같은 기분을 내기 위한 그런 사슴 말이다. 사슴을 쏘아 잡고 그 사체를 픽업트럭에 실어가 머리를 박제해서 걸어두는 쪽이 가게에서 같은 양의 소고기 스테이크를 사는 것보다 훨씬 더 비싸게 치인다. 그리고 죽인 후에 무슨 전사라도 된 듯이 그 피를 제 얼굴에다 칠갑하고는 사진을 찍는 부류가 있다. 누가 보면 그 사슴이 사납고 위험한 동물이기라도 한 줄 알겠다.

말하다 보니 이야기가 아니라 설교가 되어버렸다. 옛날엔 어떻게 살았는지 얘기하던 참이었는데. 그리고 그때의 사냥감들 얘기. 또한 염소 인간도 있었다. 반은 염소고 반은 사람인데 흔들다리 근처에 돌아다니곤 했다. 지금 얘기하는 그 시절까지는 염소 인간을 보지 못했지만, 가끔 밤에 주머니쥐 사냥을 나가면 케이블 흔들다리 근처에서 염소 인간이 울부짖고 웅얼거리는 소리가 들리는 것 같았다. 강 위에 걸린 다리가 바람에 흔들릴 때면 케이블이 달빛을 받아 빗줄 위의 요정처럼 반짝였다.

염소 인간은 동물과 아이들을 잡아간다는 소문이었고, 내가 아는 아이가 잡아먹힌 적은 없었지만 몇몇 농부들은 염소 인간이 자기 가축을 잡아갔다고 주장했으며 아는 아이 몇몇은 자기 친척 아이가 염소 인간에게 잡혀갔는데 그 뒤로 행방을 모른다고 했다.

염소 인간은 큰길까지는 나오지 않는다는데, 침례교 전도사들이 거기를 걷거나 차로 자주 다녀서 성스러워졌기 때문이라고 했다. 우리는 그 큰길을 '전도사 길'이라고 불렀다.

염소 인간은 사빈 저지대를 이룬 숲 밖으로 나오지 않는다고 했다. 고지대에선 견디지 못한다고. 발굽 아래 축축하고 두텁게 쌓인 낙엽이 있어야 한다고 했다.

아버지는 염소 인간 같은 건 없다고 했다. 남부에 널리 퍼진 허황된 미신이라고. 아버지는 내가 밖에서 들은 건 물소리와 짐승 소리라고 했지만, 그 소리를 들으면 진짜로 오싹 소름이 돋았고 다친 염소 소리 비슷했다. 아버지와 함께 이발소에서 일하는 세실 체임버스 씨는 아마 퓨마일 거라고 했다. 퓨마는 이따금 깊은 숲속에 나타나고, 여자 비명 소리처럼 울부짖는다고 그랬다.

나와 여동생 톰(사실은 토마시나지만, 톰이 더 기억하기 쉽고 워낙 톰보이(말괄량이)다 보니 다들 톰이라고 불렀다.)은 낮부터 해질 때까지 숲을 돌아다녔다. 그 당시엔 애들이 그러는 게 드문 일이 아니었다. 숲은 우리에게 제2의 집이나 마찬가지였다.

우리는 하운드와 테리어, 그리고 똥개 피가 섞인 토비라는 이름의 개를 키웠다. 토비는 끝내주는 사냥개였다. 하지만 1933년 여름, 다람쥐를 쫓아 떡갈나무에 앞발을 올리고 짖어대던 와중에 썩은 나뭇가지가 떨어져 거기에 호되게 맞고 뒷다리와 꼬리를 움직일 수 없게 되었다. 나는 녀석을 안아 집으로 데려갔다. 녀석은 낑낑대고, 나와 톰은 울면서.

아버지는 샐리 레드백을 데리고 아직 남아 있는 나무 그루터기 주위로 밭을 갈고 있었다. 이따금 아버지는 도끼로 그루터기를 찍어내고 불을 붙였지만, 그래도 끈질기게 남아 있었다.

우리를 보고 아버지는 쟁기를 세우고 어깨 끈을 벗고는, 샐리 레드백에 쟁기를 맨 채로 밭 한가운데 내버려두었다. 아버지는 밭을 가로질러 우리에게 다가와, 부슬부슬하게 쟁기질한 땅 위에 우리가 토비를 내려놓자 살펴보았다.

대부분의 농부들과 달리 아버지는 절대 오버올(막일을 할 때 입는 아래위가 한데 붙은 작업복 ─ 옮긴이)을 입지 않았다. 늘 튼튼한 면바지에 작업용 셔츠, 작업화, 그리고 갈색 펠트 모자를 썼다. 아버지 기준의 신경 쓴 차림은 깨끗한 흰 셔츠에 가느다란 검은 타이 그리고 면바지와 작업화 그리고 덜 구겨진 모자였다.

그날 아버지는 땀이 밴 모자를 벗고 쭈그려앉더니 모자를 무릎에 놓았다. 아버지의 머리는 짙은 갈색이었고 햇빛 아래선 흰머리가 듬

성듬성 보였다. 얼굴은 약간 길쭉했고 밝은 녹색 눈은 부드럽기는
해도 사람을 꿰뚫어보는 듯했다.

아버지는 토비의 발을 이리저리 움직여보고 등을 펴주려 했지만,
그렇게 하자 토비가 심하게 낑낑거렸다.

모든 방안을 고려해 본 듯 잠시 후 아버지는 나와 톰에게 총을 꺼
내다가 불쌍한 토비를 숲으로 데려가서 고통을 끝내주라고 했다.

"네가 그랬으면 해서가 아니다." 아버지가 말했다. "하지만 해야
하는 일이야."

"네, 아버지."

내가 대답했지만, 등 부러진 토비처럼 목에서 간신히 기어나오는
목소리였다.

요즘 세상에는 무정하게 여겨질지 모르지만, 그 시절엔 수의사가
많지 않았고 설령 수의사에게 데려가고 싶다 해도 그럴 돈이 없었
다. 그리고 그래봤자 수의사가 해줄 일은 우리가 하려던 것과 마찬
가지였을 것이다.

지금과 다른 점 또 한 가지는 당시엔 상당히 어릴 적에 죽음 같은
것에 대해 알게 된다는 점이었다. 피할 도리가 없었다. 닭과 돼지를
키우고 잡고, 사냥하고 낚시하니, 계속해서 맞닥뜨리게 된다. 그렇기
때문에 요즘 일부 사람들보다 더 생명을 존중했고, 무의미한 고통을
감내하지 않았다고 나는 생각한다.

토비와 같은 경우에는 남에게 책임을 넘기지 않고 스스로 처리하
도록 하는 분위기였다. 누가 그러라고 하는 건 아니었지만, 토비는
우리 개니까 우리 책임이라는 인식이 자리하고 있었다. 그리고 실행

에 이르면 맏이인 나의 직접적인 책임이 되는 것이다.

나는 저녁 달걀을 거두러 닭장에 나간 어머니에게 호소해 볼까 생각했지만 그래봤자 아무 소용없으리라는 걸 알고 있었다. 어머니는 아버지와 같은 관점이었다.

나와 톰은 잠시 울다가, 외바퀴수레를 꺼내 토비를 실었다. 이미 다람쥐 사냥용인 22구경을 갖고 있었지만, 고통받는 일이 없도록 집에 가서 16구경 단발 산탄총으로 바꿔왔다. 당시 아이들은 총과 함께 자랐으며 총을 존중하고 본래 의도대로 사용하도록 교육받았다. 총은 괭이, 쟁기, 버터 제조기와 마찬가지로 생활의 일부였다.

우리 책임이든 아니든 나는 거의 열두 살이었고 톰은 겨우 아홉 살이었다. 토비의 뒤통수를 쏘아 박살낸다는 생각이 달가울 턱이 없었다. 나는 톰에게 집에 남아 있으라고 했지만 듣지 않았다. 동생은 나와 같이 가겠다고 했다. 내가 용기를 내려면 도움이 필요하다는 걸 톰은 알고 있었다. 나는 굳이 말리지 않았다.

톰은 토비를 묻을 삽을 어깨에 걸쳤고, 우리는 토비를 외바퀴수레에 싣고 갔다. 토비는 처음엔 낑낑대고 신음했지만 조금 지나니 소리가 그쳤다. 녀석은 등이 약간 뒤틀린 채 그냥 외바퀴수레에 누워 고개를 들고 킁킁거리며 냄새를 맡았고, 우리는 숲길을 따라 외바퀴수레를 밀고 갔다.

잠시 후 토비가 숨을 깊게 들이쉬기 시작했고, 녀석이 다람쥐 냄새를 맡았음을 알 수 있었다. 토비는 다람쥐를 포착하면 늘 고개를 돌려 우리를 쳐다보았고, 그 다음 가려는 방향으로 고개를 향하곤 달음박질치며 그 우렁찬 목소리로 짖어댔다. 아버지는 그게 녀석이 시야에서 사라지기 전에 먼저 우리에게 냄새 방향을 알려주는 거라고 했다. 토비는 그렇게 고개를 돌렸고, 나는 내가 해야 할 일을 알았지만 뒤로 미루고 토비의 뜻대로 따르기로 했다.

우리는 토비가 가고 싶어하는 방향으로 외바퀴수레를 밀었고, 이내 솔잎 깔린 좁은 숲길을 내달리고 있었다. 토비는 미친 듯 짖어대고 있었다. 결국에는 히코리 나무에 외바퀴수레를 들이받았다.

높은 가지 위에 크고 통통한 다람쥐 두 마리가 마치 우릴 약 올리듯 놀고 있었다. 내가 두 마리 다 쏘아 잡아 외바퀴수레 위 토비 옆에다 던져주었더니, 녀석은 다시 신호를 보내며 짖어대기 시작했다.

그 외바퀴수레를 울퉁불퉁한 길에서 밀고 가기란 힘들었지만, 우리는 그렇게 했다. 토비를 위해 해야 할 일은 까맣게 잊고서.

토비가 다람쥐 냄새 추적을 그만두었을 즈음엔 거의 어두워져 갈 무렵이었고 우리는 다람쥐 여섯 마리라는 대성공을 거두었지만 기진맥진한 채 깊은 숲 속까지 들어와 있었다.

불구가 되었어도, 토비가 이렇게 냄새를 잘 추적하는 건 이제껏 본 적이 없었다. 마치 토비가 닥쳐올 일을 알고서 다람쥐 추적으로 그 순간을 미루는 것만 같았다.

우리는 토비를 다람쥐와 함께 외바퀴수레에 남겨둔 채 미국풍나무 고목 아래 주저앉았다. 커다란 자두가 쪼개지듯 태양이 나무 사이로 저물어갔다. 그림자가 시커먼 사람들처럼 우리 주위로 쑥쑥 솟아올랐다. 우리는 사냥용 램프를 갖고 있지 않다. 의지할 것은 달 뿐이었고 아직 높이 떠오르지 않았다.

"해리 오빠, 토비는 어쩌지?" 톰이 물었다.

"그렇게 아파 보이지 않아. 그리고 다람쥐를 여섯 마리나 몰았잖아."

"그래, 하지만 등은 여전히 부러진 채인데." 톰이 말했다.

"그런 거 같네."

"여기다 숨겨놓고 우리가 매일 와서 밥이랑 물 주면 되지 않을까."

"안 될 거 같아. 뭐가 나타나든 방어를 할 수가 없잖아. 빌어먹을 벼룩과 진드기한테 다 뜯겨 먹힐걸."

내가 거기에 생각이 미친 것은 온몸에 벌레 물린 게 느껴졌고, 오늘밤 등불과 족집게를 동원하여 다 일일이 빼낸 다음 석유로 씻고 헹궈야 하겠구나 싶었기 때문이었다. 여름철이면 나와 톰은 거의 매일 저녁 그 행사를 치렀다. 사실, 사냥감을 기다리는 진드기들이 잡초 끄트머리에 잔뜩 들러붙어 잡초 줄기가 휘어질 지경이었다. 숲에는 사람 무는 흑파리가 기승을 부렸고 강에 가까워질수록 심했으며, 굶주린 벼룩이 잔뜩이었다. 가끔 느지막한 오후면 모기떼가 얼마나 극성이던지 마치 먹구름이 저지대에서 뭉게뭉게 피어오르는 것만 같았다.

벼룩과 진드기를 쫓으려고 우리는 석유에 적신 천을 발목에 둘렀지만, 그 천 자체에 벌레가 닿지 않는 것을 제외하면 크게 쓸모가 있었던 것 같지는 않다. 벼룩과 진드기는 옷 속으로 파고들었으며 해질 무렵이면 민망한 부위에 편안히 자리잡고 피를 빨아 빨갛게 부어오른 자국을 남겼다.

"어두워져 가." 톰이 말했다.

"알아."

나는 토비를 쳐다보았다. 어둠에 뒤덮인 채 외바퀴수레에 누워 있는 불룩한 윤곽만 보일 뿐이었다. 내가 쳐다보는 사이 토비는 고개를 쳐들고 외바퀴수레 나무 바닥에다가 꼬리를 몇 번 탁탁 쳤다.

"나 못할 거 같아." 내가 말했다. "아빠한테 데려가서 나아졌다는 걸 보여드려야겠어. 등은 부러졌을지 몰라도, 머리하고 꼬리는 이제 움직일 수 있으니 몸 전체가 마비된 건 아냐. 죽일 필요 없다고."

"아빠는 그렇게 생각하지 않으실걸."

"그럴 거 같아, 하지만 기회도 주지 않고 그냥 쏴버리진 못하겠어. 다람쥐를 여섯 마리나 몰았다고. 다람쥐 보면 엄마가 좋아하실 거야. 그냥 데려가자."

우리는 돌아가려 일어났다. 그제야 길을 잃었다는 걸 깨달았다. 토비의 신호를 따라 정신없이 다람쥐들을 쫓다 보니 숲속 깊이 들어와 버렸고 어디가 어딘지 알아볼 수 없었다. 물론 당장에 겁이 난 건 아니었다. 늘 돌아다니던 숲이었지만, 날이 어두워졌고 그곳은 낯설었다.

달이 좀 더 높이 떴기에 그걸로 방향을 가늠했다.

"이쪽으로 가야 해." 내가 말했다. "가다 보면 집이나 길이 나올 거야."

우리는 외바퀴수레를 밀며 길을 나섰고, 뿌리와 바퀴 자국, 떨어진 나뭇가지에 걸려 비틀거리고 나무에 외바퀴수레와 몸을 부딪쳤다. 주위에서 야생 동물들 기척이 들려와 나는 세실이 해준 퓨마 얘기를 떠올렸다. 혹시 도토리 찾는 멧돼지하고 맞닥뜨릴지도 모르겠단 생각을 하다 보니, 세실이 올해는 공수병이 돌아 많은 동물들이 걸렸다고 얘기했던 기억도 났다. 그런 생각들을 하자니 걱정이 되어 주머니 속 산탄총 실탄을 더듬어보았다. 세 개가 남아 있었다.

가다 보니 우리 옆쪽 수풀에서 더 기척이 들려왔고, 조금 지나자 그게 뭐든 간에 우리와 발맞추어 가고 있음을 깨달았다. 우리가 걸음을 늦추면 그것도 걸음을 늦췄다. 우리가 속력을 올리면 그것도 속력을 올렸다. 그리고 동물이나 또는 줄꼬리뱀이 가끔 그렇듯 사람을 따라오는 느낌이 아니었다. 이건 뱀보다 큰 것이었다. 그건 우리를 따라오고 있었다. 퓨마처럼. 또는 사람처럼.

그 사이 토비는 고개를 쳐들고 그르렁거리고 있었으며, 목 뒷덜미 털이 곤두서 있었다.

톰을 쳐다보니 마침 달빛이 나뭇가지 사이로 새어들어 와 얼굴을 비춰 얼마나 겁에 질렸는지 보여주었다.

뭐라 말을 할까, 수풀 속 정체 모를 것에게 고함칠까 했지만, 그랬다간 괜히 그걸 자극하는 신호가 되어 우리를 덮칠까봐 무서웠다.

나는 아까 안전을 위해 산탄총을 풀어 토비, 삽, 다람쥐와 함께 외바퀴수레에 싣고 밀고 있었다. 이제 멈춰 서서 산탄총을 꺼내 실탄이 들어 있나 확인하고 철컥 닫은 다음 공이치기에 엄지손가락을 올렸다.

토비는 이제 그르렁거리는 게 아니라 짖어대며 정말로 소리를 내기 시작했다.

내 눈짓에 톰은 외바퀴수레를 붙들고 밀기 시작했다. 물렁한 땅 위로 수레를 밀고 가느라 톰이 고생하는 건 알았지만 나는 총을 들고 있을 수밖에 없었고, 그런 일을 겪고 난 토비를 두고 갈 수는 없었다.

그 수풀 속에 있었던 게 뭐든 간에 낙엽 밟는 소리조차 거의 내지 않고 한동안 우리와 보조를 맞춰 가다가 조용해졌다. 우리는 속도를 올렸고 더 이상 소리가 들리지 않았다. 그리고 그 존재감도 느껴지지 않았다.

나는 마침내 용기를 내어 산탄총을 풀어 외바퀴수레에 놓고 다시 미는 일을 맡았다.

"아까 그거 뭐야?" 톰이 물었다.

"몰라."

"뭔가 큰 것 같은 소리던데."

"그래."

"염소 인간일까?"

"아빠는 염소 인간 같은 거 없댔어."

"그래, 하지만 아빠도 가끔은 틀리잖아, 아냐?"

"거의 안 그래."

우리는 조금 더 나아가, 강폭이 좁은 곳을 찾아 끼끽대며 외바퀴수레를 끌고 강을 건넜다. 원래 그러면 안 되지만 강을 건너기에 좋은 자리였고, 나는 겁이 나서 그것과 거리를 좀 두고 싶었다.

우리는 한참 걷다가 마침내 나무와 수풀과 넝쿨 속에 검은나무딸기가 자라 가시벽을 이룬 곳에 맞닥뜨렸다. 들장미 덤불이 온통 벽이었다. 넝쿨 중 일부는 우물 도르래 밧줄만큼이나 굵었고 가시는 대못 같았으며, 밤바람에 실려오는 꽃향기가 진하고 달콤해서 마치 사탕수수 시럽 끓이는 냄새만큼이나 달았다.

검은나무딸기 벽은 양쪽으로 제법 길게 이어졌고 사방에서 우리를 둘러싸고 있었다. 우리는 헤치고 지나가기엔 너무 넓고 무성하고, 넘어가기엔 너무 높고 뾰족한 가시 미로 속을 헤매고 돌아다녔다. 넝쿨은 낮게 드리운 나뭇가지에도 뒤얽혀 가시 천장을 이루고 있었다.

나는 브러 토끼와 가시밭(미국 남부 민담. 브러 토끼가 여우에게 잡혀 위기를 맞이하나, 가시밭을 보고 기지를 발휘하여 제발 거기에 던지지 말라고 애원한다. 실은 브러 토끼는 가시밭에서 자라나 자유로이 돌아다닐 수 있지만 여우는 그걸 모르고 가시밭에 브러 토끼를 내던져버리고 브러 토끼는 무사히 도망친다 — 옮긴이)을 떠올렸지만 브러 토끼와 달리 나는 가시밭에서 나고 자라지 않았고 그러고 싶지도 않았다.

주머니를 뒤지니 톰하고 옥수수 수염과 포도넝쿨 담배를 피워보려고 했을 때 쓰다 남은 성냥이 나와서, 엄지로 그어 불을 붙여 둘러보자 검은나무딸기 사이로 난 넓은 길이 보였다.

나는 몸을 숙이고 성냥불을 내밀어 보았다. 검은나무딸기가 높이 180센티미터, 넓이 180센티미터 정도의 터널을 이루고 있었다. 얼마나 이어지는지는 알 수 없었지만 제법 길어 보였다.

나는 손을 데기 전에 성냥불을 흔들어 끄고 톰에게 말했다.

"왔던 길로 돌아가거나, 아니면 이 터널로 갈 수 있겠는데."

톰은 나무 덤불을 살펴보았다.

"아까 그게 있어서 돌아가기 싫어. 그리고 저 터널로 가는 것도 싫고. 파이프에 갇힌 쥐 꼴이 될 텐데. 그게 뭔진 몰라도 우리를 이런 식으로 몰아넣을 줄 알고 반대편에서 우릴 기다리고 있을지도 몰라. 아빠가 해준 옛날 얘기처럼. 반은 사람이고, 반은 젖소인 그거 있잖아."

"반은 황소고, 반은 사람이지. 미노타우르스." 내가 말했다.

"그래, 그게 우리를 기다리고 있을지도 몰라, 해리 오빠."

물론 나도 그 생각을 했다.

"터널로 가야 할 거 같아. 그러면 옆쪽에서 우리를 덮칠 순 없으니까. 앞에서 오든 뒤에서 오든 하겠지."

"저 안에 다른 터널이 있진 않을까?"

그 생각은 하지 못했다. 어디 다른 곳으로 통하는 구멍이 얼마든지 있을 수 있다. 그리고 저 안에서 터널이 좁아지면, 사람이든 동물이든 미노타우르스든 그냥 손만 뻗으면 나나 톰을 붙잡을 수 있을 것이다.

"나한테 총이 있잖아." 내가 말했다. "네가 수레를 밀면 토비가 감시를 하다가 뭔가 다가오면 알려줄 거야. 뭐든 덤벼들면 내가 두 동강을 내버릴게."

나는 총을 집어들고 장전했다. 톰은 외바퀴수레 손잡이를 붙들고 나무 덤불 틈으로 덜컹덜컹 밀어갔고 우리는 터널 안으로 나아갔다.

2장

장미 향기가 짙고 강렬했다. 속이 메스꺼웠다. 가끔 넝쿨에 튀어나온 가시가 있었고 어두워서 보이지 않았다. 그게 내가 입은 낡은 셔츠에 걸리고 팔과 얼굴을 할퀴었다. 내 뒤쪽에서 톰이 가시에 긁혀 나직이 욕하는 소리가 들렸다.

나무딸기 터널은 제법 길게 이어졌고, 그러다 콸콸 소리가 들리더니 터널이 넓어지고 물살이 용트림치는 사빈 강 강둑으로 나오게 되었다. 머리 위 나무 사이로 들어온 달빛이 모든 것을 상한 우유처럼 탁하고 누르스름한 빛깔로 물들이고 있었다.

우리를 따라오던 것이 뭐였든 간에 완전히 사라진 듯했다.

나는 달을 쳐다보고 강의 위치를 생각했다.

"조금 길을 벗어난 것 같아. 하지만 어디로 가야 할지 알겠어. 맞는 방향은 아니지만 강을 좀 따라가면 되겠다, 여기서 흔들다리까지 별로 멀지 않을 거야."

"흔들다리?"

"그래." 내가 말했다.

"엄마 아빠가 걱정하실까?" 톰이 물었다.

"그럼. 당연히 걱정하실걸. 이 다람쥐들을 보고 반가워하셨으면 좋겠는데."

"토비는 어떡해?"

"그냥 두고 봐야지."

강둑이 경사가 지고, 강가를 따라 작은 길이 나 있었다.

"토비를 안아서 데려가고 그 다음에 수레를 끌어와야겠다. 네가 밀면 내가 앞에 가서 받칠게."

나는 낑낑대는 토비를 조심스레 안아올렸는데, 톰이 성급하게 외바퀴수레를 밀어버렸다. 외바퀴수레와 다람쥐들, 산탄총, 그리고 삽이 길 가장자리를 넘어가 강 가까이 떨어져버렸다.

"제장, 톰."

"미안해." 톰이 말했다. "손에서 미끄러져버렸어. 엄마한테 오빠가 욕했다고 이를 거야."

"그랬단 혼날 줄 알아. 그리고 너도 욕 많이 했잖아."

나는 내려가 발 디딜 자리를 찾을 때까지 들고 있으라고 토비를 톰에게 넘겨주었다.

강둑을 미끄러져 내려간 나는 물 가까이에 우뚝 선 거대한 떡갈나무에 맞닥뜨렸다. 검은나무딸기는 강둑 아래로 내려와 나무 주위를 둘러싸고 있었다. 나는 균형을 잡으려 나무를 짚었다가 화들짝 놀라

손을 뗐다. 내 손에 닿은 것은 나무 둥치나 가시가 아니었다. 뭔가 부드러운 것이었다.

쳐다보니 회색 덩어리가 검은나무딸기 사이에 매달려 있었다. 강물에 반사된 달빛이 얼굴에, 아니 한때는 얼굴이었겠지만 이제는 부풀고 눈은 시커먼 구멍만 남아 마치 핼러윈 호박등처럼 되어버린 것을 비추었다. 그 머리에는 검은 양털처럼 머리칼이 한 뭉치 달려 있었고, 몸은 부풀고 뒤틀려 있었으며 옷은 없었다. 여자였다.

조지 스터닝이 벌거벗은 여자가 그려진 카드를 보여준 적이 있었다. 조지 아버지가 개럿 코담배만이 아니라 그밖에 신문물이라고 하던 것들을 팔던 순회 세일즈맨이라 조지는 늘 그런 물건을 갖고 오곤 했다.

하지만 이건 그런 게 아니었다. 그 그림들은 뭔지 알 순 없지만 뭔가 달콤하고 기분 좋게 두근거렸다. 이건 당장에 알 수 있는 기분으로 두근거렸다.

여자의 젖가슴은 햇볕 아래 썩어 쪼개진 수박처럼 쩍 갈라져 있었다. 가까이서 살펴보고, 검은나무딸기라고 생각했던 것이 실은 그게 아니라 가시철사가 여자의 부풀어오른 칙칙한 몸뚱이에 단단히 감겨 있었음을 깨달았다.

"젠장."

"또 욕했어." 톰이 말했다.

나는 강둑을 조금 올라가 톰에게서 토비를 받아 들어 강둑 옆 부드러운 땅에 내려놓고, 그 시체를 조금 더 쳐다보았다. 톰이 미끄러져 내려왔고, 내가 본 것을 보았다.

"저게 염소 인간이야?" 동생이 물었다.

"아냐, 죽은 여자야."

"옷 하나도 안 입었네."

"그래, 안 입었어. 쳐다보지 마, 톰."

"안 볼 수가 없는걸."

"집에 가서 아빠한테 말씀드려야 해."

"성냥 불 붙여봐, 오빠. 자세히 좀 보자."

나는 어쩔까 궁리하다가 결국 주머니를 뒤졌다.

"딱 하나밖에 안 남았는데."

"그냥 써."

나는 엄지로 성냥을 그어 내밀었다. 내가 손을 떠는 바람에 성냥
이 흔들렸다. 냄새를 참고 견딜 수 있는 한도까지 가까이 갔다.

성냥 불빛으로 보니 더욱 끔찍했다.

"흑인 여자인 것 같아." 내가 말했다.

성냥불이 꺼졌다. 나는 외바퀴수레를 바로잡고, 산탄총 총구에서
진흙을 털어내고 그것과 다람쥐, 토비를 다시 외바퀴수레에 실었다.
삽은 찾을 수 없기에 미끄러져 강에 떨어졌겠거니 했다. 혼나게 생
겼다.

"가야 해." 내가 말했다.

톰은 강둑에 서서 시체를 쳐다보고 있었다. 눈을 도무지 떼질 못
했다.

"가자니까!"

나는 동생을 잡아끌었다. 우리는 강둑을 따라갔고, 나는 있는 힘을

다해 외바퀴수레를 밀었지만 물렁한 진흙에 빠져 더 이상 밀 수가 없게 되었다. 나는 톰이 갖고 있던 끈 나부랭이로 다람쥐 다리를 서로 묶어 내 허리에다가 감았다.

"넌 산탄총을 들어, 톰, 내가 토비를 안고 갈게."

톰이 총을 들었다. 나는 토비를 안아올렸다. 우리는 염소 인간이 산다는 흔들다리를 향해 나아가기 시작했다.

* * *

나와 친구들은 보통 흔들다리 근처에 얼씬도 하지 않았다. 조지만 제외하고. 조지는 아무것도 무서워하지 않았다. 하기야, 조지는 똑똑하지 못해서 뭘 겁내는 법이 없었다.

그 다리는 사빈 강 강둑 높은 곳에 걸쳐진 케이블 다리였다. 기다란 널빤지 몇 개가 녹슨 금속 조임쇠와 썩어가는 밧줄로 케이블에 고정되어 있었다. 누가 그 다리를 지었는지 얼마나 오래 되었는지 나는 알지 못했다. 어쩌면 한때는 꽤 괜찮은 다리였을지도 모른다. 이제는 널빤지가 상당수 없어지고 남은 것들은 썩고 쪼개졌으며 케이블을 강둑에 고정한 녹슨 철봉은 땅속 깊이 파묻혀 있었다. 강둑 군데군데 물살에 흙이 쓸려나가 철봉이 일부분 드러나 보였다. 시간과 물이 흐르다보면 언젠가 다리 전체가 강으로 무너져내릴 것이다.

바람이 불면 다리는 흔들거렸다. 강풍이 불면 대단했다. 나는 이전에 딱 한번 그 다리를 건너보았고, 바람 한 점 없는 대낮이었는데도 충분히 무서웠다. 발을 디딜 때마다 다리가 흔들거리면서 떨어질 것만 같았다. 널빤지는 마치 어디 아픈 것처럼 삐걱대고 신음했다. 썩은 나무 부스러기가 발 아래 강으로 우수수 떨어졌다. 다리 아래엔 수심이 깊고 빠른 물살이 바위에 부딪히고, 작은 폭포 아래 넓고 깊으며, 소용돌이치는 웅덩이로 떨어졌다.

이제 우리는 밤중에 그 다리를 내려다보며, 염소 인간, 우리가 발견한 시체, 토비, 늦은 시간과 걱정하실 부모님을 생각했다.

"건너야겠지, 오빠?" 톰이 물었다.

"그래. 내가 앞장설 테니까 너는 내가 발 디디는 곳을 잘 봐. 널빤지가 내 무게를 지탱하면, 너도 충분히 지탱할 거야."

용트림하는 물살 위로 다리가 삐걱거리고, 풀숲을 지나는 뱀처럼 케이블이 조금씩 출렁거렸다.

양쪽 케이블을 붙잡고 다리를 건너는 것만도 충분히 힘들었는데, 토비를 안고, 거기에다 밤중에 산탄총을 들고 있는 톰과 함께라면…… 뭐, 전망이 밝지는 않았다.

다른 선택안은 왔던 길로 돌아가는 것이었다. 아니면 물이 얕은 곳까지 가서 강을 가로지른 다음에 길을 돌아와 집으로 가거나. 하지만 강이 얕은 데까지는 거리가 꽤 되었고, 숲은 험하고 어두운 데다가 토비는 무겁고, 무언가 우리를 쫓아오고 있었다. 내겐 다리 말고 다른 선택의 여지가 없었다.

나는 크게 숨을 들이쉬고 토비를 잘 붙든 다음에 첫 번째 널빤지에 발을 디뎠다.

그러자 다리가 크게 왼쪽으로 흔들리더니, 더 세게 되돌아왔다. 토비를 안고 있었기에, 다리를 구부려 출렁거림을 흡수하는 것밖에 별

도리가 없었다. 다리가 흔들거림을 멈추기까지는 한참 걸렸다. 다음 발은 훨씬 더 조심조심 디뎠다. 이번에는 그만큼 흔들리지 않았다. 나는 일종의 리듬을 타고 발을 디뎌갔다.

나는 톰에게 소리쳤다.

"널빤지 가운데를 디뎌. 그러면 많이 안 흔들려."

"무서워, 오빠."

"괜찮아. 잘 될 거야."

널빤지를 디뎠더니 삐꺽거리는 소리가 나서 나는 발을 도로 뗐다. 판자 일부가 부서져서 발 아래 강으로 떨어졌다. 첨벙 소리와 함께 물에 떨어진 판자가 달빛에 언뜻 보였다가 갈색 물에 휘말려 작은 폭포 너머로 사라졌다.

나는 가슴이 덜컹 내려앉아 그 자리에 섰다. 토비를 꼭 껴안고, 떨어진 널빤지 너머 다음 널빤지로 크게 걸음을 내디뎠다. 무사히 넘긴 했지만 다리가 흔들렸고 톰의 비명 소리가 들렸다.

뒤를 돌아보니 톰이 산탄총을 떨어뜨리고 케이블을 붙드는 참이었다. 산탄총은 한참 떨어져 아래쪽 케이블 두 개에 걸렸다. 다리가 격하게 흔들려 나는 한쪽 케이블에 부딪힌 다음 반대쪽 케이블로 내동댕이쳐졌다. 정말 끝인 줄만 알았다.

다리가 잠잠해지자, 나는 널빤지에 한쪽 무릎을 꿇고 몸을 돌려 톰을 쳐다보았다.

"진정해." 내가 말했다.

"무서워서 손을 못 놓겠어." 톰이 말했다.

"놔야 해, 그리고 총도 챙기고."

한참 지나서야 톰이 마침내 몸을 숙여 총을 집었다. 잠깐 심호흡을 하고 우리는 다시 나아가기 시작했다. 그때 아래에서 나는 소리를 듣고 그것을 보았다.

그것은 맞은편 강둑의 다리 아래 물가를 따라 움직이고 있었다. 달빛 아래가 아닌 그림자 쪽이라 제대로 보이진 않았다. 그 머리는 거대했고 뿔 같은 것이 달려 있었으며 나머지는 석탄처럼 시커멨다. 마치 우리를 좀더 잘 보려는 듯이 앞으로 약간 수그리고 있었고, 그 눈의 흰자와 분필처럼 허연 이가 달빛에 빛나는 것이 보였다. 그것은 큰 숲쥐가 천천히 깔려 죽을 때 낼 법한 가늘게 끼잉거리는 소리를 냈다. 두 번 소리를 내고는 조용해졌다.

"맙소사, 오빠, 염소 인간이야. 우리 어떡해?"

나는 돌아갈까 생각했다. 그러면 저것과 강을 사이에 둘 수 있겠지만, 그럼 또 그 숲길을 다시 지나고 몇 킬로미터를 가야 했다. 그리고 만약 저게 어디선가 강을 건너오면 다시 우리를 따라올 터였다. 아까 검은딸기나무 수풀에서 우리를 쫓아오던 존재가 저게 틀림없을 거라 여겼기 때문이었다.

다리를 건너면 우리는 저것보다 높은 강둑에 오르게 될 거고, 거기서부터 전도사 길까지는 그렇게 멀지 않았다. 염소 인간은 큰길까지는 나오지 않았다. 거기가 한계선이었다. 염소 인간은 여기 숲속과 사빈 강 강둑에 갇혀 있었다.

"계속 가야 해." 내가 말했다.

그 허연 눈깔과 이를 다시 한 번 쳐다보고, 다리를 건너기 시작했다. 다리가 흔들렸지만 이제는 건너야 할 이유가 더해졌다. 나는 제법 빨리 움직이고 있었고, 톰도 마찬가지였다.

거의 맞은편에 다다랐을 때 아래를 내려다보았지만, 이제는 염소 인간이 보이지 않았다. 각도 탓인지 아니면 가버렸는지 알 수 없었다. 우리가 맞은편에 도착하면 그게 거기서 우리를 기다리고 있을 거란 생각이 자꾸 들었다.

하지만 맞은편에 다다르니 무성한 숲을 가르는 숲길만 있을 뿐이었다. 달빛 아래 훤히 드러난 그 길에는 아무도, 아무것도 없었다.

우리는 숲길을 걷기 시작했다. 토비는 무거웠고 나는 많이 흔들리지 않게 하려 애쓰긴 했지만, 너무 겁에 질려 있어서 잘 되지 않았다. 토비가 조금 낑낑거렸다.

꽤 걸었더니 나뭇가지가 뻗어 달빛을 가리고 땅을 감싸 안은 듯한 곳이 나왔다.

"만약 그게 우리를 덮친다면 여기일 거 같아." 내가 말했다.

"그럼 저리로 가지 말자."

"다시 다리를 건너서 돌아가고 싶어?"

"아닌데."

"그럼 가야 해. 그게 쫓아왔을지도 모르잖아."

"그 머리에 달린 뿔 오빠 봤어?"

"뭐가 달리긴 했더라. 최소한 저기 그늘진 곳을 지날 때까진 짐을 바꿔 들어야 할 거 같아. 네가 토비를 들어, 내가 산탄총을 들게."

"난 산탄총이 좋은데."

"그래, 하지만 나는 총을 쏴도 반동에 넘어지지 않으니까. 그리고 총탄이 나한테 있고."

톰이 생각해 보더니 말했다.

"좋아."

톰이 산탄총을 땅바닥에 내려놓았고 나는 토비를 건네주었다. 내가 산탄총을 집어든 다음 우리는 어둡고 굽이진 숲길을 나아갔다.

깊은 그늘 속에서 우리를 덮친 것은 아무것도 없었으나, 숲길에서 달빛 드는 쪽에 가까워지자 숲속에서 뭔가 움직이는 소리가 났다. 아까 검은나무딸기 수풀에서 나던 것과 같은 식의 움직임이었다. 뭔가 다시 우리를 따라오고 있었다.

숲길 달빛 환한 부분에 들어서자 기분이 나아졌다. 하지만 실은 딱히 그럴 이유가 없었다. 그냥 기분이 그랬을 뿐. 달빛이 비춘다 한들 아무것도 바뀌지 않았다. 어깨 너머 우리가 방금 지나온 어둠을 돌아보자, 그늘이 드리워진 숲길 한가운데 그것이 보였다.

거기에 서 있었다.

지켜보고 있었다.

나는 톰에게 그 얘기는 하지 않았다. 대신 이렇게 말했다.

"이제 네가 산탄총을 들어, 내가 토비를 들게. 그리고 큰길 있는 데까지 있는 힘껏 뛰어."

톰은 멍청이가 아니라 아마 내 눈빛에서 눈치를 챘는지 몸을 돌려 그늘 속을 돌아보았다. 톰도 그것을 보았다. 그것이 숲속으로 들어온 것이다. 톰은 돌아서서 내게 토비를 주고, 산탄총을 들고는 꽁지에 불붙은 것마냥 뛰었다.

나는 그 뒤를 따라 뛰어갔다. 불쌍한 토비가 뒤흔들리고 끈으로 엮은 다람쥐들이 내 다리에 마구 부딪혔다. 토비는 끙끙대고 신음하

34

고 깽깽 짖었다. 숲길이 넓어지고 달빛이 환해졌다. 붉은 흙길이 다가왔다. 우리는 그 위로 껑충 뛰어올라, 뒤를 돌아보았다.

그늘과 달빛. 나무와 숲길.

우리를 쫓아오는 것은 아무것도 없었다. 숲속에서 뭔가 움직이는 소리도 전혀 들리지 않았다.

"이제 괜찮아?" 톰이 물었다.

"그런 거 같아. 그건 큰길까지는 못 나온댔어."

"올 수 있으면?"

"음, 못 올 거야…… 내 생각엔."

"오빠 생각엔 그게 그 여자를 죽였을 거 같아?"

"그랬겠지."

"그 여자는 왜 그런 모양이 됐을까."

"죽으면 그렇게 부풀어올라. 너도 알잖아."

"그 상처들은? 그 뿔에 찔려서?"

"나도 몰라, 톰."

우리는 큰길을 걸어갔고, 몇 번 멈춰 쉬기도 하고 토비가 볼일을 볼 수 있도록 다리와 꼬리를 들어주고 나서, 이윽고 깊은 한밤중 집에 도착했다.

3장

전적으로 기쁘기만 한 귀가는 아니었다. 하늘엔 구름이 끼어 달은 아까처럼 밝지 않았다. 매미 울음소리와 개구리 울어대는 소리가 저지대 어딘가에서 들려왔다. 우리가 토비를 안고 마당에 들어서자, 아버지가 그늘에서 입을 열었고 그에 놀란 올빼미가 날아올라 잠시 희끄무레한 밤하늘에 윤곽을 드러냈다.

"너희들 엉덩이를 호되게 때려줘야겠다." 아버지가 말했다.

"네, 아버지."

아버지는 마당 떡갈나무 아래 의자에 앉아 있었다. 우리 가족에게 있어 일종의 쉼터 나무로, 여름이면 거기에 앉아 이야기하고 완두콩을 까곤 했다. 아버지는 파이프 담배를 피우고 있었고, 말년에 그 습관으로 세상을 떠났다. 파이프에서 나는 냄새는 나한테는 나무 향 같으면서 시큼했다.

우리는 떡갈나무 아래로 다가가 아버지 의자 옆에 섰다.

"너희 엄마가 걱정하다 병나게 생겼다. 해리, 이렇게 늦게 들어오면 안 되는 줄 알 텐데, 동생까지 데리고서. 네가 동생을 보살펴야지."

"네, 아버지."

"게다가 토비를 데리고 왔구나."

"네, 아버지. 이제 좀 나아진 것 같아요."

"등이 부러졌는데 나아질 리가."

"다람쥐를 여섯 마리나 나무로 몰았는걸요."

나는 주머니칼을 꺼내 허리의 끈을 자르고 아버지에게 다람쥐를 건넸다. 아버지는 어둠 속에서 그걸 쳐다보고는, 의자 옆에 두었다.

"이유가 있었구나." 아버지가 말했다.

"네, 아버지."

"됐다, 그럼. 톰, 집에 들어가서 욕조에다가 물 받아라. 날이 따뜻하니 데우지 않아도 될 거야. 오늘밤은. 석유로 벌레 닦아낸 다음에, 씻고 자라."

"네." 톰이 말했다. "근데 아빠……."

"집에 들어가, 톰." 아버지가 말했다.

톰은 나를 쳐다보고는, 산탄총을 땅에 내려놓고 집으로 향했다.

아버지는 파이프를 뻐끔뻐끔 피웠다.

"이유가 있다고 했지."

"네, 아버지. 다람쥐를 잡기도 했지만, 다른 일이 있었어요. 강가에 시체가 있어요."

아버지가 앉은 자리에서 몸을 앞으로 내밀었다.

"뭐?"

나는 아버지에게 전부 말했다. 뭔가 우리를 따라왔던 것, 검은나무 딸기 수풀, 시체, 염소 인간. 내가 이야기를 마치자 아버지는 잠시 말 없이 앉아 있더니 입을 열었다.

"염소 인간 같은 건 없어, 해리. 하지만 네가 봤다는 사람이 살인 자일 수 있겠다. 그런 식으로 나돌아 다니면 너나 톰이 당했을지도 몰라."

"네, 아버지."

"아침 일찍 나가서 봐야겠다. 다시 찾을 수 있겠니?"

"네, 그렇지만 가기 싫어요."

"그렇겠지, 하지만 네가 도와줘야 해."

아버지는 파이프를 입에서 떼어 신발 바닥에다 툭툭 쳐서 재를 털고는 주머니에 넣었다.

"이제 집에 들어가서, 톰이 다 끝나고 나면 너도 벌레 털어내고 씻어라. 안 봐도 온통 벌레 투성이일 거야. 산탄총 이리 주면 토비는 내가 맡으마."

나는 입을 열었지만 뭐라 해야 할지 알 수가 없었다. 아버지는 일어나서 토비를 품에 안았고, 나는 아버지 손에 산탄총을 넘겼다.

"하필 좋은 개한테 이런 빌어먹을 일이." 아버지가 말했다.

아버지는 집 뒤 들판 옆에 세운 작은 헛간을 향해 발을 옮겼다.

"아버지, 할 수가 없었어요. 토비한테."

"괜찮다, 얘야."

아버지는 그렇게 말하곤 헛간으로 갔다.

집에 들어가 보니 톰은 우리가 슬리핑 포치라고 부르는 집 뒤쪽의 장막 단 포치에 있었다. 아주 크지는 않았지만 여름에는 편했다. 대들보에 쇠사슬로 달아놓은 그네 의자가 있었고, 침상 두 개와 벽에 걸어두었다가 필요할 때 내려 쓰는 양철 욕조가 있었다.

바로 그때 그랬다. 톰은 양철 욕조에 들어앉아 있었고 어머니는 바로 위 포치 들보에 달린 랜턴 불빛에 의지해 빠른 손길로 박박 아이를 씻기고 있었다.

내가 집에 도착했을 때 어머니는 낡은 녹색 드레스 차림으로 맨발에 소매를 걷어붙이고 무릎을 바닥에 대고 있었다. 밖에서 장막을 걷고 내가 들어서자 어머니는 고개를 돌려 나를 보았다. 어머니는 새까맣고 숱 많은 머리칼을 모아 쪽을 졌고 흘러내린 머리칼 한 가닥이 이마를 가로질러 눈가에 드리워져 있었다. 어머니는 비누거품 묻은 손으로 머리칼을 넘기고 나를 쳐다보았다.

내 어머니이기 때문에 그때는 미처 알지 못했지만, 어머니를 볼 때마다 빤히 쳐다보게 되곤 했다. 어머니에게는 왠지 계속 얼굴을 바라보고 싶게 만드는 그런 면이 있었다. 그게 무엇인지 나는 막 알아채 가던 시기였다. 어머니는 예뻤다. 많은 사람들이 어머니를 카운티에서 제일 아름다운 여자라고 생각했다는 걸 한참 후에야 나는 알게 되었고, 그 무렵 어머니의 사진을 보면 그때도 그렇지만 육십대에 접어들었을 때조차도 그 평가가 십중팔구 옳았으리라고 말할 수 있다.

"이렇게 늦게까지 밖에 있으면 안 되는 거 알면서. 그리고 시체를 봤다느니 하는 얘기를 지어내 톰을 겁주고."

"그렇게 겁먹은 건 아닌데." 톰이 말했다.

"조용, 톰." 어머니가 말했다.

"겁먹은 거 아니라고요."

"조용히 하랬지."

"지어낸 얘기 아니에요, 엄마." 내가 말했다.

나는 어머니에게 간략하게 무슨 일이 있었는지 말했다.

내가 얘기를 마치자 어머니는 물었다.

"아버지는 어디 계시니?"

"토비를 데리고 헛간으로 가셨어요. 토비 등이 부러져서."

"들었다. 정말 안됐어."

나는 산탄총 소리가 나나 귀를 기울였으나 십오 분이 지나도록 들리지 않았다. 그러다가 아버지가 헛간에서 나오는 소리가 나고, 이내 그늘에서 나와 포치의 랜턴 불빛 속으로 들어왔다. 아버지는 산탄총을 들고 파이프를 피우고 있었다.

"죽일 필요는 없는 거 같다." 아버지가 말했다. 나는 마음이 가벼워졌고, 톰을 쳐다보니 잿물 비누로 박박 머리를 감기던 어머니 팔 아래로 빼꼼 내다보고 있었다. "뒷다리를 좀 움직일 수 있고 꼬리도 들더라. 네 말이 맞을지도 몰라, 해리. 나아질 수도 있겠어. 게다가 나도 너와 마찬가지로 차마 그러진 못하겠구나. 악화될 수도 있고, 저대로일 수도 있겠지만, 뭐…… 아무튼 그때까지는 너와 톰이 책임지는 거다. 밥이랑 물 챙겨주고, 볼일 보는 것도 좀 도와줘야 할 거다."

"네. 고맙습니다, 아버지."

"헛간에 토비 보금자리를 만들어 줬다." 아버지는 포치 그네에 앉아 무릎에 산탄총을 올려놓았다. "그 여자가 흑인이라고?"

"네, 아버지."

아버지는 한숨을 쉬었다.

"일이 힘들어지겠구나."

* * *

다음 날 아침 날이 밝아지자마자, 나는 아버지를 이끌고 흔들다리로 향했다. 그 다리를 다시 건너고 싶지 않았다. 나는 강둑에서 강 건너 아래쪽 시체가 있을 장소를 가리켰다.

"알겠다. 여기서부터는 내가 처리하마. 너는 집에 가보렴. 아니 그보다, 시내에 가서 이발소 문 열어라. 세실이 내가 어딜 갔나 궁금해하고 있을 거야."

낮이라 염소 인간을 겁내지 않고 사실 조금은 용감한 기분으로 나는 집까지 제법 먼 길을 갔다. 이미 염소 인간과 맞닥뜨리고도 살아남았는걸?

나는 모즈 할아버지의 오두막을 지나쳤지만 들르지는 않았다. 그는 올이 풀어지기 시작한 밀짚모자를 쓰고 강둑 수리소에 끌어올린 보트에 앉아 있었다. 나무막대를 깎고 있었다. 나는 "모즈 할아버지." 하고 소리쳤다. 그는 내 쪽을 돌아보고 손을 흔들었다.

나는 모즈가 몇 살인지는 몰랐지만 아주 늙었다는 것은 알았다.

그의 불그스레한 검은 피부는 건포도처럼 쪼글쪼글 주름졌으며 이는 거의 전부 빠졌다. 눈은 피로와 담배 연기로 붉게 충혈되었다. 그는 늘 담배를 피웠고, 대부분은 종이와 옥수수수염으로 직접 말은 것이었다. 그런 담배는 굉장히 빨리 타버려서 첫 번째 담배에 불을 붙이자마자 다음 것을 말아야 했다. 모즈는 날 데리고 낚시하러 가곤 했고, 아버지 말로는 아버지도 어렸을 때 모즈에게 낚시를 배웠다고 했다.

나는 강둑을 따라 가던 중 발견한 죽은 주머니쥐를 막대기로 찔러 개미들을 흩어지게 만들고 놀다가, 서둘러 집으로 향했다.

나는 토비 상태를 확인하러 헛간에 들렀다. 토비는 배를 깔고 기어 다니고 있었고, 뒷다리를 조금 꿈틀거렸다. 나는 토비를 토닥이고 집으로 데려가서, 밥하고 물을 주라고 톰에게 시킨 다음, 이발소 열쇠를 챙겨 샐리 레드백에 안장을 얹어 8킬로미터 떨어진 시내로 갔다.

마블 크리크는 사실 시내라고 할 수 없었고 지금도 딱히 뭐라 할 만한 곳은 아니지만, 그 당시엔 거리 두 개가 거의 전부였다. 메인 가와 웨스트 가. 웨스트 가에는 집들이 죽 늘어서 있었다. 메인 가에는 잡화점, 법원, 우체국, 의원, 아버지가 하는 이발소, 근사한 탄산음료 기계가 있는 약국, 신문사, 그 정도가 전부였다. 메인 가 도로는 곳곳이 패여 있었고, 법원, 의원, 약국, 잡화점의 전기는 제한 공급되었다.

마블 크리크의 또 다른 터줏대감은 크리튼던 노인 소유의 떠돌이 돼지 무리였다.

대개는 사람들이 참아 넘겼으나, 한번은 커다란 놈이 오웬스 부인

42

을 쫓아 웨스트 가를 내달려 그 집까지 따라갔다. 양키에다가 툭하면 북부가 전쟁을 이겼다는 점을 내세우는 오웬스 부인에게 그다지 호감을 갖고 있지 않았던 마을 사람들은, 약간 뚱뚱한 쪽에 가까웠던 그녀가 겪은 이 기념비적인 사건을 돼지 두 마리 경주라고 불렀다.

아무튼, 오웬스 부인의 남편 제임스가 산탄총으로 그 돼지를 현관 포치에서 쏴버렸는데, 그전에 그만 포치 계단을 쏘아 버팀기둥을 무너뜨려 포치 지붕이 그와 돼지 위로 무너지고 말았다. 돼지는 살아났지만, 오웬스 씨는 그렇지 못했다.

사람들은 오웬스 씨를 안타까워했고 크리튼던 영감은 돼지를 안타까워했지만, 양키들이 있는 북부로 돌아간 오웬스 부인에 대해선 그렇지 않았다. 크리튼던 영감은 1, 2주 동안은 돼지들을 집에서 못 나가게 하려고 신경 썼지만, 곧 다시 돼지들은 멋대로 나와 돌아다니며 사람들의 고함 소리를 듣고, 행인들의 돌팔매질에 쫓겨다녔다. 돼지들은 이런 현실에 적응하여 뭔가 자기들 쪽으로 날아오는 소리 비슷한 것만 들려도 옆으로 껑충 뛰는 재주를 완벽하게 습득했다.

우리 이발소는 떡갈나무 두어 그루 아래 자리잡은 조그만 방 하나짜리 흰 건물이었다. 진짜 이발용 의자 하나와, 쿠션 시트와 등받이에 쿠션을 하나 고정한 일반 의자 하나를 놓을 만한 크기였다. 아버지는 이발용 의자에서 머리를 잘랐고, 세실이 다른 의자를 썼다.

여름에는 문을 열어놓아 파리들을 막아주는 것은 방충망뿐이었다. 파리들은 유일한 방어벽인 방충망에 다닥다닥 달라붙어 있었다. 아버지는 정문을 열어놓는 쪽을 선호했다. 그 이유는 간단했다. 더운 와중에 바람이 들어와 좀 식혀주니까. 다만 연중 그 시기는 바람도 뜨거울 때가 종종 있었다. 가능한 한 적게 움직이고, 그늘을 찾게 되고, 늘어져 있게 되는 그런 날씨였다.

내가 도착해 보니 세실은 계단에 앉아 주간 신문을 읽고 있었다. 이발소 개점 시간은 딱 정해져 있진 않았지만 보통 아버지는 9시 정도에 가게 문을 열었다. 내가 나타났을 때는 십중팔구 그보다 늦었을 터였다.

세실이 올려다보고 말했다.

"아버지는 어디 계시냐?"

나는 샐리를 떡갈나무에 묶어놓고, 문을 열면서 세실에게 상황을 설명해 지금 아버지가 뭘 하고 있는지 알려주었다.

세실은 듣더니 고개를 내저으며 쯧쯧 혀를 찼고, 우리는 안으로 들어갔다.

나는 가게 냄새를 좋아했다. 알코올과 소독약 그리고 머릿기름 냄새가 났다. 이발 의자 뒤 선반에는 병들이 줄지어 놓였고, 그 안의 액체는 다 가지각색이었다. 빨강과 노랑 그리고 희미하게 코코넛 냄새가 나는 파랑. 햇빛이 들어와 병에 닿으면 솔로몬 왕의 동굴 속 보석들처럼 환히 빛났다.

문 근처 벽 가에는 긴 벤치와 밝은 색깔 표지의 잡지가 쌓인 테이블이 놓여 있었다. 잡지 대부분은 탐정소설이었다. 나는 기회가 있을 때마다 그걸 읽었고, 가끔 아버지가 낡은 잡지를 집에 가져오기도 했다.

손님이 없을 때면 세실도 그걸 읽었는데, 직접 만 담배를 입에 물고 벤치에 앉은 모습이 잡지에 나오는 등장인물들 같았다. 비정하고, 무심하고, 두려움을 모르는.

세실은 체격이 큰 남자였고, 동네에 도는 얘기와 아버지에게 간접적으로 들은 바에 따르면 여자들은 그를 잘생겼다고 생각했다. 그는 잘 다듬은 숱 많은 불그스레한 머리에 밝은 눈, 약간 눈꺼풀이 무거운 느낌의 괜찮은 얼굴을 하고 있었다. 그는 마블 크리크에 온 지 오래되지 않았고 일자리를 찾는 이발사였다. 아버지는 경쟁 상대가 생길지도 모른다는 것을 깨닫고, 의자를 하나 더 놓은 다음 세실에게 일정 퍼센트를 떼어주었다.

아버지는 그후로 반쯤 후회하고 있었다. 세실이 좋은 직원이 아니거나 아버지 마음에 안 들었던 건 아니었다. 세실이 너무 잘하는 게 문제였다. 아버지는 무작정 부딪혀 보는 식으로 이발을 배웠지만, 세실은 실제로 교육을 받았고 그렇다고 적힌 증명서도 갖고 있었다. 아버지는 세실이 그걸 거울 옆 벽에 붙이게 두었다.

세실은 진짜로 머리를 자를 줄 알았고 이내 아버지의 손님들은 점점 더 세실에게 이발 받을 차례를 기다리게 되었다. 아들을 데려온 어머니들이 점점 더 늘어나고 어머니들이 기다리는 사이 세실은 아이들 머리를 자르고 잡담하며 볼을 꼬집고 아이들을 웃겼다. 세실은 그런 사람이었다. 누구하고든 순식간에 친해질 수 있었다. 특히 여자들과.

남자들의 경우엔, 세실은 낚시 얘기를 즐겨 했다. 기회 닿을 때마다 자동차 지붕에다가 보트를 동여매고 강으로 향했다. 그는 며칠씩 일을 빼먹고 캠프 가기를 즐겼다. 늘 많은 양의 물고기와 때로 다람쥐를 가져왔고, 흔쾌히 나눠주었다. 우리에겐 늘 제일 큰 것을 주었다.

아버지가 결코 인정한 적은 없지만 세실의 높은 인기에 짜증이 났다는 것을 나는 알 수 있었다. 또한 어머니가 가게에 올 때면 세실의 시선에 얼굴이 빨개지며 수줍어했다. 어머니는 세실이 그렇게 재미있지 않은 말을 해도 소리내어 웃었다.

아버지가 바쁠 때 세실이 내 머리를 몇 번 이발해 주었고 그건 새로운 체험이었다. 세실은 얘기하기를 좋아했고 자기가 가본 곳들에 대해 굉장한 이야기를 들려주었다. 나라 방방곡곡, 세계 방방곡곡. 그는 1차 세계대전에 참전했고, 가장 추악한 전투 몇 건을 목도했다. 그 사실 자체를 인정하는 것 외엔 거기에 대해 말을 많이 하진 않았다. 그에겐 고통스러운 듯했다.

세실이 전쟁에 대해선 상당히 입이 무겁다면, 그 외의 다른 모든 것에는 상당한 수다쟁이였다. 여자애들을 두고 나를 놀리곤 했으며 가끔은 농담이 조금 지나쳐 아버지가 세실에게 눈총을 주곤 했다. 이발사가 머리 다듬는 동안 손님들이 볼 수 있게끔 벤치 뒤에 달려 있는 거울을 통해 나는 두 사람을 볼 수 있었다. 세실은 눈총을 받고는 아버지에게 찡긋 눈짓하고, 화제를 바꾸었다. 하지만 세실은 늘 그 주제로 돌아오는 듯했고, 사실 있지도 않은 내 여자친구에 대해 지대한 관심을 가졌다. 그럼으로써 그는 내게 어른이 된 기분을, 남자들의 의식과 생각을 함께하는 기분을 느끼게 했다.

톰 역시 그를 좋아했으며 사실 그에게 여자애다운 동경을 품고 때로 그저 그의 곁에 얼쩡거리려고 이발소에 들르곤 했고, 마음이 내키면 세실은 이따금씩 그애를 추켜세워주고 동전을 주었다. 그건 좋았다. 나도 하나 받을 수 있을 거란 뜻이니까.

세실에게서 제일 놀라운 점은 이발 솜씨였다. 가위가 마치 손의 일부인 것만 같았다. 손목을 살짝살짝 움직이기만 해도 가위가 번쩍이며 돌아가고 찰칵찰칵 잘랐다. 세실의 이발 의자에 앉아 있을 때면 잘라낸 머리칼이 햇살 속에 후광처럼 주위에 흩날리고 내 머리는 한 점의 조각품이 되어, 제멋대로 봉두난발에서 예술 작품으로 변모했다. 세실은 절대 머뭇거리지 않았고 가위 끝으로 손님을 찌르는 법이 없었다. 아버지의 경우엔 그런 일이 없다고 말할 수는 없었다. 세실이 향 나는 오일을 두피에 문질러주고 가르마를 타서 머리를 빗어넘기고, 의자 뒤의 좀더 가까운 거울을 볼 수 있게 빙글 돌려앉혀주면, 아까와는 완전히 사람이 달라져 있었다. 세실이 이발을 마치고 나면 내가 더 나이먹고, 더 남자다워 보이는 것 같았다.

아버지가 해줄 때는 가르마를 타고 오일을 바른 다음 의자에서 일어나게 하면(아버지는 어른 손님들에게 하듯 거울 볼 수 있게 내 의자를 돌려주지 않았다.), 난 여전히 그냥 아이였다. 머리 자른 아이.

지금 말하고 있는 그날 아버지는 없었기에 나는 세실에게 머리를 잘라줄 수 있겠냐고 물었고, 세실은 이발을 해주고 손으로 거품 낸 면도 크림과 면도칼로 귀 주위의 가위로 처리하기 어려운 잔털을 마무리해 주었다. 세실은 손으로 내 두피에 오일을 발라주고, 손가락으로 뒷목을 마사지해 줬다. 따뜻하고 저릿저릿한 게 잠이 솔솔 왔다.

내가 의자에서 내려온 지 얼마 안 되어 노새가 끄는 수레를 타고 온 네이선 노인이 아들 둘과 함께 가게에 들어섰다. 이선 네이선 씨는 오버올 차림의 덩치 큰 남자로 귀와 콧구멍에 잔털이 한 뭉치 삐져나와 있었다. 아들들은 붉은 머리에 귀가 튀어나온 것을 제외하면 아버지와 판박이였다. 다들 아마 태어나면서부터 씹는 담배를 했고, 이는 닦지 않아 누런 부분을 제외하면 담뱃진 때문에 갈색이었다. 그들은 깡통을 들고 다니면서 말하는 사이 거기에 침을 뱉었다. 그들의 대화 대부분은 당시에 예의 차리는 사람들은 잘 쓰지 않는 욕설로 도배되어 있었다.

그들은 이발하러 오는 법이 없었다. 바가지와 가위로 직접 머리를 잘랐으며 딱 그렇게 보였다. 대기석에 앉아서 입이 아플 때까지 잡지에서 자기들이 아는 단어를 읽거나 아니면 경기가 얼마나 안 좋은지 불평을 늘어놓았다.

아버지는 그들의 경우 너무 게을러서 의자에 새똥이 묻어 있어도 안 닦고 그냥 앉을 위인들이라 형편이 안 좋은 거라고 했다. 손님들이 이발을 하러 와도 그들은 자리를 비켜주지 않았다. 머리 다듬을 것도 아니면서. 아버지 말마따나 예의라고는 염소만도 못한 작자들이었다. 한번은 아버지가 내가 듣고 있는 줄 모르고, 세실에게 네이선 가족은 너무 멍청해서 그 사람들 뇌를 전부 모아 하루살이 똥구멍에 집어넣어도 그 안이 다 차지 않아 흔들면 덜그럭덜그럭 소리가 날 거라 말했다.

세실은 비록 네이선 부자와 친하진 않았지만 늘 예의를 차렸고, 아버지가 자주 말했듯 워낙 얘기하기를 좋아해서 상대가 자기 발가락 사이에 불을 붙이려는 악마라 해도 몇 군데나 붙일 거냐고 물을 사람이었다.

네이선 노인이 자리에 앉자마자 세실이 말했다.

"해리가 그러는데 살인사건이 있었대요."

48

나는 아버지가 내 가벼운 입을 어찌 생각할까 싶었다. 아버지 본인도 말하기를 좋아하긴 했지만 보통 뭔가 용건이 있을 때였다. 남이 상관할 일이 아니라면 아버지는 입 밖에 내는 법이 없었다.

일단 말이 나왔으면 나로선 전부 얘기할 수밖에 다른 도리가 없었다. 음, 거의 전부. 어째서인지 염소 인간 이야기는 빼놓고 말했다. 세실에게도 그 대목은 말하지 않았다.

내가 이야기를 마치자 네이선 씨는 한동안 침묵하다가 말했다.

"뭐, 깜둥이 계집 하나 줄었다 한들 세상에 손해될 일 없겠지." 그러고는 내게 물었다. "너희 아버지는 그 일을 살피는 중이냐?"

"네."

"아마 속상해하고 있겠지. 늘 깜둥이 걱정을 하는 사람이니. 그것들이 서로 죽고 죽이게 그냥 냅둬야 해, 그럼 우리들이 걱정할 일이 없잖냐."

나는 아버지의 개인적인 신념에 대해 제대로 생각해 본 바가 없었지만, 갑자기 아버지와 네이선 씨의 신념은 극과 극이고 네이선 씨가 우리 이발소에서 시간 죽이기를 좋아하긴 해도 진짜로 우리 아버지를 좋아하진 않는다는 생각이 들었다. 네이선 씨가 아버지를 좋아하지 않고 아버지가 그와 정반대의 견해를 가졌다는 사실에 기분이 좋았고, 그 순간 그 둘의 간극을 가늠하며 나와 아버지의 견해가 적어도 인종 문제에 있어서만은 일치되었다고 생각한다.

이윽고 테일러 선생이 들어왔다. 그는 마블 크리크의 주임 의사는 아니었고, 나와 우리 가족을 몇 번 진료해 주었던 불평 많은 노의사 스티븐슨 선생과 함께 일하고 있었다. 스티븐슨은 그 떫은 얼굴과 백발이 딱 크리스마스 유령들이 나오는 그 이야기에서의 스크루지 같이 생겼다.

테일러는 키가 크고 금발에 잘 웃는 남자였다. 여자들은 세실보다 그를 더 좋아했다. 늘 누구에게나 좋은 말을 해주었고, 아이들을 좋아했다. 그는 톰을 공주처럼 대접해 주었다. 한번은 심한 감기를 앓고 난 톰을 살펴보러 우리 집에 들렀을 때, 사탕을 한 봉지 가져다 주었다. 나는 그 일을 아주 생생하게 기억한다. 톰은 내게 단 한 개도 주지 않았다. 다음에 테일러를 만났을 때 그 얘기를 했더니, 그는 웃음을 터트리곤 말했다.

"음 그래. 여자들은 자기들 맘대로 하지. 너도 인정할 수밖에 없을걸."

테일러는 그 말뜻을 설명해 주지 않았고 나한테 따로 사탕 한 봉지를 챙겨주지도 않았기 때문에, 나는 그에게 아주 약간 유감을 품고 있었다.

테일러는 총알에 맞아 흠집이 난 프랑스 동전을 사슬로 꿰어 목에 걸고 있었다. 그 동전이 셔츠 주머니 속에 있었던 덕에 목숨을 건졌다고 했다. 어느 날 밤 어머니가 그 얘기를 꺼내며 테일러가 얼마나 운이 좋았는지 모르겠다고 했더니, 아버지가 말했다.

"흠, 자기가 망치로 동전을 두들기고는 그 헛소리를 지어냈겠지. 여자들에게 얘깃거리 삼으려고."

아무튼, 그가 와서 나는 반가웠다. 분위기가 좀 누그러졌고, 세실이 테일러의 머리를 자르는 사이 둘은 이런저런 얘기를 나누었다.

감리교 선교사인 존슨 목사가 그 다음에 들어왔고, 네이선 씨는 눈치가 보였는지 두 아들과 함께 수레에 올라 다른 사람들을 괴롭히러 떠났다. 세실이 존슨 목사에게 살인 얘기를 하자 목사는 혀를 차고는 화제를 바꾸었다.

그날 느지막이 아버지가 도착했다. 세실이 살인에 대해 묻자 아버지는 나를 쳐다보았고, 나는 입을 다물고 있을 걸 그랬구나 싶었다.

하지만 아버지는 새로운 정보를 덧붙이진 않았다.

"난 그저 이런 일을 다시 보지 않았으면 좋겠고, 해리와 톰이 그런 광경을 봤다는 게 싫어."

"난 전시에 좀 보긴 했죠." 세실이 말했다. "하지만 그건 전쟁이었지, 살인이 아니었으니까. 당시 열다섯 살이었어요. 나이를 속였고 덩치가 커서 넘어갔죠. 다시 그 상황이 된다면 그러진 않겠지만."

세실은 말없이 선반에서 빗을 꺼내 내게로 걸어와서 내 머리에 가르마를 타고 정돈해 주었다.

4장

나는 한동안 가게에서 얼쩡거렸지만 아버지 손님은 한 명밖에 오지 않았고 내가 듣기에 재미있는 얘기를 하는 사람은 아무도 없었다. 읽고 싶은 새 잡지도 없어서, 바닥의 자른 머리카락을 쓸어내고 나니 아버지가 동전 몇 개를 쥐여주며 나를 내보냈다.

나는 잡화점에 가서 가지각색의 쌓인 직물과 노새 마구, 온갖 종류의 건조식품이니 섬유제품이며 잡다한 것들을 한참 동안 구경했다. 얼음통에서 꺼낸 닥터 페퍼인가, 아니면 박하 맛 막대사탕이냐로 좁혀졌다.

마침내 박하 맛 막대사탕으로 결정했다. 2센트로 네 개를 살 수 있었다. 가게 주인 그룬 씨는 불그스레한 얼굴의 대머리에 마음 넉넉한 양반으로, 눈을 찡긋하더니 여섯 개를 싸서 봉지에 담아주었다. 나는 그걸 나중에 들러 가져가려고 이발소에 갖다놓고, 비질할 머리

52

도 없고 달리 할 일도 없어 어슬렁거리러 나갔다.

나는 이따금 미스 매기네 집에 즐겨 들르곤 했다. 거의 대부분의 사람이 그녀를 그렇게 불렀다. 매기나 나이든 흑인 여자들을 부르던 말인 아줌마가 아니라, 그냥 미스 매기였다.

소문으론 미스 매기는 백 살이라고 했다. 그녀는 매일 일했고 매트라는 이름의 노새를 부려 그럭저럭 농사를 조금 지었다. 쟁기를 달고 옥수수밭을 가는 매트는 그렇게 순할 수가 없었고, 샐리 레드백보다도 더 순했다. 매기 말로 매트를 데리고 밭을 갈 때 제일 힘든 일이라고 해봐야 쟁기를 채우는 일이라 했다. 그러고 나면 일은 매트가 다 했다. 미스 매기가 농사짓는 두어 에이커의 밭은 깊은 모래 땅인데다가, 다리는 괭이 손잡이만큼 가늘고 체구는 덩치 있는 아이보다도 크지 않으니, 어느 정도는 그녀의 노력을 인정하지 않을 수 없었다.

그녀는 어둠처럼 까맣고 침식된 땅처럼 쭈글쭈글했으며 꼬불꼬불한 머리는 숱이 드문드문했다. 감자 자루나 사료 자루로 만든 바랜 면 내리닫이를 입었으며 남자 양말과 시어스 앤드 로벅 카탈로그에서 주문한 싸구려 검은 구두를 신었다. 밖에 나갈 땐 말려 올라가야 할 챙은 납작하고 움푹 들어가야 할 꼭대기는 펴진 커다란 검은 모자를 썼다. 사람들 말에 따르면 그 모자는 툭하면 그녀를 두들겨 패다가 결국엔 타일러네 여자와 도망친 그녀 남편 것이었다고 한다.

그녀의 땅은 한때 플라이어 노인의 아버지 소유였다. 남북전쟁과 노예 해방 후, 그는 미스 매기를 하녀로 농장에 두었다. 이후, 그녀의 헌신에 대한 보상으로 그는 25에이커의 땅을 유산으로 그녀에게 남겼다. 그녀는 집과 외양간, 농사지을 땅으로 5에이커를 남기고 나머지는 마블 크리크에 팔았다. 땅 판 돈을 그녀가 잼 병에 넣어 마당에 다 묻어두었다는 소문이 있었다. 그걸 노린 작자들 몇이 그녀의 마당을 여기저기 팠지만, 머리 위로 산탄총 총알이 몇 번 날아온 이후로 탐사는 중단되었으며 그녀가 이미 돈을 다 써버렸다고들 했다.

그녀의 집 밖에는 노새 매트의 우리가 있었다. 기둥을 박고 거기에 밧줄을 묶어 사각형 모양으로 만들어둔 것이었다. 밧줄로 둘러친 안에 우리가 있고 그 안에는 늘 깨끗한 물과 곡물, 옥수수 껍질 등이 넉넉히 있었다. 매트는 자율적으로 그 밧줄 안에 머물렀다. 상당히 괜찮은 대우를 받고 있었고 녀석도 그걸 알고 있었다.

또한 돼지우리에선 조그만 새끼 돼지가 발목 깊이의 냄새 나는 진흙탕을 돌아다니며 더러운 빈 여물통을 코로 밀어대고 있었다.

한쪽 끝은 집에, 다른 한쪽 끝은 멀구슬나무에다 묶어놓은 빨랫줄에는 시트와 여자들이 민망한 물건이라고 부르던 속옷류가 걸려 있었다.

미스 매기의 집은 느슨한 타르지 지붕을 얹은 간소하고 허름한 오두막으로, 짧고 폭 좁은 포치 아래엔 닭 몇 마리와 이따금 주인 없는 개가 더위를 식히고 있었다. 포치 위에는 뒤틀린 수수대로 만든 흔들의자가 놓여 있었다. 집은 살짝 오른쪽으로 기울어 있었다. 문은 하나였고 먼지 쌓인 방충망이 달려 있었다. 창문 세 개에는 햇빛을 막거나 사람 눈을 피하고 싶을 때 내릴 수 있는 누런 방수포 가림막이 달려 있었고, 유리는 파리똥투성이었다. 여름에는 창문을 전부 열어 파리를 막기 위한 필수품인 방충망 사이로 바람이 들게 했다.

가축을 키우면, 특히 집 근처에 두고 있다면 파리가 두 배로 극성이었다.

나는 방충망 문에 다가가 붙어 있는 파리를 전부 쫓아냈다. 미스 매기는 나무 스토브 앞에서 비스킷을 오븐에서 꺼내고 있었다. 방충망 너머로 풍겨오는 냄새에 군침이 돌았다. 내가 부르자 그녀는 돌아보고 늘 그렇듯이 인사했고, 땋아내린 머리는 이전에 봤을 때보다 더 하얗게 세어 있었다.

"잘 왔다. 들어와서 앉으렴."

나는 다시 파리를 쫓아내고 안으로 들어가, 조그만 테이블 앞 약간 기우뚱한 의자에 앉았다. 그녀는 울퉁불퉁한 금속 접시에 비스킷을 담고 스토브에 캔을 올려 데우던 사탕수수 시럽을 따라주고는 먹으라고 했다.

그 비스킷은 어찌나 부드럽던지 입안에서 절로 녹았고, 십중팔구 옥수수와 바꿔 왔을 사탕수수 시럽은 더없이 달콤했다.

먹는 사이 나는 커다란 못 두 개로 벽에 걸어놓은 2연발 산탄총과, 그 옆에 걸린 검은 모자를 쳐다보았다. 미스 매기는 내 맞은편에 앉아 먹다가 말했다.

"소금 절인 돼지고기를 좀 튀길까 하는데, 먹을 테야?"

"네."

그녀는 오븐 보온기를 열고 소금 절인 돼지고기를 꺼냈다. 이미 훈제된 거라 그냥 데우기만 할 수도 있지만, 그녀는 팬에 돼지기름을 약간 넣고 스토브에 나무를 넣어 튀길 준비를 했다. 오래지 않아 다 되었다. 우리는 돼지고기와 비스킷을 더 먹었다. 그녀가 말했다.

"딱 보니 하고 싶은 얘기가 있어 입이 근질근질해 죽을 지경이구 나."

"말해도 되는 건가 모르겠어요."

"그럼 굳이 말할 거 있나."

"하지만 말하지 말라고 딱 잘라 얘기 들은 건 아니거든요."

그녀는 나를 향해 씨익 웃었다. 멀쩡한 이는 윗니 두 개, 아랫니 네 개뿐이었으며 그중 하나는 상태가 그다지 좋아 보이지 않았다. 그래도 그걸로 비스킷을 씹고 소금 절인 고기를 뜯을 수 있었다.

나는 미스 매기한테 무슨 얘기를 하든 상관없을 거라고 여겼다. 그녀가 그걸 아버지에게 일러바칠 것도 아니니까, 저지대에서 흑인 여자를 발견한 것과 숲에서 무언가가 나와 톰을 따라온 일을 얘기 했다.

내가 다 얘기하고 나자 그녀는 고개를 내저었다.

"안된 일이야. 누가 뭐 거들떠나 보겠나. 그저 깜둥이 하나 더 죽 었구나 하겠지."

"아버지는 알아보실 거예요." 내가 말했다.

"그 양반만은 그럴지도 모르지만, 아마 아무것도 못할걸. 그저 한 사람에 불과하니. 결국엔 나가떨어질 게야. 그냥 흘려보내고 잊는 게 제일 낫다."

"그걸 저지른 사람이 붙잡히는 게 좋지 않아요?"

"그럴 일 없다. 두고 보렴. 우리네 사람들은 왕겨 같아. 바람 불면 날아가고, 그래도 누구 하나 상관 않지. 누가 그 짓을 저질렀든 그 대단한 법에 걸리려면 백인 양반을 죽여야 하는 게야."

"그건 옳지 않아요."

"그런 소리 떠들고 돌아다니는 거 아니다, 그랬다가 그 KKK단 사람들이 찾아올 수도 있어."

"우리 아버지가 쫓아내실 걸요."

그녀는 클클대며 웃었다.

"그럴지도 모르지." 그녀는 한참 나를 쳐다보았다. "숲에 얼씬대지 않는 게 좋아. 그런 짓을 하는 사람이, 애들이라고 못 해치려고. 알아듣지?"

"도대체 왜 그런 짓을 할까요, 미스 매기?"

"하나님 말고 누가 그 이유를 알까. 내 생각엔 방랑자가 있는 게 아닐까 싶어."

"방랑자요?"

"여자들에게 그런 짓을 하는 사람을 그렇게 불러. 음, 우리 아버지는 그렇게 부르셨지."

"방랑자가 뭐예요?"

미스 매기는 의자에서 일어나 찬장으로 가서 작은 녹색 금속통을 들고 테이블로 왔다. 통을 열고 씹는 담배를 한 꼬집 꺼내 볼과 잇몸 사이에 쑤셔넣었다.

나는 그녀가 이야기를 들려주리라는 걸 알았다. 씹는 담배, 편안한 자세, 그게 그녀의 습관이었다. 처음 그녀가 타르 바른 아이와 1910년에 사람들이 잡아 죽인 저지대의 커다란 뱀 이야기를 들려줄 때 그랬다. 약 14미터 길이의 물뱀이었고 배를 가르니 그 안에서 아이가 발견되었다고 했다. 아버지한테 그 얘기를 했더니 아버지는 그냥 코웃음 칠 뿐이었다.

밖에선 구름이 태양을 가려 기름때 낀 창문이 어둑어둑해지고 방충망 문을 통해 들어오는 빛이 흐려졌다. 파리들이 다시 방충망에 모여들어 살짝 내려앉아 칙칙한 덩어리처럼 뭉치는 모양이 마치 미스 매기의 이야기를 듣고 싶어하는 것 같았다. 파리가 모여드는 바람에 바닥과 테이블에 그림자가 먹구름처럼 드리워졌다.

저 멀리 덜커덕덜커덕 수레 소리가 들리고, 뒤이어 차 소리가 났다. 더운 날씨였고 스토브와 좁은 공간 탓에 오두막 안은 더 후끈했다. 아늑하고 졸음이 올 듯했다.

"그 방랑자는 말이다, 괜한 시비 붙지 않아야 할 사람이야. 세상엔 무슨 대가를 치러서라도 뭔가를 갖고 싶어하는 사람이 있지. 너무나 간절히 원해서, 계약을 해."

"무슨 계약이요?"

"악마하고."

"에이. 그러는 사람이 어디 있어요."

"있지 왜 없어. 연도가 1900으로 바뀔 무렵에 댄디라는 이름의 흑인 남자가 있었단다. 그 엄청난 허리케인이 갤버스턴에 불어닥친 그해였지. 내 여동생이 거기 살았는데 그때 물에 빠져 죽었어."

"정말요?"

"암. 그 시체들을 전부 모아서 태웠단다. 동생이 물에 빠져 죽었다는 것 말고는 아는 게 없고, 만약 시체가 발견되었다면 화장되었겠지. 그땐 그럴 수밖에 없었어, 그리 죽은 사람이 많았으니. 흑인. 백인. 여자와 아이들."

이것도 재미있었지만, 방랑자와 댄디 이야기에서 너무 멀리 흘러가는 건 싫었다.

"댄디는요?" 내가 물었다.

"댄디. 음, 깽깽이 켜기를 좋아했지만, 잘하진 못했어. 그 깽깽이를 노래하게 하지 못했지. 잘하고 싶어했지만, 가족들이 참고 들어줄 만한 한두 곡 말고는 전혀 잘 켜지 못했어. 그래서 어떻게 했는지 알아?"

"모르겠어요."

"위스키를 구해서 그걸 좀 마시고는, 거기다가 일을 봤어. 왜 있잖냐, 거기다 쌌다고."

"위스키에다가요?"

"내 말이 그 말이야. 다시 병이 찰 때까지 그 병에다가 볼일을 봤지. 마신 걸 도로 채워넣었다고 할 수 있겠네. 그는 뚜껑을 닫고 흔들었어. 왜 그랬는지 알아?"

"아뇨."

"그래야 그 늙은이가 좋아한다고들 했거든. 사람 오줌이 맛을 낸다고."

"그 늙은이요?"

"그 늙은이에겐 다른 이름들이 있지. 사탄. 바알세붑. 악마. 문제는, 정말로 그 본인이나 거느린 군사들 중 하나와 얘기하기 전에는 자기가 악마를 불러냈는지 알 수가 없다는 거지만, 그거야 상관없지. 댄디는 방랑자가 되고자 했어."

미스 매기는 침을 뱉으려 잠시 이야기를 멈췄다. 그녀에겐 그 용

도로 쓰는 금이 간 커다란 잔이 있었고, 등 뒤의 스토브 옆 작은 선반에서 그걸 내려 담배즙을 뱉었다. 손등으로 입을 닦고는 그녀가 말했다.

"댄디가 하려던 그 일은 제대로 해야 하는 거야. 저지대의 제일 무성한 곳, 네거리가 있는 데에 가야 해."

"네거리야 아무 데나 있는데요, 미스 매기."

"으흠. 하지만 악마나 그 군사를 만나기에 제일 좋은 곳은 저지대에서 제일 깊은 곳, 오솔길이 가로지르는 거기야. 그리고 바늘이 둘 다 꼿꼿이 섰을 때 거기에 가야 해."

"바늘이 둘 다 서다뇨?"

"시곗바늘 말이다. 열두 시 자정. 정각에 맞추려면 좋은 회중시계를 마련해야지. 시간을 지켜야 하니까. 길이 엇갈리는 그 중앙에, 오줌 싼 위스키 병을 갖고 서 있어야 해."

"댄디는 그렇게 했어요?"

"그랬다더라. 오줌 들은 위스키와 바이올린과 활을 들고 저지대로 가서, 거기 네거리에 섰더니, 아니나 다를까, 회중시계를 성냥불로 막 확인하는 참에 누가 어깨를 툭툭 치는 거야. 놀라 왝 돌아보니 거기 악마가 있더래. 커다란 호박 머리에다가 시커먼 정장에 반짝반짝하는 검정 구두 차림을 하고선 씨익 웃어 보이더니, 그 위스키 병을 향해 고갯짓하며 댄디한테 말했다지. '그건 내 몫인가?' 그래서 댄디는 대답했지, '그렇소, 댁이 악마가 맞다면.' 그러자 이 호박 머리가 말하는 거야. '나는 너희들이 말하는 그의 오른팔 부바다.'"

"부바요?"

미스 매기는 다시 컵에다 침을 뱉었다.

"으응. 부바. 부바라는 건 바알제붑일 게야. 있잖냐. 바알제부바."

"아, 네…… 바알제붑이 뭐예요?"

"그냥 악마의 다른 이름 중 하나야, 스크래치처럼. 아마 북쪽 이름이나 뭐 그런 걸 게다. 아무튼 이 작자는 진짜 악마인지 악마의 부하인지는 모르겠어. 누구건 간에, 그 계약을 할 능력이 있었던 거야. 그래서 그 오줌 넣은 위스키를 받아서 꿀꺽 들이키고는 댄디에게 말했다지. '뭘 원하나?' 그래서 댄디는 말했어. '이 바이올린을 누구보다도 잘 켜게 해주시오.' 그러자 부바가 그랬지, 좋다, 그렇게 해줄 수 있다, 하지만 댄디가 요기 선 위에다 자기 표시를 해야 한다."

"자기 표시요?"

"글을 몰라 이름을 못 쓰는 사람들은, 표시로 대신해."

"아."

"그래서 부바가 코트 안에서 크고 기다란 서류를 꺼냈지, 변호사들이 기약서라고 하는 그거 말이다. 하기야 변호사들도 악마와 많이 비슷하지."

"기약서요?"

"그래, 도련님, 기약서."

"아, 계약서요."

"알았다, 그게 맞겠지. 하지만 말 고치지 마라. 예의 없는 짓이야."

"네."

"그러자 부바가 댄디의 손에서 활을 홱 낚아챘고, 그 바람에 손가락 끝에 피가 났어. 그러고는 댄디에게 손가락 피로 요기 서류에 선

위에다가 표시를 하게 시키고는 말했지. '여기 바이올린 활을 돌려주지. 내가 베푼 것의 대가로 너는 내게 영혼을 준 거다.' 댄디야 상관 안 했고 그 자리에서 당장에 켜기 시작해 보니, 아까 그자가 손에서 낚아챈 활과는 아주 딴판인 물건이지 뭐냐, 바이올린도 마찬가지고. 내 말은 아까와 똑같은 거지만, 그렇지 않았다는 거야. 무슨 말인지 알겠어?"

완전히 그런 건 아니었지만, 아무튼 나는 알겠다고 대답했다.

"그래서 댄디는 그 자리에서 연주를 했고 세상에서 제일 어여쁜 소리였지. 몇 소절 켜다가 그가 고개를 들어보니 부바와 그 피 묻은 기약서…… 계약서는 사라진 후였어. 이제 댄디는 행복했지. 근방에서 바이올린을 제일 잘 켰어. 여자들도 그를 좋아했고. 댄디가 춤판에 가면 여자들이 온통 몰려들었지. 그는 공짜 술을 얻어마시고 다들 그에게 잘 킨다고 그랬어. 그게 댄디의 생활이었지. 그러다가 저기 빅 샌디의 농가 잔칫집에 가서, 그는 연주를 하고 사람들은 춤을 추다가 잠깐 쉬려고 연주를 멈추었더니 웬 말더듬이가 바이올린을 들고 와서는 지가 좀 켜고 노래해도 되겠냐는 거야. 한두 곡 정도만. 댄디는 지가 더 잘나 보일 기회구나 싶었지. 그 남자더러 그러라 했어. 그 친구가 악마와 계약한 자기 상대가 될 리 없고, 그런 말더듬이가 노래를 해봐야 닭이 옥수수 쪼아먹는 소리로나 들리겠거니 했지. 댄디가 더욱 잘나 보이지 않겠느냐 말이야."

"네, 그렇겠네요."

"그래서 댄디는 좋은 말로 사람들 환심을 사려고, 여기 이 사람이 노래를 한두 곡 부르고 싶어한다고 했어. 자기도 들은 적이야 없지만 기회를 주고 싶다고. 그래서 길머라는 작은 마을에서 왔다는 이 남자는 긴장한 채 단상에 올라갔고, 활로 현을 켜기 시작했어. 그랬더니 어떻게 된 줄 아냐?"

"아뇨."

"그 사람은 잘했어. 자기가 바이올린의 일부인 것처럼 연주했지. 그리고 노래했어. 정말 곱게 노래했지, 노래할 때는 말을 더듬지 않았거든. 그래서 사람들이 모두 다 춤추고 좋아서 환호하고 휘파람을 불기 시작했고, 한 곡이 끝나자 오몬드라는 이름의 이 남자가 또 한 곡, 또 한 곡을 연주하는 것이 마치 천사가 그 바이올린 활대를 잡고 있는 듯해서, 곧 댄디는 아예 잊히고 말았지. 그리고 아무도 아쉬워하지 않았어."

"무지 화가 났겠네요."

"그러어어어엄. 별안간 성미가 폭발해서 댄디는 바이올린을 들고 뛰어올라 오몬드란 사람 머리를 내리쳐 쓰러뜨렸지. 그런 다음 두들겨팼어. 그 바이올린이 산산조각 나도록 사람을 패고는 오몬드의 목을 졸라서 결국엔 죽여버리고 말았지 뭐냐. 자. 사람들은 댄디를 쳐다보고 있었고, 그의 손에는 죽은 사람이 붙들려 있는데다 바이올린은 없었어. 산산이 부서져버렸으니. 그래서 오몬드의 바이올린과 활을 낚아채고는 사람들이 어째야 할지 미처 정신을 차리기 전에 뒷문으로 냅다 도망쳤지. 그러자 사람들이 그 뒤를 쫓았고. 하지만 이미 늦었어. 그는 저지대를 제 손바닥 보듯 훤히 알았고 이미 사라진 후였지. 그렇게 방랑자가 된 거야. 흑인이 흑인을 죽였으니 백인 법은 전혀 그를 추적하지 않고, 주변 흑인들은 다들 어쩔 입장이 아닌지라, 댄디는 저지대 건너편으로 건너가서 시작했어."

"뭘 시작해요?"

"방랑자. 한량처럼 말이야. 이집 저집 돌아다니며 먹을 것이나 뭐 그런 걸 얻으려 했고, 바이올린을 들고 떠돌면서 저녁 밥값으로 한 두 곡 연주해 주지만 솜씨라곤 형편없는 남자에 대한 소문이 돌았지. 전혀 형편없다고. 그래서 사람들은 그 이야기를 듣고도 그게 댄디일 거라 짐작하질 못했어, 댄디야 돼지 밥 먹듯 잘 컸으니까. 하지만 그건 댄디였어."

"어째서 연주를 못한 거예요?"

"지금 얘기하잖냐. 급하기는."

"죄송해요, 미스 매기."

"이 방랑자와 바이올린이 가는 곳마다 여자들이 죽어나기 시작한 거야. 이제 억하심정을 품은 게지. 늘 여자들이 자기를 좋아해 주길 바랐는데, 이제 여자들의 마음을 살 바이올린 솜씨가 없으니 그럴 수가 없게 되어서 속이 부글부글 끓었어. 뭐, 내 짐작이 그렇다는 거고. 정말은 아무도 모르지. 하지만 이건 확실해, 삼 년 동안 그는 텍사스 동부 방방곡곡을 떠돌며 흑인 여자들을 죽였고 백인 법으론 그건 아무것도 아닌 일이었지. 하지만 그는 마침내 어린 백인 소녀를 붙잡아서 해코지를 하고 죽였어. KKK단이 추적에 나섰지, 이젠 그저 깜둥이가 깜둥이를 죽인 일이 아니니까. 그리고 그는 점차로 간이 커져서 저기 글레이드워터 근처 선술집에서 백인 여자를 죽였고, KKK단이 그를 쫓아가서 남자들이 잘리고 싶지 않은 거기를 자른 다음 타르를 바르고 깃털을 묻혀 목을 매달고 불을 붙였지. 그게 이 지상에서의 댄디의 마지막이었고 KKK단이 모두에게 도움될 만한 일을 한 드문 경우지."

나는 잠시 그 점을 생각해 보았다.

"하지만 왜 바이올린을 켤 수가 없었을까요? 악마가 능력을 줬다면 켤 수 있어야 맞지 않아요?"

"내가 그걸 좀 생각해 봤다. 내 짐작엔 그 호박 머리가 그 바이올린을 주며 여기 이 바이올린으로 잘 켜게 될 거라고 한 말이 딱 그 말 그대로였지 싶어. 그 바이올린. 댄디가 그걸 부숴버리고 대신 죽은 사람의 바이올린, 열심히 연습해서 익혔을 뿐 오줌 싼 위스키 병을 네거리에 가져가서 능력을 얻은 게 아닌 사람의 바이올린을 가져갔기 때문에 더 이상 켤 수가 없었던 게야. 알겠지?"

이해는 되었다. 하지만 그래도 여전히 의문이 남았다.

"만약 악마나 그 부하를 본 적이 없다면 악마가 호박 머리인 건 어떻게 안 거예요?"

"악마를 본 친척들과 아는 사람들한테 그와 부하들이 어찌 생겼는지 들었거든. 다른 모습을 하고 있을 때도 있어. 늘 호박 머리를 하고 있는 건 아닐 수도 있지. 뿔이 달렸을 수도 있고. 은행가나 정치가처럼 생겼을 수도 있지만, 그날 밤 어떤 모습이었을지는 그냥 내 짐작이다. 내가 이야기를 좀 꾸미긴 했다만 그렇다고 그게 진실이 아니라는 뜻은 아니야."

"그럼 저하고 톰이 발견한 그 여자요, 악마에게 영혼을 판 사람이 저지른 짓일까요? 방랑자가?"

"악마에게 영혼을 판 게 아니라면 그런 짓은 하지 않을 게다. 악마

본인일 수도 있겠지. 가끔은 직접 하는 걸 좋아하니까."

"염소 인간은요?"

"애야, 내 생각엔 염소 인간이 악마가 아닐까 싶다. 악마는 원하는 대로 모습을 바꿀 수 있다 했고, 그 염소 뿔하고 발굽이 영락없이 악마 같지 않던? 내가 악마라면 딱 저기 저지대에서 지낼 게야, 어둡고 축축하고 온갖 것들이 다 있으니. 내 똑바른 소리 하나 하마. 그 악마가 좋아하는 건 뭐든 멀리하도록 해, 그자하고 상종하면 너한테 수작을 부릴 테니까. 알겠지?"

"네, 그럴게요."

"이제 가봐야지. 난 빨랫감도 있고."

"네. 잘 먹었습니다."

"별것도 아닌데. 우물에서 물 좀 길어다가 돼지한테 주고 가. 다음에 또 놀러오고."

나는 밖으로 나가면서 방충망 문을 놓아서, 쾅 닫히지는 않지만 붙어 있던 파리들이 날아갈 만큼 흔들리게 했다.

나는 우물로 가서 두레박을 떨구었다가 끌어올린 다음, 양동이에 물을 옮겨 부었다. 몇 번을 오고가며 돼지 여물통에 물을 채웠다.

가는 사이 예전에 미스 매기가 파리가 악마의 눈이자 귀라고 했던 것이 떠올라 생각에 빠져들었다.

고개를 돌려 그녀의 집을 돌아보니 이미 파리가 다시 방충망을 뒤덮었고 왕파리가 땀이 밴 내 머리 주위를 윙윙거리고 있었다.

나는 손을 휘둘렀지만 파리는 도망가버렸다.

5장

그날 밤 집에서 침대에 누운 채, 나는 벽에다 귀를 대고 엿들었다. 방 건너편에선 톰이 아버지가 거친 목재에 못을 박아 만든 작은 침대에서 자고 있었다. 벽은 얇았다. 사방이 조용하면 어머니 아버지가 옆방서 하는 이야기가 들렸다.

"그 늙은 돌팔이 스티븐슨 선생은 아예 그 여자를 보려 들지도 않더군." 아버지가 말했다. "자기가 병원에 흑인을 들인 걸 알면 환자들이 아무도 안 올 거라나."

"끔찍해라. 테일러 선생은?"

"흠, 그 사람은 최소한 진짜 의대를 나오긴 했을 거야. 아칸소인지 오클라호마인지, 아무튼 그 사람 고향에는 의대가 있을걸."

"미주리." 어머니가 말했다.

"아무튼, 테일러 선생이 여자 시체를 살펴보러 왔어. 정말 보고 싶어 하던데, 무슨 모험이라도 되는 양. 하지만 내 사정 봐주다가 그 사람이 괜히 스티븐슨 눈 밖에 나게 될까봐 걱정되더라고. 장기적으로 나쁘게 작용해서 그 사람 경력을 망칠 수도 있으니. 테일러 선생은 일이 년 후에 스티븐슨이 은퇴하면 의원을 인수할 참이고 괜찮은 사람 같아 보여. 그래서 시체를 싣고 펄 크리크에 있는 의사한테 갔어."

펄 크리크는 흑인 마을이었다.

"그 여자를 우리 차에? 저기, 차 버린 거 아니야?"

"아무 탈도 없었는걸. 해리한테 시체 있는 곳을 들은 다음, 돌아와서 차를 타고 빌리 골드네 집으로 갔지. 빌리하고 동생이 나와 같이 내려가서 방수포로 여자를 싸서 차에다 옮겨 실었어. 둘둘 잘 쌌다고. 아무것도 안 샜어. 펄 크리크로 싣고 가서 그쪽 사람들이 얼음창고 안에 시체를 두고 얼음을 채워넣었지."

"난 그 얼음은 절대 사양이야."

"애초에 시신 상태가 상당히 엉망이었어. 일부가 떨어져나왔더라고. 그 방수포는 버릴 수밖에 없었어."

"그런데 우리 차에 실었다고? 세상에."

"오는 길에 창문 열고 냄새 날려보냈는데."

"맙소사."

"거기 흑인 의사 틴 선생은 왕진 갔더구먼. 내일까지 안 온대. 출산 도우러 시골에 갔다나. 아침에 거기 가서 뭐 알아낼 게 있나 보려고. 이런 종류의 살인에 대해선 아는 게 아무것도 없으니."

"살인인 게 확실해?"

"여보, 생각해 봐. 그 여자가 저 혼자 칼로 자해하고 나무에 철사로 제 몸을 묶었겠나."

"성미 급하긴, 제이콥…… 철사? 여자가 철사로 묶여 있었어?"

"가시철사 두어 줄하고 넝쿨로 묶여 있었어. 누군지 분명히 그 철사 묶기를 즐겼더라고. 나무 조각을 가져다가 철사에 묶고는 그걸 손잡이 삼아 나무 주위에 철사를 두르고 고리를 지은 다음, 태엽 돌리듯 해서 조였어. 그런 다음 여자에게 장난질을 친 것 같아."

"설마 그럴 리가."

"이런 일에 대해 많이 아는 건 아니지만, 여자가 스스로 그 나무에다 자기 몸을 묶은 게 아니라는 건 알아. 그리고 이런 짓을 할 법한 사람들에 대해선 두 가지 정도 생각나는 게 있어. 예전에 런던의 잭더 리퍼라는 자에 대해 들은 적이 있어. 여자들을 칼로 해쳤대. 재미로. 여자들 신체 일부를 잘라냈다지. 여자들의 신체 부위를 엉망으로 만들고."

"그냥 지어낸 얘기겠지."

"실제 역사야. 그자는 결국 잡히지 않았어. 얼마나 많은 사람을 죽였는지는 모르지만, 결코 잡히지 않았고 누구인지도 전혀 모르지. 그리고 가게에서 세실이 한 얘기인데, 알잖아, 조용해지느니 무슨 얘기라도 해야 직성이 풀리는 사람인 거. 자기가 전쟁 때 프랑스에 있을 때 밤이면 전쟁터에 나가 부상을 입고 낙오되어 살아 있는 사람을 찾아 돌아다니는 작자가 있었대. 독일군을. 그리고 시체에다 그런 짓을 했다는 거야. 남자가 여자한테 하듯이. 다만 다른 곳에다가."

"다른 곳이라니."

"알잖아. 거기."

"그럴 수 있어?"

"마음먹는다면야." 아버지가 말했다. "참호에서 그 작자를 볼 수 있었다더군. 미군 군복 차림이었고 시체에다 그런 짓을 했다는 거야."

"아무도 안 말렸고?"

"그 작자만큼 정신 나간 사람이 없었지. 거기 전쟁터에 나갈 사람도 없고 자기네 편을 쏠 수도 없고. 전쟁이잖아. 그리고 당시 그들 생각으로는 최소한 독일군들에게 그 짓을 하는 거니까. 세실이 말하길 그때는 다르게 생각하게 된다더라고. 전쟁이란 게 그렇대. 그냥 적군에 대한 보복이려니 했다나. 밤이면 그 짓을 하는 그 작자를 볼 수 있었는데 죽은 이들과 죽어가는 사람들 사이를 돌아다니며 건드릴 대상을 찾아다녔고 세실 말로는 꼭 살아 있는 사람한테만 그러는 것도 아니었다더라고."

"거짓말일 거야, 제이콥. 그럴 리가 있겠어."

"세실은 그 자라면 이런 짓을 할 거고, 그런 다음 도로 참호 속으로 사라질 거라고 했어. 다들 그게 누구일지 의심은 했지만 확실히 아는 사람이 없었다나. 그저 군복만 봤지 얼굴은 제대로 본 적이 없다고. 혹은 누구 본 사람이 있을지도 모르지만 나서지 않았든가. 세실은 그 자를 한 번 봤지만 마치 유령처럼 저만치 배회하고 있었을 뿐이라더군. 뭐 별난 짓을 하고 있진 않았고. 그냥 시체들을 살펴보고 있었다고. 독일군이 그 자를 쏘지 않은 게 놀라웠다는군. 세실은 그 자가 뭘 하는지 진짜로 본 사람을 만난 적은 없대. 그저 배회하는 것만 봤지."

"세실은 그럼 그 사람이 진짜로 뭘 하는지 본 건 아니고?"

"못 봤지. 그저 소문만 들었다고."

"그럼 지어낸 얘기일 수도 있겠네? 세실이 거짓말을 듣고 와서 당신에게 이야기했을지도."

"세실이 거짓말하는 것일 수도 있겠지. 하지만 거짓말이 아니라고 쳐보자고. 생각해 봐. 전쟁 때 그런 짓을 하고도 넘어간 자가, 귀국해서……."

"하지만 그 사람은 남자들에게 그런 거잖아."

"어쩌면 손닿는 대상이기 때문이었을 수도 있지. 여자라도 마찬가지거나 여자를 선호할 수도 있잖아. 난 이런 문제에 경험이 없어. 내가 아는 한에선 이 문제의 전문가는 없지. 그래도 하나 알아낸 게 있긴 하네. 그 여자의 시체에 가시철사 구멍이 난 모양을 보아하니, 그 자가 철사를 감을 때 이미 죽은 상태였던 거 같아. 살아 있었다면 피가 났을 텐데 그 상처는 그렇게 피가 많이 났던 거 같지 않거든. 물론 강물에 피가 씻겨나갔을 수도 있지만, 내 생각엔 여자는 죽은 지 꽤 되었고 그 자가 장난질을 치러 돌아왔던 것 같아. 악어가 죽인 사냥감을 강둑 구멍에 집어넣고 좀 숙성되었을 때 돌아오듯이."

"세상에 그럴 사람은 없을 거야."

"잭 뉴먼이 술에 취해 처갓집 식구를 쏘아죽였고 목격한 증인이 열다섯 명 있을 때는 그렇게 정리하기 어렵지 않았지. 이건……모르겠어. 내가 이제껏 본 사건과는 전혀 달라. 짐작해 보는 게 있긴 한데, 그게 전부야. 틴 선생이란 양반이 도움이 되면 좋겠는데."

어머니와 아버지는 그후 한동안 조용했고, 잠시 후 어머니가 말을 꺼냈다

"……그런 얘기를 듣고 난 마당이라 기분이 내키지 않아. 미안, 여보."

"알았어." 아버지가 말했다.

그 다음 완전한 정적이 찾아왔다. 나는 뭐라 이름붙일 수 없는 감정에 사로잡혀 이불 속으로 파고들었다. 두려움. 흥분. 불가사의한 감각. 나로선 생각조차 못했던 존재나 사건 얘기였다.

나는 아침에 일찍 일어나서 아버지를 졸라 같이 차를 타고 펄 크리크에 갈 수 있을지 알아봐야겠다고 마음먹었다. 아버지가 그 정도는 해줘야 한다고 생각했다. 아무튼, 그 시체를 발견한 건 나였으니까.

누운 채 잠이 가물가물 오는 사이 비가 내리기 시작했고 처음엔 부슬부슬하다가 빗발이 굵어졌다. 그 빗소리에 나는 잠이 들었다.

* * *

"아니. 못 데려가."

"하지만 아버지—"

"하지만이고 뭐고 없다. 너는 못 데려가."

겨우 날이 밝았다. 혹시나 아버지한테 따라가겠다고 말할 틈을 놓칠까봐 지난밤 거의 한숨도 못 잤다. 하지만 조금도 피곤하지 않았다. 에너지와 흥분이 내 안에서 들끓고 있었다. 나는 벽 너머로 부모

님 얘기를 들었다는 걸 티 내지 않았다. 짐짓 아버지에게 그날 일정을 묻고 아버지가 펄 크리크에 간다고 하자 무슨 일이냐고 물었다. 아버지는 그쪽 의사에게 내가 찾은 여자 시체에 대해 확인해야 한다고 말했다. 그 틈에 나는 같이 가도 되냐고 물었다.

"말썽 안 부릴게요." 내가 말했다.

"그럴지도 모르지. 하지만 네가 같이 갈 일은 아닌 것 같다. 이건 어른들 일이야."

우리는 식탁에 앉아 있었다. 아버지는 어머니가 프라이한 달걀 두어 개를 먹고 있었는데, 커다란 비스킷으로 노른자를 찍어 먹고 있었다. 나는 같은 메뉴에다가 어머니가 따라준 버터밀크를 곁들여 먹고 있었다. 어머니는 뚜껑 달린 병에 버터밀크를 넣어 우물에 담가 보관하고 먹고 싶을 때 끌어올렸다.

나는 톰이 깨어날까봐 얼른 먹고 마셨다. 당시엔 우리 모두 일찍 일어났다. 톰이 일어나서 내가 아버지와 같이 가려는 걸 알기라도 하면 자기도 가고 싶어할 거고, 아버지가 날 데리고 가지 않으려는 마당이면 당연히 톰은 안 데려갈 테니 그럼 완전히 망하는 거다. 우리 둘 다 같은 것을 원할 때 아버지 입장에선 둘 다 안 된다고 하는 쪽이 우리 중 한 명에게만 허락하는 것보다 편하다.

물론, 아버지는 이미 내게 안 된다고 했지만 처음 안 된다고 해도 꼭 그렇지만은 않다는 걸 나는 알고 있었다. 아버지가 세 번째로 안 된다고 하자 그제야 나는 입 다무는 게 좋겠다는 걸 알았다.

어머니는 아버지에게 커피를 따라주다가 말했다.

"제이콥, 쟤는 어차피 그 시신을 봤어. 그냥 데리고 가면 어때. 굳이 다시 시체를 봐야 한다는 건 아니잖아."

그건 정확히 내가 생각하고 있던 건 아니었지만 아버지를 따라가도 된다는 허락을 받는 계기는 최소한 될 수 있을 법했다. 여기서 어디까지 밀어붙일 수 있을지는 아무도 모르는 일이니까.

아버지는 한숨을 지었다. 미소 짓고 있는 어머니를 쳐다보았다.

"글쎄, 어쩔까. 쟤 할 일도 있는데." 아버지가 말했다.

"오늘 아침은 할 일 많지 않아. 내가 대신해 줄 수 있어. 나하고 톰이."

"톰이 좋아하기도 하겠다." 아버지가 말했다.

"그냥 데리고 가. 당신이 하는 일을 알게 된다고 애한테 해가 되진 않을 거야."

어머니는 아버지 뒤에 서서, 한 손을 아버지 어깨에 얹고 있었다. 어머니가 나를 쳐다보고는 슬쩍 윙크했다.

아버지는 그 문제에 대해 당장은 더 이상 말하지 않았고 어머니도 마찬가지였다. 나는 아버지가 결단의 순간에 있을 때는 그냥 기다리는 게 최선임을 경험으로 알고 있었다. 그 문제에 대해 아버지의 마음이 확고하지 않고 상황을 고려하고 있다는 뜻이었다. 어느 쪽이든 될 수 있었다. 만약 내가 원하지 않는 쪽으로 결정난다면 빌고 애원하고 조를 수야 있겠지만, 일단 아버지가 진짜로 마음을 먹는다면 포기하는 게 낫다. 그 결정을 뛰어넘을 수는 없었다.

아버지는 두 잔째 커피를 다 마시고, 가지고 갈 석 잔째를 어머니가 따라주었다. 아버지는 나를 쳐다보고 입술을 모으더니 말했다.

"같이 가도 좋다. 하지만 방해되면 안 돼. 넌 같이 갔다가 돌아오기만 하는 거야, 명심하도록 해."

"네, 아버지."

어머니는 커다란 비스킷에 버터를 발라서 마른 행주로 쓰던 천으로 싸고, 내게 버터밀크를 한 잔 더 따라준 다음에 가는 길에 먹으라고 싸주었다. 포드 차에 시동을 걸고 우리는 출발했다.

차를 타고 가니 신이 났다. 우리는 늘 차를 쓰진 않았다. 그런 식으로 연료를 절약했고 아버지 말로는 엔진도 아낄 수 있다고 했다. 게다가 우리가 가려는 곳 상당수는 도로가 연결되지 않았다. 걷거나 노새를 타거나 아니면 수레였다. 하지만 그날은 특별한 날이었다. 도로가 펄 크리크까지 연결되어 있을 뿐만 아니라 아버지와 함께 사건 수사를 하러 가는 거니까.

우리가 마당을 나설 즈음엔 해가 밝게 빛나기 시작했다. 아버지가 운전하며 커피를 마시려 애쓰는 사이 나는 버터 바른 비스킷을 먹었으며, 처음으로 아이의 경계선을 넘어 어른이 된 기분이 들기 시작했다.

* * *

진흙탕 길에 몇 번이나 바퀴가 빠질 뻔했지만 우리는 마침내 펄 크리크에 도착했다.

펄 크리크는 진짜 크리크(개울)로, 거기에서 마을 이름을 따왔다. 개울은 몇 군데에서 폭이 넓어지고 물살이 빨라졌으며, 개울 바닥에는 하얀 모래와 진주색 자갈이 깔려 있어서 그런 이름을 얻게 되었다. 웅장한 히커리와 떡갈나무 고목과, 뒤틀리고 늘어진 버드나무가 주위를 감싸고 있었으며, 손목만큼 굵은 버드나무 뿌리가 뱀처럼 강 둑을 휘감아 뒤덮고 있었다.

개울 한쪽에는 그 이름을 딴 작은 마을이 있었다. 우리 쪽에서 그 마을에 가려면 좁은 나무 판자 다리를 건너야 했는데, 건널 때면 판 자가 차바퀴나 말굽, 수레바퀴 아래에서 당장이라도 부서질 듯이 덜 컹거렸다.

펄 크리크는 전부 흑인들 마을이었으며, 아들들을 부려 제재소(본 인 소유는 아니지만)를 운영하고 아내의 도움을 받아 별정우체국 겸 잡화점을 하고 있는 패피 트리섬 노인만이 예외였다.

패피는 깜둥이 여자와 결혼해서 백인 사회의 경멸을 샀지만 흑 인들은 그를 받아들였다. 옛날에 패피가 말을 타고 마을로 가는데 KKK단이 기다리고 있다가 그를 끌어내려 벌거벗기고 채찍질하고, 머리를 깎고, 타르를 칠하고 깃털을 묻히고, 그의 말을 쏘아 죽이고, 그를 가로대에 매달아 차 두 대 사이의 창문에 걸고 마을까지 달려 서 잡화점 앞에다 떨구어놓았다.

소문에 따르면 패피가 KKK단에 친척이 있어서 그나마 더 심한 린 치를 면한 거라고 했다. 이유가 뭐였든 간에 KKK단은 채찍질, 타르 와 깃털 바르기로 충분하다고 결정했다. 패피는 흑인 여자와의 생활 로 돌아갔고 그 뒤로 KKK단은 그를 내버려두었다.

패피는 본인만큼이나 피부가 흰 자녀들을 두었다. 딸 하나는 백인 으로 살려고 북부로 갔다는 소문이 있었다. 아들들은 피부색이 밝기 는 해도 백인으로 통할 만큼은 아니었거나 혹은 그럴 뜻이 없었다.

제임스, 제레미아, 그리고 루트(뿌리). 둘은 성경에서 이름을 따왔고, 하나는 진짜 이름은 윌리엄이었는데 워낙 대물이라 그런 별명이 붙었다는 소문이 있었다. 그는 또한 머리가 모자라서 이따금씩 노출을 한다고 했다. 정말로 악의가 있어 그러는 건 아니었고, 누구에게 보여줄 의도로 노출하는 것은 아니었다. 그는 단지 자기 거기를 만지작대길 좋아했으며, 그게 관습에 어긋난다는 것을 알 만큼의 지능이 없었다. 그런 이유에서 가족들은 루트를 거의 흑인 사회 밖으로 내보내지 않았다. 만약 그가 백인들 앞에서 취미를 내보였다가는, 본인이야 뭘 모르고 그랬다 해도 결과적으로 린치를 당하지 않을까 하는 염려에서였다.

필 크리크는 제재업으로 돌아가는 곳이었다. 제재소 사람들과 제재소 그리고 잡화점이 거의 세상의 전부였다. 제재소는 현금도 지불하긴 했지만, 잡화점에서만 쓸 수 있는 교환권을 주로 지급했다. 일종의 계약 노예 형태였다.

필 크리크가 자리한 땅은 한때 저지대였고, 나무를 치우고 쓸만한 마을을 짓기는 했지만 여전히 땅은 질었고 모기가 극성이었다. 아버지는 그 동네 모기는 사람을 끝장내서 잡아먹고 그 신발까지 먹어치우고도 남을 만큼 크다고 말하곤 했다.

당시 그 지역에는 차가 많지 않았기에 가는 동안 다른 차를 지나치지는 않았지만, 말 탄 사람 몇 명과 걸어가는 남자애 하나, 그리고 노새가 끄는 수레 세 대를 지나쳤다.

우리 차는 햇빛 아래 구워지고 있는 검은 풍뎅이나 마찬가지였고, 부서질 듯한 작은 다리를 건너 질척한 필 크리크에 도착했을 무렵엔 우리 옷이 젖어 달라붙고 얼굴은 시뻘게져 땀을 비 오듯 흘리고 있었다.

우리는 잡화점 앞에 차를 세웠다. 비바람에 시달린 목재와 양철 지붕의 기다란 건물로 뒤에는 헛간이 몇 있었다. 우리는 차에서 내려 잡화점 앞 물 펌프로 향했다. 제재소에서 톱밥과 그 외 아무도 모를 것들을 떠내려 보내는 개울을 제외하면 여기가 마을에서 유일하게 흐르는 물을 얻을 수 있는 곳이었다. 또한 개울가를 따라 옥외 변소가 여럿 늘어서 있었으며, 물이 흘러 더러운 것들을 씻어내니 마셔도 된다고 믿는 사람들도 많았지만, 아버지는 거기에 의심을 품고 내게 개울물을 곧장 마시지 말라고 일렀다.

아버지는 이렇게 말했다.

"그 안에는 미생물이라는 게 있어, 해리. 물가와 개울 바닥, 이끼, 바위나 그런 것들에 달라붙고 그게 물에 섞여 몸에 들어가면 병이 난다. 나는 미생물이란 걸 본 적은 없어. 하지만 그게 있다는 걸 의심하진 않는다, 씨눈이나 진드기보다 더 작아."

현미경으로만 볼 수 있는 미생물의 개념을 아버지가 제대로 이해했던 것 같지는 않다. 그게 작다는 건 상상할 수 있지만, 그 정도로 작은 줄은 아마 몰랐을 것이다.

아버지가 펌프질을 해주었다. 나는 그 아래 고개를 들이밀고 손과 팔을 씻었다. 그런 다음 아버지와 교대하여 내가 펌프질을 했다. 마치고 나자 아버지는 빗을 꺼내 세심하게 짧고 검은 머리에서 물기를 털어내고 가르마를 탄 다음, 내게 빗을 넘겨주었다. 나는 몇 번 빗질을 하고 아버지에게 빗을 돌려주었고 우리는 가게 안으로 들어갔다.

"탄산을 마시는 게 낫겠다." 아버지가 말했다.

바로 내가 듣고 싶던 말이었다.

대부분의 제재소 마을, 특히 흑인 동네에서 그렇듯이 잡화점은 펄 크리크의 중심이었다. 동부 텍사스는 늘 다른 곳보다 뭐가 들어오는 것이 느렸다. 내 기억으로는 40년대까지 마을 밖에 전기가 들어오지 않았고, 모든 마을에 들어온 것도 아니었다. 앞서 말했듯 마블 크리크에는 전기가 일부 들어오긴 했지만, 넓게 확장되거나 일반적이 된 것은 그 후로 몇 년이 지나서였다.

지역 전기 부서는 전선을 이 집에서 저 집으로 연결하고 있었지만, 흑인 집은 제외였다. 몇몇 흑인은 다른 집에 다 전기가 들어오고 나서 한두 해 지나서야 되었고 어떤 집엔 아예 들어가지 않았다. 텍사스 동부는 다른 데보다 새로운 것이 들어오는 게 뒤처졌고, 그게 뭐든 간에 텍사스 동부 흑인들은 백인들보다 한참 지나서 손에 넣을 수 있었으며 그나마 보통은 질이 떨어지는 것이었다. 링컨이 흑인들을 해방시킨 지 한참 되었지만 당시 흑인들의 삶은 남북전쟁 이전과 별다르지 않았다.

패피는 제법 괜찮은 가게를 운영했다. 식품에서부터 탄산음료, 가구, 옷과 커튼 지을 옷감에다가 철물이며 양초, 비누, 헤어오일, 등유, 석유에 이르기까지 거의 모든 생필품이 갖춰져 있었다. 나는 가게 구경과 그 냄새를 좋아했다.

패피 트리섬은 계산대 뒤에서 코카콜라를 마시며 대충 썬 볼로냐 샌드위치를 먹고 있었다. 아버지를 보자 그는 씨익 웃었다. 이가 빠진 입안 가득 볼로냐를 물고 있으니, 보기 좋은 광경은 아니었다. 낡싯바늘 물고 뻐끔거리는 물고기 입도 그보다는 보기 나았다.

아버지는 패피가 흑인 여자와 결혼하기 전부터 평생 동안 그와 알고 지냈다. 카밀라가 그 여자 이름이었다. 그녀는 덩치 크고 통통한 여자로 펄 크리크에서 멀지 않은 백인 가정에서 세탁 일을 했다. 또한 산파 일도 했으며 한번은 루트를 놀리며 아랫도리를 보이라고 꼬드기던 흑인 남자 두 명을 주먹으로 후려갈긴 일도 있었다. 그들은 그저 루트가 그 별명을 얻게 된 계기인 대물을 보고 싶었을 따름이었다고 했다지만 이러나저러나 카밀라는 좋게 받아들이지 않았다.

나는 패피가 조금 무서웠다. 그는 허수아비처럼 말랐으며 숱 많은 백발이 고슴도치처럼 곤두서 있었다. 가끔은 가게서 파는 틀니를 낄 때도 있었지만 그가 말을 할 때마다 틀니가 덜그럭대며 마치 어디 급히 갈 곳이라도 있는 것마냥 빠져나오곤 했다. 그래서 그는 거의 이 없이 다녔다.

또 한 가지는 그가 움직이는 방식이었다. 그는 휙 나아갔다 움찔거리곤 했으며 마치 보이지 않는 끈이 그에게 달려 있고 두세 방향으로 대중없이 당겨지는 것 같았다. 돌이켜보면 신경이나 근육 관련 병이 있었던 게 아닌가 싶지만 당시엔 신경증이라고만 했다.

사탕수수 의자 몇 개가 드럼통 난로 주위에 놓여 있었고, 아버지가 코카콜라를 사서 병뚜껑을 따개로 딴 다음 우리는 거기 앉아 콜라를 마시며 잠시 긴장을 풀었다. 연중 그 시기엔 난로에 불을 때지 않았지만, 장작 입구가 열려 있었고 안에는 재와 종잇조각 그리고 손님들이 던져넣은 땅콩 껍질이 보였다. 불을 때지 않았어도 가게 안은 양철 지붕이 열을 흡수하고 가둬두는 바람에 오븐마냥 후끈 더웠다.

빨리 움직이지 않고 의자에 가만히 앉아 천천히 탄산음료를 마시고 있으면 거의 쾌적하다고 할 만했다.

패피가 우리 쪽으로 왔다. 나는 예의 바르게 인사를 한 다음 그를 쳐다보지 않으려 애쓰며 콜라를 마셨다.

"아암드리 그어는데 어름앙고에 우근 여아가 이따며, 경간 양방."

패피가 사방으로 입을 뻐끔거리며 말했다.

"맞아요." 아버지가 말했다. 패피 트리섬의 말을 알아듣다니 아버지가 대단해 보였다. "원래 알려져서는 안 되는 일이지만, 너무 많은 걸 바랐나 봅니다."

"론이 드어서."

패피가 말하고는, 직접 염색한 밀가루 자루로 만든 옷에 색종이 꽃을 단 마분지 모자 차림의 뚱뚱한 흑인 여자를 응대하러 갔다.

우리는 콜라를 마셨고, 아버지는 잠시 돌아다니며 우리 형편으로는 감당할 수 없는 가구를 구경한 다음, 패피에게 연료를 살 수 있냐고 물었다.

패피는 헛간에 있는 펌프로 우리를 안내하여 잠긴 펌프를 열쇠로 풀고 펌프질해서 커다란 양철통에 석유를 채웠다. 아버지는 석유를 차에다 넣은 다음 나에게 통을 패피한테 도로 갖다주라고 시켰다.

내가 돌아와 보니 아버지는 운전석에 앉아 생각에 잠겨 있었다. 그제서야 나는 아버지가 직면한 일이 하고 싶지 않아, 가게에서 이것저것 구경하고 딱히 필요하지 않을지도 모르는 연료를 사면서 미적대고 있었음을 깨달았다.

아버지는 한숨을 내쉬고는 포드에 시동을 걸고, 바닥에 기둥을 세우고 지은 건물들이 여기저기 있는 질척한 작은 광장을 빙 돌아갔다. 물론 개울물이 불어났을 때 건물이 물에 잠기지 않게끔 그런 식으로 지은 것이었다. 대부분의 건물은 일반 가정집으로 정원이나 돼지우리가 딸려 있었지만, '펄 크리크 스탠다드'라는 간판이 붙은 사무실과, 법률사무소 표지, 그리고 '치과'라고 쓰인 간판이 달린 건물이 있었다. 또한 앞에다가 빨간색과 흰색 기둥을 세워놓은 이발소도 있었다.

비록 제재소에는 일꾼이 가득했지만 그중 상당수는 손가락이 세 개 이상 되지 않았고 몇은 손을 잃었으며 일이 없는 사람들도 많아서 그들은 떼를 지어 서성대거나 포치 계단 또는 의자에 앉아 있었다. 까마귀가 울타리에 모이듯 대부분은 흑인 이발소로 향했다. 그들은 오버올과 밀짚모자 또는 펠트 모자 차림에 낡은 작업화를 신었다.

나이 든 흑인 여자들도 보였는데 몇몇은 드레스를 입었고 또 몇몇은 남자들과 마찬가지로 오버올과 모자 차림이었다. 아이들은 진흙을 튀기며 넘어지고 미끄러졌고 소리를 지르며 개울로 뛰어갔다.

우리는 한쪽에 잘 가꾼 화단이, 다른 한쪽에는 조그마한 정원에 울타리를 두르고 닭을 풀어놓은 빛바랜 집 앞에 차를 세웠다. 정원에는 지주를 세워놓은 토마토 십여 그루와 옥수수 몇 대, 콩 한 줄, 완두콩 두어 줄, 그리고 밀가루 묻혀 튀겨내면 딱 좋을 크고 하얀 여름 호박 네 개가 있었다. 암탉 네 마리와 수탉 한 마리가 정원 근처의 땅을 파대고 있었고, 방금 달리기 경주라도 마치고 온 듯한 누런 개가 옆으로 드러누워 더위에 헐떡거리고 있었다.

우리가 차에서 내리자 개는 꼬리를 몇 번 치더니, 너무 반가워하다가 기력이 쇠할까 그러는 듯이 멈추었다. 닭들은 흩어졌다가 우리가 포치에 오르자 도로 그 자리로 모여들어선 내가 보기엔 흙 말고는 아무것도 없는 곳을 부리로 쪼아댔다.

언덕에는 메마른 나무들이 보이고 노새가 끄는 톱날이 옹이진 나무를 목재로 만드는 제재소의 톱질 소리가 들렸다. 톱밥이 언덕 아래 개울로 떠내려왔다. 제재소 가까운 곳의 흙은 누런 호박 색이었고 오래된 것은 시간이 흐르면서 시커멓고 질척거렸다. 그게 개울로 흘러내려 와 쌓이고 물살에 휩쓸려 갔다.

아버지가 모자를 벗어들고 노크하자 잠시 후 문이 열렸다. 딱 달라붙는 푸른 드레스 차림의 통통한 흑인 아주머니가 서서 내다보고 있었다.

"콜린스 경관입니다. 남편분과 약속이 있는데요."

"네, 경관님, 기다리고 있었어요. 들어오세요."

안에선 강낭콩 요리하는 맛있는 냄새가 났다. 깔끔했으며, 간소한 가구들은 몇은 가게에서 산 물건이고 대다수는 목재와 사과 상자로 직접 만든 것이었다. 벽에는 책꽂이가 있었다. 이렇게 많은 책이 한데 모여 있는 것은 처음 봤고, 아마 내 평생을 통틀어도 제일 많은 책을 본 날이었을 것이다. 일부는 소설이었지만 대부분은 철학과 심리학에 관한 것이었다. 당시에는 그런 줄 몰랐지만 많은 제목이 기억에 남았고 몇 년 지나서 무슨 책이었는지 알게 되었다.

나무판자 바닥은 새로 문질러 닦은 듯이 보였고 희미하게 기름 냄새가 났다. 벽에는 그림이 걸려 있었다. 노란 꽃들이 꽂힌 파란 꽃병이 창가 테이블에 놓여 있었고 창밖에는 검은 구름 옆으로 달이 떠 있는 그림이었다.

그 집은 우리 집보다 훨씬 근사해 보였다. 흑인 의사라 해도 의사 일이 생계를 꾸리기엔 그렇게 나쁘지 않은가보다 싶었다.

"잠깐 실례할게요, 가서 찾아보고 오죠."

아주머니가 말하고는 가버렸다.

아버지도 집안을 둘러보고 있었고, 목울대가 꿈틀 움직이더니 얼굴에 슬픔이 스치는 것을 나는 보았다.

아주머니가 돌아와서 말했다.

"틴 선생은 밖에 있어요. 경관님을 기다리고 있어요. 이쪽은 아드님?" 아버지는 그렇다고 말했다. "참 잘생긴 멋쟁이네. 안녕, 도련님?"

미스 매기도 나더러 도련님이라고 부르곤 했다.

"안녕하세요, 아주머니."

"아, 예의도 바르지. 이리로들 오세요."

그녀는 우리를 안내하여 뒷문을 지나 계단을 내려갔다. 집 뒤에는 깨끗한 하얀 건물이 있었고 우리는 안으로 들어갔다. 커다란 책상이 놓이고 솔향 소독제 냄새가 나는 새하얀 방이 나왔다. 책상 뒤에는 단풍나무 의자가 놓여 있었고 정장 웃옷이 걸려 있었다. 나무 서류 캐비닛, 집에 있는 것의 절반 정도 크기인 책꽂이, 튼튼한 의자들이 놓여 있었다. 집에 있던 것과 비슷한 그림이 걸려 있었다. 강둑 풍경 화로, 풍요로운 검은 흙 위로 나무가 그늘지고, 나무들 사이 흐르는 강물 위로 길고 가는 그림자가 하나 드리워졌다.

"틴 선생님." 아주머니가 소리쳤다.

문이 열리고 아버지보다 나이 든 덩치 큰 흑인 남자가 수건에 손을 닦으면서 나왔다. 검은 정장 바지에 흰 셔츠, 그리고 검은 타이 차림이었다.

"경관님."

그가 인사했다. 하지만 악수를 하려 손을 내밀진 않았다. 당시에는 흑인과 백인이 악수하는 광경을 그렇게 자주 볼 수 없었다. 아버지가 손을 내밀었고, 틴 선생은 놀라 수건을 어깨에 걸치고 악수했다.

"제가 온 이유는 아시죠?" 아버지가 물었다.

"압니다." 그가 말했다.

그 옆에 서 있자니 틴이 얼마나 큰지 새삼 실감났다. 키는 193센티미터 정도는 되었겠고, 아주 어깨가 넓었다. 머리는 짧게 깎았고 칼날처럼 희미한 콧수염을 길렀다. 정말 주의 깊게 봐야만 보였다.

"제 아내는 다들 만나셨죠." 틴이 말했다.

"어, 정식으로 인사 나눈 건 아니고요." 아버지가 말했다.

"이쪽은 틴 부인입니다." 틴이 말했다.

틴 부인은 미소로 인사하고 나갔다.

아버지와 어머니는 서로 이름으로 불렀지만, 당시엔 남들 앞에서 부부가 격식 차린 호칭을 쓰는 게 그렇게 보기 드문 일은 아니었다. 그래도 내겐 익숙한 일이 아니다보니 이상해 보였다.

"시체는 살펴보셨고요?" 아버지가 물었다.

"아뇨. 경관님을 기다리고 있었습니다. 여자를 실어오기보단 우리가 얼음 창고에 가서 살펴보는 게 낫겠다 싶어요. 거기서 일을 처리하고. 저 필요한 것 좀 챙긴 후에 갑시다. 그리고 시체가 어디서 발견되었는지 좀 알려주시고요. 배경 설명을 해주세요."

"알겠습니다." 아버지가 말했다.

틴이 주저했다.

"아드님은 어떻게 하죠?"

"잠깐 혼자 있어야죠." 아버지가 말했다.

나는 가슴이 덜컹 내려앉았다.

"좋습니다, 그럼." 틴이 말하고는 의자 등받이에 걸린 짙은 정장 웃옷을 챙겼다. "갑시다."

6장

얼음 창고는 크고 낡아 보이는 헛간으로 한때는 흰색이었으나 이제 잿빛이 된 페인트가 군데군데 벗겨져가고 있었다. 좁은 현관 포치만 건물 전체에서 유일하게 나무가 새것이었다.

나는 얼음 창고 안에는 톱밥이 깔려 있다는 걸 알고 있었다. 커다란 얼음 덩어리가 쌓여 있을 것이다. 얼음을 썰기 위한 작업대와 톱이 있을 테고, 수레나 트럭 짐칸에 얼음을 실을 때 쓰는 이동 미끄럼대가 있었다. 얼음이 너무나 차가워서 손을 대면 살이 달라붙어 얼얼했다.

그리고 시체가 있었다. 내가 발견한 시체.

얼음 창고에 오자 아버지가 말했다.

"이런 망할."

스티븐슨 선생이 바짓자락과 구두에 진흙이 튄 칙칙한 흰색 정장 차림으로 포치에 앉아 밀짚모자로 부채질을 하고 있었다.

그의 옆에는 짙은 색의 액체가 담긴 납작한 병이 놓여 있었고, 아버지를 보더니 그는 그걸 한 모금 들이키고 내려놓았다. 스티븐슨은 입을 열면 바늘이라도 쏟아져 나올까봐 크게 벌리기 싫은 것처럼 보이는 입매를 하고 있었다. 게다가 마치 칼을 찔러넣을 부위를 찾기라도 하는 듯한 눈초리라 사람을 불편하게 만들었다.

"저 사람이 여기서 뭘 하는 겁니까?" 아버지가 틴에게 물었다.

"저야 모르죠, 경관 나리."

"저한테 나리 소리 할 필요 없습니다. 저도 선생한테 나리 소리 안 할 거고, 선생도 그러지 않아도 돼요."

"네 나리…… 알겠습니다, 경관님."

그 순간, 테일러 선생이 나타나 얼음 창고 쪽으로 향했다. 그는 닥터 페퍼와 패피네 가게에서 파는 무슨 과자 같은 것을 들고 있었다. 그의 옷차림은 말끔하니 평소 보던 것보다 좀더 특별해 보였다. 고급 바지 자락엔 용케 진흙을 묻히지 않았지만 구두는 멀쩡하지 못했다. 마치 천사 날개로 만든 양 무척 부드러워 보이는 흰 셔츠를 입었다. 젖은 물뱀 등처럼 반들거리는 검고 가는 타이를 맸고, 부드러운 검은 펠트 모자는 경쾌한 각도로 기울여 써서 훼손된 시체 조사가 아니라 어디 춤이라도 추러 가는 길 같았다. 나는 그가 그 총 맞은 동전 목걸이를 걸고 있을까 궁금했다.

"저쪽이 테일러 선생입니다." 아버지가 틴에게 말했다. "아마 사람들이 인턴이라고 하는 그런 위치죠. 스티븐슨 선생이 은퇴를 고려 중이라 그 자리를 물려받을 수 있게끔 곁에 있으면서 환자들을 알아가는 중입니다. 좀 멋을 부리긴 해도, 내 보기엔 괜찮은 친구 같더 군요."

"우리 쪽 사람들을 알고 싶어 하진 않을 텐데요." 틴이 말했다.

"아마 그 말씀이 맞을 겁니다." 아버지가 말했다. "얼른 일을 끝내 죠, 그럼."

아버지는 날 돌아보고 내 머리를 쓰다듬고는 말했다.

"이따 보자, 해리."

낙담한 내가 길거리를 터덜터덜 걷다가 돌아보니 아버지와 틴이 스티븐슨과 함께 얼음 창고 안으로 들어가고 있었다.

나는 어리둥절했다. 아버지 말로는 그 시신이 흑인이라 의사 선생 이 상관하지 않으려 한다고 했는데, 의원을 나서 여기 흑인 마을까 지 살펴보러 오다니. 게다가 테일러까지 데리고 왔다.

이런 것들을 생각하고 있는 중에 뒤에서 꽤액 소리가 나서 돌아보 니, 다리 없는 흑인 노인이 버드나무 가지와 방수포로 지붕을 씌운 수레에 앉아 있었으며, 그 수레를 끌고 있는 것은 가죽 마구를 단 크 고 반들반들한 하얀 돼지였다. 노인은 대머리였고 두피가 손으로 무 두질하고 다듬은 가죽 가방처럼 쭈글쭈글했다. 얼굴 주름 사이에다 가 연필도 집어넣을 수 있을 것 같았다. 이는 하나도 없었다. 미스 매기보다도 훨씬 더 늙어 보였다. 사실, 그에 비하면 미스 매기는 어 린애였다.

노인은 가느다란 녹색 버드나무 막대를 들고 그걸로 돼지 엉덩이 를 툭툭 치고 있었다. 돼지는 꽥꽥거리며 제법 괜찮은 속도로 터덜 터덜 나아가고 있었다. 노인과 수레 옆에는 내 또래 아이 둘이 걷고 있었으며 하나는 흑인, 다른 하나는 백인이었다. 둘의 옷은 내 옷보다도 더 낡아 보였다. 흑인 아이의 바지는 무릎이 아예 뚫렸고 그걸 기우려 한 흔적은 전혀 없었다. 백인 아이의 바지는 한쪽 무릎에 구멍이 났고 거기 덧댄 면 자루 조각은 생활의 물이 들어 있었다. 십중팔구 풀물, 진흙길, 더러운 강둑, 그리고 딸기물일 것이다.

밖에 서 있던 사람들이 나뭇가지에 조르르 앉은 검은 찌르레기 무리처럼 슬금슬금 얼음 창고 쪽으로 모여드는 것을 나는 알아챘다. 그제야 얼음 창고 안의 시체가 비밀이랄 것도 없음을 깨달았다.

노인이 내 옆에다가 돼지가 끄는 수레를 멈춰 세웠다. 그는 흐릿한 눈으로 나를 쳐다보더니 이가 다 빠진 입으로 말했다.

"안녕, 백인 꼬마야."

"안녕하세요."

솔직히 말하자면 나는 노인이 무서웠다. 그렇게 늙은 사람을 본적이 없었고, 다리 없이 돼지가 끄는 수레에 올라 다니는 사람은 당연히 못 보았다.

옆에서 따라 걷고 있던 백인 소년이 말했다.

"난 리처드 데일이야. 저 아래 저지대에 살아."

리처드 데일은 나보다 조금 나이가 많아 보였다. 턱이 얇고 입술은 두툼하며, 로마인 코(콧등 중간이 휘어진 코 — 옮긴이)라고 하던 그런 모양의 코였다. 재치 부린다는 놈들은 "그래, 코가 얼굴을 아주 빙빙 돌아다니는구나(로마인Roman이 돌아다니다roam와 발음이 비슷한 것을 이용한 말장난 — 옮긴이)."라고 말하곤 했다.

나는 나도 저지대에서 산다고 말하고, 우리 동네에 대해 설명했다. 그 애가 사는 저지대 동네는 우리 동네와는 맞은편에 있었다. 그 애 쪽은 모래 저지대라고 했는데, 붉은 진흙과 갈색 흙이 풍부한 우리 동네에 비해 하얀 모래가 많았기 때문이었다.

같이 있던 흑인 소년은 에이브러햄이라고 자기소개를 했다. 그 애는 굉장히 활기가 넘쳐서, 마치 커피를 잔뜩 마시고 회오리바람이나 홍수, 떼돈을 줍는 일이라도 벌어지기를 기대하는 것처럼 보였다.

다 비슷한 또래에다 쉽게 심심해하고 어른들에 좀 질린 우리는 곧장 친구가 되었다.

에이브러햄이 말했다.

"나랑 리키(리처드의 애칭 — 옮긴이)한테 빨가벗은 여자들 그림 카드 있어."

"하지만 지금 갖고 있진 않아."

혹시 내가 구경시켜 달라고 말할까 걱정이라도 되었는지 리처드가 서둘러 덧붙였다.

"그래." 에이브러햄이 풀 죽어 말했다. "나무 집에 있는데, 여기서 하나도 안 가까워. 깜둥이 총도 있어. 나 그걸로 10미터 떨어진 거리에서 깡통 맞출 수 있다."

'깜둥이 총'은 신발 깔창, 타이어 고무, 끝이 갈라진 나뭇가지로 만든 새총을 뜻하는 단어였다. 흔한 호칭이었고 에이브러햄은 전혀 부끄러움이나 고려 없이 그 말을 했다.

"저 안에 시체 있다 들었어." 에이브러햄이 덧붙였다. "여자가 살해당했다고."

나는 입이 간지러워 참을 수가 없었다.

"내가 발견했어."

"그렇기도 하겠다. 말이 되냐. 뻥 치지 마."

"그랬다니까. 저 안에 계신 분이 우리 아빠야. 아빠는 동네 경관이라고."

"여긴 그 양반 관할 구역이 아닌데."

돼지 수레에 탄 노인이 말했다. 노인은 귀가 밝았다. 우리가 벗은 여자 그림 카드에 대해 얘기하는 것도 들었겠구나 싶어서 나는 창피했다.

리처드 데일이 말했다.

"파라오 할아버지셔. 멧돼지에게 다리를 물려서 잘라낸 거야. 돼지는 제시고. 얘는 멧돼지 아니야. 집돼지야."

"안됐어요." 나는 노인에게 말했다.

그는 마치 생전 처음 보는 채소를 보듯 나를 쳐다보았다.

"뭐가 안됐다고?"

"다리요."

"아." 그가 말했다. "뭐, 됐다. 어제오늘 일도 아닌 걸 갖고. 다 지난 일인데."

"그 시체 어디서 찾았어?"

에이브러햄이 물었고, 나는 세 사람에게 이야기를 들려주었다.

"내가 시체를 찾았고 어차피 이미 봤으니, 아버지가 들여보내주고 의사가 뭐라고 하나 듣게 해줄 줄 알았는데, 허락 안 해주시네."

"방법이야 언제나 있지." 리처드가 말했다. "어른들은 자기들은 전부 다 알면서 우리는 몰라도 되고 봐도 안 된다고 생각한다니까.

야, 우리 저기 가서 놀지 않을래?"

"아니." 내가 말했다. "난 여기서 기다리려고."

리처드가 찡긋 윙크했다.

"가서 놀자."

에이브러햄은 미소 짓고 있었고 나는 애들이 무슨 속셈이 있나 궁금했다. 혹시나 포도덩굴이나 담배를 피우려는 거라면 나는 둘 다 하나도 좋아하지 않으니 그게 아니기를 바랐다. 전에 피워봤더니 속이 막 울렁거렸다.

리처드가 몸을 가까이 숙이더니 말했다.

"나하고 에이브러햄이 그 시체에 대해 네가 궁금해할 만한 걸 알아. 같이 가자."

나는 생각해 봤다. 아주 잠깐만. 아이들이 파라오 할아버지에게 작별 인사를 한 다음, 나는 그 애들과 함께 사람들에게서 떨어져 개울 쪽으로 달려갔다. 애들은 나를 데리고 개울가를 따라 가다 올라와서 얼음 창고 뒤로 돌아 커다란 멀구슬나무가 서 있는 곳으로 갔다.

리처드가 속삭였다.

"나하고 에이브러햄은 이 동네 빠삭하게 꿰고 있거든. 저기 사람들이 얼음 내가는 앞쪽 방 위 지붕에 큰 구멍이 있어. 그 위로 양철이 덮고 있긴 한데, 비틀어 돌리면 안을 들여다볼 수 있어. 나무 그늘이 구멍을 가려주니까 너무 확 돌리지만 않으면 안에선 모를 거야. 햇빛이 그리 많이 들어가진 않을걸. 게다가, 어차피 그 지붕은 온통 구멍투성이이기도 하고. 여기저기 조금 햇빛 샌다 한들 눈치 못 채."

"사람들이 그 방에 있는 게 아니면?" 내가 물었다.

"그럼 할 수 없지 뭐." 에이브러햄이 말했다. "하지만 거기 있을 수도 있잖아?"

리처드는 멀구슬나무를 타고 올라갔고, 에이브러햄이 그 다음, 내가 마지막이었다. 멀구슬나무는 컸고 가지 몇 개가 얼음 창고 위로 뻗어 있었다. 우리는 그 가지를 타고 지붕 위로 올라갔다. 리처드는 지붕을 타고 지붕널에 난 구멍을 양철 조각으로 때운 자리까지 갔다. 손으로 양철 조각을 밀어 치웠다. 얼음 창고에서 올라온 차가운 공기가 우리 얼굴에 훅 끼쳐와 시원했다. 머리 위로는 마치 그림자를 메워 우리 목적을 돕기라도 하듯이 먹구름이 밀려오고 있었다.

우리는 밖에 선 구경꾼들을 쳐다보았다. 대부분은 우리를 볼 수 있었다. 몇몇이 손을 흔들었다. 나는 이거 혼나겠구나 하고 생각했다. 하지만 시도해 볼 만했다. 이 사람들은 우리 아버지한테 굳이 일러바칠 이유가 없었다. 저들은 우리 아버지를 알지도 못했다. 그리고 대부분의 흑인들처럼, 백인 일에 관해선 거의 상관하지 않았다.

처음엔 아무것도 보이지 않았지만, 사람들이 말하는 소리가 들렸다. 나는 스티븐슨의 목소리를 알아들었다. 그는 목소리가 컸고 술 취한 것처럼 들렸다. 내가 주눅이 들어 내려갈까 생각하는 참에 리처드가 내 어깨에 손을 얹었고, 흑인 남자 둘이 시야에 들어왔다. 그들은 길고 좁은 양철 욕조를 나르고 있었으며 그 안에는 얼음이, 그리고 물론 시체가 들어 있었다.

시신에는 커다란 삼베 자루가 덮여 있었으며 곧 사람들이 얼음 자르는 작업대 위로 시체를 들어 옮긴 다음 자루를 치우자 제대로 볼 수 있었다.

내려다보고 있자니 기분이 이상했다. 내가 그날 밤 발견한 바로 그 시체였다. 하지만 그때는 3미터는 되어 보였고 아주 끔찍했다. 이제는 작고 부풀어 올랐으며 서글퍼 보였고 갑자기 사람처럼 보였다. 누군가의 정신이 저 육체 안에 깃들어 살아 있었으며 먹고 웃고 인생 계획을 갖고 있었다. 이제 영혼 없이 썩어가는 가련한 껍데기였다. 상상인지 실제인지, 얼음 창고 안의 냉기를 타고 올라오는 시체 썩는 냄새가 났다.

그 순간 내 안에서 뭔가가 변화했다. 사람이 진짜로 죽을 수 있다는 걸 깨달았다. 아버지와 어머니도 죽을 수 있다. 나도 죽을 수 있다. 우리는 모두 언젠가 죽는다. 가슴 속 무언가가 텅 비는 듯하더니 꿈틀하곤 완전히 편하진 않을지언정 그럭저럭 가라앉았다.

여자의 머리는 뒤로 젖혀져 얼음 덩어리 속에 살짝 잠겨 있었다. 입은 벌어져 있었고 이가 빠져 있었다. 남아 있는 이 상당수는 들쭉날쭉 깨지거나 부러져 있었고 맞아서 그리 되었음을 나는 이내 깨달았다. 여자의 가슴은 쩍 갈라져 벌어져 있었으며 피는 얼어서 칙칙한 색깔이었다.

처음으로 여자의 국부를 보게 되었지만 사실 볼 것 하나 없었다. 그저 어두운 삼각형이었을 뿐이었다. 불쌍한 여자의 무릎은 살짝 구부러져 있었고 약간 옆으로 누워 왼쪽 골반을 아래로 하고 오른쪽 골반이 위로 향하고 있었다. 손은 양 옆으로 늘어뜨렸고 갈퀴 모양으로 굳어져 있었다. 얼굴은 뭐라 알아보기 어려웠다. 무슨 짓인가 한 거였다. 가시 철망에 긁힌 자국이 여기저기 있었다. 온몸이 상처 투성이였다.

스티븐슨이 술통을 죽 들이키더니 시체로 비틀비틀 다가가 내려다보았다.

"이거야말로 죽은 깜둥이구먼." 시체를 양철 욕조에 실어온 흑인 남자 둘이 바닥을 내려다보았다. 스티븐슨은 팔꿈치로 그중 한 명을 툭 치고는 말했다. "안 그러냐, 녀석아?"

남자는 고개를 살짝 들고, 스티븐슨을 바로 바라보지 않은 채 대답했다.

"네, 슨생님, 그러하네요."

흑인 남자가 저렇게 해야만 하는 걸 보고 있자니 민망했다. 그는 덩치가 크고 힘이 셌으며 스티븐슨 머리를 뽑아버릴 수도 있었다. 하지만 만약 그랬다간, 해지기 전에 나무에 목 매달릴 것이며 어쩌면 그의 가족 전부, 그리고 KKK단이 들이닥쳤을 때 재수 없게 눈에 뜨인 다른 흑인들까지도 같은 꼴을 당할 것이다.

스티븐슨은 그걸 알고 있었다. 백인들은 알고 있었다. 그래서 멋대로 행동할 여지가 있는 것이다.

나는 곁눈질로 흘긋 에이브러햄을 보았다. 그 애의 얼굴에서 어린애다운 흥분이 사라지고 뭐라 말할 수 없는 표정으로 바뀌어 있었다.

그때 아버지가 시체를 보려 나섰고, 스티븐슨에게 말했다.

"시체를 못 보신다면서요? 안 된다고."

"마을에선 안 되지. 내가 흑인을 진료실에 들였다는 걸 알면 근방 100킬로미터 안의 백인은 나하고 상종도 안 하려 들걸. 교양 있는 백인 여성이라면 그런 곳에선 절대 진료 받을 생각 안 하지. 기분 나빠하지 말고 들어, 흑인과 백인은 따로 분리해야 해. 성경에도 그렇게 나온다고. 거참, 너희들은 우리 같은 근심이 없어 행복한 거야. 운이 좋지, 너희들이야말로⋯⋯ 여기 테일러가 나더러 한 번 봐야 한다더군. 우리가 너희들을 도와야 한다고."

테일러가 수줍게 웃었다. 이가 램프 불빛을 받아 반짝였다.

틴은 앞에 나서지 않았다. 아버지와 스티븐슨 조금 뒤에 서서 고개를 숙인 채, 손을 어쩔 줄 몰라 하고 있었다. 비록 나는 그가 뭘 하고 싶은지 짐작이 가긴 했지만.

테일러는 작업대 끝 쪽에 서서 차분하게 시체를 내려다보며 파악 중이었다.

스티븐슨이 시체를 죽 훑어보더니 슬쩍 움직여 보곤 말했다.

"내가 보기엔 멧돼지 소행 같은데."

"그리고 여자를 나무에 가시철사로 묶었다고요?"

아버지가 반문하자 스티븐슨이 멍청이 보듯 아버지를 봤다.

"여자가 나무에 묶이기 전에 말이지."

"돼지가 이 여자를 죽였다고요?"

"그럴 수도 있다 얘기요. 엄니가 칼날 같잖아. 거기 물리면 어찌 되는지 본 적 있다고."

"틴 선생, 이 여자를 압니까?" 아버지가 물었다.

틴이 앞으로 나와 시체를 살펴보았다.

"아닌 것 같은데요. 하지만 베일 목사님을 모셔오라고 했습니다. 진작 오셨어야 하는데."

"목사는 왜?" 스티븐슨이 물었다.

"이쪽 지역 사람들을 거의 다 아시니까요." 틴이 말했다. "혹시 이 여자를 알아보실지도 모릅니다."

"허, 흑인 여자들을 도대체 어찌 구분하나." 스티븐슨이 말했다. "너희들이 어떻게 마누라 간수를 하는지 모르겠다니까. 하기야, 안 할지도 모르지."

스티븐슨은 다들 그 농담을 재미있어 할 것처럼 웃어댔다. 자기가 무례하게 굴고 있다는 걸 까맣게 몰랐다. 그는 흑인과 백인은 진정 으로 근본에서부터 다르고, 그게 누구에게나 명백한 사실이라 확신 했다.

틴의 어깨가 떨리는 것이 보였다. 테일러의 표정이 약간 바뀌었 다. 그는 잠깐 바닥으로 눈길을 떨구더니, 다시 고개를 들어 시체에 집중했다.

"이제 좀 더 잘 보니, 퓨마가 그런 것 같구먼." 스티븐슨이 말했다.

"퓨마든 멧돼지든 시체를 나무에 가시철사로 묶었을 리가요."

아버지의 말에 틴의 표정이 약간 변하는 것이 보였다. 그 말을 마 음에 들어 하는 것 같았다.

"나도 아네." 스티븐슨의 말투가 아까보다 날카로웠다. "내 말은 여자가 퓨마에게 당한 다음, 누군가, 어느 흑인 녀석들이 와서 여자 를 나무에 묶었단 소리야."

"뭐 하러요?" 아버지가 물었다.

"재미로. 달리 이유가 있나? 자네도 한때 애였잖나. 멍청한 짓 해 본 적 없나, 경관?"

"많이 했죠. 하지만 그런 짓은 하지 않았을 거고, 누구 그럴 만한 애들이 있을 거 같지 않습니다."

"백인 애들은 아닐지 모르지. 그리고 들어봐, 틴, 이건 나쁜 뜻으로 하는 말이 아니야. 난 자네를 알아. 괜찮은 사람이지. 하지만 흑인과 백인은 다르다고. 자네도 알잖나. 마음 속 깊은 곳에선 알 거야. 흑인들은 어쩔 수 없는 게 있고, 흑인들이 그러는 걸 모조리 자네들 탓을 하는 건 잘못되었다고 생각해. 무슨 의도가 있어 그러는 게 아니라고. 그냥 하는 짓이야. 알잖나, 죽은 물고기를 발견해서는 질질 끌고 다니는 것처럼."

"죽은 물고기는 사람이 아니죠." 아버지가 말했다.

"그래, 하지만 흑인 애새끼들 몇이 벌거벗은 흑인 여자를 갖고 놀면서 장난 좀 치지 않았겠나?"

"선생님, 취하셨습니다. 어디 가서 술 좀 깨셔야겠어요."

"난 괜찮네."

내내 말이 없던 테일러가 말했다.

"선생님, 아무래도 술이 좀 과하셨네요. 제가 댁까지 모시죠."

"뭐 하러." 스티븐슨이 말했다. "가봐야 아무것도 없는데."

나는 스티븐슨 부인이 그를 버리고 도망쳤다고 들었고, 그 고약한 성미를 보면 부인을 탓할 일이 아니었다.

"쉬셔야죠." 테일러가 말했다.

"여기서도 멀쩡히 쉴 수 있어, 마음먹으면 어디든."

나는 테일러가 아버지를 쳐다보고 미안하다는 듯이 고개를 설레설레 내젓는 것을 보았다.

"여기서 나가주셨으면 합니다." 아버지가 말했다. "어디 가서 술 좀 깨시죠."

"뭐라고?"

"알아들으셨을 텐데요. 어디 가서 술 좀 깨시라고요."

"이 흑인 애들 앞에서 내게 그딴 식으로 얘기해?"

"이 사람들은 애들이 아닙니다. 그리고 전 선생님에게만 말씀드리는 거고요."

"여긴 당신 관할도 아니잖아."

"누가 언제 체포한다고 했습니까? 이제 말에 올라 떠나실 땝니다."

"난 차로 왔어."

"그냥 말이 그렇다는 겁니다, 꼴통 양반."

"꼴통이라니. 나더러 지금 꼴통이라고?"

아버지가 스티븐슨에게 다가섰다.

"그래요. 꼴통이라고 했어요. 당신 면전에다가. 지금 막. 여기서. 여자가 살해당한 것만도 불행한 일이고, 빌어먹을 퓨마 짓도 아닙니다. 그걸로 모자라요? 지금 우리가 시신 앞에서 말다툼할 때입니까. 발로 차서 쫓아내기 전에 꺼져요."

"이봐, 난 절대……"

"지금 당장. 나가요. 테일러, 데리고 가라고."

테일러가 스티븐슨의 팔에 손을 가져가자, 그는 홱 뿌리쳤다.

"빌어먹을 안내견 따위 필요 없어." 스티븐슨은 아마 뭔가 반항의 뜻을 보이려는지, 위스키를 크게 한 모금 들이키고 비틀비틀 문으로 향했다. "잊지 않겠어, 경관."

"흠, 나는 이미 거의 다 잊었고, 선생이 저 문 나서자마자 선생 일은 까맣게 잊을 겁니다."

스티븐슨은 머뭇거리다가 말했다.

"지금은 그냥 넘어가지. 어디 그 흑인 애가 뭘 알기나 하나 두고 보자고. 흑인한테 의사 자격을 준다니 도무지 말이 되나. 네놈은 나한텐 의사도 뭣도 아냐, 깜둥아. 알아들어?"

"가시죠." 테일러가 말했다.

"건들지 마." 스티븐슨이 말했다.

그리고 문 밖으로 나가버렸다.

나는 리처드를, 그러고는 에이브러햄을 쳐다보았다. 둘 다 활짝 웃고 있었다. 우리는 다시 지붕 틈새를 들여다보았다.

"선생님 일은 죄송합니다." 테일러가 말했다. "부인이 도망가서요. 그걸 못 극복하셨죠."

"그럴 위인이 아니지."

"제가 가자고 설득했어요." 테일러가 말했다. "도움이 될 줄 알았거든요. 그리고 저도 궁금했고."

"마음은 고맙습니다." 아버지가 말했다. "그 양반 잘 돌봐요."

예의 바르기는 했지만 아버지는 테일러도 얼음 창고에서 내보내고 싶은 뜻이 명백했다.

"네." 테일러가 수긍하고, 나갔다.

"의사 선생, 살펴보고 환자에 대한 소견을 말해주시겠습니까?"

"네, 그러죠." 틴이 말했다.

그는 작업대 가장자리에 가방을 놓고 열었다.

"빌리 레이, 랜턴 좀 켜주겠나?" 틴이 말했다.

시체를 들여온 남자들 중 한 명인 빌리 레이가 랜턴에 불을 붙여 작업대로 가져왔다. 얼음 창고 안은 꽤 어두웠다. 그 외의 다른 불빛은 지붕 틈새와 나무벽 판자 사이로 스며드는 햇빛뿐이었다.

랜턴 불빛이 실내를 오렌지빛으로 물들였다. 틴은 랜턴 손잡이를 작업대 위의 서까래에 달린 고리에 걸었다. 그가 그러는 사이 우리는 구멍에서 물러나 기다리다가, 다시 얼굴을 들이댔다. 우리 그림자에 어른들이 올려다보지 않을까 걱정했지만, 멀구슬나무 가지가 우리 위로 드리워져 있고 구름이 해를 가리고 있어 변화가 눈에 띄진 않았다. 적어도 나는 인식하지 못했다. 그리고 무엇보다도 호기심에 조심성은 밀려났다.

틴은 커다란 고무장갑을 끼고 굵은 손가락으로 시체를 찔러보았다. 장갑을 벗고 성냥불을 켜서는, 여자 입 가까이 들이대고 입 안을 들여다보았다. 성냥불을 흔들어 끄고는 다시 장갑을 끼고 손가락을 여자 목 깊숙이 넣어 움직였다. 손가락 끝에 묻어 나온 무언가를 가방에서 꺼낸 천에다 문질러 닦았다. 여자 콧구멍에다 손가락을 찔러넣어 빙 돌리고는, 찾아낸 것을 같은 천에다 문질러 닦고 접었다.

"절개해서 위장 내부를 봐야겠습니다."

"위장 내부요?"

아버지의 말에 틴이 고개를 끄덕였다.

"스티븐슨 선생 같은 교육은 못 받았지만, 나름 감은 있으니까요."

"흠." 아버지가 말했다. "스티븐슨 선생은 의술을 책으로 배우고 말과 소로 처음 진료를 시작한 걸 내가 다 아는데요."

틴이 씨익 웃었다.

"저도 그렇습니다."

아버지도 마주 웃고는 말했다.

"진행하시죠."

"보기 좋지 않을 겁니다."

웃음기 가신 아버지가 고개를 끄덕였다.

"압니다."

틴은 가방에서 꺼낸 메스로 여자의 가슴에서부터 배까지 좍 갈랐다. 난 처음엔 아침 먹은 걸 토하겠다 싶었지만 너무 정신이 팔려 고개를 돌릴 생각을 못했다. 스티븐슨이 아주 틀린 건 아니었다. 아이들은 시체에 매료되긴 했다. 다만 그가 제시한 방식으로는 아니었지만.

칼로 베어도 피가 전혀 나지 않아서 이상했다. 여자는 죽은 지 오래되었고 상당히 얼어 있었지만, 약간의 가스가 시체에서 올라와 지붕 틈새로 새어나왔다. 잠깐 속이 역했다가 가라앉았다.

틴이 내부의 장기를 다루기 시작하자 나는 눈을 가늘게 떴다. 마침내 그가 칼로 절개하고 손을 넣어 뭔가 시커먼 것을 꺼내서는 작업대에 놓았다.

내가 잠깐 눈을 떼어보니 리처드와 에이브러햄은 여전히 들여다보고 있었다. 허약한 샌님으로 여겨지긴 싫어서 다시 쳐다보았다.

틴과 아버지는 앞문을 열어 좀 더 빛이 들어오게 했다. 포치에는 사람들이 모여 있었고 아버지가 그들을 쫓아냈다. 사람들은 마지못해 물러났다. 그들이 지붕 위의 우리를 쳐다봤지만 아무도 일러바치지 않았다. 누구라도 구경하고 있는 게 반가운 모양이었다.

틴은 여자의 성기를 절개하고 잠시 안을 만져보았고, 아버지와 다른 두 남자는 방 저편으로 갔다.

이게 제법 걸렸고, 마침내 의사가 손을 떼고는 시체를 뒤집어 살펴보고 다시 돌려놓은 다음 말했다.

"빌리 레이. 자네든 사이러스든 누가 물하고 비누와 수건 좀 가져다주겠나?"

빌리 레이와 사이러스 둘 다 나갔다. 틴은 장갑을 벗어 작업대에 놓았다.

"이건 그냥 제 견해일 뿐입니다, 알아두시고요."

"고맙습니다." 아버지가 의사 옆에 가서 섰다. "말씀하시죠."

"멧돼지나 퓨마 소행은 아닙니다."

"그럴 거란 생각도 안 했습니다. 퓨마는 보통 사람들을 습격하지 않죠. 가능한 일이긴 한데, 일반적이진 않은."

"퓨마나 멧돼지가 시신을 이런 식으로 건드릴 수 있을 턱이 없어요. 이건 사람이 한 짓입니다."

"짐작은 했지요."

"진짜로 날카로운 칼을 썼고요. 이 상처들은 여자가 살아 있는 동안 낸 겁니다. 대부분. 하지만 몇 군데는 사후에 생겼네요. 여기 손을 보시죠." 틴 선생이 시체 손을 들어 아버지가 볼 수 있도록 돌려주었다. "양손에 상처가 있어요, 그 남자를 막으려고 한 것처럼. 그리고 손톱자국도 있고. 이건 여자가 살아 있는 동안 그 자가 대부분의 상처를 냈단 뜻입니다. 고통을 못 이겨 자기 손바닥에 손톱을 박은 게 보이죠. 여기 등을 칼에 찔렸고, 신장 쪽을 베였네요. 이건 다깊지 않습니다, 여기 찔린 데만 빼고. 이건 꽤 깊고, 칼을 비틀어 빼냈어요. 내 생각에 여자가 그 자와 맞서 싸우려 했고, 놈이 칼을 휘두르자 여자가 손을 들어 막으려다 베였고, 몸을 돌려 도망치려 하자 그 자가 등을 찌른 다음 베었겠죠, 아님 그 반대 순서일 수도 있고. 여자가 쓰러지고, 그 상태를 보면…… 그 왜, 아래쪽에…… 강간을 당했습니다. 온통 찢어졌으니, 강제로 당한 거죠. 일을 마치고, 여자가 살아 있는 동안 칼로 상처를 입혔습니다. 클리토리스가 없어졌군요."

"뭐가 없어져요?" 아버지가 물었다.

"여자 성기에 있는 겁니다. 여자의 그곳을 문질러주면 정말 흥분해요."

"그래요?" 아버지가 말했다. "그렇군요."

"조그마한 돌기인데 손가락으로 굴려주는 겁니다. 남자들이 알아둬야 할 일이죠, 무슨 말인지 아실 겁니다."

아버지는 대단한 수수께끼를 궁리하는 듯이, 또는 그보단 자신이 몰랐던 일반적 상식을 곰곰이 생각하듯이 고개를 다시 끄덕였다. 나는 그 정보를 머릿속 파일함에 정리해 넣긴 했지만, 당시에는 그게 나한테 필요한 것일지 알지 못했다.

"그걸 잘라냈다고요? 그 클리……."

"클리토리스. 아주 정확하게 했어요. 그리고 상처 상태를 보아하니 심하게 피를 흘렸습니다. 확신할 순 없지만 아마도 그 동안에도 여자는 살아 있었을 수도 있어요. 찌르고 벤 다른 많은 상처들은 여자를 목 졸라 죽인 후에 한 것 같습니다." 틴이 작업대 위로 몸을 숙였다. "여기 목을 보시죠. 저 멍을. 손자국입니다. 여자한테 볼일이 끝난 다음, 강에다 던진 것 같습니다."

"어떻게 알죠?"

"어, 확실히 말할 순 없지만, 폐에 강물이 없으니 익사한 건 아닙니다. 익사는 제가 좀 알거든요. 오 년 전 홍수 때 스물다섯 명이 물에 빠져 죽어서요. 익사체가 어찌 되는지 봤습니다."

"스물다섯 명?" 아버지가 말했다. "오 년 전이라. 그런 일은 기억에 없는데."

"그중 백인은 없었지요." 틴이 말했다.

"아."

"물에 던져졌을 때 이 여자는 이미 죽은 후였어요. 이마에 온갖 긁힌 상처가 있고 눈 가장자리에 돌 조각이 박혀 있습니다. 강의 돌이. 강에 던져진 시체는 십중팔구 얼굴이 아래로 가고 여기 이 여자 이마처럼 물살에 떠내려가며 강바닥에 쏠리는 거죠. 입과 목, 그리고 코 안에는 강의 흔적이 있지만 폐에는 없으니, 이미 죽었던 걸로 여겨집니다."

"말 되는군요. 하지만 그 자가 시체를 강에 버렸다면 어째서 그 나무에 묶인 채 발견되었을까요?"

"음 글쎄요, 스티븐슨 선생 말이 맞을 수도 있겠죠. 누군가 강에서 시체를 끌어내 칼로 더 베었어요. 가슴이 쫙 갈린 건 사후에 그리 된 겁니다. 진짜로 피가 나오지 않은 거 보면 알 수 있죠. 시체에다 난도질을 한 겁니다."

"세상에."

"그런 다음 가시철사로 그 나무에다가 여자를 묶었죠, 아드님이 발견했다는 모습으로. 넝쿨 몇 줄을 감아놓고 두고 갔어요. 그 자가 몇 번 돌아와서 시체에다 장난질을 쳤다고 해도 놀랍지 않은데요. 그럴 참이었을 겁니다."

"확실히 알 수는 없고요?"

"모르죠. 하지만 말했듯이 몇몇 상처는 사후에 생긴 겁니다. 한 번 왔을 때 그랬을 수도 있지만, 몇 군데는 파리가 알을 깠고, 몇 군데 는 그리 많지 않아요. 아드님이 발견했을 때 몇 군데는 구더기가 막 생겨나기 시작했고 자라기 전에 경관님이 시체를 내렸죠. 구더기는 한 번에 한 군데에만 생겨나지 않아요. 파리들이 온갖 상처를 돌아 다니며 알을 까니까요. 알을 까지 않은 곳은 그럴 시간이 없었기 때 문이고요."

아버지는 잠시 생각에 잠겼다.

"그렇군요. 스티븐슨 말이 맞을 수도 있겠습니다. 누군가 다른 사 람이 시체를 발견하고 그런 짓을 했을지도. 전부 한 사람 짓이 아닐 수도 있군요."

"흐음, 하지만 경관님 생각은요? 경관님 감으로는 어떨 거 같습니 까? 애초에 이 짓을 저지른 사람이 더 그랬을 가능성이 높죠. 내 생각 엔 그 자가 여자를 쓰레기마냥 강에 버렸다가, 성이 덜 차서 도로 돌 아와서 여자를 끌어낸 다음 다른 짓들을 하지 않았을까 싶습니다."

"여자가 어디 있을지 어찌 알았을까요? 강 하류로 떠내려갔을 수 도 있는데."

"그럴 수도 있죠. 하지만 그 자가 낚싯줄 달듯 여자를 거기다 묶어 둔 게 아닐까 싶군요. 여기 발목 주위를 보세요. 쓸린 흔적이 있죠.

여자를 죽인 다음 밧줄을 묶어 물에 던진 것 같습니다. 뭔가 무게 추를 달아서 던졌을 수도 있고. 그러면 여자가 어디 있을지 알겠죠. 그리고 참고삼아 말해두자면, 여기 엉덩이 쪽은 거북이가 깨문 것 같군요."

해가 구름 뒤에서 나오자 멀구슬나무 잎 사이로 햇살이 새어들어 왔고 우리 주위를 녹색으로 물들였다. 우리 머리 그림자가 작업대 위 여자 시체 위에 드리워지는 게 보였고, 아버지가 고개를 드는 것과 동시에 우리는 잽싸게 고개를 움츠렸다.

우리는 다시 들여다보지 않았다. 그냥 앉아서 듣기만 했다. 틴의 목소리가 들렸다.

"여기 그 여자 걱정할 사람 아무도 없다는 거 아시죠." 아버지의 대답은 듣지 못했다. 틴이 말을 이었다. "그 여자가 흑인이긴 하지만, 여기 흑인들은 말썽 원치 않아요. 만약 우리 중 누군가가 그랬다면 우리가 찾아내서, 어, 해결을 봐야죠. 우리가 백인들한테 흑인이 그랬다 하면, 어, 우리 모두 욕을 볼지 모르는 일이니까."

"백인이 그랬을 수도 있습니다."

"흑인들이 더욱 연관되길 꺼릴 이유죠."

"제대로 장례식을 치르도록 조치하고, 날짜 정해지면 알려줄 수 있을까요?"

"그러죠. 누구든 받아주는 묘지가 있어요."

"그래요. 흙은 사람 가리지 않으니."

"구더기도 마찬가지고." 틴이 말했다. "그리고 하나 더 있는데요." 그는 가방에서 기다란 족집게 같은 것을 꺼내어 여자 다리 사이에 놓인 뭔가를 집어올렸다. "여기 아래쪽을 살피자마자 이게 나왔어요. 안에 쑤셔넣은 겁니다."

"그게 뭡니까?"

"종이 같네요. 피하고 물에 젖어 이젠 알 도리가 없지만, 그렇게 보이는군요."

"종이를 여자 안에다 쑤셔넣었다고요?"

"작게 말아서 안에다 넣었어요."

"왜요?"

틴이 고개를 내저었다.

"그 자에게는 뭔가 의미가 있겠죠. 나야 짐작도 안 가지만."

누군가 다른 사람이 들어와서 말하는 소리가 들렸고, 목사가 도착했다는 걸 알았다. 인사를 나눈 후 목사가 큰 목소리로 말하는 것이 들렸다.

"어이구. 세상에. 저 사람은 젤다 메이요. 젤다 메이 사익스. 매춘부였지만 마음잡고 나와 얘기하러 왔었는데. 늘 뭔가 다른 일을 하고 구원을 받고 싶어 했지만 그러질 못했어요. 저 아래 강가 선술집에서 일했다오. 듣기로 흑인과 백인 둘 다 받았다던데. 요술을 좀 했었고."

"요술요?" 아버지가 물었다.

"주술이요. 마법 주문이니 뭐 그런 거."

"그런 걸 믿으시는 건 아니죠?" 아버지가 말했다. "주님을 섬기는 분이?"

"사악한 주문만 한 건 아니라오." 목사가 말했다. "불쌍하기도 하지. 아이구 하나님! 누가 저렇게 난도질을 했답니까?"

"일부는 누군지 살인자가 한 거고요." 틴이 말했다. "그리고 일부는 제가 조사차 했습니다. 사인을 확인하려고요."

"누군가 죽음이라는 치욕을 가한 마당에 굳이 그럴 필요가 어디 있었나. 아이구 하나님, 엉망진창이구먼. 그러지 말았어야 했어."

"잡으려는 짐승이 어떤 종류인지, 어떻게 살고, 어떻게 먹이를 사냥하는지 알면 잡을 가능성이 높아지죠."

아버지의 말에 목사가 말했다.

"불쌍한 젤다 메이. 이제는 편해진 거요. 더 좋은 곳에 갔겠지."

"그랬으면 좋겠군요."

틴이 말하는 것이 들렸다. 그리고 나와 새로 사귄 친구들은 멀구슬나무 쪽으로 물러나서 나무를 내려오기 시작했다.

7장

우리가 땅에 내려와 건물 앞쪽으로 돌아왔을 무렵엔 구경꾼들은 흩어지기 시작하고 있었다. 사람들은 아무것도 알아내지 못했다고 투덜대고 있었고, 아까의 흑인 노인 파라오 할아버지는 "이랴, 제시야." 하면서 돼지 수레를 가게 쪽으로 몰고 있었다.

"난 따라가봐야 해." 에이브러햄이 파라오 할아버지를 보자 말했다 "장 보는 거 도와드려야 하거든."

"나도 같이 가야지." 리처드가 말했다. "만나서 반가웠어, 해리."

그러곤 그들은 가버렸다.

나는 버려진 기분이었고 죄책감이 마구 들었다. 아버지는 나더러 여기서 가만히 기다리라고 했다. 기다리지 않았냐고 스스로에게 변명해 보았지만 핑계일 뿐임을 알고 있었다. 나는 얼음 창고 지붕 위에서 기다렸으며 보지 말아야 하는 것을 보고 듣지 말아야 할 것을 들었다. 늘 시키는 대로 한 것은 아니었지만 어째서인지 이번에는 용서받을 수 있는 선을 넘은 기분이었다.

아버지, 틴 선생, 그리고 목사가 나오자 나는 아무것도 모르는 척하려 애썼다. 목사가 들어가는 모습은 못 봤지만 그 사람이 맞을 것이다. 그는 키가 크고 아주 마른 흑인 남자로 코는 납작하고 뭔가 나쁜 일이 벌어져 자기가 구원에 대해 애기할 수 있는 기회가 생기기를 기다리는 사람처럼 보였다. 검은 바지에 구두 차림이었고 흰 셔츠는 겨드랑이가 땀으로 누렇게 변색되어 있었다. 가장자리가 해진 듯한 가느다란 검은 타이를 했고 얼음 창고에서 나오면서 갈색 펠트 모자를 썼다. 모자 왼쪽 챙에는 밝은 붉은색과 녹색의 작은 깃털이 꽂혀 있었다.

다른 사람들과 계단을 내려오면서 아버지는 모자를 쓰며 나를 쳐다보았고, 비록 아무 말도 없었지만 그 눈빛에 나는 불안해졌다. 얼음 창고 제일 아래 계단에서 아버지는 목사에게 무언가를 주고는, 틴에게 돌아서서 손을 내밀었다. 아직 그런 것에 익숙지 않은 틴은 손을 얼른 내밀어 악수했다.

"도움 주셔서 고맙습니다." 아버지가 말했다. "나중에 다시 얘기해야 할지도 모르겠군요."

"그저 의견일 뿐입니다, 경관님." 틴이 말했다.

"합당한 의견으로 들리던걸요." 아버지가 말했다.

"고맙습니다, 경관님."

그들은 목사와 잠시 더 이야기를 나눴다. 나는 아버지가 주머니에 손을 넣었다가 목사에게 뭔가를 건네는 것을 보았지만, 뭔지 알아볼 수 없었다. 그런 다음 아버지는 그와 악수를 나누고, 돌아서서 나를 불렀다.

"아들, 가자."

우리는 틴보다 앞서서 그의 집까지 걸어가, 차를 타고 잡화점으로 향했다. 파라오 할아버지는 가게 앞에서 버드나무 가지와 삼베자루로 만든 수레 천막 아래 앉아 닥터 페퍼를 마시고 있었다. 그의 돼지 제시는 수레 마구를 단 채로 흙바닥에 누워 있었다. 고개를 포치 아래 그늘에 파묻고 꿀꿀대며 오래된 곰팡이 핀 빵을 먹고 있었다.

"돼지군요." 아버지가 파라오 할아버지에게 말했다.

"경관 양반, 잘 지내시오?"

파라오 할아버지는 우리 아버지를 알고 있었다. 나는 가슴이 덜컹 내려앉았다. 혹시 나와 에이브러햄과 리처드가 얼음 창고 지붕 위에 올라갔던 얘기를 꺼낼까?

"요즘 어찌 지내오, 경관 양반?"

"고만고만합니다. 영감님은?"

"뭐 불평할 수도 있겠지만, 그래봐야 무슨 소용일까."

아버지와 파라오 할아버지는 조금 웃었고, 아버지가 마치 너무 웃겨 감당할 수 없으니 파라오 할아버지를 쫓아보내야겠다는 식으로 손을 들었다.

우리는 잡화점 안으로 들어갔다.

"저 분 아세요?" 내가 물었다.

"얘야, 보면 빤하지 않냐?"

"그렇군요."

"멧돼지에게 다리를 잃기 전까지만 해도 여기 저지대 통틀어 최고의 사냥꾼이었어. 사람들이 올드 사탄이라고 부르던 놈 짓이었지. 여기 저지대를 돌아다니거든. 크고 늙은 멧돼지. 아무도 그놈을 잡을 수 없었단다. 주로 이쪽 지역에 돌아다니지. 여기 근방하고 머드 크리크 쪽에."

나는 멧돼지가 여자를 찢어 죽였다는 스티븐슨의 말이 가능하기는 한지 물어보려다가 그럼 엿들은 게 들킨다는 걸 퍼뜩 깨달았다.

"크리크라고 이름 붙은 동네가 참 많네요."

"그래." 아버지가 말했다.

에이브러햄과 리처드는 가게 안에서 파라오 할아버지를 대신해서 장을 보고 있었다. 우리가 들어가자 나와 아버지와 잠깐 얘기를 나누고, 다시 자기들 볼일을 봤다.

아버지는 볼로냐 햄 한 덩이와 크래커 한 상자, 구멍 난 치즈 조금, 콜라 두 병을 샀다. 우리는 좀 시원한 가게 앞 포치에 앉아 제시가 코를 그늘에 박고 졸고 파라오 할아버지는 닥터 페퍼를 홀짝이는 모습을 지켜보았다. 아버지는 주머니칼로 햄과 치즈를 잘라 포장지 위에 늘어놓았다. 우리는 햄과 치즈를 크래커와 같이 먹고 음료를 마셨다. 갓 벤 나무를 실은 수레가 여럿 덜컹덜컹 지나갔다.

우리는 한동안 조용히 앉아 있다가, 아버지가 입을 열었다.

"애야. 나는 네가 아비의 말을 들었으면 좋겠다. 어른이 되면, 법과 하나님 도리에 어긋나지 않는 한에선 네 뜻대로 할 수 있어. 하지만 다 클 때까지는 내가 시키는 대로 따르는 거다."

그렇다면 아버지는 나를 본 것이다.

"네, 아버지." 우리는 조금 더 먹었다. 잠시 후 내가 말했다. "때리실 거예요?"

"아니, 넌 이제 그러기엔 많이 컸지, 안 그러냐?"

"그런 거 같아요."

"그래, 이젠 컸어. 네 나이에 맞게 행동하면, 네 나이에 맞게 대해주마. 그럼 됐지?"

"네, 아버지."

"네 나이에는 아버지 말을 귀담아 들어야지. 어머니 말도. 제대로 판단할 줄 알아야 해. 너한테 그런 광경을 보이고 싶지 않았는데."

"이미 봤었는데요, 아버지."

"알아. 하지만 그건 우연한 사건이었지. 여기 일은 네가 관여할 게 아니야. 상황이 달라. 무슨 말인지 알지?"

"네, 아버지."

"그 불쌍한 여자에게도 어딘가에 사랑하는 사람들이 있고, 구경꾼들이 우우 몰려들어 서커스마냥 구경하는 건 좋은 일이 아니야. 이제 그 여자에게 무슨 일이 생기든 본인은 어쩔 수 없으니 우리가 신경 써야지. 여기서 하는 일들은 전부 알아야 할 정보를 찾아내기 위한 거야. 그리고 또 있다, 네가 굳이 알아야 하는 게 아니라면 몰라도 될 일이 있어. 지금은 그렇게 생각하지 않을 수 있겠지만, 세상엔 몰라도 될 일이 있고 나중에 그런 게 떠오르면 달갑지 않을 거다. 그리고 말인데, 난 너희들이 지붕 위에 올라가자마자 알았다. 누구 하나 조용조용하질 않으니. 말해두지만, 그 아이들은 제법 착한 아이들이야. 파라오 영감님이 그 어린애의 할아버지지."

"에이브러햄이요."

"그래, 에이브러햄. 그리고 다른 아이는 데일 씨 아들이고. 데일 씨는 꽤 경우 바른 농부야. 장터에서 돈 때문에 레슬링을 하지. 그것도 꽤 잘 한다고 들었다. 그 아들 이름이…… 가만 있자……"

"리처드요."

"그래, 리처드. 어울리기에 나쁜 아이들은 아니지. 그리고 슬픈 얘기 하나 들려주마. 몇 년 지나면, 에이브러햄과 리처드는 같이 놀지 않을 거다. 어울리지도 않을걸."

"왜요, 아버지?"

아버지는 파라오 할아버지가 안 들릴 만큼 충분히 떨어져 있나 확인하듯이 그쪽을 쳐다보았다.

"왜냐하면 세상이 제대로 돌아가지 않고 있기 때문이지. 너도 생각해 보면 답을 깨닫게 될 거야."

이미 알아버렸다.

"아버지? 누가 그 흑인 여자한테 그런 짓 했는지 알아내셨어요?"

"아니. 여전히 전혀 감도 안 오는구나, 끔찍했다는 것 말고는. 지금보다 뭘 더 알고 싶지도 않은 기분인걸."

"스티븐슨 선생님은 왜 왔어요?"

"나도 정확히는 모르지만, 이런 일에 끼고는 싶고 자기 진료실 운영에 피해가 되는 건 싫었겠지."

"별로 아는 것도 없어 보이던데요."

"어느 쪽이든 상관이나 할까 싶다. 그저 흑인 의사를 제치고 자기가 한마디 하고 싶어서였겠지. 나는 그 돌팔이 약장수에게 가느니 언제고 틴 선생에게 가겠어. 잘 들어라. 백인과 흑인 중 어느 쪽이 더 뛰어나고 나쁘고 그런 것은 없어. 무슨 인종이든 그저 남녀가 있고, 어떤 사람들은 좀더 나쁘고, 어떤 사람들은 낫지. 그 문제는 그렇게 봐야 하는 거야. 난 무식한 사람이다만 그건 알아."

"아버지. 미스 매기는 아마 염소 인간이 그랬을 거래요."

"이 일에 대해 어떻게 알았을까?"

나는 얼굴이 붉어졌다.

"제가 말한 거 같아요."

"뭐, 이제는 비밀이랄 것도 없겠지."

"미스 매기는 염소 인간이 악마일 거래요. 아니면 악마의 부하거나. 바알제부바처럼."

"바알제붑이겠지. 아무튼 그건 아니다. 전에도 말했지만 염소 인간이란 건 없어. 평생 그런 얘기를 들어봤지만, 본 적은 한 번도 없다. 그리고 그 염소 인간이 악마의 부하란 얘기는, 글쎄, 미스 매기는 뭔가 그렇게 생각할 이유가 있을지도 모르지. 하지만 난 그 자가 피와 살을 지닌 인간이라고 생각한다."

"그 흑인 여자한테 그런 짓을 한 놈이요?"

"사익스 양이다. 그 여자에겐 이름이 있어. 이젠 알잖냐."

"네, 아버지. 그걸 저지른 사람이요…… 아직 근방에 있을까요?"

아버지는 볼로냐 햄을 손에 들고 주머니칼로 자르는 중이었다.

"모르겠다, 애야…… 아닐 거야."

그때 나는 처음으로, 아버지가 내게 거짓말을 했을지도 모른다는 생각을 했다.

집에 가는 길은 올 때보다 더웠고, 물이 상당히 마르거나 줄어들어 진흙탕이 되었다. 길이 질어서 속도가 느려졌다.

펄 크리크를 벗어나 몇 킬로미터 되지 않았을 때 온통 흠집투성이의 검은 포드 한 대가 히커리 나무 그늘에 서 있다가 도로로 나와 우리에게 진흙을 튀길 만큼 빠른 속도로 옆에 바짝 붙었다.

조수석 쪽에 앉은 불그스레한 얼굴의 남자는 커다란 하얀 모자를 쓰고 있었다. 열린 창밖으로 아버지에게 손을 흔들더니 길가를 가리켰다.

아버지는 차를 세우고 말했다.

"괜찮아. 이쪽 법 집행관이다. 아는 사람이야. 차에서 기다려, 알겠지?"

아버지가 차에서 내리자, 나는 운전석으로 옮겼다. 아버지는 우리차 뒤로 갔고, 흠집 난 포드 조수석에 있던 커다란 하얀 모자 남자가 내렸다. 크고 튼튼한 체격이었다. 회색 카키 바지에 마치 한겨울이라도 되는 듯 셔츠 소매를 내리고 단추를 전부 채운 차림이었다. 셔츠에 배지가 달려 있었다.

얼굴에 누런 기운이 도는 운전석의 남자는 모자 꼭대기가 거의 납작해서 꼭 버터 제조기처럼 보이는 황갈색 모자 차림으로, 운전석에 그대로 남아 담배를 씹고 있었다.

커다란 모자를 쓴 남자가 아버지와 악수를 했다. 둘의 목소리가 아주 잘 들렸다. 불그스레한 얼굴의 남자가 말했다.

"이렇게 만나니 반갑다, 제이콥. 네가 그쪽 카운티 경관이라는 얘기는 들었지."

"네가 날 보고 그렇게 떳떳할 거란 생각은 안 드는데, 우드로." 아버지가 말했다. "그러니 괜히 그런 척하지 마."

남자는 허허 웃었다. 모자를 벗고 주머니에서 손수건을 꺼내 그 안의 땀을 훔쳤다. 머리는 얼굴보다 더 시뻘겄다.

"같이 있는 건 랠프 퍼듀인가?" 아버지가 물었다.

우드로라는 남자는 그 질문에 답하지 않았다.

"제이콥, 얘기 좀 하지. 그 깜둥이 살인 말이야. 소식 들었어."

"못 들은 사람도 있을까."

"그래, 굳이 돌려 말하지 않을게. 간단해. 이쪽은 네 관할이 아니야."

"내가 범죄 수사를 하다가 이쪽으로 오게 되었다면, 날 도와주겠지, 안 그래, 우드로?"

"아, 그야 당연하지. 하지만 깜둥이를? 이봐, 제이콥, 내가 충고 하나 하겠는데……"

"전에도 들었어."

"내가 하는 말 들으라고, 알겠어?" 아버지는 대답하지 않았다. "세상엔 깜둥이 살인이 있고, 백인 살인이 있고, 깜둥이와 백인 그리고 백인과 깜둥이 살인이 있단 말이야."

"살인은 살인이지."

"내가 설명해 줄게. 이쪽 깜둥이들은 누가 자기네 일에 끼어드는 걸 반기지 않아. 너도, 나도."

"우린 법 집행관이야."

"그래, 하지만 저지대에서 깜둥이 여자가 살해당한 건 다른 문제라고. 선량한 깜둥이인 것도 아니고. 그리고 우리한테 그렇게 중요한 문제도 아니잖아. 깜둥이 하나가 사라졌다 그뿐이지 뭐. 아마 애인 중 누구 짓이겠지. 누구와 안 자겠다고 버텼거나, 아니면 누구딴 놈과 잤거나. 늘 그런 식인걸. 제이콥, 네가 기독교인으로서의 이상이 있는 건 좋은 일이야. 하지만 깜둥이들은 지들끼리 알아서 한다고. 그들도 그게 편하고, 우리도 편하고. 그들이 백인 일에 끼어들면 우리가 해결하지. 백인이 깜둥이를 죽이면, 그건 우리 책임이고. 깜둥이가 백인을 죽이면 그건 확실히 우리 책임이야. 하지만 이건……"

"사람이 죽었어. 그건 우리 책임이 아닌가?"

"세상엔 오랫동안 정해져 온 일이 있고, 그대로 이어져야 해."

"난 우리가 양키에게 지고 링컨이 노예를 해방시킨 줄 알았는데."

"나는 양키에게 지지 않았어. 제이콥, 뻔한 사건이잖아. 누군가, 십중팔구 깜둥이 막일꾼이 기차에서 내려서 재미 좀 보려든 거지. 그리고 이 깜둥이 여자를 만났는데 돈이 없었던 거야. 여자가 아마 남자를 떨쳐버리려 했겠지. 결국엔 놈이 여자를 끝장내고 다음 열차에 올라탄 거야. 스티븐슨 선생은 그런 식으로 보던걸."

"그거 재미있네. 나한테는 퓨마 짓이라고 하더니. 아니면 멧돼지나. 아니면 멧돼지가 여자를 눌러놓은 사이 퓨마가 했다고 했나. 까먹었네. 둘이 다 끝내고 나서 여자를 가시철사로 나무에 묶었다고."

"제이콥……"

"스티븐슨 선생은 언제부터 시체만 봐도 떠돌이 일꾼 짓인 줄 알았다던가? 떠돌이 일꾼이 자기한테 편지라도 남겼대?"

"빌어먹을, 제이콥! 네가 깜둥이 싸고도는 건 여기 카운티에 소문다 났어, 조심하지 않으면 다음 세대도 그렇게 자랄 거고 주위에도 지들 내키는 대로 깜둥이 싸고돌고 난리일 거라고. 이쪽에선 깜둥이들을 우리 식대로 다뤄."

"너한테 할 말 있어, 우드로. 우리가 어렸을 때 네가 바지선에서 떨어져 하마터면 빠져죽을 뻔했던……"

"그 일을 끌어들이지 마."

"거기 깊은 구멍에 빠져 거의 빨려들어 갈 뻔했지. 하지만 살아났어."

"그래서 너한테 고맙다고 했잖아."

"그랬지. 네가 정말 고마워한다고 생각했어. 그리고 너하고 네가 견해차는 있을지언정, 결정적인 면에선 네가 바른 사람인 줄 알았지. 하지만 가끔은, 그냥 네가 사라지도록 내버려둘 걸 그랬다 싶네. 그리고 다음 세대 운운하는 소리가 우리 가족에 대한 위협으로 한 뜻이 맞다면, 네 놈 모가지를 꺾어 버리겠어."

우드로는 얼굴이 새빨개져서 모자를 썼다.

"위협한 거 아니야. 하지만 내 말 명심하라고."

"네가 한 말이 뭐든 간에, 내가 한 말 명심하도록 해. 가슴에 콕 박아두라고, 우드로. 난 이제 갈 거야."

"내 말 안 끝났어, 제이콥."

"아니, 끝났어." 아버지가 말했다.

걸어가는 아버지에게 우드로가 말했다.

"메이 린에게 안부 전해."

아버지가 잠시 멈춰 섰다. 목에 혈관이 도드라지는 것이 보였고, 난 한순간 아버지가 돌아설 줄 알았지만 그러지 않았다. 그냥 계속 발을 옮겼다.

나는 운전석에서 비켜나 아버지가 차에 타기를 기다렸다. 아버지가 운전석에 오르자 내가 말했다.

"괜찮아요, 아버지?"

"아무 일 없다, 괜찮아."

뒤를 돌아보니 흠집 난 검은 차는 방향을 돌려 다른 쪽으로 향하고 있었고, 우드로라는 남자는 소매 내린 팔을 창 밖으로 내놓고 있었다.

* * *

집에 도착하자 아버지는 나를 내려주고는 차를 돌려 사라졌다. 어디에 가는지는 말하지 않았다. 그냥 내게 어머니한테 걱정 말라고 전하라고만 했을 뿐이었다.

아버지는 해 질 녘이 되어서야 들어왔고, 그 밤 내내 조용했다. 저녁 식사 후, 아버지와 어머니는 앉아서 한동안 독서를 했다. 어머니는 성경, 아버지는 종묘 카탈로그를 읽다가 농사 달력으로 넘어갔다. 하지만 아버지는 그냥 시늉만 그런 듯했다. 보니 오랫동안 한 페이지를 펼쳐놓고 있었다. 한번은 아버지가 어머니 쪽을 쳐다보더니 한숨을 쉬고는, 책 속으로 빨려 들어가고 싶은 듯이 다시 페이지를 노려보았다.

나와 톰은 체커를 두었고, 내가 연달아 네 번 이기고 나자 톰이 화가 나서 판을 뒤집어 엎고는 슬리핑 포치로 나갔다. 거기엔 침상이 두 개 있었고, 날이 진짜 더울 때는 가끔 나와 톰은 거기서 잤다.

보통 나는 톰의 기분이 어떻든 크게 신경쓰지 않았지만, 어쩌면 그 시체를 보고 마음이 약해졌는지도 모르겠다. 나는 포치로 나갔다. 톰은 침상에 팔을 베고 누워 천장을 올려다보고 있었다.

"그냥 게임일 뿐이잖아."

아무래도 한 판은 이기게 해줄 걸 그랬구나 싶어 말했다.

"괜찮아." 동생이 말했다.

나는 다른 침상에 앉았다. 우리는 말없이 앉아 귀뚜라미 울음 소리와 방충망에 부딪히는 벌레 소리에 귀를 기울였다.

"우리가 찾은 그 여자 말이야," 톰이 물었다. "염소 인간이 그랬을까?"

"스티븐슨 선생님은 짐승 짓일 거래. 틴 선생님은 사람이 그랬을 거라 하고. 그쪽 경관 아저씨는 부랑자 짓이라 생각하고."

"어떻게 그걸 다 알아?" 동생이 물었다.

"얘기하는 걸 들었어."

"부랑자라는 거 괴물이야?"

"기차에 몰래 타고 떠돌아다니는 사람이야."

"음, 그럼 사람이지? 오빠는 짐승이나 사람, 아니면 부랑자랬고."

"그렇겠지."

"하지만 염소 인간 짓일 수도 있을까?"

"아버지는 아니랬어. 하지만 사람들이 하는 말을 종합해 보면 결국 염소 인간 아닐까. 미스 매기는 염소 인간일 거래."

톰은 잠시 궁리하다가 말했다.

"미스 매기는 별의별 걸 다 알지. 염소 인간이라고 하면 말이 되네. 우리가 봤잖아, 안 그래?"

"봤지."

"난 제대로 보진 못했어. 너무 어두워서. 그래도 제법 끔찍했지, 안 그래?"

나는 그랬다고 동의했다.

"가끔 그 생각이 나." 톰이 말했다.

"알아."

아버지가 나더러 시체 얘기를 할 필요 없다고 했던 것이 떠올랐지만, 다시 생각해 보니 톰은 이미 그걸 보지 않았던가?

젠장, 이러다 진짜 입 싼 놈이 될 판이었다.

나는 톰에게 아까 있었던 일을, 얼음 창고 지붕에 올라가 구멍으로 들여다본 일을 얘기해 주었다. 안에서 무슨 얘기를 했는지 말해 주고, 약간 각색하여 멀구슬나무에 올라간 아이들 중 내가 대장이었다고 했다.

또한 훔쳐보다 들킨 대목도 빼놓았다. 그걸 말하면 이야기가 김이 빠지고 내가 어째 덜 똑똑해 보일 듯해서였다.

그리고 덧붙였다.

"이 얘기 입 밖에 내면 안 돼, 그랬다간 나 혼나."

나와 톰은 염소 인간에 대해 이런저런 짐작을 얘기했고, 곧 염소 인간이 집 뒤를 살금살금 돌아다니며 심지어 바람소리처럼 나직한 목소리로 우리를 부르는 듯했다. 나는 일어나서 방충망 문을 닫았지만, 그래도 겁이 나는 건 어쩔 수 없었다. 이내 벌레가 방충망에 부딪힐 때마다 영락없이 염소 인간이 들어오려고 긁어대는 것만 같았다.

죽을 만큼 겁이 나서 우리는 얼른 잠자리에 들었다.

* * *

그날 밤, 침대에 누워 있는 내게 젤다 메이 사익스가 온통 난도질된 몸을 하고 나타났다. 내가 발견했을 때의 상태가 아니라, 틴이 흉골부터 국부까지 갈라놓은 모습이었다. 틴이 꺼내지 않은 긴 창자 하나만 제외하면 그녀의 뱃속은 텅 비어 있었다. 그 창자는 배 바깥으로 늘어져 바닥에 질질 끌리고 있었다. 그녀는 천천히 움직였고, 마침내 내 침대 옆에 서서 나를 내려다보았다. 그녀의 음모와 절개된 음부가 내 머리 가까이 있었다. 나는 눈을 뜨고 있었고 그녀를 볼 수 있었으나 움직일 수가 없었다. 아주 조심스럽게, 아주 천천히 그녀는 내 머리에 손을 얹었다. 열이 있나 확인하듯이.

나는 식은땀에 젖어 깨어났고 누운 채 숨을 헐떡거렸다. 혹시 톰을 깨웠나 쳐다보니 슬리핑 포치에 연결된 창문 옆에서 곤히 잠들어 있었다. 자러 갈 때는 겁에 질려 있을지 몰라도 지금은 평화로워 보였다. 심지어 톰은 창문도 열어놓았으며 날씨가 더우니 잘된 일이었다.

산들바람이 살랑살랑 커튼을 흔들고 있었다. 커튼이 톰의 짙은 머리칼을 스치고 주위에서 찰랑거렸다. 분명히 방 안에서 죽음과 강물 냄새가 난다고 생각했다. 난 혹시 젤다 메이가 그늘 안에 숨어 내가 다시 긴장을 풀기를 기다리고 있는 건 아닌가 확인해 보았지만, 거기엔 익숙한 물건들의 형체 외엔 아무것도 없었다.

나는 베개를 접어 머리 아래 쑤셔넣고 심호흡을 하며 젤다 메이 사익스 생각을 하지 않으려 애썼다. 그러는 사이 벽 너머에서 어머니 아버지가 얘기하는 소리가 드문드문 들려왔다.

나는 벽에다 귀를 대고 무슨 얘기를 하는지 들으려 애썼다. 부모님은 작게 얘기하고 있었고 한동안은 아무것도 알아들을 수 없었지만, 곧 적응이 되어 한쪽 귀를 손으로 막아 창밖 바람 소리를 차단하고 다른 쪽 귀를 벽에다 바싹 가져다 댔다.

"······내가 듣도 보도 못한 퓨마가 사람을 죽였다는 대목은 제외하고 그 점을 고려해야 해." 아버지가 말하는 소리가 들렸다. "내 생각엔 아마 그럴 거야. 퓨마는 사람을 해치지 않는다고 하는 사람도 있지만, 내 생각엔 어느 동물이든 상황이 닥치면 가능하다고 봐. 집에서 키우는 개라도. 하지만 스티븐슨 선생은 그걸 의심할 까닭이 없지. 그냥 그렇게 결론나기를 바라더라고."

"어째서?" 어머니가 물었다.

"흑인 의사가 검사를 하고 어쩌면 자기는 모르는 걸 알지도 모른다고 생각하니 싫었겠지. 틴 선생이 훌륭한 의사라는 건 다들 알아, 그걸 인정할 만큼 깨인 사람이라면. 백인 흑인 막론하고 대부분의 의사보다 낫지. 내가 짐작가는 건 그게 다야. 그리고 스티븐슨 선생은 취해 있었으니 그게 판단력에 도움이 되진 않았겠지. 그 인턴 청년 테일러를 위해 나타난 걸지도 몰라. 비록 테일러가 그렇게 감명 받진 않았을 것 같지만."

"틴 선생이 뭐랬어?"

"여자가 강간당하고 난도질당했대. 난도질이야 보면 뻔하고. 누군가, 아마도 살인자가 여자가 죽은 후에 돌아와서 시체를 갖고 장난질을 쳤을 거라더라고."

"진담 아니지?"

"어허."

"누가 그런 짓을 할 리가?"

"나야 모르지. 전혀 짐작도 안 가."

"의사 선생은 그 여자 누군지 안대?"

"아니, 하지만 그쪽 흑인 교회 베일 목사란 사람은 알더라고. 이름은 젤다 메이 사익스야. 동네 매춘부고 어…… 요술사라고 하던데."

"뭐?"

"그 사람들이 믿는 마법 같은 거 말이야. 부적이니 뭐 그런 걸 팔았대. 강가 선술집에서 일했고. 가끔 백인 손님도 받았다더군."

"그럼 누가 이런 짓을 했을지는 아무도 몰라?"

"그쪽에선 아무도 신경 안 써, 메이 린. 아무도. 흑인들은 그 여자에 대해 좋은 감정이 아니고, 백인 법 집행관은 부지런히도 내게 관할 밖이라고 지적하고."

"당신 관할 밖이라면 그냥 내버려 둬야지."

"시체를 옮겨간 펄 크리크는 내 관할 밖이지만, 발견된 장소는 내

관할 밖이 아니잖아. 그쪽 법 집행관은 무임승차 떠돌이가 여자와 재미를 본 다음, 강에다 버리고 다음 기차를 타고 사라졌을 거라 짐작하더군. 아마 맞을지도 몰라. 하지만 그렇다면, 누가 여자를 나무에 묶었을까?"

"각각 다른 사람일 수도 있지 않아?"

"그럴 수도, 하지만 세상에 그렇게 많은 잔인함이 존재한다고 생각하면 너무 걱정이 돼. 나는 그저 둘이 아니라 한 놈이었음 좋겠어, 그리고 진짜 마음 같아서는 아무도 아니었으면 좋겠고. 하지만 바라봤자 현실은 그냥 똥일 가능성이 더 높지."

"제이콥!" 어머니가 완전히 질색하는 건 아닌 목소리로 말했다. 그러고는 조금 웃었다. "말하는 것도 참." 그러더니 물었다. "왜 그쪽에선 당신이 수사하든 말든 신경을 쓸까? 왜 반대하지?"

"당신도 나만큼이나 잘 알잖아." 아버지가 말했다.

"그 여자가 흑인이라서? 하지만 당신이 수사하고 싶다 한들 무슨 상관이지?"

"만약 백인 남자가 저질렀다면?"

"그렇다면 그 사람이 대가를 치러야지."

"당연하지. 하지만 다들 그렇게 생각하진 않아. 흑인 매춘부라면 사람들은…… 본인이 자초한 일이라 여긴다고. 흑인이 저지른 짓이라면, 그냥 흑인 여자 한 명이 줄었을 뿐이니 몸 버린 여자 일에 뭘 마음 쓰고 안타까워할까. 만약 백인 짓이라면, 그럼 그냥 내버려두기를 원하겠지. 그 사람들은 백인 남자라면 흑인 여자와 뭐든 재미좀 본들 무슨 상관이냐고, 어떤 식으로든 대가를 치러선 안 된다고 생각할 거야."

"해리 내려준 다음에, 어디 갔었어?"

"칼 필즈를 만나러 시내에."

아버지의 그 말에 나는 풀이 팍 죽었다. 아마도 아버지는 내가 얼음창고 지붕에 올라간 것이 못마땅해 굳이 집까지 돌아와 나를 내려놓고 혼자 시내에 나갔을 것이다.

"신문 만드는 사람 아냐?" 어머니가 물었다. 동네 주간 신문인 《마블 크리크 가디언》 얘기였다. "젊고 예쁜 부인을 둔 나이 든 남자?"

"그래. 좋은 사람이야. 그나저나 부인은 드럼 치는 사람과 바람나서 도망갔어. 칼은 그래도 끄떡없지. 새로 여자친구도 생겼고. 그 사람 말이 흥미롭더라고. 이번이 지난 18개월 동안 지역에서 세 번째로 벌어진 살인사건이래. 신문에는 그중 하나도 싣지 않았는데, 사건이 워낙 참혹하기도 하지만 다 흑인이 살해당한 일이고 자기 독자들은 흑인 살인에 신경쓰지 않아서라고 하더군."

"그 사람은 어떻게 그걸 다 안대?"

"이 근방 흑인 지역사회와 괜찮은 관계를 유지하고 있거든. 본인 말로는 자기 소유 신문에 실리는 게 다 뉴스라 할 만한 가치가 있는 건 아니지만, 자기한텐 뉴스 냄새를 맡는 코가 있다는 거야. 그 살인사건들 피해자는 다 매춘부였대. 하나는 펄 크리크에서 일어났고. 시체는 재제소 옆 강가 커다란 하수구에 쑤셔넣어진 채 발견되었다고. 두 다리가 부러지고 위로 당겨 머리에다 묶였고 몸은 난도질을 당했다지. 내가 오늘 본 시체처럼. 하지만 그 여자가 누구인지 정말로 아는 사람이 아무도 없었대. 어디선가 흘러들어와서 저쪽 색시집에 일자리를 얻었다더라고."

"색시집?"

"매춘부들이 일하는 곳이야, 여보. 그런 데 있잖아…… 알지?"

"아. 덕분에 참 좋은 공부 많이 하네. 당신이 그런 걸 다 아는 줄은 몰랐어."

"경관 일을 하면서 많이 알게 됐지. 아무튼, 장례식을 해주고 싶다는 어느 교인 덕에 시체는 매장되었고, 좀 시간이 지나자 아무도 그 생각은 안 하게 되었어. 뭐 뻔한 얘기지. 흑인 살인은 흑인들이 잘 얘기하는 화제가 아니니까, 자기네들끼리면 모를까. 그 사람들은 가능하면 자기네 일은 알아서들 처리해, 백인 법은 별반 도움이 안 되니까. 이 사건엔, 그 여자가 누구인지 제대로 아는 사람도 없고, 용의자도 없었어. 젤다 메이 사익스 경우와 같은 생각들을 한 거지. 어느 떠돌이가 여자를 해치고, 기차를 타고 사라졌다고."

"살인이 세 건이었다며."

"다른 하나는 강에서 발견됐어. 처음엔 익사 사고인 줄만 알았지. 칼 말로는 여자가 난도질당했다는 소문이 있다던데, 진짜인지는 모른대. 아무 관련 없을 수도 있지."

"그 살인이 언제 시작되었는데?"

"내가 아는 한에선, 첫 번째는 작년 1월이야. 다른 하나는 모르겠네. 그게 실제 있었던 일인지 아닌지도 몰라. 사람들이 한참 전에 있었던 일을 얘기하는 걸 칼이 얼핏 들었을 수도 있으니. 아니면 칼에게 말해준 사람이 잘못 들었을 수도 있고. 이야기를 부풀렸을 수도 있지. 흑인 사회 경우엔 알기 힘들어."

"필즈 씨는 젤다 메이 사익스에 대해 알고 있었어?"

"그렇더군."

한동안 정적이 흘렀다. 얇은 벽 너머로 밖의 귀뚜라미 소리가 들렸고, 저지대 어딘가에선 황소개구리 울음소리가 났다.

"젤다 메이 시신은 어떻게 하기로 했어? 누가 인수했고?"

어머니의 물음에 아버지가 대답하는 소리가 들렸다.

"아무도. 여보, 그쪽 흑인 묘지에다가 매장해 달라고 내가 선금을 좀 내고 왔어. 우리가 돈이 없는 건 알아, 하지만……"

"쉬. 괜찮아. 잘했어."

"그쪽 목사한테 돈이 생기면 조금 더 주겠다고 말해놨어."

"좋은 일이야, 제이콥. 정말 좋은 일 했어."

"그나저나, 그쪽 경관 말이야. 누군지 알아?"

"아니."

"레드 우드로."

"아. 난 몰랐네. 당신은 알았어?"

"그래, 알았지."

"당신 그런 말 한 적 없잖아."

"말할 이유가 없었으니까. 오늘 만날 때까지만 해도 그 생각을 해본 적이 없었어. 지금도 그 얘기 꺼내긴 싫지만……"

"아휴, 바보 같은 소리 마."

"……하지만 말해야 할 거 같았어. 마음에 걸리는 걸 숨겨두고 싶진 않아서. 당신한테 안부 전하라더군."

"그랬어?"

"당신한테 말 안 할 참이었는데. 왜 이 얘길 꺼냈나 모르겠군."

"여보, 괜한 생각 안 해도 돼. 그럴 일 없다는 거 알면서."

부모님의 어조가 바뀌었다. 거의 딱딱할 만큼. 뭔지 나는 몰랐지만 어딘가 바뀌었고 레드 우드로와 관련이 있는 게 분명했다.

"내가 그쪽 일에 상관하지 않았으면 하더라고."

"거긴 걔네 관할이지?"

"아까 말했듯이 살인은 여기서 벌어졌어. 그쪽에 시체를 가져간 유일한 이유는 틴 선생의 도움이 필요했기 때문이라고."

"레드는 좀…… 까칠할 때가 있지."

"내가 생각한 건 그게 아닌데." 아버지가 말했다.

"제이콥, 레드 일은 그냥 잊어."

"그러고 싶어."

"소매는 어땠어?" 어머니가 물었다.

"아직도 내린 채더라고."

그러고는 조용해졌다. 나는 바로 누워 천장을 올려다보았다. 눈을 감자 다시 젤다 메이 사익스가, 난도질되고 부어오른 채 그 나무에 가시철사로 묶인 그녀가 보였다. 그러다가 그녀는 스르륵 흐려지고 그 검은 눈만 남았고, 그러더니 검은 눈이 밝게 변하고 뿔 달린 염소 인간의 시커먼 얼굴의 하얀 이가 보였다.

별안간 나는 숲길 한가운데 그늘에 서서 그를 쳐다보고 있었다. 그가 나한테 다가오기 시작했다.

나는 도망쳤고, 바로 뒤에서 그가 쫓아오는 소리가 났다. 나는 가쁘게 헉헉댔고 그의 숨결은 더 가빴지만 지치거나 그런 건 아니었다. 뭔가 즐거운 일을 하려 들 때의 가쁜 숨소리에 더 가까웠다.

나무 그림자가 날 붙들고 잡아두려고 했지만, 나는 뿌리치고 도망쳤다. 염소 인간이 나를 막 따라잡아 내 어깨에 손을 얹으려던 찰나, 나는 앞서 전도사 길까지 왔고 뒤를 돌아보니 염소 인간은 사라지고 없었다. 나는 잠에서 깨어나 침대에 앉아 벽을 응시했다.

한참 지나서야 겨우 다시 잠이 들었고, 아침에 깨어났을 때는 밤새 악마에게 쫓기기라도 한 듯 기운이 하나도 없었다.

8장

얼마 지나고 나자, 톰과 나의 일상은 원래대로 돌아갔다. 시간이란 게 그렇다. 특히 어렸을 때는. 시간이 지나면 많은 것이 나아지고 낫지 않는 것은 잊어버리거나, 아니면 최소한 한편으로 밀어두고 내가 밤늦게 잠들기 전 이따금 그랬듯이 어쩌다가 꺼내보기 마련이다.

아버지는 한동안 살인자를 찾아다녔지만 강둑에 누군가 돌아다닌 흔적 말고는 아무것도 발견하지 못했다. 저지대에 있을 때 누군가 지켜보는 기분이었다고, 숲과 강을 짐승들만큼이나 잘 아는 사람이 자신을 감시하고 있었으리라고 아버지가 어머니에게 하는 말을 들었다.

하지만 아버지가 한 말은 그게 전부였다. 아버지가 그 흔적을 진짜로 염소 인간이나 살인자의 흔적으로 여겼으리라 짐작할 만한 근거는 내겐 전혀 없었다. 낚시꾼이나 사냥꾼 또는 그냥 돌아다니는 사람이었을 수도 있다. 아버지가 누군가의 눈길을 느꼈다는 말도 큰 의미를 두고 한 것 같지는 않았다.

이윽고 아버지도 그 사건을 추적하지 않게 되었다. 아버지가 신경을 쓰지 않았다거나 레드 우드로의 생각이 걱정이 되지 않아서라기보다는, 찾아낼 것이 없으니 할 일도 없어서였으리라고 생각한다.

밥벌이가 뭐든 수사보다 우선이었고, 아버지는 어차피 수사관도 아니었다. 아버지는 주로 법원 소환장을 전달하고 치안 판사와 함께 시신을 수습하는 작은 마을 경관이었을 뿐이었다. 그리고 만약 시신이 흑인이면, 치안 판사 없이 수습해야 했다.

그래서 제대로 된 단서 하나 없는 상태에서, 이윽고 살인과 염소 인간은 과거 일이 되었다.

내가 관심을 두고 있던 일은 전에 관심 있어 하던 것이었다. 사냥과 낚시와 공식적인 건 아니지만 사서 비슷한 일을 하는 캐너튼 부인에게서 빌린 책 읽기. 마블 크리크에는 그 후로도 여러 해가 지나서야 정식 도서관이 생겼다. 캐너튼 부인은 책을 많이 갖고 있어서 사람들에게 빌려주고 확실히 돌려받기 위해 기록을 해두는 친절한 미망인이었다. 심지어 자기 집에 들여 앉아서 읽을 수 있게도 해주었다. 거의 언제나 쿠키나 레모네이드를 준비해 두고 있었고, 우리 이야기나 문젯거리도 싫은 기색 없이 귀를 기울여 주었다.

나는 이발소에서 계속 소설 잡지를 읽고 아버지와 세실과 이야기를 나누었으나, 늘 그렇듯 대체로 대화하기 재밌는 상대는 세실이었다. 그는 확실히 말하기를 즐겼고 나와 어울리는 걸 좋아하는 듯했다. 그는 특히 톰을 예뻐해서, 늘 동전이나 사탕을 쥐여주고 자기 무릎에 앉혀 야만적인 인디언이나 지구 중심부에 사는 사람들, 달이 파랗고 사람들은 나무에 살며 유인원들이 배를 타고 다니는 행성 등 별별 허풍을 들려주었다.

아버지는 대화하기에 그다지 재미있는 상대는 아니었다. 말하다 보면 늘 인생을 어떻게 살아야 한다는 얘기와 이런저런 설교로 흘러가기 때문이었다. 나는 다 아는 얘기니 아버지가 괜히 애쓰지 말았으면 좋겠다 싶었다. 그냥 관심 있는 얼굴을 하고 아버지가 진 빠질 때까지 기다리는 게 상책임을 나는 경험을 통해 터득했다.

비록 이젠 살인 사건이 내 머릿속을 차지하고 있진 않았지만, 어느 날 집에서 우연히 그 사건 그리고 아버지와 레드 우드로의 대화가 화제에 올랐다. 정확히 뭐였는지는 기억이 안 나지만, 아버지가 마치 무슨 미끼를 던지듯 그에 대해 무슨 말을 해서, 어머니가 레드에게 그렇게 모진 소리 말라고 했고, 비록 아버지는 거기에 대꾸하진 않았지만 뭐든 우드로 씨를 편드는 걸 못마땅해 하는 기색이었다. 또한 어머니가 괜히 말했다고 후회하는 것도 알 수 있었다.

아버지는 집에서 일하는 시간을 늘리고, 이발소에는 이따금씩 가기 시작했다. 아버지는 세실에게 열쇠를 맡겨놓고 크게 의지하게 되었다.

그날, 아버지는 나와 톰을 시켜 샐리 레드백에 마구를 채우고 밭을 갈게 했다. 조금 지나고 아버지가 와서 가운데를 갈고, 나와 톰에겐 뒤를 따라오면서 제대로 뽑히지 않은 잡초 무더기를 뽑아 뒤집고 짓밟아서, 뿌리가 햇볕에 말라 죽게끔 시켰다.

아버지는 한 시간가량 레드 우드로 일로 시무룩해 있다가, 점차 기분이 풀려 휘파람을 불기 시작했다. 점심 때 아버지는 계속 밭을 갈 요량으로, 나더러 집에 가서 먹을 걸 좀 챙겨오라고 시켰다.

집에 돌아가 보니 어머니가 양동이에 옥수수빵과 닭튀김을 넣고, 잼 병에 강낭콩을 담아 뚜껑을 닫고 있었다. 거기에 그릇 몇 개와 숟가락을 양동이에 챙겨넣고, 내게 우물에 가서 버터밀크를 꺼내오라고 시켰다.

내가 버터밀크를 가져오자 어머니는 그걸 잼 병 몇 개에 나눠 담고 고무 뚜껑을 씌우고 고리를 채웠다. 난데없이 내가 말했다.

"아버지는 레드 우드로 씨를 안 좋아하죠?"

"글쎄, 모르겠네. 한때는 제일 친한 친구였어."

나는 뒤통수를 얻어맞은 기분이었다.

"제일 친한 친구라니. 설마 진담은 아니죠, 엄마?"

"진짜야."

"그날 펄 크리크에서 나눈 얘기를 들어보면 그런 것 같지 않던데요."

"아버지한테 얘기 들었어. 레드는 아버지가 자기 일에 끼어든다고 생각했던 거 같아."

"그런 거예요?"

"진짜 그런 건 아니고." 어머니는 손의 물기를 닦고 버터밀크 병 두 개를 다른 양동이에 넣었다. "아버지는 물에 빠져 죽을 뻔한 레드를 구한 적이 있단다."

"그 얘기들 하시더라고요. 깊은 물에 빠진 걸 아버지가 구했다고."

"그래. 나도 거기 있었지. 우리는 바지선에 타고 있었어. 원래 내가 있을 자리가 아니었지. 여자애들은 그런 걸 하면 안 되었거든. 그렇게 늦은 시간에 남자애들과 수영하는 거 말이야. 거기 있으면 안 되는 거였어."

"무슨 일이 있었던 거예요?"

"뭐 별로. 레드가 물에 뛰어들었다가 소용돌이에 말려들어서, 너희 아버지가 뛰어들어 레드를 끌어내다가 본인도 하마터면 죽을 뻔했지. 그때는 아버지가 참 수영을 잘 했단다."

"어쩌다 두 분이 사이가 나빠졌어요?"

"나 때문일 거야."

"엄마가 왜요?"

"레드가 내 남자친구였는데, 너희 아버지를 만나게 되어 사귀게 되었지. 그 바지선 놀이 중에 그렇게 되었어. 아주 오래 전이야. 그땐 우리도 참 어렸지."

"그럼 그분은 엄마가 아버지를 더 좋아하게 된 게 싫었고요?"

"그런 셈이지. 하지만 가끔 그 일로 마음이 안 좋더라."

"그분을 따라가지 않은 거요?"

"세상에, 아니야. 하지만 내가 레드에게 상처를 줘서 그 뒤로 매정해졌다는 얘기를 늘 들었어. 이제 여자를 좋아하지 않게 되었다고. 여자들과 어울리려 들지 않는다고. 레드가 뭐 이상한 쪽으로 넘어갔다거나 그런 얘기는 아니고."

"이상한 쪽이요?"

어머니는 불현듯 자신이 무슨 말을 했는지 그리고 아들과 나누고 싶은 화제가 아님을 깨달았다. 그 당시에는 성적 지향 문제는 대화

는커녕 거의 언급되는 일조차 없었다. 가족이나 예의를 차리는 사람들 사이에서는 말할 것도 없었고.

"아, 아무것도 아니야. 그냥 레드가 여자에 대해 악의를 품고 좋은 여자들하고는 상종을 하려 들지 않는다는 얘기지."

"안 좋은 여자들하고는요?"

나는 무슨 뜻인지 알고 있었지만, 순진한 척 들리게 하려 했다.

"글쎄, 그건 모르겠구나." 그렇게 말하는 어머니의 얼굴이 붉어져 있었다. "이제 얼른 뛰어가렴. 음식 식고 버터밀크 미지근해지기 전에 얼른 아버지 갖다 드려야지. 톰은 버터밀크를 안 좋아하니까, 찬물 좀 챙겨줄게."

나는 톰이 버터밀크를 안 좋아한다는 걸 알고 있었다. 왜 나한테 그걸 말해주는 걸까?

어머니는 잼 병을 들고 우물로 나갔다. 나는 음식과 음료수가 든 양동이 두 개를 들고 뒤따랐다. 어머니는 두레박을 우물에 내렸다가 끌어올리기 시작했다.

"그럼 우드로 씨는 엄마를 좋아했지만, 엄마는 아버지를 좋아했고, 아버지는 엄마가 우드로 씨를 좋아하는 게 싫었고, 우드로 씨는 엄마가 자길 싫어하는 게 싫었고, 이제는 다른 여자들을 싫어한다고요?"

"뭐 그런 셈이지. 난 레드 좋아했어. 그냥, 글쎄, 나하고 레드 사이 일이 잘 풀리지 않았지."

"다행이네요."

어머니는 두레박을 우물 가장자리로 끌어올리고, 잼 병에 물을 따라 뚜껑을 닫았다.

"나도 그래. 이제 얼른 가봐."

"엄마?"

"그래."

"왜 우드로 씨는 소매를 늘 길게 내려 입어요?"

"나는 모르겠구나. 이제 가봐."

나는 물병을 버터밀크 병과 함께 챙겨넣고, 밭으로 돌아갔다. 아버지와 톰은 샐리 레드백을 숲에 가까운 밭 가장자리 미국풍나무 아래 묶어두었다. 우리는 미국풍나무 아래 앉아 식사를 했다. 나는 이따금 아버지를 흘끗거리며 젊은 시절의 아버지가 물에 빠진 레드 우드로를 구하는 모습을 상상하려 애썼다.

사실, 그 당시 아버지는 젊었고 십중팔구 삼십 대였겠지만 내 나이엔 아버지가 엄청 나이 먹어 보였다.

나는 그날 아버지가 레드 우드로를 구하지 말 걸 그랬다고 한 것이 살인과 레드 우드로가 한 말 때문에 그런 건지, 아니면 어머니 때문에 그런 건지 궁금했다.

나는 내가 태어나기 이전에도 부모님들에게 인생이 있었다거나 어느 시점에서 서로를 선택했으리라는 생각을 제대로 해본 적이 없었다. 그냥 언제나 함께 있는 두 분을 당연시했다. 아버지가 레드 우드로를 질투했을지도 모른다는 사실이 이상하게 느껴졌다. 그건 내가 본 적도 없고 생각조차 못한 아버지의 일면이었다. 아버지가 세실을 썩 좋아하지 않은 이유가 이해되기 시작했다. 세실은 어머니에게 살살거렸고 어머니는 그걸 꽤 좋아했으며, 아버지는 그렇지 않았다.

* * *

　날이 선선해지고 밤 공기는 빳빳이 풀 먹인 셔츠처럼 산뜻해지고 달이 호박처럼 둥글어지자, 톰과 나는 늦게까지 반딧불을 쫓고 서로를 쫓아다니며 놀았다. 아버지는 경관 일로 집을 비웠고 어머니는 집에서 바느질을 하고 있었다.

　토비는 진짜로 다시 걷기 시작했다. 등이 부러진 건 아니었지만, 나뭇가지에 맞으면서 신경에 손상을 입었다. 완전히 회복되지는 못했지만 약간 뻣뻣한 몸을 이끌고 돌아다닐 수 있었고, 이따금씩 우리로선 알 수 없는 이유로 골반이 마비되어 뒷다리를 질질 끌고 다니기도 했다. 대부분은 괜찮아서 약간 절룩거리며 아주 빠르지는 않은 속도로 뛰어다녔다. 토비는 여전히 카운티에서 제일 뛰어난 다람쥐 사냥개였다.

　그날 밤 토비는 집안에 있었는데, 원래는 그래선 안 되지만 아버지가 집에 없을 때면 어머니는 가끔 토비를 집에 들여 바느질하는 동안 발치에 누워 있게 해주곤 했다.

　그래서 나와 톰뿐이었고, 한참 신나게 놀고 난 다음 우리는 떡갈나무 아래 앉아 이런저런 얘기를 했으며, 내심 나는 그 떡갈나무를 로빈 후드와 일당들이 셔우드 숲에서 만났던 그 거목으로 상상하고 있었다. 나는 그 이야기를 캐너튼 부인의 책에서 읽었고 꽤 깊은 인상을 받았다.

　나무 아래 이야기하는 동안, 나는 아버지가 저지대 깊은 숲 속에서 느꼈던 것처럼 누군가 나를 지켜보는 기분이 들었다.

톰의 수다에 귀를 기울이던 것을 그만두고, 내가 천천히 고개를 숲 속으로 돌려보니 거기 나무 두 그루 사이 그늘 속에, 달빛을 등져 뚜렷이 드러난 뿔 달린 형체가 우리를 지켜보고 있었다.

톰은 내가 자기 얘기를 듣지 않는 것을 알아채고 말했다.

"오빠."

"톰, 잠깐 조용히 하고 내가 보는 쪽을 봐."

"난 아무것도 안 보이······" 그러다가 톰은 입을 다물었고, 잠시 후 속삭였다. "그 사람이야······ 염소 인간."

그 형체는 갑자기 몸을 홱 돌려, 나뭇가지를 우둑 밟고 이파리를 부스럭 흔들어놓고, 사라졌다.

염소 인간이 우리 집까지 올 수 있고 우리가 사는 곳을 안다고 생각하니 겁이 났지만, 우리 집은 저지대와 바로 이어져 있고 전도사 길에서 한참 떨어져 있었다.

"그날 밤 우리를 따라온 게 틀림없어." 톰이 말했다.

"그래."

"저게 우리가 사는 곳을 알고 있는 거 싫어."

"나도 그래."

우리는 아버지나 어머니에게 그날 본 것에 대해 말하지 않았다. 왜 그랬는지 정확히는 모르겠지만 하여간 그랬다. 나와 톰만의 비밀이었고, 다음 날에는 그 얘기는 거의 꺼내지도 않았다. 입 밖에 내어 말하면 너무 현실로 다가오기 때문이었을 것이다. 저지대에서 염소 인간을 본 것과, 우리 집 바로 옆에서 보는 건 완전히 차원이 다른 문제였다.

게다가, 아버지에게 말해봐야 무슨 소용이 있을까? 아버지는 염소 인간을 믿지 않았다. 세상엔 직접 보거나 겪기 전에는 믿을 수 없는 일들이 있다. 그러고 보니 여자의 클리토리스 얘기가 생각이 났다. 그건 진짜일까? 아니면 틴 선생이 지어낸 얘기일까?

며칠 동안 나는 잘 때도 경계를 완전히 풀지 못했지만, 그러고 나자 긴박감이 스러졌다. 그게 아이들의 장점 중 하나다. 빨리 흥분하고, 또 그만큼 빨리 식는다.

일주일 후 큰 비가 왔을 때 염소 인간을 보았다. 이틀 동안 번개가 하늘에서 춤추며, 치즈 짜는 자루 속에 갇힌 반딧불마냥 구름 속에서 번뜩거렸다. 천둥신의 망치가 땅을 내려치듯이 비가 쏟아져 강에는 흙탕물이 콸콸 흘러갔다. 낚시는 중지되었다. 밭 갈기도 멈추었다. 아버지는 굳이 시내에 나가 이발소를 열지 않았다. 길은 진흙탕이 되었으며, 온 세상이 칙칙하게 젖고 모든 것이 멈추었다.

비와 함께 바람이 몰아닥쳤고, 큰 비가 내리고 나무가 휘어지는 강풍이 불기 시작한 지 사흘째 되는 날 텍사스 회오리바람이 왔다.

회오리바람은 끔찍하고 신기한 것이다. 한순간 어마어마한 먹구름이 있다가, 그 구름에 꼬리가 생긴다. 꼬리가 땅을 향해 주욱 늘어나고, 그게 땅에 닿는 순간 울부짖고 신음하며 대지를 뜯어 발기기 시작한다.

그 바람은 사람과 자동차와 건물을 손수건마냥 가볍게 날려버릴 수 있다. 거목을 뿌리째 뽑아 내던지고, 기차를 선로에서 밀어내고 마분지처럼 찢어버릴 수 있다. 땅 속의 벌레들을 끌어내고 솔잎으로 나무 둥치를 뚫고, 자갈을 총알처럼 튕길 수 있다.

지금 얘기하는 그 회오리바람이 저지대에 휘몰아치고 강둑을 따라 대략 3킬로미터 정도 나무들이 쓰러졌으며, 숲 가운데를 주욱 지나 짐승들이 죽고 오두막은 무너졌으며, 연못의 물이 빨려올라가 5킬로미터 떨어진 집 위에 물고기와 개구리가 비오듯 쏟아졌다.

챈들러 노인은 허연 수염에 어린 시절 염소에게 받혀 코가 왼쪽으로 살짝 누운 양반으로, 우리 집에서 약 16킬로미터 떨어져 살고 있었는데 딱 회오리바람 경로에 위치해 있었다.

그 회오리바람에 그는 휩쓸려 날아갔다가, 살아와서 그때의 얘기를 들려주었다.

이후 이발소에서, 챈들러 노인은 제법 유명인사가 되었다. 사나흘 동안 앉아서 하루 종일 이발이나 면도하러 온 손님들, 또는 그냥 앉아서 허풍 치는 양반들에게 이야기를 들려주었다. 그 기간 동안 우리 이발 장사는 제법 잘 되었고, 나는 비질을 하고 몇 푼 챙겼으며 톰은 그냥 거기 귀엽게 앉아 박하사탕을 빠는 것만으로도 5센트 두 개를 받았다.

챈들러 씨가 이야기한 바로는, 옥외 변소에서 아침 볼일을 보던 중에 귀에 뻥 하는 느낌이, 머리가 톱밥 속에 꽉꽉 눌려 있는 듯한 기분이 들더니, 기차가 마당을 가로질러 돌진하는 것 같은 소리가 났지만 선로는 몇 킬로미터는 떨어져 있으니 그게 무슨 소린지 도무지 영문을 알 수가 없었다고 했다.

볼일 보던 자세 그대로 한쪽 발로 변소 문을 걷어차 열어보니 마침 그의 오두막이 산산조각이 나 이미 잔해로 가득한 시커먼 회오리바람 속으로 빨려올라가고 있었다.

미처 시어스 앤드 로벅 카탈로그에서 페이지를 뜯어 뒤처리를 하기도 전에, 회오리바람은 변소를 덮쳐 들어냈고, 챈들러 씨는 시어스 앤드 로벅 카탈로그를 한 손에 들고 엉덩이를 훤히 드러낸 채 날려 올라갔다. 드물게 여자들이 이야기를 들으러 올 때면, 챈들러 씨는 회오리바람이 불어닥쳤을 때 자기가 변소에 있었다는 대목은 쏙 빼먹고 얘기했다. 그러면 이야기가 살짝 축약되어, 돌풍이 오두막을 찢어발기고 다음 순간 정신을 차려보니 자기가 빨려 올라가 그 안에 있더라고 했다.

챈들러 씨는 마음을 가라앉히고 시어스 앤드 로벅 카탈로그와 함께 바지까지 잃어버렸음을 깨닫기까지 얼마나 걸렸는지 모르겠다고 했다. 소용돌이에 휘말린 듯 빙글빙글 도는 게 참 이상한 기분이었다고 했다. 그리고 회전하는 회오리바람 끄트머리 속에서 이런저런 것들을 볼 수 있었단다. 소, 염소 머리, 물고기, 나뭇가지와 목재. 그리고 벌거벗은 흑인 여자. 여자는 입을 크게 벌리고 비명을 지르고 있었다.

이 대목에서 그는 종종 이야기를 멈추고, 청중들을 긴가민가하게 하곤 했다. 사람들을 심란하게 한 중요 단어는 여자, 흑인, 그리고 벌거벗었다는 것이었다. 여자라고 폭풍에 빨려들지 말란 법 없고, 그 여자가 흑인이고 벌거벗었을 리 없는 것도 아니지만, 어떤 이들에겐 황당한 얘기로 들렸다.

나는 그 이유는 간단하다고 본다. 그때는 지금처럼 나체가 흔하지 않았다. 요즘은 잡지를 들춰보거나, 텔레비전을 보거나, 극장에 가면, 꼭 누가 홀랑 벗고 나오거나 아니면 거의 벗고 나온다. 그 당시엔 여자 발목만 드러나도 남자들이 흥분했다.

내 경우엔, 리처드와 에이브러햄이 가지고 있다고 말했던 것 같은 카드, 몇몇 삼류 잡지 표지, 양철 욕조에서 목욕하는 톰, 그리고 나 자신 정도가 나체를 가장 가깝게 접한 경험이었다. 그리고 그 카드에 대해선 얘기만 들었지 실제로 보진 못했다.

아버지는 이발소에 삼류 잡지를 비치한다고 종종 교회 사람들에게 훈계를 들었다. 하지만 아버지가 요란한 표지에 대해 늘 설명했던 대로, 그건 그저 그림일 뿐이다. 누가 벌거벗은 것도 아니다.

하지만 나체라는 것이 집이라는 사적 영역 외에서는 생각할 수 없는 것이었기에, 챈들러 씨가 벌거벗은 여자를 목격했고, 거기에 금지된 대상인 흑인 여자였던 데다가 편리하게도 그가 바지를 잃어버렸다는 것까지 더하니, 그게 과연 실제 벌어진 일이었을까, 혹여 그이야기 속에 일종의 소망 실현이 반영된 게 아닐까 하는 의혹이 일부 있었다.

백인 남자는 흑인 여자와는 상종하지 않는 것으로 되어 있었고 물론 다들 그게 거짓말인 건 알지만 당시엔 예의 바른 거짓말로 여겨졌다. 여자들은 오직 아이를 갖기 위해 섹스하고 결혼 전까지 다들 순결하다는 것처럼 말이다.

그러므로 소가 빙글빙글 돌고 있더라는 건 놀랄 게 없어도, 벌거벗은 흑인 여자는 다른 얘기였다. 하기야 바지 잃은 챈들러 씨와 암소에 대한 농담도 몇 있기야 했지만, 체면상 거론하진 않겠다.

놀림과 의혹에도 불구하고 챈들러 씨는 그 이야기를 고수했다. 여기서 그는 또 다른 사실을 더했다. 돌고 도는 사이 그는 여자가 비명을 지르고 있는 게 아니라 죽었고, 입이 벌어져 있는 것뿐이라고 결론 내렸다. 여자의 발은 뒤로 엇갈려 있었고 팔은 가슴 위에 교차되어 있었는데, 아무리 폭풍우에 돌고 돌아도 그 자세를 유지한 채였다.

챈들러 씨와 온갖 잡동사니들은 빙글빙글 돌았다. 그러다가 매트리스와 아직 살아 있는 작은 갈색 개가 옆을 스쳐지나는 것을 보았다. 저 매트리스를 붙잡아서 매달릴 수만 있다면 무사할 거라고 그는 생각했다. 왜 그렇게 생각했는지는 모르겠지만, 아무튼 그런 계획을 세웠다.

그는 매트리스 쪽으로 허공을 헤엄쳐 가려 했지만 불가능했다. 챈들러 씨와 매트리스는 이리저리 돌다가 마침내 매트리스가 손 닿는 데까지 와서 그는 그걸 붙들고 다리로 휘감았다.

여자는 시야에서 사라졌다. 세상이 더 시커메지더니, 갑자기 빛이 나타났다. 챈들러 씨는 마치 미끄러지는 듯한 기분이었고, 마법의 카펫을 타는 아랍 마법사처럼 그 매트리스에 매달려 환한 빛 속으로 나왔다.

하지만 챈들러 씨는 말했다.

"빛이 보이자마자, 다시 어둠 속으로 빨려 들어갔지."

그는 의식을 잃었다. 깨어 보니 매트리스를 꼭 움켜쥐고 있었고 오른쪽 양말과 신발을 제외하면 실오라기 하나 걸치지 않은 채였다. 그는 비도 바람도 하나 없는 클로버 벌판에 누워 있었고 올려다보니 하늘엔 구름 한 점 없었다. 그와 함께 빙글빙글 돌던 소는 약간 떨어진 곳에 엉망진창이 되어 쓰러져 있었고, 땅에 부딪힌 충격으로 절반 크기로 압축되어 있었다. 물고기와 목재 그리고 나뭇가지가 사방

147

에 널려 있었다. 작은 갈색 개는 더 이상 갈색이 아니었다. 털이 거의 다 뽑혀나가고 없었다. 털 없는 커다란 쥐 같은 모양이었다. 개는 마구 짖어대며 돌아다니고 있었으며, 죽을 만큼 겁에 질린 건지 털이 뽑혀 화가 난지 알 수 없었다. 흑인 여자는 아무 데도 보이지 않았다.

챈들러 씨는 매트리스 커버를 벗겨서 아랫도리를 가리고, 마을 쪽이라 짐작되는 방향으로 향했다. 몇 시간 후에 마을에 도착한 그는 매트리스 커버 틈새로 엉덩이가 다 들여다보이고 머리카락은 사라졌고 턱수염은 뽑혔으며, 양말 한 짝에 신발 한 짝, 그리고 멍한 표정이었다. 그의 뒤에는 넋 나간 민둥개가 극히 예민한 상태가 되어 움직이는 것마다 짖어대며 따라오고 있었다.

스티븐슨이 단골 처방약인 위스키로 챈들러 씨의 충격을 다스리고 남는 옷을 준 다음, 챈들러 씨는 칼 필즈의 집에 그날 밤과 그 후 일주일가량을 공짜로 신세졌다. 마을 사람들은 칼이 단순히 인정으로 그랬다기보다는 신문사의 유일한 직원이니 챈들러 씨의 진짜 모험담을 제일 먼저 얻으려는 것이리라 여겼고, 그 이야기는 건전하게 각색되어 평소보다 이틀 먼저 출간된 다음 호 주간 신문에 실렸다. 그 신문은 챈들러 씨 본인 다음으로 인기 품목이 되었고, 앞서 말했듯 챈들러 씨는 언제나 동행하게 된 그 털 뽑힌 개와 함께 우리 이발소에 매일 등장했다.

아버지는 그 이야기를 관심 있게 들었지만, 다른 모든 이와 마찬가지로 챈들러 씨가 회오리바람 한가운데에서 봤다는 벌거벗은 흑인 여자에 가장 관심을 보였다.

"난 그냥 잠깐 봤을 뿐이야." 그는 말했다. "그런 다음 여자가 사라졌어. 여자가 벌거벗은 깜둥이였고, 입을 크게 벌리고 있었다는 거 말고는 알려줄 게 없네. 하지만 예쁘장한 깜둥이 같았어."

그 이야기를 처음 들은 날 밤에 집에서, 나는 아버지에게 그 이야기가 진짜라고 생각하는지 물었다. 우리는 방충망 포치에 나와 있었고, 아버지는 산탄총에 기름칠을 하고 있었다. 아버지는 방충망 너머로 먼 곳을 잠시 응시하다 말했다.

"그런 거 같다. 나는 챈들러 씨와 평생 알고 지냈어. 정직한 사람이지. 그리고 여러 번 말해도 얘기가 거의 똑같아. 신문에 실린 건 그만큼 재밌진 않지만 거의 같은 내용이고. 아마 확실히 실제 일어났던 일이거나, 아니면 실제 있었다고 그가 생각하는 대로일 거야."

"그 흑인 여자는요?" 나는 물었다.

"그것 때문에 내가 그 이야기를 믿는 거다."

"제가 발견했던 그 여자하고 같네요, 그죠, 아버지?"

"그럴 거 같다. 십중팔구 살인자가 여자를 어딘가에 놓아두었을 거야. 아마도 강이겠지. 그리고 회오리바람이 여자를 끌어올려 아무도 모를 곳으로 날려보냈고. 어쩌면 여자가 잘 숨겨져 있었고, 주님께서 그 여자가 발견되기를 원하셔서 폭풍을 보내 여자를 끌어내고 우리에게 보여주셨는지도 모르겠구나."

"하지만 발견되지 않았잖아요."

"그래, 네 말이 맞다. 이 일 때문에 걱정되니?"

"아뇨. 그 사람은 아직 저기 어딘가 있는 거겠죠……?"

"지금으로서는 확실히 알 수 없는 여러 가지 요소에 달려 있지. 그 시체가 놓인 지 얼마나 지났느냐에 따라서도. 살인자가 살인 후 어딘가로 떠났는지도."

"하지만 아버지는 그 자가 안 떠났을 거라 생각하시죠?"

"그래, 안 떠났을 거다."

"어떻게 하죠?"

"시체가 발견되기 전까지는 아무것도 할 수 없어. 챈들러 씨가 떨어졌다는 곳, 소가 있다는 곳에 내일 가서 주위를 둘러볼 참이다."

* * *

아버지는 그 말대로 했다. 하지만 소와 쓰레기 몇 가지 외에는 아무것도 찾지 못했다. 이발소에서 챈들러 씨는 일주일 꼬박 그리고 그 다음 주 중반까지 이야기를 들려주었다. 젊은 예비 의사 스콧 테일러는 챈들러 씨가 치료받을 때 어떤 모습이었는지 말해주었고, 그 이야기가 일주일 더 관심을 끌었다.

그러고는 화제가 떨어지고 반복되는 이야기를 들으러 오는 사람들의 발길도 끊겼다. 챈들러 씨는 자기 집터로 돌아갔으며, 이웃의 도움을 받아 재건축을 시작하여, 우선 옥외변소와 새 시어스 앤드 로벅 카탈로그를 장만했다. 그는 정확히 옛집이 있던 자리에 거친 목재로 올린 작은 오두막을 세우고 마무리지었다. 챈들러 씨의 논리로는 이 자리는 이미 한 번 당했으니, 다시 당하지 않으리라는 것이었다. 그는 자기 몫은 다 당했다고 여겼다.

그 개는 챈들러 씨와 함께 살게 되었으며, 얼마 후 다시 털이 자라

낳는데 동네 전설에 따르면 챈들러 씨와 마찬가지로 눈처럼 흰 털이었다고 한다. 나로서는 확언할 수 없다. 그뒤로 그 개를 다시 본 기억이 없으니까.

챈들러 씨가 이발소를 떠나 다시 집을 짓고 머리가 나기 시작하고 얼마 안 되어, 흑인 여자의 시체가 발견되었다. 어느 농가 옆 히커리나무에서였다. 까마귀 소리를 들은 아이가 고개를 들었다가 검은 시신에 자리 잡은 검은 새떼를 보게 된 것이다.

시신은 그 나무 위에 며칠간 걸려 있었다는 결론이 내려졌고, 그 가족이 그간 한 번도 올려다보지 않고 나무 주위를 돌아다녔으며, 까마귀 소리만 아니었다면 그럴 일도 없었으리라는 것이 조금 웃기게 여겨졌다.

세실은 까마귀들만 아니었다면 그 사람들은 시체가 썩어 마당에 살덩이가 후드득 떨어지도록 몰랐을지도 모른다고 했다. 우수수 떨어지는 살덩이 생각이 재미있었는지, 그는 그 얘기를 몇 번 했다.

다리가 뒤로 당겨지고, 팔은 가슴 위로 엇갈려 손이 어깨 너머로 해서 밧줄로 손목과 발목을 연결해서 묶인 나무 위 여자의 이름은 재니스 제인 윌맨으로 이후 밝혀졌다.

여자는 아버지의 관할 구역에 떨어졌다. 당시에 나는 몰랐지만, 여자 귓속에 돌돌 만 종이가 들어 있었음이 나중에 밝혀졌다.

2부

날씨가 선선해지고 낙엽이 떨어지기 시작했다. 가을이면 나와 톰은 사빈 강에 가서 보트 모양을 한 커다란 나뭇잎을 찾아 물에 띄우고, 강물에 흘러가는 모습을 지켜보곤 했던 기억이 난다.

현재 여기 요양원 침대에 누워, 아름답게 유유히 흘러가던 그 나뭇잎 배를, 물 표면에 그림자를 드리우던 강변의 크고 울창한 나무들을 생각하고 있자면, 그곳에 가거나 아니면 그 나뭇잎 보트에 올라 떠내려갈 수 있을 만큼 작아졌으면 하는 마음이 간절하다.

하지만 그 아름다운 나무들은 이제 다 사라지고, 시멘트를 발라 주차장과 주유소, 주택과 위성 안테나가 온통 차지해 버렸다.

강은 여전히 있지만 강가의 습지는 물을 다 빼버렸다. 악어들은 떠나가거나 죽임당했다. 새들은 예전처럼 많지 않고, 콘크리트 바닥 위에 조그만 그림자를 드리우며 날아가는 모습을 보면 뭔가 슬퍼진다.

눈에 보이는 야생동물들은 다들 절박하다. 쓰레기통을 뒤지는 주머니쥐와 너구리. 사람들에게서 먹이를 얻어먹는 다람쥐. 고속도로 옆에 멍하니 서 있거나 사냥꾼들이 놓아둔 옥수수를 먹는 사슴.

한때 저지대이던 곳은 시멘트 위에 뜨거운 햇살만 내리쬘 뿐 아무런 미스터리가 없다. 계절의 구분도 불명확하다. 기온이나 날씨를 제외하면 이 달이나 다음 달이나 별 차이가 없다.

예전에는 달랐다. 그리고 연중 그 시기, 가을은 내가 제일 좋아하는 계절이었다. 낮은 따뜻하고, 밤은 서늘했다. 무성한 숲과 콸콸 흐르는 강. 다채로운 색의 낙엽. 환한 금빛의 달.

* * *

매년 핼러윈마다 마을에선 아이들 그리고 참가 의사가 있는 사람들을 대상으로 작은 파티가 열렸다. 비공식 도서관을 운영하는 캐너튼 부인이 후원했다. 파티 장소는 그녀의 집이었다.

여자들은 음식을 만들어 가져왔다. 닭 튀김, 콩, 소시지. 옥수수빵과 롤빵. 다람쥐와 만두. 그레이비 소스와 매시드 포테이토. 호박 파이, 고기 파이, 고구마 파이.

남자들은 음료수에 넣을 술을 챙겨왔다. 아이들은 종종 시트와 베갯잇으로 유령 의상을 만들었다. 큰 아이들 몇은 몰래 빠져나가 웨스트 가에 가서 창문에 비누를 문질러 뿌옇게 만드는 장난을 쳤다.

아버지가 우리를 파티에 태워다주었다. 우리가 그 집에 도착해서 테이블을 차리는 중인 메인 룸에 들어서자, 기혼과 미혼을 막론하고 남자들에게 둘러싸여 있던 캐너튼 부인이 내가 이전에 보지 못한 통통 튀는 걸음걸이로 곧장 다가왔다.

묶어서 위로 올린 그녀의 머리카락이 흘러내려 있었다. 밤색 머리칼이 뺨에 한 가닥, 긴 목에 한 가닥 드리워져 있었다. 목가에 피처럼 붉은 꽃무늬가 점점이 그려진 흰 드레스는 몸에 잘 맞아야 하는 부분이 전부 잘 맞았다. 요즘이라면 그 드레스를 얌전하다고 여길 것이다. 노출된 부분은 아주 적었지만, 많은 것을 드러내고 있었다.

"내가 제일 좋아하는 독서가가 왔네, 잘 지냈어?"

"네."

어느 정도는, 캐너튼 부인이 단순한 미망인 이상이며 우리 어머니와 마찬가지로 예쁘다는 걸 그날 밤 깨달았다. 그리고 그 붉은 꽃무늬가 있는 흰 드레스를 입고 파티장을 돌아다닐 때의 그녀는 눈부셨다.

세실을 비롯해서 그 남자들을 두고 곧장 그녀가 내게 왔다는 사실에 내가 특별한 사람이 된 기분이었다. 다들 그녀가 내게 시간을 내준 것을 조금씩 질투하는 게 보였다.

그녀는 나를 옆으로 데리고 가서 구석의 붉은 벨벳 의자에 앉혔다. 본인은 내 맞은편의 나무 의자에 앉아 책꽂이로 손을 뻗었다.

"워싱턴 어빙 읽어본 적 있니?" 그녀가 물었다.

나는 아니라고 답했다. 어느새 그녀의 푸른 눈, 도자기 같은 하얀 피부, 도톰한 입술을 바라보고 있는 내 자신을 발견했다.

캐너튼 부인에게 워싱턴 어빙을 읽어보기는커녕 누군지도 모른다고 설명하고 나자 그녀가 말했다.

"어머, 그럼 안 되지. 이제 알게 될 거야. 네가 특히 좋아할 만한 이야기가 하나 있어. 머리 없는 기수에 대한 건데. 너하고 톰은 학교를 자주 빼먹으니 따라잡아야 해. 최소한 좋은 책을 읽어야지. 며칠 후에 이걸 읽혀야겠다. 다른 책도 몇 권 가져갈게."

"고맙습니다, 부인."

책을 얻게 되어 기쁘긴 했지만 친구들은 전부 밖에서 놀고 있었고, 나도 거기에 끼고 싶었다. 그냥 놀고 싶어서만은 아니고, 캐너튼 부인에게서 벗어나고 싶어서이기도 했다. 그녀의 얼굴이 내 얼굴 가까이에 있었고, 그녀의 숨결은 뜨거운 복숭아 파이처럼 달콤해서 기분이 이상해졌다. 몸이 온통 더워지고 근질근질했다.

캐너튼 부인의 이성 친구들 역시 그녀가 얼른 돌아오기를 안달하며 기다리고 있었다. 세실이 다가와서 내게 윙크하고는 말했다.

"내 여자를 훔쳐갈 셈이야?"

그는 무릎과 팔꿈치가 번들거리는 빳빳한 검은 정장 차림이었다. 흰 셔츠와 오래 쓴 검은 넥타이를 하고 있었다.

"아뇨." 나는 말했다.

"아휴, 바보 같은 소리." 캐너튼 부인이 말했다. "난 당신 여자 아니라고요, 세실."

"저봐." 세실이 짐짓 부루퉁한 표정을 나에게 지어보이며 말했다. "너 때문이라고. 내 여자를 훔쳐갔어. 동틀 때 검으로 결투를 해야겠다. 걸린 보상은 루이즈고."

그때 나는 그녀에게 이름이 있다는 걸 처음 깨달았다.

"바보 같은 소리 마요."

캐너튼 부인은 그렇게 말했지만, 즐거워하는 기색이 역력했다.

그때 테일러 선생이 다가와, 나와 세실 사이에 끼어들 듯이 하더니 캐너튼 부인의 팔을 건드렸다.

"당신이 누구 여자인가 하면, 내 여자죠." 그가 말했다.

세 사람은 웃음을 터트리고는, 아까 캐너튼 부인을 둘러싸고 있던 남자들 무리로 함께 돌아갔다. 방 저편에 예쁘게 차려입은 여자들 몇 명이 그들 무리 쪽에 얼굴을 찌푸리는 것을 보았고, 그 얼마 후에 잡화점에서 그 여자들 중 한 명이 캐너튼 부인이 남자들을 그렇게 거느리고 있는 게 얼마나 창피한지 모르겠다고, 부끄러워해야 마땅할 일이라고 하는 얘기를 얼핏 듣게 되었지만, 내가 듣기엔 부러워서 시기하는 듯했다.

나는 어머니를 찾아 책을 넘겨주었다. 어머니는 부엌의 진수성찬이 차려진 식탁에서 여자들끼리의 모임을 갖고 있었다.

거실로 돌아오는 길에 맞은편 의자에 앉아 있는 스티븐슨 선생을 보았다. 늘어져 기대앉은 모양이 취한 것 같았다. 들어올 때는 그의 존재를 알아채지 못했지만, 하기야 그땐 제대로 보질 않았다. 캐너튼 부인에게 곧장 정신이 팔렸었다.

스티븐슨은 내 쪽을 흘끗 쳐다보더니, 얼굴이 더 부루퉁해졌다. 아직도 아버지에게 화가 나 있는 모양이었다. 그러던 중 캐너튼 부인이 세실을 강아지마냥 달고 휙 지나가고, 다른 남자들도 곧 그 뒤를 따랐으며 그중에 테일러가 눈에 띄자, 스티븐슨은 내게서 눈을 돌렸다. 그는 캐너튼 부인이 새로 들어오는 손님들을 맞이하는 모습을 쳐다보았다. 그녀를 바라보는 그의 눈길이 관심인지 분노인지 나로서는 알 수 없었다.

나는 그제서야 안에 있는 모든 남자들이 둥지를 지키는 새처럼 그녀를 쳐다보고 있음을 깨달았다.

나는 밖으로 놀러 나갔다.

모기는 없고 반딧불이 잔뜩 반짝거리며, 귀뚜라미가 우는 선선한 멋진 밤이었다. 나와 톰은 다른 아이들과 숨바꼭질을 했다. 술래인 남자아이가 숫자를 세는 사이, 우리는 숨으러 갔다. 나는 캐너튼 부인 집 현관 포치 아래로 팔꿈치와 무릎을 대고 기어들어가며, 어머니가 나중에 내 옷을 보고 너무 잔소리를 하지 않기만을 바랐다.

그 아래 제대로 숨자마자 톰이 내 옆으로 기어들어왔다. 나는 가장의상을 입지 않았지만, 톰은 오래된 하얀 베갯잇에 눈구멍을 뚫은 유령 의상 차림이었다.

"야, 너는 딴 데 숨어." 나는 속삭였다.

"오빠가 여기 있는 줄 몰랐다고. 다른 데 가기엔 너무 늦었어."

"그럼 조용히 해."

거기 있는 동안, 포치 계단으로 향하는 구두와 바지 다리를 보았다. 마당에 서서 담배를 피우던 남자들이었다. 그들은 이야기를 나누려 포치에 모여들었다. 지나치는 부츠들 중에 아버지 것을 알아볼 수 있었고, 잠시 우리 위 포치에서 발소리가 나더니 포치 그네가 끼익거리고 의자 몇 개를 끌어당기는 소리가 났고, 세실의 목소리가 들렸다.

"여자가 죽은 지 얼마나 됐습니까?"

"몇 주 정도, 아마." 아버지가 말했다. "알기 힘들어. 물과 회오리바람에 시신이 손상되어서."

"우리가 아는 사람이에요?"

"창녀야." 아버지가 말했다. "재니스 제인 윌먼. 펄 크리크 외곽 선술집 근처에 살았지. 어쩌면 나쁜 남자한테 걸렸다가 결국 강에 버려졌을 수도."

"여자 신원은 어떻게 알아내셨고요?"

"펄 크리크에서 틴 선생과 베일 목사를 데려와서 보였지."

"여자가 거기 출신인 건 어떻게 아셨어요?"

"몰랐어. 하지만 그 사람들은 모르는 사람이 거의 없는 듯해서. 알겠지만 흑인들은 개인적 일을 거의 그쪽에서 처리하잖아. 둘 다 여자를 알더라고. 틴 선생은 그 여자의 부인병을 치료한 적이 있고, 목사는 영혼을 구원하려고 했었다네."

"깜둥이가 영혼이 있는 줄은 몰랐는걸." 내가 아는 목소리였다. 네이선 노인. 그는 어디든 음식과 술이 있을 만한 곳이면 얼굴을 비추면서, 자신은 음식이나 술을 들고 나타나는 법이 없었다. "그리고 깜둥이 하나 줄었다 한들 손해될 게 없지."

"완전히 흑인은 아니었습니다." 아버지가 말했다. "백인 혼혈이었어요. 뭐 그게 상관있는 건 아니지만."

"백인 혼혈 따위는 세상에 없어." 네이선이 말했다. "깜둥이 피가 한 방울이라도 섞이면 깜둥이지. 눈 쌓인 데다가 똥을 싸면 그 눈은 다 버린 거 아니냐고. 애초에 그 눈이 얼마나 하얬든 상관없어. 누가 그걸 녹여서 마시겠나."

"누가 저지른 건지 아세요?" 세실이 물었다. "단서라도?"

161

"아니."

"깜둥이 짓이지 뭘." 다시 네이선이 끼어들었다. "백인 여자였으면 더 좋아했을걸. 그리고 내 말 명심하게, 그 개자식을 잡진 못할거야. 깜둥이란 기회만 되면 백인 여자를 더 좋아한다고. 자네가 깜둥이어도 그러지 않겠나? 백인 여자는 놈들에겐 고급이다 그거야."

"그만하시죠." 아버지가 말했다.

"내 말은 그 때가 올 거란 소리야, 경관. 아직은 아무것도 아닌 깜둥이들이지만, 곧 백인 여자가 당할 거라고."

"도무지 모르겠군요." 아버지가 말했다. "영감님 생각은 흑인이 흑인을 죽이는 건 괜찮고……"

"그렇지."

"……거기에 대해선 아무 조치를 하지 않아도 상관없지만, 백인 여자가 죽을 수도 있으니 이 살인자를 잡아야 한다는 소린가요. 그런 겁니까?"

"깜둥이는 죽어봐야 아쉬울 거 없단 얘기야."

"만약 살인자가 백인이라면?"

"그렇다 해도 아쉬울 거 없지. 하지만 분명 깜둥이일 거야. 내 말 명심하라고. 그리고 그 살인 짓이 그냥 깜둥이들로만 끝나진 않을 걸."

"용의자가 있다고 들었는데요." 세실이 말했다.

"딱히 그런 건 아니야." 아버지가 말했다.

"어느 흑인이라고 하던데요." 세실이 말했다.

"그것 보라고." 네이선 노인이 말했다. "어느 빌어먹을 깜둥이 맞다니까."

"조사를 위해 불렀을 뿐이야."

"어디 있나?" 네이선이 물었다.

"저기." 아버지가 말했다. "파이나 한 조각 먹어야겠네요."

포치가 삐걱거리고 방충망 문이 열렸고, 부츠 발소리가 집안으로 들어가는 것이 들렸다.

"깜둥이 싸고돌기는." 네이선이 말했다.

"그만해 두시죠." 세실이었다.

"나보고 하는 소린가, 자네?"

"네, 그만 좀 하시라고 말했습니다."

포치 위에서 갑작스러운 움직임이 있었고, 갑자기 쿵 소리와 함께 네이선 씨가 우리 앞 땅바닥에 쓰러졌다. 우리는 계단 틈새로 그를 볼 수 있었다. 그는 우리 쪽으로 얼굴을 향하고 있긴 했지만, 우리를 본 거 같진 않았다. 집 아래는 어두웠고, 그는 다른 데 정신이 팔려 있었다. 그는 모자를 바닥에 버려둔 채 냉큼 일어났고, 이내 포치 위에서 움직이는 소리가 나더니 다시 방충망 문이 열리고, 아버지의 목소리가 들렸다.

"네이선 씨, 포치로 도로 오실 거 없습니다. 댁에 가세요."

"네가 뭐라고 나한테 이래라 저래라야?" 네이선이 말했다.

"경관이죠, 이 포치에 올라와서 사람 짜증나게 하는 짓 한 번만 더 하면 체포하겠습니다."

"너하고 또 누가?"

"그냥 저만요."

"저놈은? 저놈이 날 쳤다고. 아주 작당해서 서로 편을 드네."

"영감님이 소란 피우면서 남들 잘 노는데 분위기를 망치니까 세실 편을 드는 거죠. 술이 과하셨습니다. 댁에 가서 주무세요, 네이선 씨. 일 더 크게 벌이지 맙시다."

네이선의 손이 내려가 모자를 집어들었다.

"참 잘나고 훌륭하셔, 안 그래?"

"바보 같은 일로 싸울 필요 없죠." 아버지가 말했다.

"입 조심해, 깜둥이 싸고도는 놈이."

"앞으론 이발소에 오지 마십쇼." 아버지가 말했다.

"오라 해도 안 간다, 깜둥이 싸고도는 새끼."

그러고는 네이선은 몸을 돌렸고 우리는 그가 떠나는 모습을 지켜보았다.

"세실, 말이 너무 많았어." 아버지가 말했다.

"네, 알아요." 세실이 말했다.

"파이 가지러 가던 참이었는데." 아버지가 말했다. "도로 안에 들어가서 이번엔 가지고 와야겠네. 내가 다시 나오면, 화제를 완전히 다른 걸로 바꾸면 어떨까?"

"전 좋습니다."

누군가 말했고, 다시 방충망 문이 열리는 소리가 났다. 잠시 나는 다들 안에 들어간 줄 알았지만, 곧 아버지와 세실은 아직 포치에 있고 아버지가 세실에게 이야기하고 있음을 깨달았다.

"자네한테 그렇게 말하지 말걸." 아버지가 말했다.

"괜찮습니다." 세실이 말했다. "제이콥 말이 맞아요. 내가 말이 많왔죠."

"나도 마찬가지야. 애초에 용의자가 있다는 말을 자네한테 하지 말았어야 하는데. 그거 어디 가서 말하지 말란 말도 안 했고. 그럴 걸 그랬어. 이래서야 제대로 된 경찰이라고 할 수 없지. 좀 자랑하고 싶어서 떠들었나봐. 뭘 자랑하고 싶었는진 모르겠지만. 공무중이라는 기분이었나 보군."

"그래도, 제가 잘 판단했어야 했는데."

"됐어. 그리고 네이선 패줘서 고맙고. 나 때문에 그럴 것까진 없는데."

"제가 꼴 보기 싫어 그런 겁니다. 그 용의자 말인데요. 그 사람이 저지른 거 같던가요?"

"아니. 내가 보기엔 아냐."

"그 사람은 안전하고요?"

"지금 당장은. 그냥 풀어주고 아무에게도 정체를 알리지 말까 싶기도 해."

"미안해요, 제이콥."

"뭘. 가서 그 파이나 먹자고."

10장

차를 타고 집으로 가는 길에 열린 창으로 들어오는 가을바람은 상쾌하고 숲의 향기를 듬뿍 머금고 있었다. 파이와 레모네이드를 배불리 먹어 편안하고 만족스러웠다. 나는 루이즈 캐너튼을 생각하다가, 드레스 벗은 그녀의 모습이 어떨까 궁금해하는 자신을 발견했다. 마음이 불편해서 곰곰이 생각하지 않으려 애썼다. 하지만 계속 그녀의 가슴과 긴 다리, 그리고 그 다리를 만지면 촉감이 어떨까 생각하게 되었다.

결국엔 속으로 주님께 기도했지만, 그러는 내내 그녀의 벗은 모습을 생각하고 있었다. 주님께선 그녀의 벗은 모습을 보셨을까 궁금했다. 분명 그랬겠지. 그분은 어떻게 생각하실까? 보신 모습이 마음에 드셨을까? 외모를 전혀 고려하지 않으셨을까? 그분이 그녀를 창조하지 않으셨던가? 그렇다면 왜 못생긴 사람들을 만드셨을까?

당시에는 깨닫지 못했지만, 그때부터 주님과 종교에 대한 나의 관점이 바뀌고, 무너지기 시작했다고 본다.

우리 집으로 향하는 흙길을 따라 숲속을 구불구불 지나는 사이, 나는 졸음이 오기 시작했다.

톰은 이미 흙물 든 유령 가면을 양손에 꼭 쥔 채 꾸벅꾸벅 졸고 있었다. 나는 차 옆면에 몸을 기대고 반쯤 졸기 시작했다. 얼마 후, 어머니와 아버지가 이야기하고 있음을 나는 깨달았다.

"그 사람이 그 여자 지갑을 갖고 있었어?" 어머니가 말했다.

"그래." 아버지가 말했다. "갖고 있었고, 거기서 돈을 꺼냈더라고."

"그 사람이 범인일까?"

"자기 말로는 낚시를 하다가 지갑과 드레스가 떠내려가는 걸 보고, 낚싯줄을 던져 지갑을 낚았대. 드레스는 떠내려가 버렸고. 지갑 안에 돈이 든 걸 보고 그건 자기가 챙겼다는군. 강에 빠뜨린 지갑을 누가 찾으려 들겠나 싶고, 이름도 없는데다 겨우 5달러밖에 안 들어서. 누가 살해당했을 가능성은 생각도 못했다고 하더라고."

"그럼 당신은 그 사람 믿어?"

"믿어. 모즈 영감은 내 평생 알고 지냈어. 사실상 그 강에 있는 자기 보트에서 사는 거나 마찬가지지. 파리 한 마리도 못 해칠 사람인걸. 게다가, 일흔 살이 넘었고 몸 상태도 최상이라고는 할 수 없지. 참 힘들게 살았어. 사십 년 전에 마누라가 도망가고 그 충격에서 벗어나지 못했지. 아들은 아직 젊을 때 사라졌고. 여자를 강간한 놈이 누군진 몰라도 제법 힘이 셀 텐데. 여자 나이도 젊고, 시신 상태를 보니 꽤 저항을 했더라고. 이 짓을 저지른 놈은 그럴 만큼 힘이 센…… 음, 여자가 꽤 심하게 칼에 베였어. 다른 여자와 마찬가지로."

"세상에."

"미안해, 여보. 겁나게 할 생각은 아니었는데."

"지갑은 어떻게 알게 된 거야?"

"모즈를 만나러 갔었거든. 강가에 갈 때마다 늘 그랬듯이. 오두막 테이블 위에 놓여 있더라고. 체포할 수밖에 없었어. 이제 와 생각해 보면 괜히 그런 거 같아. 그냥 지갑을 가지고 나와서 내가 발견했다고 할 걸 그랬나 싶어. 나는 모즈를 믿어. 하지만 유죄든 무죄든 증거가 없으니."

"모즈가 전에 문제 일으킨 적 있지 않았어?"

"아내가 도망쳤을 때 그가 죽였다고 생각한 사람들이 있긴 했지. 여자가 꽤 헤펐다고. 그런 소문이 돌았지. 아무 결론도 나지 않았어."

"하지만 그 사람이 저질렀을 수도 있잖아?"

"그렇겠지."

"그리고 아들은? 어떻게 된 거야?"

"아들 이름이 텔리였지. 애가 모자랐어. 모즈는 그래서 마누라가 도망친 거라고 주장했지. 아들이 저능아라 창피하다고. 애는 그로부터 사오 년 후에 사라졌고 모즈는 절대 그 얘기는 안 해. 모즈가 자식마저 죽였다고 생각하는 사람들도 있지. 하지만 그건 그냥 소문이야. 백인들은 흑인에 대해선 저 좋을 대로 얘기하니. 나는 그의 아내

168

가 도망쳤다고 믿어. 아들은 머리를 쓰는 타입이 아니었으니, 그 애도 도망쳤을지 몰라. 숲과 강을 돌아다니길 좋아했어. 물에 빠지거나, 어디 구멍에 빠져 나오지 못했을 수도 있지."

"하지만 사람들 눈엔 뭐 하나 모즈에게 유리하게 보이지 않겠네, 안 그래?"

"그래, 안 좋지."

"어떻게 할 거야, 제이콥?"

"모르겠어. 법원에 가둬 두기는 겁이 나더라고. 어차피 진짜 교도소도 아니고, 흑인 남자가 연관되었다는 말이 나돌기라도 하면 제대로 생각하고 말고 할 여지도 없겠지. 빌 스무티를 설득해서 그 집 미끼 창고에 모즈를 가둬놨어."

"모즈가 그냥 도망칠 순 없고?"

"가능하긴 하겠지. 하지만 모즈는 몸이 별로 좋지 않아, 여보. 그리고 내가 수사해서 자기 결백을 밝혀주리라 믿고 있고. 그래서 영초조하네. 어떻게 해야 할지 모르겠어. 펄 크리크를 담당하는 사람들한테 얘기할까 생각해 봤지. 그쪽은 좀더 경험이 있으니까, 하지만 좀 욱하는 성미가 있지."

"레드 얘기구나."

"그래. KKK단 소속이라는 소문이 있지. 아니면 예전에 그랬거나."

"그게 사실인지 아닌지는 모르잖아."

"실제로 그 두건을 서랍 한구석에 넣어 두고 있지 않더라도, 정신적으로는 한 패거리라는 데 내기를 해도 좋아."

"레드가 늘 그랬던 건 아니야."

"그래. 하지만 상황이 바뀌었지…… 일이 벌어질 수도 있어."

어머니는 얼른 화제를 바꾸었다.

"하지만 모즈가 아니라면, 누구일까?"

"피해자인 재니스 월먼에 대해 듣고 나서, 시체를 살펴봤어. 같은 식이더군. 칼에 베이고, 한쪽 다리를 끌어올려 목에다 묶고, 밧줄을 머리와 발목에 감았더라고. 그게 살인범이 모든 희생자에게 하는 짓 같더라고, 결박하는 거."

"그렇게 묶는 게 무슨 의미가 있을까?"

"모르겠어. 틴 선생은 그렇게 생각하던데. 이 시체를 보여주고 그 얘기를 했더니, 자기 생각엔 이런 작자들은 패턴이 있다는 거야. 관련 책을 좀 읽어봤는데, 그자들이 거의 같은 짓을 반복해서 하고 있을 거라더군. 여기저기 조금씩 차이점은 있을지언정, 같은 거. 잭 더 리퍼의 살인 수법도 똑같았대, 회를 거듭할수록 더욱 잔혹해진 것만 제외하면. 틴 선생이 책에서 읽은 몇몇 다른 사건 얘기를 해줬지, 그리고 이 사건들도. 다 칼에 베였잖아. 다들 끈으로 묶이거나 했고, 전부 강이나 강 근처에서 발견되었지. 아니면 강에 빠졌던 적이 있거나. 선생은 그걸 패턴 살인자라고 부르더라고. 거기 관해서 뭔가 글을 쓰고 싶은데, 흑인이다 보니 그걸로 뭐 중요한 업적을 이룰 기회는 없을 거라고 하더군."

"그걸론 이유가 설명되지 않잖아."

"그래. 안 되지."

나는 다시 가물가물 잠에 빠져들기 시작했다. 모즈 생각을 했다. 모즈에겐 백인 피가 섞여 있었다. 붉은 기가 도는 머리칼. 봄날 새잎 같은 초록색 눈. 당밀처럼 가무잡잡한 피부. 바로 얼마 전에도 내가 그에게 손을 흔들어 인사한 적 있었다. 가끔 아버지는 사냥이나 낚시 성과가 좋은 날에는 모즈에게 들러 다람쥐나 물고기를 나눠주곤 했다. 모즈는 늘 우리를 보면 반가워했다.

나는 다시 염소 인간을 생각했다. 흔들다리 아래 그림자 속에서 나를 올려다보던 그를 떠올렸다. 우리 집 근처에서 지켜보는 염소 인간을 생각했다. 염소 인간이 그 여자들을 죽였다. 모즈가 아니라. 나는 그렇게 믿었다.

그 차 안에서 서늘한 10월 바람을 맞으며, 나는 염소 인간을 찾아 내 모즈를 풀어줄 계획을 짜기 시작했다. 그후로 며칠 동안 생각해서, 좋은 수를 궁리해 냈다.

지금 되돌아보면, 정말 멍청하고 무모한 생각이었구나 싶다. 캐너튼 부인의 책 『암굴왕』에서 영감을 얻은 발상이었다.

하지만 멍청했든 아니든 내 계획은 실행에 이르지 못했다.

* * *

다음날 아버지는 이발소에 나가고 어머니는 집에서 나와 톰에게 통조림 만들기를 거들게 했다. 오전 내내 그리고 점심 먹고도 한참을 일했다. 오후 느지막이, 어머니는 톰과 나를 놀게 내보내고 우리가 만든 채소 통조림을 찬장에 정리하려고 했다.

통조림이라고 하긴 했지만, 우리는 병에다 만들었다. 병을 살균하고, 익힌 채소를 담고, 밀랍과 뚜껑으로 봉하고, 병을 정리하는 건 큰

일거리였다. 그걸 다 해치워서 기분이 좋았다. 톰과 나는 숲 가장자리에서 술래잡기를 하고 놀다가, 떡갈나무 아래서 한숨 돌렸다. 톰은 거기에 있는 의자에서 곧장 잠들었고, 나는 물 마시러 우물로 향했다. 나는 여전히 모즈 구출 계획을 짜는 중이었지만, 도대체 무엇으로부터 구출하는 건가 하는 생각이 들기 시작했다. 구해내면 어디로 데려가야 하나?

두레박을 끌어올려 국자로 물을 마시고 나서, 그걸 치우던 도중 집 앞쪽에서 차가 올라오는 소리를 들었다. 나는 십중팔구 아버지일 거라고, 아마 가게에 손님이 많지 않아 일찍 집에 오는 모양이라고 생각하고, 집을 빙 돌아 보러 갔다.

앞마당에 나와 보니 그 차는 흠집 난 검은 포드였다. 차에서 내린 남자는 커다란 회색 카우보이 모자를 썼고 허리에 총집을 차고 있었다. 그는 오른쪽 무릎을 굽히고 차 앞에 서서, 내가 처음 봤던 그날과 마찬가지로 부츠 끝을 땅바닥에 문지르고 있었다. 긴 소매 셔츠를 입었고 소매 단추를 채운 차림이었다. 목 둘레에는 땀에 젖은 자국이 있었다. 아버지와 펄 크리크 외곽에서 얘기를 나눈 그 남자였다. 젊은 시절 물에 빠져 죽을 뻔한 것을 아버지가 구해낸 남자. 레드.

그는 나를 보고 미소지었다.

"어이, 잘 지냈냐?"

"네."

"아버지 계셔?"

"어머니만요."

"그래. 그럼 되겠다. 어머니한테 내가 왔다고 말씀드려, 알았지?"

나는 집에 들어가 어머니에게 말했다. 현관에 나와 마당에 선 레드를 보자 어머니의 표정이 바뀌었다. 어떻게 표현할 수가 없다. 놀람, 그러나 그 외에 뭔가 다른 것이 있었다. 어머니는 살며시 머리를 매만지고는, 손을 내려 옷매무새를 가다듬었다.

"레드." 어머니가 말했다.

"메이 린. 늘 그랬듯이 예쁘네."

어머니는 살짝 얼굴이 붉어졌다.

"제이콥은 집에 없는데."

레드는 마치 아버지가 허공에서 나타나기라도 할 듯이 마당에 서서 주위를 둘러보았다.

"집에 없구나." 물론 그는 알고 있었다. 내가 이미 아버지가 집에 없다고 했으니까. "좋아 그럼, 잠깐 얘기 좀 할 수 있겠군. 금방 와?"

"그래." 어머니가 말했다. 그리고는 덧붙였다. "아주 금방."

"좀 들어가도 될까?"

어머니는 망설였다. 나를 쳐다봤다.

"해리, 가서 놀아. 어른들 얘기 좀 하게."

나는 망설였지만, 방충망 쳐진 뒤쪽 포치로 가서 그네에 앉았다. 레드가 들어오고 어머니가 문을 닫자, 바람에 방충망 포치로 통하는 문이 약간 열렸다. 나는 일어나서 문을 밀어 닫으려다가, 주저했다. 남의 대화를 엿듣는 게 예의에 어긋난다는 건 알지만, 궁금증을 참을 수 없었다.

"어, 앉아."

어머니가 말했다. 본인 집인데도 불편하고 어쩔 줄 모르는 기색이었다. 나는 어머니가 저런 식으로 말하는 걸 한번도 들은 적이 없었다.

"고마워."

레드가 말하고 의자 끄는 소리가 들리고, 한참 정적이 흘렀다.

"커피 좀 내올 수 있는데." 어머니가 말했다.

"아니야. 됐어. 제이콥은 금방 오나?"

"나도 정확히는 몰라. 이발소에 손님 안 올 때까지 하거든."

"오랜만이네, 안 그래?"

"그래, 오랜만이야."

"집이 좋은데."

"고마워. 별거 아니지만. 제이콥하고 내가 지었어. 내가 직접 마루 못질도 했고. 우리 부모님이 도와주셨지."

"마루가 튼튼해 보이네."

"고마워."

"부모님은 어떻게 지내셔? 못 뵌 지 한참 되었는데."

"몇 년 전에 북부 텍사스로 이사하셨어. 어머니가 아이다 언니 곁에 사시려고 가셨지. 언니가 아파서 애들을 돌볼 사람이 필요했거든. 언니는 나았지만, 아버지가 돌아가셨지."

"안됐네. 어머니는 어떠셔?"

"늘 그랬듯이 씩씩하시지. 서로 편지 많이 써. 어쩌면 우리 쪽으로 다시 이사 오실 수도 있고."

"그래. 그럼 좋겠군."

한참 침묵이 흘렀다. 호박벌이 내 뒤에서 붕붕거렸고, 나는 돌아서서 방충망에 붙은 호박벌을 쳐서 날려보냈다.

어머니가 침묵을 깼다.

"무슨 용건인지 말해줄래, 내가 제이콥에게 전할 수 있게?"

"내가 직접 말해야 하는데."

"그 살인 사건 일이야? 흑인 여자들?"

"그래."

"제이콥이 그 사건에 관여하는 걸 네가 싫어한다고 들었어."

"우선, 그 시체는 제이콥 관할이 아니야."

"이쪽 저지대에서 발견되었는걸."

"그래, 하지만 제이콥이 펄 크리크로 시체를 가져왔어. 여자가 무슨 일을 당한 건지 깜둥이 놈들에게 듣겠다고. 그 여자가 무슨 일을 당했는지는 도시 놈이 아니어도 뻔히 알 걸 갖고 말이야."

"하지만 제이콥은 여자 신원도 알고 싶어했어, 무슨 일을 당했는지만이 아니라."

"스티븐슨 선생에게 들어도 될걸."

"스티븐슨 선생은 주정뱅이에 머저리야. 그리고 그 여자의 신원을 알 일도 거의 없고."

"그 선생은 이쪽 지역의 깜둥이들 전부 알아. 깜둥이에 대해 반감도 없고. 나도 마찬가지야."

"스티븐슨은 그래도 주정뱅이에 머저리야."

"너하고 말싸움하고 싶진 않다, 메이 린. 옛날 생각을 해서……"

"만약 시체가 여기, 제이콥의 관할 구역에서 발견되었다면 뭐가 문제야, 레드? 네가 무슨 상관이야? 넌 제이콥이 상관할 일 아니라

175

지만, 네 일이라기보단 제이콥 일 같은데. 제이콥은 피해자 신원을 밝히려고 너희 카운티로 시체를 가져가긴 했지만, 그 여자는 여기서 살해당했어."

"깜둥이들이 괜히 소란스러워지는 건 달갑지 않잖아, 메이 린. 그 게 전부야. 지들 주제를 알아야 하는데, 제이콥이 백인 대할 때와 마찬가지로 그자들을 염려하고 존중하면 문제가 생길 수도 있어."

"정말 그렇게 믿어?"

"그래…… 제이콥이 살인 혐의로 깜둥이를 하나 체포했단 소문이 있던데."

"그건 사실이 아냐."

"사람들 얘기로는 제이콥이 그 깜둥이를 감춰두고 있다며. 내가 제이콥에게 하고 싶은 말은 이거야. 그 깜둥이를 넘기라고. 안 그러면, 제이콥에게 좋지 않을 거야."

"제이콥은 아무도 살인 혐의로 체포한 적 없어. 그리고 설사 그랬대도, 그게 뭐가 문제야?"

"없지. 그냥 그 살인자를 넘겼으면 하는 거야."

"몇 분 전만 해도 흑인이 살해당해도 신경 안 쓴다면서. 이제 와서 염려하니."

"내가 염려하는 건 너 같은 백인 여자가 다음 희생자가 될까봐 그러지. 저렇게 연달아 저지르는 깜둥이 자식이 그냥 흑인 여자로만 만족하진 않을 거라고. 오래지 않아 백인 여자를 원할걸. 놈이 죽인 여자 중 한 명은 백인 피가 섞여 있었어."

"이젠 그 여자가 백인 혼혈이라서 중요하단 거네. 너 같은 사람들은 한 방울이라도 흑인 피가 섞이면 얼마나 백인에 가깝든 상관없이 흑인으로 여기는 줄로 알았는데."

"음, 난 그렇게 생각 안 해. 정도가 있지. 백인 피가 우세할 수도 있고. 겉보기에 따라 깜둥이가 되는 거야. 생활 방식이나."

"사람은 사람이야, 레드. 검은 피부든, 흰 피부든. 그 중간 어디든 간에. 그게 제이콥이 염려하는 거야."

"겉보기로는 말이지, 제이콥이 그 살인을 저지른 놈을 잡아놓고선 흑인이라고 끼고 도는 것 같다고."

"말도 안 되는 소리인 거 알면서."

"난 모르겠는데. 스티븐슨 선생은 제이콥이 흑인들하고 꽤나 가깝 다고 하더만."

"스티븐슨 선생은 멍청이야."

레드가 껄껄 웃었다.

"그럴지도 모르지. 난 도와주려고 온 거야, 메이 린. 제이콥한테 신세 졌으니. 제이콥에게 일러주려고."

"그런 것 같지 않은데. 제이콥이 너를 소용돌이에서 구해준 일과 상관이 없어 보여."

"그것 때문이래도. 다른 일로 신세진 거 있고. 그리고 너도 있으 니. 너에게 뭐든 나쁜 영향이 갈 만한 일은 없었으면 해서 그래."

"그거 참 사려 깊네…… 이제 와서. 옛일을 고려해 보면."

"내가 참 머저리였지……"

"쉬잇." 어머니가 말했다. "그 얘긴 관둬."

레드는 잠시 말이 없었다. 계절이 바뀌고도 남을 것 같은 시간이 흐르고, 그가 말했다.

"그 사람들이 만나러 올 수도 있다는 걸 제이콥이 알아뒀으면 해."

"KKK단 말이야?" 어머니가 물었다.

"내 말은 그저……"

"레드. 네가 변했단 얘기는 들었어. 그 시트 쓰고 다니는 겁쟁이들에 동조한다며……"

"말 조심해, 메이 린."

"조심할 필요 없어. 네가 그럴 줄은 정말 생각도 못했는데. 어렸을 때 네가 어땠는지 알아, 레드. 네가 저지대의 그 불쌍한 흑인 노인미스 매기에게 음식을 가져다줬던 거 알아."

"어렸을 때야."

"널 키우다시피 한 분이잖아, 레드."

"우리 집에서 일하던 깜둥이일 뿐이야. 나는 아버지 개들에게도 밥을 줬다고."

"단순히 집에서 일하던 사람이 아니란 거 알잖아. 너한테 젖을 먹였고, 그 아주머니 애들하고 형제처럼 어울려 놀았지. 그러다가 너희 아버지가 나이가 드셨고 그 아주머니도 마찬가지였지. 거의 네어머니나 마찬가지야. 너희 어머니보다 훨씬 더 어머니 노릇을 했지. 그리고 네 아버지에게도 어머니보다 훨씬 더 아내 노릇을 했고."

"그만!"

마치 테이블을 손으로 내리치는 듯 철썩 소리가 나고, 의자가 끼익 뒤로 밀려나는 것이 들렸다. 나는 문을 밀치고 뛰어들어갔다.

"괜찮아요, 엄마?"

"그래. 엄만 괜찮아."

레드는 모자를 손에 들고 식탁 앞에 서 있었다. 얼굴은 머리색만큼이나 붉었으며, 무릎은 살짝 앞으로 굽혀 조금 전에 한껏 칭찬하던 마룻바닥에 부츠 앞굽을 누르고 있었다. 그는 어머니를 노려보았다.

"넌 제이콥처럼 되었어." 레드가 말했다.

"네가 어디 하나라도 제이콥처럼 되면 다행이게." 어머니가 말했다. "너에겐 늘 그런 면이 있었어, 레드. 사람들 말처럼 내가 널 그렇게 바꿔놓은 게 아니야."

"네가 도움을 주진 않았지."

레드는 나를 보았다. 모자를 쓰는 그의 손이 떨렸다.

"내가 달리 처신했어야 했던 거 아닐까 생각했던 적도 있었어, 레드." 어머니가 말했다. "아주 잠깐 동안. 하지만 오래 전에 내가 잘못 생각했다는 결론에 도달했지. 그래도, 너를 좋은 사람이라고 생각했어, 레드. 오늘은 그런데 모르겠네. 이건 알아. 제이콥은 너보다 열 배는 나은 사람이고 앞으로도 그럴 거야."

레드는 뭔가 말하려는 듯 입을 열었다. 그러다 나를 보고는 열이 식고 말았다. 그는 부들부들 떨었다.

"나도 할 말 다 할 수도 있었어." 그가 말했다.

"그럴 수도 있지. 해야겠거든 말해. 하지만 나는 할 말 했고, 하나 더 말할 거 있어. 아직도 셔츠 소매를 내려서 입고 있네."

레드의 얼굴 움직임에 나는 더럭 겁이 났다. 하지만 그저 꿈틀한 것뿐이었고, 곧 스러졌다.

"제이콥에게 내 말 전해, 알았지? 경고 전했다. 나는 신세 갚았어."

"그걸 신세 갚은 거라 생각했다면 틀렸어, 레드. 나도 할 말 있어. 경고할게. 다시 이 집에 발 들이지 마. 알았지?"

"알겠어."

레드는 문으로 가다가, 몸을 돌려 나와 어머니를 쳐다보았다.

"아들이 잘생겼어, 메이 린. 그리고 밖에 어린 딸도 있던데. 아주 순진한. 내가 보기엔 너를 많이 빼닮을 거 같아. 벌써 네 얼굴이 보이던걸. 아이들이 깜둥이가 우리와 같다고 생각하도록 키우지 않았으면 좋겠네. 애들을 힘들게 하고, 그 애들을 깜둥이와 같은 수준으로 끌어내리게 될 뿐이야. 너도 마찬가지고, 메이 린."

"잘 가세요, 경관님." 어머니가 말했다.

레드는 무심결에 왼손으로 오른쪽 소매를 문지르고는, 현관문을 열어둔 채 나가서 흠집투성이의 검은 포드에 올라 가버렸다.

가느다란 먼지 기둥이 차 뒤를 따랐고 그가 사라지고 한참 후까지 공중에 맴돌았다.

11장

어머니는 나에게 레드가 찾아온 일을 아버지에게 말하지 말라고 시켰다. 어머니 본인이 말하고 싶다고 했다. 아버지가 성급하게 벌컥 격분하지 않게끔 찬찬히 제대로 얘기하고 싶다고. 나는 그 점을 크게 걱정하진 않았다. 아버지는 가끔 조급할 때가 있고, 화를 내는 모습을 본 적도 있지만, 성급하게 벌컥 격분하는 건 한 번도 보지 못했다.

그날 밤 나는 벽에다 귀를 가까이 대고 어머니가 아버지에게 레드에 대해 뭐라고 말하는지 들으려 했지만, 두 사람 다 너무 작게 속삭이고 있어서 침대 스프링이 끼익거리는 소리 외엔 아무것도 알아들을 수 없었다. 나는 마침내 잠들었고, 다음 날 아침 깨어났을 때 간밤에 염소 인간 꿈을 꾼 기억이 희미하게 났다.

그날은 월요일이었고, 아버지는 이발소로 나갔다. 아버지는 진작에 일어나 이미 가축들에게 먹이를 줬고, 나무들 사이로 해가 떠올라 깨진 노른자처럼 번져가고 새들이 아침밥을 찾아 찍찍거릴 무렵, 나를 깨워서 우물에서 집까지 물 나르기를 도우라고 시켰다. 어머니는 부엌에서 나무 때는 스토브에 옥수수죽과 비스킷, 그리고 소금에 절인 돼지고기를 아침으로 만들고 있었다.

우리가 들어서자 어머니는 미소 지었고 아버지는 어머니 뺨에 입 맞추고는 손으로 어머니 등을 쓸어내렸다. 어머니는 아버지 입에 쪽 하고 키스하고는 윙크했다.

그 다음 우리는 물을 한 양동이 더 가져오러 나갔고, 우물까지 절 반쯤 갔을 때 나는 말했다.

"아버지. 모즈 할아버지를 어쩔 거예요?"

아버지는 잠시 머뭇거렸다.

"그건 어떻게 알았냐?"

"어머니하고 얘기하시는 거 들었어요."

아버지는 고개를 끄덕였고, 우리는 다시 걷기 시작했다. 물을 길어 다시 집으로 향했다. 아버지가 말했다.

"이 일에 관해 누구한테 말 안 했지?"

"네, 안 했어요."

"잘했다."

"그럼 모즈 할아버지는 어쩌기로 결정하셨어요?"

"결정 못했다. 지금 있는 곳에 계속 둘 수는 없어. 누군가 알아내고 말 거야. 법원으로 데려가거나, 아니면 풀어줘야겠지. 그에게 불리한 진짜 증거는 없고, 그냥 상황 증거뿐이야. 하지만 흑인 남자에 백인 여자면, 절대 공정한 재판을 받을 수 없어. 모즈를 놓아주어야겠지만, 그가 한 게 아니라는 확신이 필요해."

"그 여자는 흑인이라고 하셨던 거 같은데요. 아니면 백인 피가 섞여 있거나."

"캐너튼 부인 집에서 얘기할 때 들었구나, 그렇지?" 나는 그렇다고 털어놓았다. "음, 그게 이런 거다. 그 여자는 백인이었어. 사람들이 아는 한에선 흑인 피는 한 방울도 섞이지 않았다. 시체가 가스가 차서 부풀고 나무 위에서 비바람을 맞다 보니 검어 보였던 거야. 여자를 발견한 사람들은 그 피부색이 변한 걸 보고 흑인이겠거니 한 거지. 이 근방에서는 누가 볕에 타서 가무잡잡해지면, 흑인 피가 섞였다고들 수군거리니. 휴. 나도 그 여자가 흑인인 줄만 알았다. 시체가 그리되면 피부색이나 인종이나 뭐든 제대로 알 수가 없어. 죽음은 우리 모두를 평등하게 만들지."

"챈들러 씨는 그 여자가 흑인이랬는데요."

"피부가 가무잡잡한 거다, 애야. 내가 말한 대로."

"하지만 아버지가 그랬……"

"사람들이 들고일어나지 않게 하려고 그런 거야. 백인과 흑인을 한데 묶어 얘기하면 사람들이 웅성이기 시작하니."

"아버지는 백인과 흑인을 한데 묶어 얘기했잖아요. 그 여자한테 백인 피가 섞여 있다고."

"네 말이 맞다." 아버지는 잠시 얘기를 멈추고 주머니에서 파이프를 꺼내 담배를 채우고 불을 붙였다. "그게 현명한 일이었는진 잘 모르겠다, 하지만 모험을 해본 거지. 피해자가 흑인이라고 하면 아무도 신경 안 써. 백인이라고 했다면 카운티 전역에서 린치가 벌어졌 겠지. 하지만 백인 피가 섞여 있다고 하면, 대부분의 사람들이 좀 더 관심을 갖고, 몇몇 사람들은 그 여자를 사람으로 보게 되지. 한편으 론, 사람들이 열을 올릴 만큼 백인은 아니고. 슬픈 상황이다만, 현실 이 그래."

"백인 여자라는 걸 어떻게 아셨어요?"

"난 그 여자가 흑인이라 생각하고, 틴 선생이나 베일 목사가 혹시 신원을 알까 싶어 시신을 펄 크리크로 가져갔지. 그들이 알긴 했다 만, 여자가 흑인이어서는 아니었어. 백인이었고 소문이 나쁜 여자였 는데 펄 크리크 너머 흑인 구역에서 일했어. 그 바람에 더 손가락질 을 받았지. 흑인과 자는 백인 여자는 같은 인종과 자는 여자보다 존 중을 못 받아. 그런 여자는 애초에 존중이란 걸 그다지 못 받지만. 그 여자는 타일러에서 기차에 무임승차해서 펄 크리크로 오고, 시간 이 맞으면 다시 기차를 타고 돌아갔대. 무도장이나 그런 곳에서 주 로 일했고. 하지만 결국엔 여자가 백인이었다는 게 알려질 거고, 그 랬다간 이 근방 소위 점잖은 남자들이라면 뒤로 돈은 줄지언정 공개 적으론 말도 안 섞을 여자였더라도 그런 사실은 상관없게 될 거야. 그 사람들은 들고일어나서 흑인이 그 여자를 죽였고 모든 백인 여성 들이 위험에 처해 있다고 떠들어대겠지."

"위험에 처한 거 맞지 않아요?"

"여성 전반이 위험에 처한 거다, 얘야. 이런 살인자라면 누구든 위 험에 처할 수 있지. 하지만 내 생각엔 그 자는 대체로 여자를 노리는 거 같다. 그 여자가 기차에 치이거나 실수로 물에 빠져 죽었다면, 아무도 애석해하지 않았겠지. 하지만 네이선 같은 사람들은 혹시 흑인이 그 여자를 어떻게 했다고 생각하면, 음, 모즈를 비롯해서 열두 살넘은 흑인 남자들은 죄다 린치를 당할 거다."

우리는 양동이를 들고 집으로 향했다.

"모즈 할아버지가 하지 않았다는 확신이 필요하다고 그러셨는데, 진짜로 그랬다고 생각하시는 건 아니죠, 아버지?"

우리는 뒤쪽 포치에 와 있었다. 아버지는 양동이를 내려놓았다. 나도 양동이를 내려놓았다.

"내가 상자를 열었는데 어떻게 닫아야 할지 모르는 꼴이지. 그걸입 밖에 낸 게 실수였다. 자존심 때문에 그만."

"모즈 할아버지를 체포한 게 자랑스러우셨어요?"

"내가 뭔가 하고 있다는 사실이 자랑스러웠지. 이 사건 통틀어 내가 한 일이라곤 시체 두어 구를 들여다보고, 몇몇 사람들과 이야기한 게 전부니까. 시작했을 때보다 뭐 새로 알아낸 게 없어. 그 여자들 이름하고, 그들에게도 사랑하는 사람들이 있었겠거니 하는 짐작말고는. 더 최악인 건, 확실히 알지도 못한단 거지. 난 유가족들을 찾거나 만나려고 하지 않았어. 제대로 된 수사를 했어야 했는데. 이제부터라도 그래야지. 애초에 모즈를 체포한 것이, 그러고 나서 누굴 체포했다고 말한 게 실수였어. 게다가 스티븐슨 선생 들으라고 그랬으니."

"어쩌다가요?"

"그 사람이 이발소에 왔어. 와서 세실한테 머리를 깎았지. 원래는이따금 들러서 나한테 머리를 깎았는데, 펄 크리크에서의 그 사소한 사건 이후로 세실에게만 하더라고. 스티븐슨 선생이 내가 수사도 모른다고 생각해서, 그리고 세실이 대부분의 손님을 차지해서 자존심이 상했던 거 같다, 그래서 세실에게 얘기하는 양 입을 놀리고 말았지."

"하지만 스티븐슨 선생님 들으라고 얘기한 거예요?"

"그랬지. 그 바람에 캐너튼 부인 집에서 곤란하게 된 거야."

우리는 물 양동이를 안에 들여가, 주전자와 어머니가 하루 동안 쓸 여유분 물을 담아두는 통에다가 부은 다음, 다시 물을 길러 나섰다.

우물에 와서 아버지는 양동이를 우물 턱에 잠시 올려두었다. 아버지는 나를 돌아보고 말했다.

"내가 왜 살해당한 여자들의 가족을 하나도 안 만났는지 아니?" 나는 고개를 저었다. "하난 흑인이고, 다른 하나는 매춘부라서다, 해리. 난 모즈 말고는 잘 아는 흑인이 없어. 여러 흑인들하고 이야기하고, 그럭저럭 좋아하고, 그들도 나를 그럭저럭 좋아한다고 생각하지만, 난 그들을 모르고, 그들도 날 진짜로 모르기는 마찬가지지. 휴, 모즈도 잘 아는 건 아니야. 나하고 모즈는 낚시와 강, 그리고 이따금 담배 얘기나 했으니. 매춘부 어머니나 아버지하고 별로 상종하고 싶지 않아서 만날 생각을 안 했을 거야. 속을 들여다보면, 나도 다른 사람들하고 별다를 게 없지 싶다. 그리고 이거 아냐, 해리?"

"뭘요?"

"그게 마음에 걸려."

아버지는 두레박을 우물에 내려 보냈다. 철퍽 하고 두레박이 물에 닿자, 끌어올리기 시작했다.

"아버진 다른 사람들하고 같지 않아요. 흑인을 싫어하지 않잖아요."

"아까 말했듯이, 속을 들여다보면 어떨지 몰라. 나도 나름 생각이 있으니."

"하지만 아버지하고 어머니는 다른 사람들하고 다른걸요."

"우리처럼 생각하는 사람들은 많아. 그저 다르게 생각하는 사람들이 더 목소리가 크고 못돼서 그렇지. 옛날 얘기 하나 해주마. 내가 어렸을 땐 흑인에 대해서 하는 말마다 깜둥이가 어떻고 깜둥이가 저렇고 그랬어. 어려서 강에서 낚시를 많이 했는데, 흑인 아이 하나가 엄청 큰 메기를 잡았지. 난 샘이 났어. 흑인이 그렇게 큰 고기를 잡고, 나는 아무것도 못 잡았다는 게 말이야. 말하기 부끄럽다만, 하루는 그 애를 두들겨팰 참이었어. 강가에 갔더니 그 애가 내 자리 근처에서 마치 물고기한테 미끼에 덤벼들도록 훈련이라도 시킨 것 마냥 낚아올리고 있지 뭐냐. 그 애가 나를 보더니 말하더구나. '제가 직접 만든 좋은 미끼가 있는데, 좀 드릴까요?' 나는 미끼를 받았지만, 그래도 입질 하나 없었어. 하지만 우리는 강둑에 앉아 이야기를 나누었고, 그날 해 저물 무렵엔 그때까지 몰랐던 걸 알게 되었지."

"그게 뭔데요?"

"그 애도 그냥 나와 똑같더라고. 나와 마찬가지로 성미 고약한 아버지가 있었고. 그 애 아버지는 사람을 대여섯 명 죽였는데, 전부 흑인이라 아무 벌도 받지 않았고 아이는 아버지를 무서워했지. 나도 우리 아버지가 무서웠어. 그 애는 나한테 미끼 만드는 법을 가르쳐줬지. 생선 피에 옥수수 가루와 밀가루 반죽을 합쳐 작게 둥글려 굳

힌 다음, 낚싯바늘에 제대로 고정시키는 방법까지. 나와 그 애는 제
일 친한 친구가 되진 못했지만, 그 애의 피부색에 대해선 더 생각하
지 않게 되었어. 강가에 낚시하러 가는 걸 고대할 정도가 되었지. 그
애와 둘이 얘기할 수 있게 말이야. 그러다가, 백인 여자애가 강에서
벌거벗은 시체로 발견되고, 어쩌다 그리 되었는지는 기억 안 나지
만 그 아이, 이름이 도널드였는데, 걔가 저지른 걸로 결론이 났어. 그
당시엔 무슨 일이 벌어지는지 난 하나도 듣지 못했지만, 어느 날 오
후 다람쥐 사냥을 하고 나서 집에 돌아가는데, 전도사 길이라고 하
는 거기에 들어서니 사람들이 잔뜩 모여 있고, 간신히 그 사이를 헤
치고 들어서니 사람들이 도널드를 수레에 눕혀 놓고, 손발을 그 바
닥에 못 박아 고정해 놓고 거세시키고 있더구나. 그 애가 나를 봤어.
그 무리 속에서 자기를 쳐다보고 있는 나를. 아직도 그 애 눈이 기억
나. 휘둥그레진 눈으로 나를 쳐다봤지. 나를 보고는 말했어. '미스터
제이콥, 좀 도와줄 수 있어요?' 나는 인파 속으로 물러났단다. 그때
난 열세 살이었고 뭘 어째야 할지 몰랐던 데다가, 내 또래 아이가 죽
어가면서 나를 미스터라고 부르며 도와달라 애원하고 있는 거야. 사
람들은 수레에 불을 질러 그 애를 죽여버렸어. 그리고 이틀 후 그 죽
은 여자애의 옷가지가 발견되었고, 그걸 따라가 보니 작은 야영지가
나왔고, 거기에 여자애 소지품 몇 가지와 죽은 흑인 남자가 있었어.
하지만 거기에 여자애 지갑이며 뭐 그런 물건들이 있었지. 그 남자
가 저지른 일인지는 모르겠다만, 도널드가 한 일이 아니라는 건 분
명해. 사람들이 격분하고 깜둥이가 저질렀다는 목소리가 커지는 와
중에, 한 명이 걸린 거겠지. 불쌍한 도널드. 죽은 채 발견된 그 남자

가 사실 저지른 게 맞겠지."

"그 사람은 어쩌다 죽었어요, 아버지?"

"그냥 죽은 거 같아. 다른 문제지. 사람들이 그 시체를 숲 사이로 질질 끌고 전도사 길까지 가져와서는 불을 질렀지. 거의 뼈만 남은 그 시체는 거의 한 달을 길가에 놓여 있다가 짐승이 끌고 갔는지 아님 누가 치웠는지 없어졌더구나. 도널드의 아버지, 그 성미 고약한 개자식. 미션 크리크에서 어느 집을 털려다가 결국 죽고 말았어. 창문으로 들어가려다가 총을 맞았지. 잘 죽었다고 생각한 기억이 나네. 도널드는 착한 애였어. 그 나이 또래 다른 애들보다 딱히 나쁜 구석이 있는 것도 아니었는데 그렇게 죽고 말았지. 그 괴로운 기억이 뇌리에 박혀버렸어. 결론적으로, 난 그렇게 순수하지 않단다, 해리. 도널드를 뭐 하나 돕지 않았어."

"아버지, 아버지로선 어쩔 수 없었잖아요."

"나도 그게 진실이라고 생각하고 싶다. 하지만 그 후로는 예전과 같을 수가 없더구나. 가능하다면 그 누구도 피부색만으로 싫어하지 않아. 가끔은 내게 나쁜 일이 닥쳐오기도 하지만, 난 노력했다, 해리. 노력하고 있어. 너희 어머니는, 그래, 늘 그랬지. 어떤 사람들은 뭘 보면 단박에 진짜를 파악할 수 있어. 너희 외할머니도 그런 분이셨고 너희 어머니에게 그걸 물려주셨고, 너희 어머니는 내가 내켜하지 않을 때 이해하도록 도와줬다. 증오는 쉬워, 해리. 흑인이 뭘 했다거나 안 해서 이런저런 일이 벌어진 거라 말하기는 쉽지만, 인생은 그렇게 간단한 게 아니야. 경관 일을 하면서 최악의 인간들을 여럿 봤고, 백인도 있었고 흑인도 있었어. 피부색은 선악과 아무 관계가 없어. 명심해 둬라."

"네, 아버지, 그럴게요."

"있잖냐, 해리, 예전 방식에는 미래가 없을 거다. 이 카운티에서 사람들이 함께 살아가려면 변화가 있어야만 해. 남북전쟁 이후로 칠십 년이 넘게 지났는데, 아직도 합중국의 북쪽이나 남쪽에서 태어났다는 이유만으로 누굴 싫어하는 사람들이 있어. 그리고 현재 흑인들에게 있어 유일한 차이점은 주인 맘대로 팔아버릴 수 없다는 것뿐이다. 모즈는 간신히 노예 신세를 면했다만, 쪼아대는 백인 말고는 평생 아무것도 가져본 적이 없어. 그래서 숲속에서 살러 들어간 거지. 백인들로부터 벗어나기 위해. 그리고 있잖냐, 모즈는 나를 믿어. 적어도 그런 것 같이 보여. 내가 근황 확인하러 가면 나를 보고 반가워했지. 내가 자기를 지켜준다 생각했어."

"그렇지 않았나요?"

"내가 그냥 내버려두었다면 더 안전했을 거다. 내가 모즈를 체포한 이유의 일부는 그가 흑인이고 백인 여자 지갑을 갖고 있어서였던 거 같아. 내 마음 한편에서, 좋지 않은 부분에선 그게 거슬렸어. 모즈가 백인 여자의 지갑을 갖고 있고 흑인이라는 게. 설령 모즈가 주운 것이라 해도. 내가 어렸을 때, 모즈는 내게 미끼가 낚싯바늘에서 빠지지 않게 끼우는 방법을 가르쳐 줬어. 펜치로 메기 껍질 벗기는 방법도. 숲 속에서 방향을 파악하고 어디에 좋은 낚시터가 있는지, 그리고 새 낚시터를 찾는 방법도. 살인자라는 낌새는 전혀 보인 적 없었는데, 나는 당장에 그를 체포했지."

"그냥 증거에 따라 그러신 거잖아요, 아버지."

아버지는 입 끝이 얼굴 가장자리로 당겨지는 듯한 미소를 짓고는, 두레박 물을 양동이에 따랐다.

* * *

우리가 물을 다 긷고 나니, 어머니가 아침식사를 다 차려놓았고 톰은 눈을 힘겹게 뜨고 마치 옥수수죽에다 코를 박을 것 같이 하고 앉아 있었다.

보통은 학교에 가지만, 선생님이 그만두고 아직 새 교사를 채용하지 않아서 나와 톰은 그날 갈 데가 없었다.

내 생각엔 그게 아침 먹은 후 아버지가 나더러 같이 가자고 한 이유의 일부인 듯하다. 그리고, 말동무를 원했던 것 같다. 아버지는 모즈를 보러 가기로 결심했다고 말했다.

우리는 차를 타고 빌 스무티 집으로 갔다. 빌은 강가에 얼음 창고를 갖고 있었다. 사실 커다란 방이었고, 펄 크리크에 있는 것과 비슷하게 얼음과 톱밥이 가득 들어차 있었다. 사람들은 차나 또는 강으로 보트를 타고 와서 얼음을 샀다. 장사가 제법 잘 되었다.

얼음 창고 뒤로는 빌과 아내 그리고 두 딸과 함께 사는 작은 집이 있었는데, 흉하게 생긴 나무에서 떨어지면서 가지마다 부딪히고 마른 땅에 세게 부딪힌 것처럼 보였다. 그들은 나를 보면 늘 싱글거려서 신경 쓰였다.

스무티 씨 집 뒤에는 헛간이 있었는데 사실 커다란 오두막에 더 가까웠다. 한번 넘어졌다가 거센 바람에 다시 일어난 것처럼 보이는 건물이었다. 거기가 아버지가 모즈를 데려다 놓은 곳이었다. 우리는 집 앞에 차를 세웠고 아버지가 문을 노크했다. 추레하고 가슴이 큰, 칙칙한 금발의 십 대 여자애가 문을 열었다.

"엘마. 아버지 계시냐?" 아버지가 말했다.

"네, 모셔올게요."

잠시 후 스무티 씨가 포치에 나왔다. 기름에 전 멜빵 바지 차림의 통통한 남자였다. 그는 이가 몇 개 빠졌고, 운두와 챙 연결부분에 시커멓게 땀 자국이 밴 커다란 밀짚모자를 쓰고 있었다. 그는 윗입술을 말아올리고 이 빠진 틈새로 씹는 담배를 퉤 뱉어대는 것이 버릇이었다. 그는 거의 나오자마자 그렇게 했고, 뱉은 담배가 포치 옆 모래밭에 철썩 떨어졌다.

"그를 보러 왔어." 아버지가 말했다.

스무티 씨가 고개를 끄덕였다.

"그래. 가보지. 누가 왔다가 우리 집에 그 깜둥이가 있다는 걸 알면 골치 아플 수 있어."

"이 일을 맡아줘서 고마워, 빌."

"자네한텐 신세 진 게 있으니까. 그 깜둥이를 여기 둬도 괜찮은 거 맞아? 내 말은, 놈이 누굴 죽였다면 우리 가족 옆에다 두고 싶지 않아서 그래. 딸들이 있으니 말이야."

우리는 포치에서 내려와 헛간 쪽으로 걸어갔다.

"빌," 아버지가 말했다. "그냥 조사하러 데려온 거 알잖아. 시내로 데려갈 순 없어. 사람들이 알았다간 골치 아파져. 자네 막내딸도 모즈를 때려눕힐 수 있을걸."

"흠, 놈이 도끼를 썼을 수도 있지."

"빌, 자넨 나만큼이나 오래 모즈를 알고 지냈잖아. 자네 생각은 어때?"

"깜둥이는 가늠하기 힘들더라고."

아버지는 그 말에 대꾸하지 않았다.

"정말 고마워, 빌."

"뭐, 말했지만 자네에겐 신세 졌으니까."

* * *

스무티 씨가 헛간 문을 열자 햇빛이 비쳐들었다. 먼지가 날아다녀 나는 기침이 났다. 먼지 사이로 스며드는 햇빛 때문에 헛간과 그 안에 든 것들을 베일 너머로 보는 것 같았다. 안에선 냄새가 났다. 오래된 건초. 땀과 오물 냄새. 오물 냄새는 파리들이 윙윙 맴돌고 있는 보기 흉한 검은 통에서 나는 게 분명했다.

한쪽 구석에 건초 더미에 등을 기대고 모즈 영감이 앉아 있었다. 나는 한동안 그를 보지 못했었고, 그 쪼그라든 체구에 충격을 받았다. 그는 나와 큰 차이 없는 키에, 덩치는 나보다 작았다. 팔은 나뭇가지처럼 말랐고 피부가 늘어져 팔뚝을 두 번 휘감고도 남을 지경이었다. 그가 일어서자 오래 입어 허옇게 물 빠지고 군데군데 기운 멜빵 바지가 마른 다리 주위로 펄럭거렸다. 그는 우리를 보고 씨익 웃었다. 그는 이가 얼마간 남았고 그중 몇 개는 시커멓지 않았다. 우리 쪽으로 고개를 숙이자 나사가 헐거운 것처럼 머리가 건들거렸다. 그는 햇빛이 눈부셔 눈을 가늘게 뜨고 있었다. 그가 마침내 눈을 크게 뜨자, 새삼 에메랄드 같은 초록색이구나 싶었다. 그에게서 살아 있는 것처럼 느껴지는 부분은 그것뿐이었다. 허옇게 바랜 붉은 머리에 주근깨와 묘한 조합을 이루는 검붉은 안색 때문에 캐너튼 부인이 빌려줬던 책에 나오는 땅속 요정처럼 보였다. 언제 모즈가 이렇게 늙었는지 알 수가 없었다.

"미서(남부에서 흑인들이 백인에게 붙이는 Mister에 해당하는 호칭 ― 옮긴이) 제이콥, 얼굴 보니 좋구먼요."

모즈의 목소리는 지팡이 짚고 일어나려는 절름발이 같았다.

모즈가 우리를 향해 터덜터덜 다가오자, 무언가가 땅에 질질 끌리며 절그렁거리고 먼지를 일으켰다. 쇠사슬이었다. 다 해진 신발을 신은 모즈의 맨발 발목에 채워진 고리에 연결되어 있었다. 다른 한쪽 끝은 헛간 중앙 기둥에 묶여 있었다.

"젠장." 아버지가 말하고, 빌을 돌아보았다. "쇠사슬을 채웠어?"

"자네에겐 신세 진 게 있어, 제이콥. 하지만 아까 말했다시피 내겐 가족이 있다고. 딸들이. 모즈는 내가 보기엔 늘 괜찮은 깜둥이 같았지만, 호의를 베푸는 것도 한도가 있어. 여기 있으려면 사슬을 채워야 해. 뭐, 이만하면 신세 편하지. 좋은 음식 먹고 저기에 싸고. 내가 매일 비워준다고. 그리고 물도 모자라지 않고."

나는 아버지가 기가 막혀 하는 것을 알 수 있었으나, 아버지는 그냥 한숨 쉬고 말했다.

"알았어. 모즈와 얘기 좀 할게, 나하고 아들만."

"자네 아들은 들어도 되고 난 안 된다고?"

"자네만 괜찮다면, 빌."

"괜찮진 않지만, 그러지 뭐. 제이콥, 이 깜둥이 얼른 데리고 가줘."

"그럴 생각이야."

스무티 씨는 나가면서 헛간 문을 살짝 열어두었다. 아버지가 다가가 모즈의 어깨에 손을 짚었다.

"뭔 영문인지 모르겠네요, 미서 제이콥," 모즈가 말했다. "내가 백인 여자들에게 아무 짓도 안 했다는 거 아시잖아요. 흑인 여자들에게도 마찬가지고."

"알아요." 아버지가 말했다. "좀 앉읍시다."

아버지는 건초 무더기에 앉았고 모즈는 사슬을 끌며 다가와 다른 쪽에 앉았다. 나는 사슬이 묶여 있는 기둥에 가서 기대섰다. 그 각도에서 빛이 들어오자, 모즈의 발목에서 피가 났던 것이 보였다. 금속 고리 아래, 신발 바로 위로 거무칙칙하게 피가 굳어져 있었다.

"이럴 생각이 아니었어요, 모즈." 아버지가 말했다.

"네에." 모즈가 말했다. "그럴 거 같네요."

"여기서 내보내 드리죠."

"네에. 미서 제이콥?"

"왜요, 모즈?"

"어째서 나한테 이랬답니까?"

"지갑이요, 모즈."

"주운 건데요, 미서 제이콥. 말했던 대로."

"네."

"나는 백인 여자 해코지 안 해요. 물고기, 너구리, 주머니쥐 말고는 아무도 해치지 않는데. 그거야 먹고 살려고 그러는 거고. 백인 여자는 안 먹어요. 흑인도 마찬가지고."

"알아요."

"안다면서, 근데 난 여기 갇혔고." 아버지는 땅바닥을 내려다보았다. "첫날밤에 도망칠 수도 있었지만, 미서 제이콥이 부탁했으니까 여기 있었던 거예요. 다음날에, 저 양반하고 사내애가 와서 나한테 사슬을 채웠고."

"모즈가 지갑을 갖고 있었던 게 증거라고 생각했어요. 모즈가 저질렀다는 게 아니라, 그냥 그것 자체가 일종의 증거라고."

"그 지갑은 가져갔잖아요, 미서 제이콥. 내가 없어도 될 텐데."

"잠깐만. 사내애? 사슬 채운 게 누굽니까?"

"그냥 백인 사내애요."

"좋아요, 모즈. 내 말 들어봐요. 이 사슬을 풀어주고 놓아줄게요. 우리가 집으로 데려다주고. 알겠죠?"

"네에. 그럼 좋죠."

아버지는 일어섰다.

"여기 잠깐 있어라, 애야."

아버지는 밖으로 나갔다. 모즈가 나를 쳐다보고 미소 지었다.

"너랑 나랑 잡았던 그리널 고기 기억하냐?"

"네."

"이빨이 영락없이 사람 같았지. 네가 정말 무서워했어. 기억나?"

"네."

"내가 요리를 해서 우리 같이 먹었지. 그거 기억나냐?"

196

"네, 할아버지."

"그것도 맛있었어. 잘못 요리하면 맛이 꼭 솜뭉치 같거든. 하지만 내가 잘 만들었지. 강가 나무 그루터기에 앉아서 우리 같이 먹었잖아. 아들이 어릴 때 그랬었지. 강가에 같이 앉아 먹는 거 말이야."

나는 모즈에게 아들에 대해 물으려 했지만, 아버지가 했던 얘기를 감안하면 별로 좋은 생각이 아닌 것 같았다. 모즈에게 굳이 나쁜 일을 더 생각하게 만들어봐야 무슨 소용일까 싶었다.

"아직도 그 너구리 사냥개 키우세요?" 나는 물었다.

"아니, 미서 해리, 안 키워. 그 늙은 개는 하늘나라로 갔거든. 죽었을 때 열다섯 살 가까이 먹었으니. 마지막 한 해는 앞도 보지 못했어. 내가 떠먹여야 했지. 냄새도 못 맡구."

아버지와 스무티 씨가 들어왔다. 그는 망치와 끌을 가지고 왔다.

"저것 풀어줘." 아버지가 말했다.

"데려가게?" 스무티 씨가 물었다.

"그래. 그리고 여기 모즈가 있었단 말 어디 가서 하지 마. 그냥 비밀로 해두라고."

"그럼 신세는 다 갚은 거다?"

"그래. 그리고 빌, 쇠사슬 채울 때 거든 일꾼 아이한테도 아무 말 말라고 일러놔."

"이미 말해놨어."

"나 진지해. 모즈가 여기 있다는 말 아무에게도 하지 말라고 부탁했는데, 그 애한테 말했잖아."

스무티 씨는 돼지가 구정물에 코 박을 때 내는 것 같은 소리를 내고는 코웃음 쳤다. 그는 모즈에게 다가가, 고리 조임쇠 부분에 쐐기를 겨누었다. 망치질 한 번으로 조임쇠를 떼어냈다.

아버지는 모즈가 건초더미에서 일어나게 도와주었다.

"집에 데려다 줄게요." 아버지가 말했다.

* * *

우리 집에서 깊은 숲을 통과해서 선교사 길을 건너, 강가 오솔길로 모즈의 오두막까지 걸어가는 건 크게 어렵지 않은 일이었다. 차로는 더 오래 걸렸다. 꽤 한참을 가야 했다. 처음에 모즈와 아버지는 그냥 앉아 있었지만, 좀 지나자 낚시 얘기를 했다. 선교사 길에 이르러 거의 오솔길까지 와서야 살인이 다시 화제에 올랐다.

"이제 괜찮은 거지요, 미서 제이콥?" 모즈가 물었다.

"그냥 하던 대로 볼일 보시면 돼요, 모즈. 지갑은 내가 갖고 있고. 모즈가 아는 건 나한테 얘기했으니까. 귀찮게 해서 미안합니다."

"어, 경관이니 그래야 했겠죠."

"빌네 헛간에서 지내게 해서 미안해요."

"그 양반은 잘해줬다오. 그 사슬만 빼면. 먹을 것도 잘 줬긴 한데, 자기 말처럼 똥통을 자주 비워주진 않았지."

"그랬을 거 같더라고요." 아버지가 말했다.

우리는 강가로 향하는 오솔길로 차를 몰았다. 나무들이 가까워 나뭇가지가 차 지붕을 때리고 그늘을 드리웠다. 길이 온통 비에 씻겨 온 잡동사니들이 가득하고 썩은 낙엽으로 미끄러워서 아버지는 천

198

천히 조심해서 운전해야 했다.

우리는 꽤 오래 차를 타고 가서, 차에서 내려 모즈와 함께 강가에 있는 그의 오두막으로 향했다. 휘몰아치는 갈색 강물 위로 불어온 바람이 시원했지만, 뭔가 썩는 냄새가 희미하게 실려 있었다.

"낚시하러 오셔요, 미서 제이콥." 모즈가 말했다.

"한참 됐네요."

"그라믄. 저기 강 아래 데이비스 형제가 퍼런 호두 독을 물에 풀어 농어와 배스를 몽땅 죽였던 거 기억나죠. 커다란 메기까지 몇 마리 죽었던?"

"기억납니다."

"댁이 얼마나 화를 냈는지 기억나요. '그게 어디 물고기 잡는 방법이냐.' 그러면서 형제 중 한 명을 때려눕혔죠. 기억나요?"

"그럼요."

"우리는 절대 퍼런 호두나 다이너마이트를 쓰는 법이 없는데, 안 그래요?"

"그럼요, 우린 안 그러죠, 모즈. 제대로 낚았지. 낚싯대와 낚싯줄, 낚싯바늘과 인내심으로."

"그라믄, 그랬죠. 그 데이비스 형제는 결국 보트가 뒤집혀서 하나는 빠져 죽고 하나는 뱀에 물렸지."

"들었습니다."

"그거 참 큰일 아니었는가요, 미서 제이콥."

"그랬죠."

"이제 데이비스 형제도 없고."

우리는 오두막까지 그를 바래다주었다. 그는 다리를 절름거리며 걸었다. 오두막에 다다르자 그는 잠기지 않은 문을 밀어 열었다. 냄새가 안 나고 파리가 많지 않다는 것을 제외하면 스무티 씨 헛간보다 나을 게 없어 보였다. 문가에 창이 하나, 그리고 반대쪽 벽에 창이 있는 방 하나짜리 공간이었다. 한쪽 창에는 유리가 있었고, 다른 한쪽은 얇고 누런 방수포뿐이었다.

모즈는 안으로 들어갔고 우리는 문가에 섰다.

"괜찮겠어요, 모즈?"

"그럼요, 미서 제이콥."

"뭐 먹을 건 있고요?"

"통조림 몇 개 있지요. 낚시도 좀 할 거고."

모즈는 선반에서 작은 깡통을 꺼내 뚜껑을 열었다. 손가락을 안의 검은 덩어리 속에 넣었다가, 몸을 숙여 쇠사슬에 쏠린 발목에다가 그걸 발랐다. 윤활유였다. 당시엔 많은 사람들이 그걸 멍든 데 바르거나 작은 상처를 지혈하는 데 썼다.

모즈는 그걸 마치고 나서, 두 개 있는 의자 중 하나로 절름거리며 가서 앉았다. 스무티 씨 헛간에서 봤을 때보다 더 왜소해 보였다.

"좋아요, 그럼." 아버지가 말했다. "어, 잘 지내요, 모즈."

"네에. 언제 낚시하러 와요, 아들 데리고."

"그러죠."

그러고 나서 차에 올라타면서 아버지가 말했다.

"확실히 내 인생에서 가장 빛나는 순간은 아니었구나."

12장

선교사 길을 향해 덜컹덜컹 나아가는 동안, 나는 말했다.

"스무티 씨가 아버지한테 무슨 신세를 졌기에 그래요? 별로 고마워하는 눈치는 아니던데."

"그 일을 떠올리고 싶지 않아서 그러는 거다. 딸들 중 하나, 맏이 일이야. 이제 열아홉 살쯤 됐나…… 오늘은 그 애를 보지 못했지."

"메리 진이요?"

"맞아. 흑인 남자애하고 있다가 나한테 걸렸거든. 무슨 뜻인지 알려나." 나는 얼굴이 빨개졌다. 아버지는 내게 이런 일을 얘기한 적이 전혀 없었다. "너 말고는 아무한테도 말 안 했다. 네 엄마한테조차. 그리고 너도 아무에게도 말하면 안 돼, 약속 지켜달라고 부탁하면 넌 지킬 아이니까. 다른 누구에게도 말할 필요 없고 말할 수 없지만 아들에게는 말할 수 있는 일이 세상엔 있다고 생각한다."

"네, 아버지. 그래서 그 아저씨가 모즈를 쇠사슬로 묶은 건가요?"

"어느 정도는. 그는 이제 큰딸은 집 밖에 거의 내놓지 않아. 딸이 흑인 애를 가질까봐 겁내고 있지. 딸이 빠져 있다고 생각하고 있어. 내 보기엔 여자애가 애초에 좀 헤프고, 아마 그게 처음도 아니었을 거다. 상대가 흑인인지 백인인진 모르겠다만. 메리 진이 그렇게 눈이 높진 않아 보이더라."

나는 그 정보를 뇌리에 갈무리해 넣었다.

아버지는 마치 내 마음을 읽은 듯 덧붙였다.

"그 여자애하곤 어울리지 마라, 알았지? 뭔가 병이 있을지도 몰라."

"네, 아버지. 전 상대도 안 할 거예요…… 아버지, 그 흑인 남자애는요?"

"여자애하고 아는 사이도 아니었어. 여자애가 강가에 내려갔다가 낚시하고 있는 남자애하고 만난 거지. 걔는 또 그러고도 남을걸. 이런저런 얘기를 하다가, 내 짐작엔 여자애가 이 애하고는 백인 남자애들하고는 못할 얘기를 할 수 있겠다 싶었던 모양이야. 사람들은 흑인한테는 백인 같은 도덕관념이 없다고 여기거든. 하지만 절대 그렇지 않다, 얘야. 흑인들도 백인들과 마찬가지로 좋은 사람 많고, 몹쓸 사람들도 많아. 백인이든 흑인이든 대부분은 온전히 한쪽으로 치우치진 않았지. 다 섞여 있어. 좋은 사람이란 건 그 섞인 것이 대개 더 나은 쪽인 거고. 하지만 여자애가 이야기하고 남자애가 이야기하고 그러다 보니, 이내 그냥 말로만 그치지 않게 된 거지. 나는 벤튼 부인의 소를 찾던 중이었어. 빌네 뒤쪽 언덕 위에 사는 과부 말이다. 나한테 와서 도와달라기에, 찾으러 나갔지. 그러다가 메리 진하고 그 흑인 남자애를 발견한 거야. 내가 남자애를 쫓아보냈지. 다시는 오지 말라고. 메리 진은 그 남자애 이름을 모르니, 그게 나올 일은 없을 거야. 나는 메리 진더러 옷 입으라 하고, 집에 바래다줬지."

"그리고 그 누나 아버지에게 말씀하신 거예요?"

"나는 아무 말도 안 할 참이었어. 그 애가 자기 아버지에게 말하더라. 내 보기엔 그저 아버지 속상하게 하려고. 애가 좀 못된 구석이 있는데, 하기야 그 아버지도 마찬가지지. 툭하면 딸을 매질하고."

"아버지도 우리를 좀 매질하잖아요."

아버지는 한동안 말이 없었다.

"그렇게 생각하냐? 내가 널 벌겋게 자국이 남도록 매를 든 적 있어?"

"아뇨."

"그냥 내 기분 풀자고 너희를 때린 적 있어?"

"아닌 거 같아요."

"네가 하지도 않은 일 갖고 때린 적 있어?"

"한 번요. 변소에 그 고양이 떨어뜨린 건 제가 아니었어요. 톰이 그랬어요."

"네가 말 안 했잖냐."

"톰은 어렸으니까요. 뭘 모르고 그런 거니."

"그럼 넌 동생 대신 맞은 거냐?"

"네."

"그건 존중할 수 있어. 하지만 넌 훈육을 받은 거야. 매 맞은 게 아니라. 따끔하긴 하지만 다치진 않았지. 그리고 난 너한테 매 드는 걸 당연한 일로 여기지 않는다. 너한테 매를 들 때면 매번 열심히 고민했어."

"우리가 아버지 커피에 소금 넣었을 때요, 한 모금 드시고 우리가 웃음을 터트리니까 우리를 붙잡아 둘 다 두들겨팼어요. 그땐 별로 고민하지 않으셨죠."

아버지는 웃음을 터트렸다.

"그건 고민하고 말 것도 없었지. 누가 저지른 짓인지 뻔한걸."

나는 화제를 되돌렸다.

"그럼 메리 진은 자기 아버지 속상하게 하려고 뭘 했는지 말한 거예요?"

"내 보기엔 그래. 빌은 그 사내애를 죽여버리고 싶어했지만, 누군지도 모르고 어떻게 생겼는지도 기억 안 난다고 내가 말했지. 빌에게야 흑인은 어차피 다 똑같이 생겼으니, 별 의문 없이 그 말을 받아들이더군. 그리고 메리 진은 강간당한 게 아니야. 내가 본 바를 빌에게 말해주었고, 절대 강간은 아니었지. 여자애가 그렇게 웃어대고 있었으니."

"그럼 스무티 씨는 아버지가 아는 사실을 입 밖에 내지 않기를 바라는 거네요. 딸이 흑인하고 어울렸다고 사람들에게 알려지는 게 싫어서."

"대충 그런 셈이지. 난 어차피 떠들 생각 없었다. 그리고 빌에게도 그렇게 말했지. 빌이 나에게 신세를 졌으니 내가 부탁을 하면 들어줄 거라 생각했어. 하지만 빌은 똑똑하지가 않아. 사내애더러 모즈

영감에게 사슬 채우는 걸 거들어달라고 시키다니. 거기까지 생각이
못 미친 게지."

* * *

그날 밤 나는 잠이 오지 않아서, 톰을 깨우지 않게끔 조심조심 일
어나 잠옷 바람으로 슬리핑 포치로 나왔다. 거기서 잘까 생각했지
만, 결국 맨발로 우물에 가서 물 한 양동이를 길어 국자로 물을 마셨
다. 느긋하게 그러고 있으면서 다리를 비벼 소리 내는 귀뚜라미 울
음소리를 듣고 있었다.

슬리핑 포치로 돌아와 보니 어머니가 있었다. 누빔 잠옷 가운 차
림으로 그네에 앉아 있었다. 나 때문에 깨어났거나, 아니면 밤에 안
자고 뭐하냐고 잔소리하려나 생각했지만, 그게 아니라 본인 옆 자리
를 툭툭 치기에 나는 가서 앉았다.

"잠이 안 와?" 어머니가 물었다.

"네." 나는 말했다.

어머니는 내게 팔을 둘렀다.

"나도 그러네. 무슨 생각 하니?"

"딱히 그런 건 아니고요."

"아."

"엄마는요?"

"이것저것 전부 다. 그래서 잠이 안 오네. 가끔은 여러 가지가 뒤
섞이지. 아침이나 점심 또는 저녁으로 뭘 차릴까 생각하고. 노새가

205

밭 가는 데 부려 먹기엔 너무 늙은 게 아닐까, 날씨 때문에 가을 수확을 망치는 게 아닐까 궁금해하고. 좋은 시절이 오기는 할까 싶고, 내 인생의 실수를 생각하고, 너와 톰 생각을 하지."

"저와 톰에 대해서 뭘요?"

"딱히 뭐 있는 건 아니고. 그냥 생각."

"엄마?"

"응."

"아버지한테 레드 이야기 했어요?"

"아니, 안 했어."

"왜요?"

"설명하기 힘드네. 레드가 여기 왔다고 하면 너희 아버지가 기분 나빠할 거고 둘 사이에 분란이 생기는 게 싫어서랄까. 어차피 둘이 서로 안 좋아하면서도, 또 좋아하기도 하지."

"어째서요?"

"사이가 틀어진 친구들만큼 나쁜 것도 없지. 마음속에는 예전 감정이 그대로 살아 있어."

"저는 다 없어졌다고 생각하는데요. 아버진 레드 안 좋아해요."

"옛 추억은 여전히 있고, 그래서 서로 미워하기가 더 힘들고 괴로운 거야. 애초에 둘이 서로 싫어하게 된 계기는 나였지. 그러다가 너희 아버지가 레드의 목숨을 구하고, 둘 다 내게 구애하게 되었고, 어, 나하고 너희 아버지가 맺어지면서 상황이 힘들어졌지. 둘 사이가 회복되지 않았어."

"무슨 뜻이에요?"

"설명할 수가 없구나. 하지만 그게 너희 아버지가 레드에게 화가 난 이유야…… 사람들은 어리석은 일들을 저지른단다, 해리. 하지 말 걸 그랬다 싶은 일, 하지만 돌이킬 순 없지. 극복하든 회피하든, 그 사실과 함께 살아가야 해."

"아버지가 어리석은 짓을 하고 있다고 여기시는 것 같진 않은데요."

"너희 아버지 얘기가 아니야."

"무슨 뜻이에요?"

"언젠가, 어쩌면 좀더 잘 설명해 줄 수 있을지도 모르지."

"레드는 여전히 엄마를 좋아하죠?"

"그런 거 같아. 적어도 요전에 얘기 나누기 전까지는."

"엄마한테도 그래요? 그러니까, 엄마가 말한 아버지와 레드 사이처럼?"

"어쩌면. 조금은. 아주 조금. 어떤 건 옛 기억이 현재의 모습보다 좋은 것 같기도 해. 무슨 말인지 알겠니?"

"모르겠어요, 엄마…… 레드 우드로 씨에게 미스 매기와 그 사람 아버지에 대해 한 말은 무슨 뜻이에요?"

"미스 매기는 레드 아버지의 첩이었어."

"첩이요?"

"그러니까…… 아휴, 해리, 이거 민망하구나. 남자가 결혼하면, 부인하고만 함께해야 하는데, 다들 그렇지만은 않잖니. 따로 여자를 두고 있고."

"미스 매기가 그분이 따로 두고 있는 여자였다고요?"

"아주 오래전 일이야. 그때는 미스 매기도 젊은 여자였지." 나는 젊은 미스 매기를 상상하기 어려웠다. "레드에겐 그녀가 낳은 배다른 남동생과 여동생이 있어. 어쩌면 남동생 둘이거나 여동생 둘일 수도 있고. 확실히는 모르겠구나. 레드는 그걸 알지만 절대 안다는 내색을 한 적 없어. 동생이라고 인정 안 하지. 레드가 어렸을 땐, 그 흑인 아주머니가 어머니나 마찬가지였어. 레드 어머니는 냉정한 양반이고, 레드나 그 아버지한테 전혀 신경 쓰지 않았어. 그래서 레드의 아버지가 첩을 들였을 거야. 하지만 정말은 첩이라기보단 노예를 둔 것에 가까웠단다. 달리 어찌 설명해야 할지 모르겠구나, 해리."

"이해해요."

"해리, 너는 이제 젊은이가 될 거야. 그래서 오늘 네 아버지가 너를 데리고 가셨겠지. 너와 함께 다니고 싶으셨을 거야. 재밌었니?"

"네."

"너희 아버지는 너와 톰에게 기대를 걸고 있단다. 제이콥은 정말 못 배운 집에서 자랐단다, 해리. 아버지는 너희들은 그렇게 되지 않았으면 해. 너희들에겐 기회가 있었으면 한단다. 아버지가 널 좀 심하게 몰아붙인다 싶을 땐 그 점을 명심하렴. 너희가 자기처럼 될까 봐 걱정인 거야."

"아버지만큼 되기도 쉽지 않을 거 같은데요."

어머니는 내게 팔을 둘렀다.

"나도 그렇게 생각해, 해리."

갑자기 토비가 짖어대고 크게 외치는 목소리가 들렸다.

"제이콥. 나와라!"

"누구죠?"

내 물음에 어머니가 답했다.

"가만 앉아 있어."

어머니는 일어나서 집으로 들어갔다. 나는 어머니 말을 어기고 즉시 뒤를 따랐다.

"제이콥." 다시 목소리가 불렀다. **"나와라!"**

창문 커튼 너머로 밖에 훤한 불빛이 움직이며 어둠을 침범하고 있는 것이 보였다.

어머니는 커튼을 젖히고 내다보았다. 하얀 로브 차림의 남자 십여 명이 말에 올라 있었다. 그들은 횃불을 들고 있었다. 한 남자가 땅에 서 있었고, 그 남자의 말은 다른 말 탄 사람이 고삐를 붙들고 있었다. 우리 길 저편에서는 2, 3미터 길이의 십자가가 활활 불타고 있었다.

토비가 현관 포치로 나와서는, 제 딴에는 최대한 맹렬하게 짖어대고 있었다.

"얼른 아버지 모셔와." 어머니가 말했다.

나는 그쪽으로 향했지만, 아버지는 벌써 오는 중이었다. 셔츠를 하나도 걸치지 않은 채였다. 아버지는 2연발 산탄총을 들고 있었다. 산탄총을 문 옆에 기대놓고, 아버지가 포치로 나갔다.

토비는 계속 짖어댔다.

"쉿, 토비."

아버지의 말에 토비는 자기가 만만한 애완견이 아니란 걸 보이기 위해 한 번 더 짖고는 잠잠해졌다. 어머니가 나직이 부르자 토비는 그르렁거리며 집안으로 들어갔다.

십자가에 끼얹은 가솔린 냄새가 났다. 바람에 흩날리는 핏빛 시트처럼 휘몰아치는 불꽃을 나는 지켜보았다.

"핼러윈은 지났는데."

아버지의 말에 횃불을 든 로브 차림의 남자가 말했다.

"명령한다. 당신이 체포한 깜둥이를 어디서 찾을 수 있는지 말하라."

"목소리 감추려 그렇게 애써봐야 헛일이에요, 벤 그룬." 아버지가 말했다. "어디서든 알아들을 수 있는걸. 댁은 나한테 뭐라 명령할 권리 없습니다. 알아요?"

"자네가 붙든 그 깜둥이를 넘겨, 제이콥. 자네는 놈을 지킬 수 없어."

"첫째, 구금 중인 사람은 아무도 없습니다. 둘째, 그 사람이 나와 함께 이 포치에 있다 해도 넘기진 않을 거고. 그 십자가 챙겨서 돌아가시오. 그나저나, 저쪽은 말 위에 앉은 모양만 봐도 네이선인 줄 알아보겠는데. 그렇다면 멍청한 아들 둘도 같이 있단 소리겠고. 그럼 내가 아는 사람만 넷이군요." 아버지가 나를 불렀다. "그 총 이리 다오, 얘야."

나는 문간 바로 안에 서 있었다. 아버지에게 산탄총을 건넸다. 아버지는 얼른 총을 받아들고, 포치로 나가서 잡화점 주인 그룬이라고 한 남자에게 겨누었다. 나는 그 시트 아래 가게 주인 아저씨의 모습을 그려보기 힘들었다.

"그 십자가 뽑아서 가지고 돌아가시오." 아버지가 말했다.

잠시 정적이 흘렀다. 아버지는 총의 공이치기를 당겼다. 안장 위

그들의 엉덩이가 움찔하는 소리가 거의 들릴 듯했다.

그룬이 갈라진 목소리로 말했다.

"가서 십자가 뽑는 게 낫겠어. 깜둥이는 없다고 그러니."

흰 후드들이 앞뒤로 서로를 돌아보았다. 마침내 한 명이 밧줄을 꺼내 불타는 십자가 위로 던져서, 땅에 박힌 것을 잡아 뽑아 그걸 끌며 길을 나아가기 시작했고, 십자가가 불꽃과 불길을 타닥타닥 날렸다.

다른 이들도 자리를 떴지만, 그룬의 말을 붙든 사람과 그룬 본인은 예외였다. 말을 붙들고 있던 사람이 그룬에게 고삐를 넘기고, 자기 말을 타고 다그닥다그닥 길을 달려갔다.

"참 단결력 있는 형제들이군요, 안 그래요?" 아버지가 말했다. "그룬, 여기 포치로 올라오시죠."

"십자가 뽑아 치웠잖아, 제이콥."

"알아요. 이리 올라와요." 그룬이 말을 끌며 다가왔다. "말은 거기 묶고." 그룬은 포치 기둥에다 말을 묶었다. "후드는 벗어요."

그룬은 후드를 벗어 대머리를 드러냈다. 뾰족한 후드를 쓰고 십자가 옆에 있을 때에 비해 체구가 절반으로 줄어 보였다. 나는 그가 나보다 키가 크지 않고, 그냥 체격만 조금 더 클 뿐이라는 것을 깨달았다. 유령 의상을 입은 웃기는 어른처럼 보였다.

"자, 집으로 들어와요."

"제이콥……."

"그냥 들어와요."

어머니는 그룬 씨가 들어오자 혹시 토비가 그의 발목을 물어뜯기라도 할까 싶어 밖으로 내보냈다.

아버지는 그룬 씨를 이끌고 주방과 식탁이 있는 거실로 들어왔다. 안방, 나와 톰의 방, 그리고 슬리핑 포치까지 그를 데리고 돌아다녔고, 우리 가족들은 그 뒤를 따르며 도대체 이게 무슨 영문인지 짐작하려 애썼다.

우리는 도로 거실로 돌아왔다. 아버지가 그룬에게 말했다.

"어디 흑인 있던가요?" 그룬은 고개를 저었다. "좋아요. 친구들에게 가서 그리 전하시죠. 이제 식탁에 앉고."

그룬이 몸을 떨기 시작했다. 나도 꽤나 마음이 조마조마했다.

"메이 린, 찬장에서 케이크 좀 꺼내주겠어?" 아버지의 말에 어머니는 아버지가 부엌을 변소로 쓰겠다고 말하기라도 한 것마냥 쳐다보았으나, 케이크를 꺼내 식탁에 놓았다. "그리고 괜찮다면 접시도 몇 장. 포크하고."

어머니는 접시와 포크들을 꺼냈다. 어머니는 아버지가 정신병원을 차리기라도 할 것처럼 쳐다보았다.

"자." 산탄총을 그룬에게 겨눈 채 아버지가 말했다. "다들 식탁에 앉지."

나는 앉았고, 어머니도 앉았다. 아버지는 산탄총을 내리고 약실을 열었다. 총알이 나오지 않았다. 빈 총이었던 것이다. 아버지는 그걸 그룬이 볼 수 있게끔 했고, 그는 안도의 한숨을 내쉬었다.

"자, 그룬. 케이크 좀 들어요. 메이 린은 이 지역에서 제일 케이크를 잘 만들죠. 그리고 여기 있는 것들은 모두 댁의 가게에서 산 재료로 만들었다는 거 알아주었으면 좋겠군요."

그룬은 어머니를 쳐다보았다. 어머니는 미소를 지으려 애썼지만, 잘 되지 않았다.

우리는 다들 케이크를 먹었다.

그룬이 다 먹자, 어머니가 말했다.

"한 조각 더 드시겠어요, 그룬 씨?"

"네, 부인, 그러죠."

* * *

아버지와 그룬 씨가 몇 시까지 이야기를 나누었는진 모르겠지만, 아무튼 늦게까지였다. 나는 결국 물러나 어머니와 함께 슬리핑 포치에서 잠들었다. 우리는 같이 그네에 앉아 있었고, 깨어나 보니 어머니는 없고 나는 베개를 베고 담요를 덮고 그네에 누워 있었다. 해가 떠오르고 우리 수탉이 꼬끼오 울고 있었다. 나는 부엌에 들어갔다. 아버지와 그룬은 여전히 거기 있었고, 그들 앞에는 달걀과 소금 절인 돼지고기 기름이 흥건한 접시가 놓여 있었다. 어머니는 커피를 따르고 있었다.

"달걀하고 비스킷 먹을래, 해리?" 어머니가 물었다.

나는 그러겠다고 대답하고 식탁에 앉았다. 톰이 눈을 비비며 비틀비틀 들어왔다. 가끔 동생은 군악대가 연주하는 와중에서도 잘 수 있을 거 같았다. 동생은 후드는 젖혔지만 여전히 로브 차림인 그룬 씨를 쳐다보았다. 아침 햇살 속에 그의 머리칼은 더욱더 숱이 적고 하얗게 보였으며 머리가 벗겨진 부분은 은은하고 매끄러운 크림색이었다. 그의 손등엔 검버섯이 나 있었다.

"유령 의상 입었어요, 그룬 씨?" 톰이 물었다.

그는 톰에게 미소 지었다.

"그런 셈인 것 같구나, 아가씨." 그는 일어나서 아버지에게 손을 내밀었다. "내가 더 귀찮게 할 일은 없을 거야."

"좋습니다." 아버지가 말했다.

"케이크 맛있었습니다, 아침도요, 케인 부인. 고맙습니다."

어머니는 고개를 끄덕했다.

그룬은 일어나 밖으로 나갔다. 아버지가 따라나갔다. 밖에서는 가솔린과 나무 탄 냄새가 희미하게 났다. 토비는 포치에 엎드려 있었다. 녀석은 꿈틀 움직이더니 그룬 씨에게 눈길을 주었다. 그룬 씨는 천천히 몸을 숙여 토비에게 손을 내밀었다.

"괜찮다, 토비." 아버지가 말했다. 토비는 그 손을 킁킁거리고는, 수긍하고 도로 엎드렸다. "말을 마구간에 데려가서 여물 좀 먹여야 하지 않을까요."

"그럼 좋겠군." 그룬 씨가 말했다.

"거기도 한번 둘러보셔야죠. 흑인이 숨어 있지 않나 확인하게." 그룬은 고개를 끄덕였다. "얘야, 저것 좀 치워줄 수 있을까?"

아버지가 말하는 것은 그룬 씨의 말이 남긴 거대한 똥 더미였다.

"네, 아버지."

나는 말하고 삽을 가지러 갔다.

바깥 벽에 기대 놓은 삽을 가져오러 내가 집을 빙 돌아가는 사이, 아버지가 하는 말이 들렸다.

"벤, 어제 그 총에는 총알이 들어 있지 않았지만, 주머니 속에 넣어 가지고 있었답니다."

* * *

그날 느지막이, 나는 십자가가 끌려간 자국을 따라 길을 가보았다. 마침내 타고 남은 것이 놓인 곳에 이르렀다. 밧줄이 타들어가 십자가 잔해가 길 한복판에 놓여 있었다. 검게 숯이 된 잔해긴 했지만, 여전히 십자가 모양이 뚜렷했다.

서서 그걸 내려다보고 있자니, 매서운 바람이 불어와 재를 날리고 어머니가 바랜 밀가루 자루로 만들어준 내 셔츠에 달라붙었다. 일부러 그렇게 만든 게 아니라, 빨고 또 빨아 눈처럼 하얗게 된 셔츠. 그리고 어머니가 나중에 좋은 잿물 비누로 빨았음에도 불구하고, 완전히 깨끗해지진 않았다.

그 긴 세월이 흘렀고, 나한테 안 맞게 된 지 오래지만 아직도 그 셔츠를 갖고 있다. 창고 안 트렁크에 곱게 개켜 둔 그 셔츠는 좀이 쓸고 누렇게 변했으며, 왼쪽 셔츠 주머니 위와 아래에 오래된 마른 핏자국이 점점이 남아 있다.

3부

13장

진눈깨비가 창문을 세게 때리던 어느 날 밤, 요양원의 따뜻한 이불 속에 누워 선잠을 자다가 경적 소리에 깨어났는데, 옛날 차의 경적 소리와는 다른데도 그걸 들었을 때 곧장 할머니 생각이 났다.

경적 소리가 귀에 생생한 그 순간, 어쩌면 할머니를 소리 내어 불렀을지도 모르겠다. 천천히 그 소리가 요양원 근처 고속도로에서 난 것임을 깨달으면서, 할머니의 열의를 떠올렸다. 할머니는 경적 울리기를 좋아했고, 아주 사소한 이유로도 빵빵거리기로 유명했다.

나는 할머니를 생각하며 깨어났고, 뺨에 눈물이 흘러내렸다. 할머니의 기억 때문만이 아니라, 그때가 새삼 더욱 떠오른 마당에 갑자기 현재로 끌려왔으며 내가 이렇게 늙어버린 현재를 좋아하지 않기 때문이었다. 사람이 이렇게 오래 살아야 하는지 나는 잘 모르겠다. 삶을 살 수 없다면, 그저 생명을 소진하며 산소를 빨아들이고 똥을

219

싸는 것일 뿐이다.

어쩌면 중요한 것은 나이가 아니라 건강일지도 모르겠다. 건강하게 오래 산다면 문제될 것 없다. 하지만 건강 없이 오래 산다면, 생지옥이다.

이제는 과거만 중요하게 여겨질 뿐이다. 그것만 살아 있는 듯 느껴진다. 그것만이 내 영혼을 지탱할 수 있다.

* * *

할머니가 우리와 함께 살러 온 것은 KKK단과의 만남이 있은 지 이틀 정도 후였다. 할머니는 차창이 깨지고 앞 범퍼에 토끼를 매단 먼지 뿌연 검은 포드를 몰고 왔다. 기차라도 쫓아낼 듯한 기세로 경적을 울려대고 있었다.

그 당시엔 운전을 하는 여자들이 있긴 했으나, 저지대 남자들 사이엔 그다지 인기가 없었고, 특히 품위를 지켜야 한다고 여겨지는 나이 든 여자인 경우라면 더욱 그랬다. 운전은 흡연, 욕설, 담배 씹기, 싸움과 마찬가지로 남성적인 것으로 여겨졌다.

할머니는 그걸 다 조금씩 했다. 할머니와 할아버지는 대단한 한 쌍이었고, 이제 할아버지는 돌아가시고 할머니가 칠십 세가 되어가고 있으니 좀 더 점잖고 나이 들어 보일 줄 알았다.

하지만 할머니가 도착하던 날, 우리가 누가 왔는지 보려고 달려나가니―토비는 집 모퉁이를 절름절름 돌아나와 우리와 합류했다―할머니는 예전과 똑같은 모습으로 차에서 내리고 있었다.

할머니는 좀 체중이 나가긴 했지만 노인치고는 정말 상당히 예쁘고 키가 컸으며 강단 있어 보였다. 반백이 된 갈색 머리를 단단히 쪽져 올렸다. 끈으로 묶는 갈색 남자용 작업화에 한때는 녹색이었지만 회색으로 바랜 통짜 드레스를 입고 있었다.

"안녕, 거기들 있구나." 우리가 집에서 나가자 할머니가 말했다. "우리 말썽쟁이들. 아이구 세상에, 거기 톰이니?"

톰은 어머니 치맛자락 뒤에서 빼꼼 내다보고 있었다. 여동생은 아주 어렸을 때 할머니를 봤을 뿐이고 그 양반이 얼마나 회오리바람 같은지 알 만한 나이가 아니었다.

"이리 와봐라." 할머니가 말했다.

"싫어요." 톰이 말했다.

할머니는 고개를 뒤로 젖히고 박장대소했다.

"저렇게 귀여운 악동을 봤나."

토비는 그 웃음에 너무 놀라서, 짖어대기 시작했다.

매끄러운 한 동작으로, 할머니는 몸을 굽혀 땅에서 흙덩이를 집어 들어 토비에게 던졌다. 흙은 대부분 토비에게 가 닿기 전에 부스러졌으나, 토비는 포치 아래로 줄행랑치더니 아버지가 조용히 시킬 때까지 계속 짖어댔다.

할머니는 그 다음으로 내게 눈길을 주었다.

"너, 이리 와서 할미 좀 안아주렴."

나는 다가갔다. 할머니는 늘 나를 기가 질리게 했지만, 뭔가 나를 안전하고 자신감 넘치게 하는 데가 있었다. 할머니는 힘이 셌다. 나를 번쩍 안아올렸다가 쿵 하고 내려놓는 바람에 어금니가 다 맞부딪쳤다.

이어 할머니는 아버지도 포옹해서 들었다 내려놓았고, 어머니를 붙잡자 어머니가 몸을 빼고는 말했다.

"진정해요, 어머니. 나는 남자들 같지 않다고요. 그렇게 번쩍 들고 그러는 거 못 견뎌요."

할머니는 웃음을 터트리고는, 어머니를 붙들고 뺨에 쪽 하고 입 맞췄다. 할머니는 줄곧 담배를 씹고 피우고 커피를 마셔도 이 하나 빠지지 않았고 건반처럼 하얗기만 했다. 할머니는 짓이긴 버드나무 가지와 베이킹 소다로 이를 닦는다고 했지만, 내가 보기엔 그냥 타고난 것이 컸다. 할머니한텐 충치 하나라도 있었을까 싶다. 할머니는 입냄새 방지 차원에서 늘 박하를 씹었고 박하가 잔뜩 든 종이 봉지를 늘 가방에 넣어 다녔다.

"얘야," 할머니가 나를 불렀다. "저기 범퍼에 달린 토끼 가져와라. 뒤뜰로 가서 씻어 가져오면 내가 디너를 차리마."

할머니가 얘기하는 것은 점심식사였다. 런치는 도시에 사는 양키들이 먹는 것이었다. 우리는 저녁 끼니를 서퍼라고 불렀다.

나는 그 토끼를 어째야 할지 몰라 아버지를 쳐다보았다. 아버지가 할머니에게 말했다.

"준, 그 토끼 좀 오래된 거 아닙니까?"

"어휴, 아니야. 3, 4킬로미터쯤 떨어진 데서 차로 쳤어. 내 앞에 딱 뛰어들지 뭐야. 아마 아직도 따뜻할걸. 아직도 내가 만든 토끼고기 완자 좋아하지?"

"아, 네." 아버지가 말했다.

"그럼 잘 됐네. 한 끼 벌었어. 이제 입 다물고, 제이콥. 가서 토끼 가져와라, 얘야."

나는 토끼를 가져왔다. 아버지가 내게 팔을 둘렀다.

"뒤뜰로 가서 가죽을 벗기자꾸나."

할머니는 어머니 어깨에 팔을 둘렀다. 톰은 혹시 할머니가 손을 뻗을세라 어머니 치맛자락에 매달렸고, 다들 집안으로 들어갔다.

"저분이야말로 인간 회오리바람이지." 아버지가 말했다.

* * *

정말 맛있었던 토끼를 다 먹고 나자, 식사 내내 계속 얘기하던 할머니가 말했다.

"너희 할아버지를 사랑하고 보고 싶기야 하다만, 돌아가셔서 다행이지 뭐냐."

"그런 말씀 마세요!" 어머니가 말했다.

"장인어른께서 많이 편찮으셨어요?" 아버지가 물었다.

"아니. 아냐. 그건 참 다행이지. 하지만 복음성가를 불러대지 뭐냐. 어쩌다 한 번씩 느닷없이 노래를 불러대는데 사람이 정말 구제불능의 음치라서. 처량했지. 그리고 어떻게 말릴 수가 없었어. 그놈의 노래 안 들어도 되게끔 그 양반이 갈 때가 된 게지."

"어머니." 우리 어머니가 말했다. "심하잖아요."

"아니, 그렇지 않다. 그 양반은 맑은 정신이 아니었고 본인도 그렇게 계속 살고 싶진 않았을 거야. 늙기 전에는 참 똑똑한 사람이었는

223

데. 내가 혹시나 혼자 중얼중얼대거나 그 망할 놈의 복음성가를 불러대기 시작하거든……”

“어머니, 애들 들어요.”

“……그냥 내 머리를 쏴버리렴. 그 비스킷 좀 이리 다오. 그리고 해리, 그레이비 좀 이리 주렴, 이번에는 손가락 들어가지 않게 조심하고.”

우리는 토끼고기를 먹고 할머니가 구운 폭신한 비스킷으로 그레이비소스를 닦아 먹었다. 어머니가 만든 비스킷보다 더 맛있었다. 점심을 먹고 나니 다들 나가 일하기엔 너무 곤해서, 아버지는 할머니도 오시고 했으니 미룰 수 없는 집안일 빼고는 하루 쉬자고 선언했다. 이발소는 뭐, 아버지가 안 나타나면 세실이 알아서 할 터였다. 아버지가 농사짓고 경관 일까지 겸하고 있으니 그게 최선의 방법이었다.

따뜻한 11월의 흐린 날이었다. 배가 잔뜩 불러서 졸렸다. 나는 톰과 함께 슬리핑 포치 그네에 앉아 얘기를 나눴다.

“할머니는 헨젤과 그레텔에 나오는 그 마녀 닮았어.”

톰의 말에 내가 답했다.

“아냐. 좋은 분이야. 네가 아직 잘 몰라서 그래. 조금만 더 있어봐. 엄마 아빠보다 더 재밌고, 우리보다 더 사고뭉치셔.”

“정말?”

“그럼. 네가 어렸을 때는 할머니 할아버지가 우리와 함께 사셨어. 그러다 이사를 가셨고, 할아버지가 돌아가셨지.”

“알아. 나도 할아버지 장례식에 갔잖아.”

"네가 기억하는 건 아니지?"

"그랬다고 들었어."

"나는 기억나. 다녀오는 데 시간이 한참 걸렸지."

"할머니는 여기서 사시나?"

"아마."

"그럼 이제 우리 방이 할머니 방 되는 거야?"

"우린 십중팔구 슬리핑 포치를 차지하게 되겠지."

나는 그 점을 생각해 보았다. 몇 가지 이점이 있었다. 여름에는 시원하고, 안방과 면한 벽에 달라붙으면 우리 방에 있을 때보다 더 애기 소리를 잘 들을 수 있었다.

단점은, 겨울엔 코가 떨어지게 춥다는 것이었다. 그때는 십중팔구 부엌 바닥에 요를 놓게 될 것이다.

"할아버지도 별난 분이셨어?"

"거의. 하지만 좀더 조용하셨지."

"음, 그래봐야 뭐. 할머니 목소리에 천장 먼지가 떨어질 판이던데."

그때 할머니가 슬리핑 포치에서 나왔다.

"누구 낚시 갈 테야?"

아버지가 할머니 뒤를 따라 나왔다.

"애들은 낚시 잘 안 보냅니다. 요즘에는요."

할머니는 아버지가 무슨 귀에 담지 못할 말이라도 한 것처럼 쳐다보았다.

"어째서?"

"최근에 문제가 좀 있어서요."

아버지는 살인사건들에 대해 할머니에게 대략 말해주었다. KKK단이 찾아온 일이나 모즈에 대해선 언급하지 않았다.

"아이들은 나하고 있을 거야, 제이콥. 낚시 데려가려고."

"글쎄요."

"아빠, 제발." 톰이 말했다. "낚시 다 까먹었다고요."

"그런 일에 애들 생활이 휘둘리게 해선 안 돼." 할머니가 말했다. "내 산탄총을 가져왔어. 그걸 들고 갈게."

아버지는 찜찜해하긴 했지만 승낙했다.

"멀리는 가지 마세요. 가까운 낚시 자리가 몇 있어요."

"어디 있는지 알아." 할머니가 말했다. "모즈가 우리한테 낚시 자리를 다 알려줬거든. 모즈 영감은 아직 살아 있나?"

"네." 아버지가 말했다.

"아직도 그 오두막에 살고?"

아버지는 고개를 끄덕였다.

"그렇게 멀리까진 가지 않으셨으면 좋겠는데요."

"좋아." 할머니가 말했다. "애들도 가도 되나?"

"장모님께서 같이 가신다면야. 그리고 집 근처에서 하시고요."

* * *

할머니는 오버올 바지를 입었다. 나와 톰은 땅에서 벌레를 파내어 커피 깡통에 넣고 낚싯대와 낚시 도구들을 챙겨서, 2연발 산탄총을 든 할머니와 함께 숲에 들어서서 강 쪽으로 향했다.

그날 숲에선 시큼한 냄새가 났고, 우뚝 솟은 나무들 사이로 햇살이 스며들어, 스테인드 글라스를 통해 빛이 들어오는 성당 안에 있는 기분이었다. 마른 솔잎이 발아래 바스라지고 단풍 든 낙엽이 빗방울만큼이나 무성하게 휘날렸다.

나는 여전히 배가 부르고 졸렸지만, 걷다 보니 기운이 나기 시작했다. 할머니는 우리를 데리고 강가로 내려갔고 우리는 강둑에 넓게 트인 곳을 골라 그 위에 모여, 낚싯바늘에 벌레를 달았다. 낚시를 시작하고 얼마 안 되어 할머니가 입을 열었다.

"나 기억하냐, 해리?"

"네, 할머니. 이사 가셨을 때 기억나요. 잘 기억하죠. 할아버지도."

"그래, 돌아오니 좋구나."

"난 할머니 기억 안 나요." 톰이 말했다.

할머니가 웃음을 터트렸다.

"못하겠지."

"할아버지 일은 유감이에요." 내가 말했다.

"나도 그렇다. 그래도 그 양반 묘 근처에 살 수가 없어서. 묘는 그냥 묘니까. 사람은 내 마음에 있지. 내 딸 얼린을 사랑하지만, 텍사스 동부로 돌아와야 했어. 거기 애머릴로 근방엔 나무라곤 하나 없지 뭐냐."

"나무가 없어요?" 톰이 물었다.

"거기 사람들은 나무라 하는 게 있긴 하다만, 풀숲에 더 가깝지. 그리고 여기 같은 강과 시냇물도 없고. 여기 같은 짐승들도 없지. 끼

넛거리를 마련하기가 더 힘들어. 뭐가 자라야 말이지."

"아버지는 여기가 힘든 시기라고 그랬는데요." 내가 말했다.

"어디든 다 힘들단다. 하지만 여긴 텍사스 북부에 비할 바 아니고, 오클라호마와 캔자스에 사는 불쌍한 사람들도 마찬가지지."

"무슨 뜻이에요?"

"음, 해리, 그쪽엔 애초에 여기 같은 흙이 없단다. 여기선 땅에 씨를 뿌리기만 하면 자라지…… 저기 봐, 입질 온다…… 젠장! 미끼만 먹고 튀었네. 망할 놈의 물고기들이 생각보다 똑똑하단 말야."

할머니는 낚싯줄을 감아올렸고 톰이 다시 벌레를 달았다.

"텍사스 북부는 땅이 거칠어. 뭐가 자랄 때도 있지. 옥수수, 목화, 콩이니 자라다가, 말라 죽는 거야. 비가 안 오고 땅은 부슬부슬하지. 이따금 구름 한두 점이 나타나 우리를 놀리지만, 비를 주진 않아. 실컷 사람 갖고 놀고는 결국 떠나가버리지. 모든 것이 다 타들어가. 옥수수 대는 누렇게 변하고, 옥수수 알은 뜨거운 철판 위의 애벌레마냥 오그라들어. 감자는 땅 속에서 썩든가, 아니면 수확하려고 파 보면 잣알만 한 거야. 지금부터 다음 일요일까지 삶고, 소금과 후추를 잔뜩 치고 망치로 두들긴다 해도 못 먹을 물건이지. 목화는 자라지 않고 콩은 다 말라죽고. 흙이 어찌나 바싹 말랐던지 얼굴에 바르는 분 같았어. 북쪽에서 거센 바람이 불어와 흙먼지를 들어올려 구름을 만들고, 사방으로 날렸지. 그러면 온갖 것이 다 흙으로 버석거려. 잇새, 엉덩이 사이, 발가락 사이, 먹고 마시는 모든 것에. 그 바람이 돌틈의 흙을 날리고 땅의 비옥한 기운을 다 빼앗아가, 손으로 퍼올리면 물처럼 손가락 사이로 주르륵 새나가는 모래만 남지. 그리고 메뚜기도 있고."

"메뚜기는 여기도 있어요." 톰이 말했다.

"물론 있지. 하지만 여기 메뚜기들은 굶어 죽을 만큼 주리지 않았고, 조금이라도 생명이 있는 거면 녹색이든 갈색이든 몽땅 먹어치우지 않으니까. 그 메뚜기들이 온 사방에서 덮쳐오는 거야. 남은 식물들을 먹어치우지. 수풀 잎을 먹고, 그쪽에서 나무라 하는 것들을 먹어치우고. 그리고 늘 머리카락 속에 들어가. 엉망진창이지. 그리고 떠다니던 시커먼 흙구름이 바람을 타고 올라가, 온 하늘을 시커멓게 뒤덮고 피가 배어나듯 군데군데 햇빛이 새어들 뿐이야. 흙은 전부 날아가고, 제대로 된 겉흙은 주님만 아실 곳으로 사라졌지. 그래서 다들 캘리포니아로 삯일을 하러 떠나기 시작했단다. 작물이나 사람들만큼이나 추레한 고물차를 타고 갔지."

"무슨 삯일이요?" 내가 물었다.

"과일이랑 딸기 따는 일이란다, 해리. 그쪽 농사는 뭐든 따는 일이라. 오클라호마 사람들이 수백 명씩 그리로 갔지. 텍사스 사람들도. 꿈을 좇듯이 그저 흙을 따라갔겠지. 아무튼, 다들 서쪽으로 향했고, 나는 반대쪽으로 가자 생각한 거지."

"얼린 이모는요?"

할머니는 새 미끼를 달아 물에 던졌다.

"얼린과 그 남편은 캘리포니아로 마음을 굳혔지. 거기가 약속의 땅이라는 말을 듣고 그렇게 믿고 있어. 나는 텍사스에서 그렇게 멀리 떨어지고 싶지 않더구나. 난 텍사스에서 죽고 싶다. 텍사스 동부에서 말이야. 부슬부슬한 흙구덩이가 아니라 축축한 땅에 누울 수 있게. 이 땅에서는 벌레가 살 수 있을 테고, 그놈들이 나를 먹어치우면 최소한 나는 텍사스 동부 전체로 퍼져 나갈 수 있겠지."

"끔찍해요, 할머니."

할머니는 웃음을 터트렸다.

"글쎄, 나는 달리 생각하는데. 마른 땅에서 천천히 썩어가느니 차라리 벌레들 똥이 되고 싶구나. 여기선 나무뿌리가 흙을 단단히 붙들고 냇물과 강, 높은 수위로 축축하게 유지되지. 그것 때문에 여기서 죽고 싶은 거다. 그리고 너와 톰하고 같이 지낸 시간이 변변치 않으니까. 얼린네 아들들은 십 대고 지들 나름 계획도 있는데다, 나는 살아생전 다시는 목화나 딸기를 딸 일이 없었으면 하거든. 그저 내먹을 것이라면 모를까."

"전 거의 열두 살인데요."

"뭐?"

"얼린 이모네 아들들이 십 대라고 하셨잖아요. 저도 거의 그런데."

"오빠는 나이 많아요." 톰이 말했다.

"그렇겠지." 할머니가 말했다. "하지만 너희 엄마 아빠는 너희를 집에 두고 있잖냐, 해리. 너희를 얼린네 아이들처럼 일을 시키지 않지. 가보면 걔들이 생각한 것 같은 약속의 땅이 아닐 거 같아. 설득하려 했지만, 걔들 일이니 뭐."

"저도 일할 거예요."

"나도 안다. 하지만 넌 그애들처럼 일하진 않아도 되지…… 왜 공부를 안 하냐?"

"학교에 선생님이 안 계셔요."

"그렇다고 들었다. 흠, 나도 가끔씩 가르쳐 본 적이 있어. 내 평소 말을 그렇게 잘 하는 건 아니다만, 마음먹으면 나아지지. 지금 당장은 딱히 뭘 하려고 정한 게 없으니, 내가 너희들 선생을 하마. 아무튼 할 수는 있으니까. 집에 가면, 읽기, 쓰기, 그리고 산수는 선생 없이 할 수 있지. 너하고 토마시나에게 몇 가지 가르쳐줄 수 있을 게다."

"당장 시작하는 건 아니죠?" 톰이 물었다.

"아니야."

"저기 봐요, 할머니." 내가 말했다. "커다란 늪 살무사가 있어요."

시커먼 뱀이 누런 물 밖으로 고개를 내밀고 강둑으로 슥슥 향하고 있었다. 늪 살모사를 보면 늘 소름이 끼쳤다.

할머니가 산탄총을 집어 한 방 날렸다. 살모사 머리가 사라졌다.

"저 징그러운 놈들은 정말 못 참겠다니까." 할머니가 말했다.

우리 주위로 낙엽이 수북이 떨어져 이불만큼이나 두껍게 쌓였다.

톰은 비스킷과 토끼 고기, 그레이비로 배가 잔뜩 부르고, 부드러운 땅과 낙엽의 포근함에, 몸을 웅크리고 누워 잠시 우리 얘기를 들으려 했지만, 곧 곤히 잠들고 말았다.

"참 귀엽지 않니." 할머니가 말했다.

"잘 때는요."

"해리, 너희 아버지가 모즈 얘기를 하기 싫어하는 눈치던데. 모즈한테 무슨 일 있냐?"

"아뇨, 할머니."

"거짓말을 하고 있구나, 해리. 보면 안다. 하지만 네 아버지를 위하느라 그런 거겠지. 그런 거짓말은 이해할 만하다." 나는 반박하지 않았다. 낚싯대에다 잔뜩 주의를 기울이는 척했다. "너희 아버지가 비밀을 지키고 싶어한다면, 그럴 만한 이유가 있겠지. 제이콥은 좋은 남자야, 좀 벌컥하는 성미긴 해도."

"아버지가요? 벌컥하는 모습 한 번도 못 봤는데요. 가끔 저와 톰을 갖고 법석을 떠시긴 하죠. 그리고 어머니에게 건방지게 굴었다고 제 머리에 물을 끼얹으신 적 한 번 있고, 잘못을 했을 때 엉덩이를 때리시긴 하지만, 정말로 벌컥하는 모습은 한 번도 못 봤어요."

"성미가 있단다. 사실은 벌컥한다기보단, 그냥 성미가 고약한 게 맞겠구나. 쉽게 화를 내지는 않으니, 벌컥한다는 건 맞지 않겠다. 하지만 폭발하면 고약한 성격이야." 나는 그것도 아니지 싶었지만, 아무 말도 하지 않았다. "네가 그걸 볼 일이 없었으면 좋겠구나, 보기 흉하거든. 그리고 너도 그런 성미가 없으면 좋겠고. 성미란 진짜 하등 쓸데없는 거야. 제이콥은 자존심도 세. 대체로는 좋은 방향이지. 하지만 늘 뭔가 자존심을 건드리는 일이 생기는 법이고, 그게 너무 많다면 그건 더 이상 자존심이 아니야. 교만이지. 거기서 무너지면 다시 일어나기 힘들어. 나는 그런 걸 봤단다. 하지만 너희 아버지보다 선의를 갖고 있는 사람은 없어."

"할머니. 레드 우드로 씨 아세요?"

"만났어?"

"네."

"너희 엄마를 따라다니던 남자들 중 하나였지. 아주 많았어. 지금 모습 보면 짐작하기 어려울지도 모르지만, 한창 때는 날 따라다니는 남자도 많았단다. 하지만 너희 엄마는 둘 다 좌지우지했어. 너희 아

버지와 레드. 하지만 너희 엄마는 레드를 먼저 만났고, 둘이 꽤 진지
했지."

"정말요?"

"으흠. 레드는 수단이 좋았어. 좀 어긋난 데가 있어서 그렇지. 레
드가 짐승들에게 못되게 군다고들 하더만, 진짜인진 모르겠다. 사람
들은 워낙 말이 많아, 특히 좋아하지 않는 사람이면. 한 가지는 확실
해, 레드네 집은 전혀 좋은 사람들이 아니었다. 그냥 가난한 게 아니
었어. 뭐, 그땐 다들 가난했고 지금은 대부분 더 가난하지. 하지만 레
드 아버지는 아들을 두들겨팼고, 어머니는 남자들과 어울리기를 좋
아했지."

"엄마 말로는 레드 씨는 거의 미스 매기 손에 자랐다던데요?"

"레드를 보살핀 사람이 미스 매기뿐이긴 한데, 많이 신경 써주진
못했지. 그녀가 그럴 위치도 아니고, 흑인이다 보니 뭐라 나설 수가
없었거든. 레드는 거의 혼자 크다시피 했고, 대부분의 경우 좋은 성
장 환경은 아니었지."

"엄마 말로는 미스 매기에게서 난 배다른 남동생 둘이 있다던데
요."

"말했다시피, 너희 어머니는 두 사람을 좌지우지했어. 하지만 제
이콥을 만났을 때는 둘 사이에 불꽃이 일었어. 그러다가 다들 무슨
바지선을 타러 가게 되었지, 너희 엄마는 원래 가면 안 되는 거였는
데 말이다. 나는 가지 말라고 했지만, 말을 안 듣고 몰래 도망쳤지
뭐냐. 어쩌다 보니, 레드가 물에 빠져 소용돌이에 끌려들어 갈 뻔한
걸 너희 아버지가 구해냈지. 그 이후로, 원래 좋은 친구 사이던 레드

와 너희 아버지는 서로 눈을 마주치지 않고 피하더구나. 그리고 너희 엄마는 레드에 대한 관심을 잃었어. 레드는 좀 거칠어졌고. 어쩌면 진짜 레드의 모습이 드러난 것뿐일지도. 자기가 정복한 여자들의 이름을 팔에다 문신하기 시작했지."

"정복이요?"

"관계한 사람 말이다. 무슨 말인지 알지, 해리?"

"네. 알 거 같아요…… 자기가 직접 한 거예요? 문신을?"

"그래. 날카로운 것과 숯으로. 여자들 이름하고 그…… 날짜를 새겼지. 조잡하고 보기 흉했어. 거기 있는 이름과 했던 날짜를 사람들이 볼 수 있게 소매를 걷어올리고 다녔지."

"여자들이 그런 남자하고는 상종하려 들지 않을 거 같은데요."

"남자든 여자든 사람이란 알기 힘든 거란다, 해리."

"요즘은 소매를 내리고 다니던데요, 더운 날씨에도."

"잘됐네. 어쩌면 이젠 그게 그렇게 자랑스럽지 않은가 보다."

"레드 씨가 힘들게 자라서 그렇게 되었다고 생각하세요?"

"분명 관련은 있겠지. 하지만 할 얘기가 있다. 너희 아버지, 그 집안도 그렇게 좋지 않았어. 제이콥은 잘 자랐다. 그러니 그건 레드의 핑계가 될 수 없어. 너희 아버지는 여덟 살 때 어머니를 잃었어. 그 아버지는 교육에 원체 관심이 없었고, 아내가 죽자 제이콥이 그나마 다니던 학교도 그만두게 하고 목화밭에 내보내 일을 시켰단다. 당시엔 많은 사람들이 자식을 그리 했고, 지금도 그렇지. 먹고 살아야 하니. 생존 문제였어. 하지만 그 사람은 너희 아버지를 몹시 때렸단다. 한번은 너희 아버지가 목화밭에서 쓰러졌어. 진짜로 다쳤지. 넘어져서 머리를 바위에 부딪쳐, 귀에서 피가 흘러나왔단다. 나는 그때 젊었고, 너희 외할아버지와 결혼한 지 얼마 안 된 새댁이었어. 내가 직접 그 장면을 본 건 아니다만, 본 사람들에게 들어 알게 되었지. 다들 보는 앞에서 벌어진 일이었으니. 너희 아버지는 점박이 조랑말을 갖고 있었어. 어제 일처럼 생생하게 기억나는구나. 그걸 타고 집까지 와서, 마당에서 말에서 떨어졌지, 너무 아파서. 제이콥의 아버지는 말채찍을 꺼내와서는, 아들이 뭘 훔치기라도 한 것마냥 매질해서, 목화밭까지 도로 쫓아보냈단다. 가는 길 내내 따라가면서. 그리고 제이콥에게 그날 일을 마저 하게 시켰지. 너희 아버지의 아버지는 다시 결혼을 했단다. 정말은 그냥 눈 맞아 같이 산 거지만. 그 여자는 레드의 어머니였고, 레드가 한동안 그들과 함께 살게 되어, 너희 아버지와 레드는 형제 같았어. 하지만 레드 어머니가 9년 후에 다른 남자와 도망갔어, 레드는 제이콥 아버지한테 남겨두고. 어차피 한순간도 레드한테 신경 쓴 적 없는 여자다만. 그 여자에겐 다른 자식도 몇 있었어. 딸들이었지, 아마. 레드 아버지하고 사이에서 낳은. 그 애들은 어찌 되었나 모르겠다. 그리고 레드 아버지는 그 흑인 여자, 미스 매기하고 사이에서도 자식이 몇 있었고. 사람들이 그렇게 말했지. 어쨌든 너희 아버지는 레드와 아주 친해졌단다. 보호자 비슷하게. 제이콥의 아버지가 레드를 무슨 일로 두들겨패려 들 때, 열여섯인가 열일곱쯤 된 제이콥이 나무판자를 집어들고 아버지에게 이제 매질하는 시절은 끝이라고 말했어. 그러자 그 작자가 물러났지. 그러니, 제이콥은 레드를 두 번 구한 셈이야. 한 번은 매맞을 뻔한 걸, 한 번은 물에 빠져 죽을 뻔한 걸. 제이콥은 그날 집을 나왔고,

레드도 마찬가지였지. 오래지 않아 레드가 너희 엄마를 만나기 시작했고, 그런 다음 물론 너희 아버지와 만나게 되면서 상황이 바뀌었지. 레드와 너희 아버지는 형제나 마찬가지였고, 핏줄이나 혹은 핏줄에 가까운 이들이 틀어지는 것보다 더 나쁜 일은 없거든."

"제 할아버지는 어떻게 된 거예요? 친할아버지요."

"누가 죽였단다."

"아버지한텐 그런 얘기 한 번도 못 들었어요."

"자기 아버지에 대해 뭐라 하더냐?"

"아무 말도요."

"그래, 그럼 네가 아무 말도 못 들었다는 것 자체가 뭐가 있다는 거지. 그 사람은 살해당했어."

"누가 그랬어요?"

"아무도 모르지. 자기 침대에서 이쪽 귀에서 저쪽 귀까지 목이 칼로 쫙 그어진 채 발견되었단다. 술 취하지 않았을 때는 제재소에서 일했지. 거기서 이미 손가락 세 개를 잃어 제대로 돈을 벌진 못했고, 그냥 닭이나 쳐서 근근이 처먹고 살았어. 그러니 누가 훔칠 게 있었던 것도 아니고."

"할머니, 여자들은 나쁜 말 쓰면 안 되는 줄 알았는데요."

"쓰면 안 되지. 그리고 말 하는 데 끼어드는 건 안 좋은 버릇이다. 너희 할아버지 얘기를 하고 있었지? 내 보기엔 너희 친할아버지는 워낙 썩어빠진 개망나니라 누가 죽인 게야. 모진 말이기는 하다만, 한 치도 틀리지 않은 사실이야. 내 짐작엔 제재소에서 흑인들을 좀 지나치게 부려서, 그중 하나가 너희 할아버지가 잠들 때까지 기다렸다가 몰래 숨어들어와서 목을 그어버렸지 싶다. 사람들이 알기론 도둑맞은 것도 없고. 하기야, 애초에 그 집구석에 옥수수 술과 크래커 몇 조각 말고는 뭣도 없지만. 누가 저질렀든 간에, 그 노인네보다 더한 쓰레기는 아니었을 거야. 그 작자가 네 친할아버지이긴 해도, 상종할 일이 없었던 걸 다행으로 여겨야 한다, 해리."

"누군가 살해당하면 사람들은 늘 흑인 짓이라고 생각한다고 아버지가 그러던데요. 할아버지를 죽인 사람이 꼭 흑인이라는 건 아니죠?"

"아니다. 물론 아니지. 하지만 그랬으면 좋겠구나. 흑인 손에 죽어도 싼 작자였거든. 그렇게 모질게 굴었으니. 그냥 죽어 마땅한 사람이었어."

"할머니?"

"오냐."

"엄마 이름도 레드 팔에 새겨져 있어요?"

"그건 내가 알만한 일이 아니지, 해리."

"할머니, 할머니는 늘 흑인들에게 잘해줬다고 아버지가 그랬어요. 대부분의 사람들과는 다르다고. 왜 그렇지요?"

"먼저, 흑인들에게 잘해준다는 게 뭔지 나는 잘 모르겠다. 사람들을 옳게 대하려 애쓰긴 한다만, 내가 그들을 평등하게 대한다고 말한다면 거짓말이지. 난 흑인들하고 오래 지내지 않았고, 진짜 친한 흑인 친구도 없어. 내가 알고 지내는 흑인들의 삶에 대해서도 별로 아는 바가 없다. 그러니 흑인을 싫어하진 않는다고 말할 수밖에 없구나. 그래도 그 정도도 의미가 있지. 뭐 하나 물어보자."

"좋아요."

"흑인 싫어하니?"

"아뇨."

"어째서?"

"잘 모르겠는데…… 아마 아버지 엄마 때문에요."

"나도 마찬가지다. 어디서 누군가가 약간의 진실을 깨달아서 그걸 전한 거지. 나는 그걸 받아들였고. 너희 엄마도 받아들였고, 이제 너도 받아들였어. 그리고 제이콥은, 음, 어떻게 그런 생각을 갖게 되었는지 전에 나한테 얘기한 적 있지."

"저한테 그 얘기 해주셨어요." 나는 말했다.

"우리가 어떻게 생각하든, 모두 이따금씩 뒤로 후퇴한다는 얘기도 하던? 뭔가 물건이 없어졌는데, 백인과 흑인이 근처에 있었다면, 대부분은 흑인이 그랬다고 생각하리라는 말도 하던? 흑인을 무능력자로 여긴다고? 우리 중 누구도 그렇게 선량하진 않단다, 해리. 다들 아직 많이 배워야 해."

"하지만 흑인이 훔친 것일 수도 있잖아요, 안 그래요?"

"물론 그랬을 수도 있지. 하지만 그저 그 사람이 흑인이라는 이유만으로 그렇게 짐작해선 안 된다는 얘기야. 무슨 말인지 알지, 해리?"

"네, 할머니."

우리는 한동안 낚시를 했고, 톰이 낙엽 이불을 털고 깨어나자 다른 곳으로 자리를 옮겼다.

나는 할머니가 우리를 데리고 모즈한테 갈까봐 좀 걱정하고 있었다. 할머니가 무슨 일인지 궁금해하는 기색을 알 수 있었으나, 괜한 걱정이었다. 두세 번 자리를 옮기긴 했지만 계속 집 근처로만 돌았고, 어둑해질 무렵까지 십여 마리의 물고기를 낚았으며 할머니는 물뱀을 또 한 마리 머리를 쏘아 날려버렸다.

우리는 저녁때쯤 집으로 돌아왔다. 나는 물고기를 씻었다. 대부분 손바닥만 한 크기의 민물농어였고, 할머니가 허시퍼피(옥수수가루 반죽 튀김 — 옮긴이)와 함께 튀겼다. 할머니는 무화과 졸임으로 파이도 만들었는데, 어머니는 그게 제대로 맛이 날 거라 믿지 않았다.

우리는 생선 튀김을 먹었고, 어머니와 할머니는 내내 가시 조심하라고 타일렀다. 그리고 파이를 먹었는데 맛있게 되었다. 다 먹고 나서, 우리는 슬리핑 포치로 나가서 다시 움직일 수 있을 만큼 소화될 때까지 그네에 앉거나 바닥에 누워 있었다.

14장

다음날 즐거운 시간은 끝나고 우리는 일상으로 돌아갔다. 집안일을 했고, 점심 후 할머니가 마분지 여행가방을 하나 들고 왔다. 안에는 책이 여섯 권 들어 있었다. 성경, 『아이반호』, 『허클베리 핀』, 『모히칸 족의 최후』, 『붉은 무공 훈장』, 『야성의 부름』. 할머니는 나한테 『아이반호』를 소리 내어 읽게 시켰다.

할머니는 책 낭독 듣기를 참 좋아한다고 거듭 말했다.

내가 한 챕터를 다 읽고 나자 톰의 차례였다. 톰은 단어 때문에 많이 애먹었고, 나는 이야기가 너무 재미있어서 그냥 계속 읽고 싶었지만, 할머니는 톰더러 하라고 했다. 톰은 챕터 중간쯤에서 포기했다.

"정말 잘했다, 톰. 시간이 지나면 어려운 단어도 잘 하게 될 거야."

할머니는 내게 책을 돌려주었고, 나는 무슨 상황인지 알아챘다. 우리는 수업을 하고 있었다. 나는 아무 말도 하지 않았다. 그냥 책을 읽었다. 나는 책읽기를 좋아했다. 책을 좋아했다. 할머니는 그 모든 것을 재미있게 해주었다. 오후가 되자, 할머니는 어머니, 톰, 그리고 내게 차 타고 시내로 가서 아버지 이발소에 가보지 않겠냐고 했다.

어머니는 널어야 할 빨래가 있다고 나들이를 거절했고, 할머니는 우리에게 일을 거들겠다고 나서게 했지만, 어머니는 자신은 두고 우리끼리만 가보라고 했다.

우리는 차 창문을 내린 채 속도를 올렸다. 바람이 숲과 흙 냄새를 실어와 차 안을 가득 채웠다.

할머니가 말했다.

"난 흙 냄새가 그렇게 좋을 수가 없더라. 비 오기 직전 풍기기 시작하는 그 냄새가 제일 좋지. 비가 내리기 전이 되면 뭔지 땅에서 아주 좋은 냄새가 난단 말이야. 그게 텍사스 북부에서 아쉬웠던 것 중에 하나야. 거긴 젖었든 말랐든 흙 냄새가 영 아니더라고."

이발소에 도착해서 오래 지나지 않아 할머니는 심심해했다. 할머니는 손님들과 어떤 주제로든 논쟁하려 들었다. 종교. 정치. 농사. 대공황. 심지어 대체로 무엇이든 얘기하기 좋아하는 세실의 신경까지 건드렸다. 할머니는 세실이 머리를 너무 짧게 자른다고 그러면서, 면도날 갈 때 손목 놀리는 방법까지 더 나은 게 있다고 알려주었다.

마침내 논쟁에 지치자 할머니는 소설 잡지를 읽기 시작하더니, 곧 글 솜씨를 비판하고 나섰다. 할머니가 우릴 데리고 잡화점에 가겠다고 일어서자 아버지, 세실, 손님들이 반가워하는 기색이었다.

나는 그룬 씨 가게에 가게 되어 마음을 졸였지만, 우리가 들어서니 그는 가족처럼 반겨 주었다. 어머니의 초콜릿 케이크에 대한 애기를 제외하면 그는 우리의 최근 만남에 대해 언급하지 않았다.

"개가 잘 굽긴 하죠." 할머니가 입술을 모으며 말했다. "하지만 설탕을 좀 많이 넣고, 아이싱에는 달걀을 충분히 안 써서."

"아." 그룬 씨가 말했다.

"내가 나중에 뭐 만들어서 한 조각 갖다주리다."

"그럼 정말 감사하죠." 그룬 씨가 말했다. "아내가 죽은 후로, 그렇게 요리라고 할 만한 걸 안 해서. 그냥 이럭저럭 끼니나 때우고 말거든요."

할머니는 자질구레한 물건 몇 가지를 샀다. 밀가루, 커피, 옥수수가루 같은 어머니 갖다줄 식품 몇 가지와, 나와 톰에게 줄 박하 막대사탕 몇 개. 우리는 상자에 담은 물품을 차에 실었다. 나와 톰이 당장 빨아먹기 시작한 막대사탕만 빼고.

"이 근방에 어디 뭐 할 만한 거 없나?" 할머니가 물었다.

"없어요. 별로. 미스 매기를 만나러 가는 거 빼면요. 아는 사이라고 그러셨죠."

"누군지는 안다, 하지만 얘기 나눈 적은 없는 거 같은데…… 에라, 그래, 보러 가자꾸나. 저 사내들보다는 나은 말상대일지도 모르겠다. 저들은 도무지 반박당하는 걸 못 참아. 세상에 자기들이 모르는 건 하나도 없다네. 욕질 하나만 해도 지들이 생각하는 거 절반도 못 하는구면."

누가 할머니 주위에서 욕하는 걸 전혀 들은 바 없었기에, 할머니가 어떻게 그런 결론을 내렸는지 나로서는 알 수 없었지만, 사실 그들 대다수보다 할머니가 더 욕을 잘 할 거라는 생각은 들었다. 저들

242

이 본인들 생각만큼 잘 알지 못한다는 말에 대해서는, 애초에 그들은 얘기할 시간도 별로 없었다. 할머니가 내내 말하고 있었으니까.

우리는 짐꾸러미를 차에 놔두었다. 지금과는 달리, 당시엔 그렇게 할 수 있었다. 힘겨운 시기에도, 누구한테 도둑질을 당하는 일은 드물었다. 은행한테 털리는 것만 빼면. 그리고 물론 세상엔 꽃미남 플로이드 같은 은행 강도가 있었지만, 지금처럼 모든 것을 열쇠와 자물쇠로 꽁꽁 걸어잠그진 않았다. 도둑은 보통 우리가 있는 곳이 아닌 다른 어딘가에서 왔다.

우리가 들이닥쳤을 때 미스 매기는 빨래를 널고 있었다. 그녀는 커다란 검은 모자를 쓰고 있었다. 우리가 오는 소리를 듣고는, 뒤를 돌아보았다.

"안녕, 미서 해리. 같이 오신 분은 누구신가?"

"저희 할머니세요." 내가 말했다.

"내 이름은 준이에요. 그쪽은 매기라고 들었는데."

"네, 마님, 그렇답니다."

"마님 같은 소리 말아요." 할머니가 말했다. "백 살 먹은 노인네 된 기분이니까."

미스 매기가 낄낄거렸다.

"저는 백 살인데요."

"아니잖아요."

"맞아요. 그렇답니다. 백두 살쯤 먹었지 싶은데, 다 헤아리질 못하겠네요."

"일흔 살은 안 되어 보이는데." 할머니가 말했다. "보니 속바지를 널고 있었군요."

"네, 마님. 말리려고요. 속바지는 좀 더 바람을 많이 쐬어야 하니."

"혹시나 넉넉하게 늘어나지 않으면 애먹으니 말이오."

미스 매기가 낄낄거렸다.

"재밌는 양반이시네, 미스 준."

바닥에는 빨래와 빨래집게가 잔뜩 든 바구니가 놓여 있었다. 할머니는 옷가지 몇 벌과 집게를 한 움큼 집어들었다. 집게를 하나 입에 물고, 용하게 한 손에 집게 세 개를 들고는 옷을 하나 널고, 다른 한 벌을 집어 널고 집게로 고정시켰다.

입에 문 집게를 쓰고 나자 할머니는 말했다.

"사위가 하는 이발소에 가서 거기 있는 남자들하고 얘기하다 왔는데, 내 터놓고 말하리다, 누구 하나 뭐 제대로 아는 게 있어야지."

미스 매기가 씩 웃었다.

"사실이죠, 미스 준."

할머니는 빨래를 더 집어들고 널기 시작했다.

"자기들이 세상에 알아야 할 건 다 안다고 생각하는데, 똥이 입에서 나오는지 꽁무니에서 나오는지도 모른단 말이오."

미스 매기가 웃음을 터트렸다.

"말 한번 시원하게 하시네, 미스 준."

* * *

잠시 후 우리는 미스 매기네 식탁에 앉아 버터밀크 파이를 먹고

244

있었고, 할머니와 미스 매기는 초콜릿 버터밀크 파이 요리법을 두고 입씨름하고 있었다. 나는 그런 조합은 생전 처음 들었지만, 하기야 전날 밤까지 무화과 졸임 파이도 먹어보지 못했고, 그야말로 천국의 맛이었다.

나무 스토브 때문에 집안은 더웠다. 현관문이 열려 있었고 방충망 너머 바깥을 볼 수 있었다. 그날은 파리떼는 없었으나 저 멀리 돼지우리 위를 날고 있는 호랑나비가 보였다. 눈에는 들어왔지만 보고 있진 않았다. 나는 『아이반호』 생각을 하고 있었다.

얼마 지나지 않아 할머니와 미스 매기는 같이 요리를 시작했고, 내내 입씨름하며 팬을 덜그럭거리고, 이것저것 재료를 붓고, 미스 매기는 할머니에게 필요한 재료가 어디 있는지 보여주며 뭐가 뭐고 어떻게 쓰는지 알려주었다.

할머니는 육십 년 넘게 요리를 해왔다고 말했고, 거기에 미스 매기는 자기가 네 살 때부터 꾸준히 요리를 해왔으며 손을 놓은 적 없고, 이제 백 살이 넘었다고 대답했다.

할머니는 한 번에 이십 인분을 요리했다고 맞받아쳤고, 미스 매기는 한수 더 떠 삼백 명은 족히 넘을 제재소 사람들 식사를 하루 세 끼, 아침 점심 저녁으로 했다고 말했다.

오래지 않아 두 사람 다 밀가루와 설탕 투성이가 되어서, 오븐에 넣은 파이를 찔러보고, 불을 돋워 파이를 구웠다.

두 사람은 밖으로 나가 밀가루를 털어내고, 돌아와서 테이블에 앉아 곧장 얘기로 들어갔다.

"버터밀크를 너무 많이 넣으시네." 미스 매기가 말했다.

"댁은 너무 적게 넣어요." 할머니가 말했다. "파이가 뻑뻑해진다고."

"버터밀크를 너무 많이 넣으면, 초콜릿 맛이 제대로 안 나요."

"적게 넣을 거면, 그냥 초콜릿 파이를 구워야지."

"초콜릿만큼 단단하게 나오니, 생강을 좀 넣으면 맛이 제대로 나죠."

"생강은 초콜릿에 하등 도움이 안 돼요."

"어디 좀 있다 파이가 어떤가 보시우."

기다리는 동안, 미스 매기가 말했다.

"저기 손주가 염소 인간 봤다는 소리 합디까?"

할머니는 나를 쳐다보며 한쪽 눈썹을 치켜올렸다.

"염소 인간?"

"네, 할머니." 내가 말했다. "저하고 톰이 봤어요."

"저기, 아무 말도 안 하기를 바랐으리라는 건 안다만, 할머님이 저기 저지대에 무슨 일이 있는지 아셔야 할 거 같아 그런다. 할머님은 너희가 잘 지내도록 지켜보고 싶으실 게야."

"살인 사건이 있었다는 얘기는 듣긴 했수." 할머니가 말했다.

"으흠." 미스 매기가 말했다. "하지만 그냥 보통 살인이 아니었다고요. 내가 관계도 없는 일에 괜히 나서는 게 아니라." 그녀는 나를 보며 말했다. "여기 흑인 동네에, 그리고 흑인들만 있는 펄 크리크에서 벌어졌다 그거요. 여기 누군가는 변태 살인자인 거지. 방랑자인지도 모르고."

"방랑자?" 할머니가 물었다.

미스 매기는 전에 내게 해준 이야기를 좀더 짧게 해서 할머니에게 들려주었다.

"에이, 관둬요, 그런 건 없어." 할머니가 말했다.

"흠, 저기 저 아이는 염소 인간을 직접 봤답니다. 그 염소 인간이 아마 방랑자겠지."

할머니는 나를 쳐다보았다.

"아까 말한 대로예요, 할머니. 나랑 톰이 봤다니까요. 뿔이 달렸어요."

"뭔가 다른 걸 보고 염소 인간이라고 생각한 게지."

나는 고개를 저었다.

"아니에요, 할머니."

할머니는 입술을 모았다.

"음, 네가 염소 인간을 봤다면, 넌 분명히 봤다 생각한 거지. 그건 의심하지 않는다. 하지만 그렇다고 그게 맞다는 뜻은 아니야."

"어떻게 생각하든, 아이들을 그 숲에 내보내지 않는 게 좋겠수." 미스 매기가 말했다. "자, 파이가 다 된 거 같은데."

톰과 내가 심판을 봤고, 파이는 둘 다 맛있었다. 어느 한쪽이 더 나은 것 없이, 그저 달랐다. 우리는 무승부를 선언했다. 할머니와 미스 매기 둘 다 그 결과에 만족했다. 우리는 두 가지 파이를 반 판씩 먹었다. 그러고 나자 할머니가 가봐야겠다고 말했다. 미스 매기는 파이를 전부 금속 팬에 담아 갈색 종이로 싸주었다.

"이러면, 팬을 돌려주러 다시 들러야 할 게요." 미스 매기가 말했다. "그리고 나야 뭐 누가 오면 나쁘진 않지. 내 당나귀를 좋아하긴 해도, 그 늙은 놈은 별 말이 없어서."

"내가 아는 남자들 몇 사람하고 같구먼."

미스 매기는 그 말에 낄낄거렸다. 우리는 파이를 챙겨들고 작별 인사를 한 다음, 밖으로 나왔다.

* * *

집으로 가는 길에 할머니는 평소보다 좀 천천히 차를 몰았고, 동작 굼뜬 떠돌이 개 몇 마리와 화들짝 놀란 다람쥐에게는 다행이었다.

할머니는 살인 사건에 대해 나에게 물었다. 나는 아는 한에서 대답했다. 미스 매기가 말했듯, 딱히 비밀이랄 게 없었고 어차피 내가 아는 것 대부분은 미스 매기가 이미 말했다. 나는 심지어 내가 발견한 시체 이야기도 했고, 미처 생각도 해보지 않고 어느새 얼음 창고 지붕에서 그 불쌍한 죽은 여자를 내려다본 이야기까지 하고 있었다.

"흠." 할머니가 말했다. "이건 누가 아무 데서나 기차를 내려서 저지른 일이 아니구나. 혹시 근처에 사는 사람이 원하는 데서 일을 저지르려고 기차를 탄 거라면 모를까. 지나가던 떠돌이가 이런 촌구석까지 기어들어와서 그런 일을 저지를 경우가 얼마나 되겠냐?"

"아버지가 그리 생각하시는진 모르겠어요. 백인들은 흑인이 그런 거라고 거의 확신하던데요."

"잠깐만. 그게 모즈 일이구나, 그렇지? 누가 모즈가 그 살인들을 저질렀다고 생각한 게야. 그래서 너희 아버지가 그렇게나 모즈 일을 쉬쉬하는 거고…… 그런 거지?"

"전 몰라요."

"방금 그렇다고 말한 거나 다름없다. 너 거짓말은 젬병이구나."

나는 할머니가 레드의 문신과 어머니에 대해 한 얘기를 떠올렸다. 할머니도 마찬가지였다.

* * *

그날 오후 늦게, 아버지가 집에 왔을 때 할머니는 벼르고 있었다. 할머니는 어머니와 함께 아버지를 뒤쪽 방충망 포치로 딱 데려나갔고, 나는 무슨 얘기 하나 들으려 문에 달라붙었다. 얼마 후, 톰이 나를 보고 뭐 하냐고 물었다. 나는 쉿 해서 조용히 시킨 다음 손짓해서 불렀다. 우리는 둘 다 문에다 귀를 가져다댔다.

오가는 얘기를 다 포착할 수는 없었지만, 내 이름이 나오는 것이 들렸고, 할머니가 내가 아무 얘기도 하지 않으려 했지만, '상황에서 유추했다'고 설명했다.

식구들이 문가로 오는 소리가 들렸다. 나와 톰은 테이블로 후다닥 달려가 앉았다. 어머니, 아버지, 할머니가 들어왔을 때 우리는 얌전히 손을 모으고 거기 앉아 있었다. 아버지가 우리를 보고 말했다.

"다들 그냥 앉아 있었냐?"

"네, 아버지." 톰이 말했다. "우리 얘기해 있었어요."

"얘기하고 있었어요지." 아버지가 말했다. 그러고는 손을 뻗어 내 어깨를 잡았다. "이리 좀 와봐라."

우리는 현관으로 나가 길을 따라 걷기 시작했다.

아버지가 말했다.

"할머니가 모즈 일을 짐작하셨다고 하시던데."

"네, 아버지."

"너는 아무 말도 안 했다고."

"안 했어요."

"네 말 믿어. 그 양반에게선 뭐 하나 숨길 수가 없거든. 너무 참견이 심하고 똑똑하니."

"할머니는 아주 재미있어요, 아버지."

"어떤 면에선 그렇지. 할머니에게 알리지 않으려 애쓴 건 기특하다. 그리고 네가 비밀 지켰다는 거 안다고 말해주려고."

"네."

나는 사실 '음, 거의요.'하고 생각하고 있었다.

"배고프냐?"

"네."

사실 아직 파이 때문에 배가 불렀지만 그렇게 말했다.

"돌아가서 너희 엄마가 뭐 저녁 좀 차려주려나 보자."

15장

이틀쯤 후, 해 뜨기 직전 이른 아침, 우리는 슬리핑 포치에서 자다 현관문 두들기는 소리에 깨어났다. 누군가 통나무로 문을 부수려는 것처럼 들렸다. 그 소리에도 톰은 죽은 듯 곤히 잠들어 꿈쩍도 하지 않았다.

나는 벌떡 일어나 오버올 바지를 입고 부엌으로 달려들어 갔다. 아버지는 이미 거기 있었으며, 한쪽 오버올 끈은 채웠고 다른 한쪽은 덜렁거린 채, 손에는 권총을 들고 있었다. 아버지는 창가로 가서 밖을 내다보더니, 등불을 가져다가 불을 켜고, 권총을 오버올 오른쪽 주머니에 찔러넣고 문을 열었다.

멀리서 총소리가 났다. 나는 창밖을 내다보았다. 길 저쪽에 후미등이 보였다. 후미등 중에 하나는 깨져서, 빨간 색유리와 노란 전구 불빛이 동시에 보이고 있었다. 차는 속도를 올려 시야에서 멀어지고,

풀썩 일어난 흙먼지가 붉고 노란 불빛에 물들었다가, 그마저 사라지고 달빛만이 비추어 먼지가 가라앉을 때까지 금빛 요정 가루처럼 보이게 했다.

예전처럼 민첩하진 못한 토비가 집 옆쪽을 절름거리며 나와서는, 귀 고막이 터져나갈 정도로 깽깽 짖어댔다. 차가 사라진 쪽으로 절뚝절뚝 쫓아가다가, 민망한 기색을 하고 집으로 돌아왔다.

문에 꽂힌 것은 손잡이가 붉은 주머니칼과 쪽지였다. 아버지는 칼을 잡아 빼고 쪽지를 가지고 들어왔다. 쪽지를 테이블에 내려놓고 쳐다보면서 손잡이가 붉은 주머니칼을 접어 권총과 함께 오버올 주머니에 넣었다.

어머니가 침실에서 나왔다. 머리는 풀어내렸고 얼굴엔 근심이 새겨져 있었다. 어머니는 쪽지를 봤다. 나도 마찬가지였다. 굵은 검정 연필로 쓰여 있었다.

'모즈 큰일 났음. 가서 볼 것.'

아버지는 말 한마디 없이, 그냥 급히 신발을 가지러 갔다. 나는 뒷포치로 나가 내 신발을 신고, 뒷문으로 몰래 빠져나가, 차에 올라 뒷자리 바닥에 드러누워 좌석 쪽으로 바싹 몸을 붙였다.

몇 분 안 되어 차 문이 열렸다가 쾅 닫히는 소리가 나고, 어머니가 외쳤다.

"제이콥, 조심해. 무슨 함정일 수도 있어."

그런 다음 차가 굴러가기 시작했다.

호되게 맞을 짓이라는 건 알고 있었지만, 나 자신이 일련의 사건들에서 필수적인 부분이라 느꼈고, 내가 거기 있지 않으면 체스 말을 다 갖추지 않은 채 체스 게임을 하는 것과 마찬가지라 여겨졌다.

얼마 지나자 차가 덜컹거리고 쿵쾅거렸고, 나는 갈비뼈에 멍이 들 정도로 몹시 부딪혔다. 큰길에서 벗어나 강과 모즈의 오두막으로 향하는 오솔길에 접어들었음을 알 수 있었다.

아직도 이른 아침이었고, 붉고 누런 떠오르는 햇살이 무르익은 이국의 과일에서 흘러나오는 과일처럼 나무 사이로 스며들었다.

모즈의 오두막 앞과 옆에는 온통 자동차와 마차, 말, 노새, 그리고 사람들로 가득했다. 강은 아침 햇살에 물들어 있었고, 마당에 있는 사람들은 하늘과 강과 같은 색으로 물들어 있었다.

무리 중엔 아는 사람들도 있었다. 몇몇은 아버지 친구였다. 내가 봐온 사람들도 많았다. 거의 사십 명은 되는 것 같았다.

사람들이 갈라지고, 네이선 씨와 두 아들, 그리고 전에 내가 시내에서 봤지만 알진 못하는 다른 남자 몇이 나왔다. 그들 사이에 모즈가 있었다. 반쯤 끌려오다시피 하고 있었다. 네이선 씨의 커다란 목소리가 "빌어먹을 깜둥이"운운하는 것이 들렸고, 아버지가 사람들을 밀치고 나아갔다.

무늬 있는 드레스와 넓적한 구두 차림에, 짙은 머리를 정수리에 말아 올린 체격 좋은 여자가 외쳤다.

"그 검둥이를 목매달아요."

차에서 내린 기억은 사실 없지만, 어느새 나는 사람들 한가운데, 아버지 옆에 서 있었다. 고개를 숙여 나를 본 아버지의 눈이 커다래졌지만, 나를 어찌 할 시간은 없었다.

"여기서 기다려라."

사람들이 우리를 둘러싸고 한 군데 틈만 남겨두었고, 네이선 씨와 그 무리가 모즈를 원 안으로 끌고 들어왔다.

모즈는 확 삭아 보였고, 소금물에 담근 늙은 소가죽마냥 쭈글쭈글하고 옹이투성이었다. 머리에서 피가 나고 있었고, 눈은 부었으며 입술은 찢어졌다.

아버지를 보자 모즈의 녹색 눈이 환해졌다.

"미서 제이콥, 이 사람들 좀 말려주시오. 나 아무한테도 아무 짓도 안 했어요. 괜찮을 거라 하지 않았나요."

"괜찮아요, 모즈." 아버지가 말했다. 그러고는 네이선 씨를 노려보았다. "네이선, 이건 댁이 상관할 일이 아닙니다."

"다 우리 일이야." 네이선이 말했다. "여자들이 밖에 나갈 때마다 웬 깜둥이 놈한테 끌려갈까 걱정한다면, 그건 우리 일이지."

사람들에게서 동의하는 소리가 났다.

"살인자를 찾는 데 도움되는 단서를 알까 싶어 모즈를 데려왔던 것뿐입니다." 아버지가 말했다. "풀어줬다고요."

"여기 빌이 그러는데 저놈이 그 여자 지갑을 갖고 있었다고."

인파 속 남자 몇이 물러나자, 스무티 씨가 나타났다. 그는 시어스 앤드 로벅 카탈로그의 속옷 사진을 보며 자위를 하다 들킨 아이처럼 어쩔 줄 몰라 양손을 쥐어짜고 있었다.

"빌, 이 개자식." 아버지가 말했다.

"쇠사슬을 채우던 날 나와 같이 있던 사내아이 있잖아." 스무티 씨가 말했다. "그 애가 말했어."

"그리고 자네는 워낙 참된 사마리아인이라, 말리러 여기 왔겠지."

아버지의 말에 스무티 씨가 말했다.

"나는 정의 실현을 보러 왔어. 그놈을 숨겨주지 말았어야 하는데. 그리고 법 집행관이 자네가 아니었더라면 안 그랬을 거고."

"정의?" 아버지가 말했다. "이건 군중 린치야. 정의는 법정에서 행하는 거고."

네이선 씨가 씨익 웃었다.

"누가 배심원들이 될 거 같은가? 돈과 시간 절약할 겸, 지금 여기서 해결하자고."

"여기선 내가 법이오." 아버지가 말했다.

"오늘은 아냐, 자네가 아니지." 네이선이 말했다.

"모즈를 놔주시오."

"옛날엔 못된 깜둥이를 후딱 처리했지." 네이선이 말했다. "그리고 진짜 빠른 방법을 고안했어. 깜둥이가 백인을 해치면, 목을 매달아 버리면 다시 누굴 해칠 일 없지. 깜둥이 문제는 얼른 해결해야지, 안 그랬다간 이 근방 깜둥이마저 지들 멋대로 백인 여자를 범하고 살해할 수 있다고 생각하게 된다고."

우리 주위의 군중이 좁혀들기 시작했다. 나는 스무티 씨를 보려고 고개를 돌렸지만, 그는 시야에서 사라진 후였다.

"모즈에 불리한 증거는 없습니다." 아버지가 말했다.

"여자 지갑을 가지고 있었지, 아냐?"

"그걸 가지려고 여자를 죽였단 증거는 되지 않지요."

"지금은 그렇게 잘나고 위엄 있지 않구만, 제이콥. 자네 그 깜둥이 감싸고 도는 짓은 이제 끝장을 내야지."

"나에 대한 개인적 원한을 모즈에게 풀진 맙시다. 놔줘요."

"놔줄 일은 없을 거야, 줄에 매달아 줘야지."

"이 사람을 목매달진 못할 거요."

"그거 재밌네." 네이선이 말했다. "우린 딱 그렇게 할 참이었는데."

"여기는 서부 무법천지가 아닙니다." 아버지가 말했다.

"아니지. 여기는 나무들이 선 강둑이고, 밧줄과 나쁜 깜둥이가 있지."

"모즈는 늙었어요." 아버지가 말했다.

"그래." 군중 속 누군가가 말했다. "그리고 더 이상 늙지 않게 될 거야."

네이선 씨와 아버지가 얘기하는 사이 그 아들 중 하나가 슬쩍 빠져나갔고, 다시 나타났을 때는 밧줄 올가미를 들고 있었다. 그는 모즈의 머리에 올가미를 걸었다.

"제발, 미서 제이콥." 모즈가 말했다. "나는 아무도 안 해쳤어요."

"알아요." 아버지가 말했다.

그리고 앞으로 나서서, 모즈의 올가미를 벗겨주었다. 군중은 다친 짐승마냥 소리를 지르더니, 다들 아버지에게 덤벼들어 치고 주먹질하고 걷어찼다. 나는 맞서 싸우려 했지만 그들은 나도 때렸다. 어느새 땅바닥에 쓰러진 나에게 발길질이 쏟아졌고, 모즈가 아버지 이름을 외치는 것이 들렸다. 고개를 들어보니 사람들이 노인의 목에다 밧줄을 매서 땅바닥에 질질 끌어가고 있었고, 모즈는 양손으로 밧줄을 붙들었으며, 그 노쇠한 몸이 강둑의 질척한 풀밭에 자국을 내고 있었다.

아버지와 나는 일어나서 비틀비틀 군중을 따라갔다. 누군가에게 채였던 눈이 부어오르기 시작했다. 아버지가 권총을 꺼내려 주머니에 손을 넣었다가 빈 손을 빼어 이리저리 더듬었다. 아버지는 주위 바닥을 둘러보았으나, 혹시 권총이 떨어진 거라면 누가 주워간 모양이었다.

"그만." 아버지가 고함쳤다. "그만둬, 젠장!"

그들은 모즈를 떡갈나무 몇 그루가 모여선 쪽으로 데려갔다. 한 남자가 밧줄을 굵직한 떡갈나무 가지 위로 던졌다. 군중은 합심하여 밧줄을 잡아당기기 시작하여, 모즈를 위로 끌어올렸다. 밧줄이 뱀처럼 가지 위를 미끄러지며 서걱서걱 잘리는 소리를 냈다. 떡갈나무 껍질에 쓸린 마 밧줄에서 연기가 피어올랐다. 가지가 끼익거렸다. 모즈는 양손으로 밧줄을 잡아당기며 벗으려 애썼다. 그는 밧줄과 목 사이에 손가락을 집어넣을 수 없었다. 발버둥을 쳤다.

아버지가 비틀거리며 돌진하여, 모즈의 다리를 붙들고 그 아래 서서 모즈를 받쳐들었다. 네이선이 기습적으로 아버지 옆구리를 걷어 찼다. 아버지는 쓰러지고 모즈는 뚝 소리와 함께 떨어져, 다급히 발버둥치기 시작했고 피 섞인 거품을 뱉었다. 눈은 붉게 변하고 얼굴이 부어올랐다. 아버지는 일어나려 했지만, 군중이 아버지를 걷어차고 때리기 시작했다.

나는 그들에게 뛰어들어 고함지르고, 주먹을 휘두르며 손닿는 대로 아무나 쳤다. 누군가가 내 뒷목을 후려갈겼다. 세상이 휙 쏠리더니 설 수가 없었다. 무릎을 대고 있을 수도 없었다. 아무것도 할 수 없었다. 하늘이 떡갈나무 가지와 잎새로 빠르게 휙 지나가더니, 모즈의 신발바닥이 눈에 들어왔다. 마지막으로 내가 본 것은 모즈 신발창에 난 구멍과 그걸 막기 위에 안에 댄 마분지였다. 마분지는 젖어서 찢어져 가고 있었다. 마분지가 찢어진 틈새로 그의 발바닥이 보였다. 그 구멍은 바로 내 위에 있었다. 구멍이 커지더니 내 주위로 뚝 떨어졌고, 나는 그 안으로 사라졌다.

* * *

내가 정신을 차렸을 때 아버지는 여전히 의식을 잃은 채 근처 땅바닥에 쓰러져 있었다. 모즈는 우리 위에 목매달려 있었고, 길게 빼문 혀는 시커멓고 종이를 채워넣은 양말처럼 두꺼웠다. 눈은 녹색 풋감처럼 불쑥 튀어나와 있었다. 누군가가 그의 바지를 끌어내리고 거기를 베었다. 피가 모즈의 다리 사이에서 흘러 땅으로 뚝뚝 떨어졌다.

군중은 사라졌다.

손과 무릎으로 몸을 지탱한 채 나는 속에 아무것도 남지 않았을 것 같을 때까지 토했다. 웬 손이 내 허리를 붙잡았다. 나는 사람들이 돌아와 나와 아버지를 목매달려고 하거나, 아니면 더 때리려는 줄만 알았다. 그러다가 스무티 씨의 목소리를 들었다.

"진정해라, 얘야. 자아."

그는 나를 도와 일으켜주려 했지만, 나는 일어설 수 없었다. 그는 바닥에 앉은 나를 내버려두고는 저쪽으로 가서 아버지를 들여다보왔다. 아버지의 몸을 뒤집어 눈꺼풀을 당겼다.

"아저씨가 이랬어." 나는 스무티에게 소리쳤다. "우리 아빠 가만 냅둬요. 안 들려? 가만 두라고!"

그는 나를 무시했고, 불현듯 나는 그의 도움이 반가웠다.

"아버지는……?" 내가 말했다.

"괜찮다. 그저 호되게 좀 맞았을 뿐이야."

아버지가 꿈틀거렸다. 스무티 씨가 아버지를 일으켜 앉혔다. 아버지가 눈을 떴다.

"그 아이가 말한 거야." 스무티 씨가 말했다. "나는 그들하고 오긴 했지만, 뭘 저지를 생각은 없었어. 난 그를 목매달려 들지 않았다고. 그러니까 소문 안 낼 거지…… 저기, 그 일?"

"이 멍청하고 단순한 개자식." 아버지가 말했다. 그러고는 모즈에 게로 눈길을 향했다. "젠장, 빌, 밧줄 끊고 저 사람 좀 내려줘."

16장

이틀 뒤 오후 모즈는 우리 땅, 헛간과 밭 사이에 묻혔다. 아버지는 나무 십자가를 만들어 '모즈'라고 새겼고, 돈이 생기면 비석을 세워 주겠다고 맹세했다.

모즈를 아는 흑인 몇이 왔지만, 그 자리의 백인은 우리 가족뿐이었다. 모즈가 당한 일과 관련되지 않은 사람들이 있기는 했으나, 그들은 흑인 장례식에 참석했다고 알려지는 것을 원치 않았다.

* * *

밤에 눈을 감으면, 목 매달린 모즈가, 바지는 벗겨지고, 거세되고, 피를 뚝뚝 흘리며, 눈과 혀는 튀어나오고 목에 밧줄이 감긴 모습이 보인다. 자리에 눕자마자 그 모습이 즉시 뇌리에 떠오르지 않기까지는 좀 시간이 걸렸고, 몇 년이 지나서야 주기적으로 그걸 떠올리지 않을 수 있었다. 별 희한한 것들에 그 광경이 떠올랐다. 그냥 밧줄이나, 특정 형태의 떡갈나무 가지, 또는 나뭇가지와 잎새 사이로 쏟아지는 햇빛만 봐도 그랬다.

지금에조차, 이따금씩 마치 어제 있었던 일 마냥 생생하게 떠오르는 것이다.

4부

17장

내 방 창문 밖으로는 커다란 떡갈나무가 보인다. 어느 이른 봄날 저녁, 그늘이 검푸른 천처럼 드리워지고 새들이 크리스마스 장식마냥 떡갈나무 둥치에 옹기종기 모여들어 잘 준비를 할 무렵, 휠체어에 앉아 밖을 내다보다가 나는 모즈 영감이 거기 목매달려 있는 줄만 알았다.

그 순간 진짜로 그의 시체 같아서, 다른 그림자들 사이 뒤틀린 그림자일 뿐이었지만 분명히 그의 형체였고, 밧줄의 짙은 선도 있었다. 하지만 눈을 깜박이자, 모즈와 밧줄은 사라졌다.

이제 나무 아래엔 새들로 가득한 그림자들만 있을 뿐이고, 밤이 내리깔리며, 또 다른 봄날 하루가 천천히 스러져가고 있었다.

이제는 나무 아래에조차 그림자는 없었다.

* * *

아버지는 경관 일을 관두고 싶어했지만, 그 일로 받는 소소한 수입이 몹시도 절실하게 필요했기에, 자리를 유지하고, 이런 일이 다시 벌어지거든 그만두겠다 맹세했다.

하지만 실제적으론 그만둔 거나 마찬가지였다. 명목상으로만 경관이었다. 아버지는 마치 우리 눈앞에서 희미하게 스러지는 것 같았다. 아버지는 내면의 어두운 바다로 휩쓸려갔고, 거기서 허우적거리다가, 허우적거림을 그만두고 아버지의 삶이라는 난파선에서 남은 널빤지에 몸을 싣고 표류하고 있을 뿐이었다. 아버지의 삶은 모즈라는 이름의 암초에 충돌하여 부서져 버렸다.

린치를 저지른 이들 중 많은 수가 아버지 이발소 손님이었고, 그들은 더 이상 가게에서 볼 수 없었다. 나머지 손님들은 거의 세실이 맡아 이발했고, 아버지는 정말 조금밖에 하지 않아서 결국엔 세실에게 수익의 더 큰 몫을 내주고 어쩌다 가끔씩만 갔다. 아버지는 농장일, 낚시와 사냥으로 관심을 돌렸고, 그중 어느 것도 그렇게 많이 하지는 않았다.

어머니와 할머니는 아버지의 마음을 다잡으려 온갖 방법을 동원했다. 인내. 분노. 격려의 말. 대놓고 모진 소리. 오리한테 대고 얘기하는 거나 마찬가지였다. 차라리 오리였다면 최소한 놀라기라도 했겠지.

봄이 오자 아버지의 상태는 약간 나아졌다. 늘 해왔듯이 파종을 하러 나갔으나, 작물에 대해 이야기하지 않았고, 아버지와 어머니가 대화하는 소리도 자주 들리지 않았지만, 가끔 늦은 밤에 벽 너머로 아버지가 우는 소리가 들렸다. 아버지의 울음을 듣는 것이 얼마나 아이의 마음에 상처가 되는지는 설명할 길이 없다.

아버지는 방에 있을 때가 많았다. 식사를 할 때면 거의 혼자서 먹었다. 말을 하긴 했으나, 그 언어는 마른 낙엽처럼 건조하고 퍼석거렸다. 아버지가 밖에 앉아 있다가 우리가 오는 것을 보면, 마치 뭔가 민망한 일을 들킨 듯이 일어나서 저만치 가버렸다.

집도 바뀌었다. 그전에는 전혀 그런 생각을 하지 못했지만, 집은 몸과 마찬가지로 그릇이고, 몸과 마찬가지로 그 안의 정신이 갖춰져야 온전한 것이다. 그리고 우리가, 가족이 정신이라면, 우리 중 일부가, 위대하고 강한 일부가 병들어 있었다.

포치 틈새로 점차 잡초가 자라나기 시작했고, 집 주위의 단단한 흙이 떨어져 씻겨나가 모래로 변했다. 우물 물맛도 덜 달았다. 들개들이 우리 닭을 죽였다.

오직 할머니만이 어둠 속의 빛이었다. 늘 에너지 넘쳤고, 재미있으려 노력하는 분이었지만, 아버지의 어둠이 곧 쓰러질 나무처럼 집을 뒤덮었다. 어느 날, 절름거리며 따라오는 토비와 함께 모즈의 무덤에 꽃을 바치면서, 나는 할머니에게 아버지가 곧 나아질지 물었다.

할머니는 대답하기 전에 곰곰이 생각했다. 할머니에게는 드문 일이었다. 보통 대답이 빠르고, 어떤 문제에 대해 자신이 어떻게 생각하는지, 무엇을 말하고 싶은지 정확히 아는 분이었다.

할머니는 내게 팔을 둘렀다.

"그럴 거라고 믿는다, 해리. 하지만 너희 아버지는 충격을 받았어.

내가 텍사스 북부에서 알던 보리스 스미스라는 사람하고 그렇게 다르지 않지. 그 사람은 노새 발길질에 머리를 채였단다. 당장 사람이 바뀌진 않았지만, 좀 이상하게 되어서 그 상태가 오래갔지. 어느 날, 기운을 차려 거기서 벗어났어."

"어떻게 해서 나은 거예요?"

"음, 우선 그 노새가 죽었지. 그래서 기분이 좋아졌어. 하지만 그렇게 간단한 일은 아닌 것 같구나."

"아버지가 그 사람들에게 너무 심하게 맞은 걸까요?"

"너도 마찬가지로 심하게 맞았지. 하지만 내 말은 그 뜻이 아니란다. 너희 아버지는 영혼을 얻어맞은 거야, 애야. 너도 마찬가지고. 하지만 너는 어려서 빛을 볼 수 있지. 제이콥도 그래야겠지만, 아마 더 세게 맞은 모양이야. 제이콥은 그렇게 될 걸 알면서 곧장 뛰어들었지."

"하지만 괜찮아지는 거죠?"

"내 생각엔 그래. 하지만 네게 거짓말은 안 하마, 해리. 난 모르겠구나. 보리스 그 사람은 때가 되니 멀쩡해졌지. 하지만 오래 걸렸어. 그 사람은 육체적 상처를 입은 거니, 그게 더 회복하기 어렵겠다고 할 수 있겠지. 난 잘 모르겠구나. 영혼에 입은 타격은 영원토록 갈 수도 있어. 모래바람에 피해를 당한 많은 사람들이 그냥 넋 놓고 포기해 버렸지. 대부분은 위험을 무릅쓰고 다른 곳에서 새 출발 하러 떠났어. 그들에겐 희망이 있었단다. 몇몇은 자신들의 희망이 그저 거짓임을 알게 되고, 포기해 버렸지. 몇몇은 일어나 다시 도전했고. 너희 아버지는 그런 사람이야. 일어날 수 있다면, 일어날 거다. 다만 그게 언제가 될진 모르겠구나."

"모든 게 무너져내리는 것만 같아요."

"안다." 할머니가 말했다. "하지만 강해져야 해. 너희 아버지를 위해서만이 아니라, 가족을 위해서. 너와 내가 함께 이 상황을 해결할수 있어."

"그럴까요?"

"그래."

"어떻게요?"

할머니는 한동안 말이 없었다.

"잘은 모르겠다만, 이 살인사건들과 모즈 일이 한 가지 이상으로 연결되어 있다 싶구나. 해리, 너희 아버지가 너를 믿고 얘기한 줄 안다, 하지만 지금은 그걸 어겨야 할 때인 것 같다. 모즈는 죽었어. 살인사건들에 대해선 알고 있다. 혹시 나한테 뭐 해줄 말 없니? 내가 도울 수 있을지도 몰라. 그리고 우리가 도울 수 있다면, 너희 아버지에게 해될 건 분명 없겠지."

할머니 말이 옳았다. 나는 약속을 지켜왔지만, 이제는 그럴 필요가 없어 보였다. 나는 아는 대로 전부 말했다. 다만 스무티 씨의 딸에관한 부분은 빼놓았다.

내가 이야기를 마치자, 할머니가 말했다.

"그 네이선이란 사람. 온갖 일에 다 나타나는 것 같구나. 그리고아들 둘도. 그 아들들도 아버지와 똑같댔지?"

"좀더 코를 훌쩍대는 것만 빼고요."

"미스 매기라면 이 마을 사람들에 대해 전부 어느 정도는 알 거다.

그렇지?"

"네, 할머니."

"그럼 가보자꾸나."

* * *

할머니는 차를 몰아 미스 매기네 집으로 차를 향했다. 미스 매기
는 뒤쪽 포치에 앉아 부채질을 하고 있었다. 우리가 오는 것을 보고,
그녀는 남은 이를 드러내며 싱긋 웃었다.

"아이구 이거, 미스 준 아니우."

"안녕하세요, 매기." 할머니가 말했다. "커피 올려놓은 거 있어
요?"

"아뇨, 없지만 그야 올리면 되지요."

할머니와 미스 매기는 블랙으로 마셨다. 미스 매기는 내 몫으로
커피 반 잔에 캔에 든 크림, 그리고 설탕을 듬뿍 넣었다. 금이 간 받
침접시에 잔을 올려 주었다. 우리는 미스 매기 집 포치에서 커피를
마셨다.

할머니는 일상적인 이야기를 몇 가지를 하고, 교묘하게 화제를 네
이선 부자들로 돌렸다.

"그 네이선네 사람들." 미스 매기가 말했다. "나쁜 무리들이라우.
하지만 대체로 겁쟁이지. 네이선 노인은 너무 멍청하다고 KKK단에
서 쫓겨났답디다."

"알만하네요." 할머니가 말했다. "애초에 무슨 에디슨 같은 사람

270

들은 아니구먼."

"아, 그 KKK단이라 하면 믿어지지 않을 사람들도 있지요. 옛날에 KKK단원인 백인 양반 집에서 일했는데, 참말 똑똑하고 그렇게 나한테 친절할 수가 없었다우. 하지만 KKK단이었지. 그 집을 청소하다가 KKK단 로브를 발견했지 뭐요. 나중엔 판사까지 되었답니다."

"단복에서 법복을 입는 사람이 되었구먼." 할머니가 말했다.

"으흠." 미스 매기가 말했다.

"매기." 할머니가 말했다. "내가 할 얘기가 있는데, 원래는 우리 집 안사람들끼리만 알아야 하는 거예요. 그렇지만 매기는 믿을 수 있는 사람이고, 나와 여기 해리를 도와줄 수 있지 않을까 싶어서 얘기해 봐요. 이 아이 아버지가, 그 모즈 일로……"

"불쌍한 모즈."

"그래요." 할머니가 말했다. "음, 제이콥은 좋은 사람이고……"

"아, 그렇고말고요. 미서 제이콥이 할 수 있는 일은 다 했다는 거 알지요. 그 아버지랑은 전혀 딴판이지."

"그 사람 아버지를 알아요?" 할머니가 물었다.

"그럼, 알다마다요. 아주 잘. 내가 아이 할아버지를 나쁘게 말하려 그러는 건 아니구요. 하지만 난 그 양반이 전혀 아쉽지 않네요."

"달리 그 사람 아쉬워할 사람 없을걸요."

"제대로 서지도 못하는 늙은 깜둥이를 목매달고는, 지들 잘난 줄 아는 백인 쓰레기들이 있지요. 댁하고 미서 해리에게 나쁘게 하는 얘기 아니고요."

"그럼요. 모즈가 그런 짓을 저질렀을 리가 없지요. 나도 모즈를 안

271

답니다. 아주 예전에. 나하고 남편하고 모즈와 함께 낚시하곤 했죠. 제이콥하고 해리에게 낚시 가르친 사람도 모즈고."

"미서 제이콥하고 미서 해리에게 많은 걸 가르쳤죠. 가끔 날 보러 들르곤 했답니다." 나는 미스 매기의 눈이 촉촉해진 것을 알아챘다. "나하고 모즈는 한때 함께 지냈다우. 그 사람 마누라가 도망간 후에. 하지만 그 사람은 아들을 돌봐야 했어요. 애가 머리가 멀쩡하지 못했거든. 뛰어나가 숲에서 살기 좋아했죠. 난 모즈에게 상관없다 그랬어요. 나하고 모즈하고 둘이 그 아이를 더 잘 보살필 수 있을 거라고. 하지만 모즈는 그 강가 근처 집을 떠나기 싫다 하고, 나는 그럴 수가 없었어요. 그리로 가는 거 말이우. 나는 여기 집이 있으니까. 그러다가 아이가 사라지고, 모즈가 아들을 죽였다느니 하는 소문이 퍼졌지요. 하지만 아무것도 아니었죠. 우리는 예전 사이로는 돌아가지 못했지만, 모즈가 이따금 들르긴 했죠. 무슨 말인지 아실 거예요."

"알지요." 할머니가 말했다.

나는 알 수가 없었다. 그래서 생각해 보았다. 아마 모즈가 우리처럼 이따금 커피 한잔 하러 들렀나 보다 싶었다.

"모즈 장례식에 갔으면 좋았을 것을."

"누굴 불러야 할지 몰라서." 할머니가 말했다. "제이콥이 아는 모즈 알고 지내던 이들이 몇 왔는데. 진작 알았으면 매기도 불렀을 건데요."

"아이구 고마워라. 그런데 내가 워낙 내색을 안 하는 게 많아서. 그러니 알 길이 없었을 테지요."

"그 살인 사건들을 누가 저질렀을지 혹시 짐작 가는 사람은 없겠

272

죠. 모즈가 누명 쓴 일 말이에요."

"알았으면, 일전에 얘기할 때 말했겠지요."

"혹시 소문이라도?"

"소문 때문에 모즈가 그렇게 목 매달렸는데요."

"무슨 말인지 알겠어요."

"방랑자이지 싶구먼요, 나하고 미서 해리하고 얘기했던 대로."

"그리고 만약 방랑자가 아니라면?"

"누구든 방랑자가 될 수 있지요, 영혼을 팔면. 나라면 그 네이선네를 잘 살피겠어요. 그 아들 중에 하나가…… 누군진 기억이 안 나는데, 하여간 아들 하나가 미쳤어요. 다들 정신 나간 사람이지만 그 아들이 제일 심하지요. 불을 놓고. 예전에 흑인 여자애들 몇 명을 강간했답니다. 뭐 어떻게 할 도리가 없었지요. 아무도 상관하고 싶어하지 않고. 미서 제이콥이 애를 쓰긴 했지만, 여자애들하고 그 가족들이 입을 열지를 않으니. KKK단이 그 사람들을 찾아와서, 그냥 쉬쉬하는 게 좋으리라 그랬지요. 강 저편에 열여섯 살도 안 된 여자애가 피부색 연한 주근깨투성이 흑인 아들을 두고 있답니다. 그 일이 벌어졌을 때 걔는 열세 살이었어요. 그 아들은, 네이선네 애지요. 네이선 영감은 그게 웃기다 생각했다오. 자기 아들이 깜둥이에게 씨를 뿌렸다고. 그리고 내가 하는 말은 무엇 하나 헛소문 아니랍니다. 다들 알아요…… 이건 아이 앞에서 할 얘기가 아니었구먼요."

"평소라면 나도 동의해요." 할머니가 말했다. "하지만 나와 해리는 누가 그 살인들을 저질렀는지 알아내고 싶어서. 그래야만 해요. 제이콥이, 요즘 상태가 그리 좋지 않아요. 사는 게 참 수월치 않죠.

제이콥은 이 일을 자기 탓으로 여겨요."

"괜히 방랑자를 건드려도 될지 모르겠는데요. 그리고 내 한마디 하리다, 절대로 일을 바로잡지 못하실 거예요. 이 근방에선 뭐 하나 해결되는 법이 없어요."

"자자, 매기. 이걸 저지른 범인은 사람이에요. 나는 매기가 주위에 다 물어보고 다닐 수 있지 않을까 생각했는데. 나는 모르는 사람들을 알 테니까요."

"흑인 말씀이시구먼."

"내가 그 사람들한테 찾아갈 수가 없으니. 난 상황을 말끔히 정리하고 해결을 보는 거 말고는 누구한테 뭐 하나 바라는 것 없어요. 그 여자들을 죽인 자를 찾아내는 거."

"알아는 보리다. 커피 한 잔 더 하시겠수?"

"그럼요." 할머니가 말했다.

"미스 매기." 내가 말했다. "레드 우드로 씨 아시죠?"

물론 나는 답을 알고 있었지만, 그녀의 반응을 보고 싶었다.

"알지."

"레드는 큰 도움이 되진 못했죠." 할머니가 말했다. "제이콥이 죽은 흑인 일을 쑤시고 다니는 걸 마뜩찮아 했어요."

"그리 말하던가요?" 미스 매기가 말했다.

나는 레드가 아버지한테 했던 말을, 그리고 나중에 레드가 어머니에게 했던 말을 들려주었다.

"얘야." 미스 매기가 말했다. "만사가 늘 겉보기하고 똑같은 건 아니다. 그 애는 내가 키우다시피 했어. 레드가 그렇게 어리석진 않지…… 레드는 이따금 날 보러 여기 들른단다. 먹을 걸 갖다주고."

"레드 씨가요?" 내가 말했다. "레드 우드로 씨요?"

"맞아." 미스 매기가 말했다.

할머니와 나는 한동안 말없이 앉아 있었다.

"그 사람 말은……." 내가 입을 열었다.

"가끔 사람들은 들은 대로 지껄이긴 하지만, 마음이 하는 말이 진짜지."

"그럼 레드 마음은 뭐라 하던가요?" 할머니가 물었다. "입으론 제이콥이 그 짓을 저지른 사람을 찾아내는 걸 막으려는 듯한데."

"나는 더 말 안 하려오." 미스 매기가 말했다.

갑자기 포치에 있는 게 불편해졌다. 마치 차가운 바람이 불어들어와 우리를 감싸고, 정글 뱀처럼 꽉 옥죄는 것 같았다.

"가서 쉬어야겠구려." 미스 매기가 말했다.

그녀는 천천히 일어섰다. 다시 커피를 권하지 않았다. 우리는 고맙다는 인사를 하고, 잔을 안의 테이블에 가져다놓았다. 미스 매기는 부엌과 자는 곳을 분리하기 위해 걸어 놓은 커튼 뒤로 사라졌다. 그녀는 다시 나오지 않았다.

우리는 조용히 문을 닫고 나와, 차로 돌아갔다.

* * *

차를 타고 집으로 향하는 길에 할머니와 나는 한동안 이야기를 나눴다.

"미스 매기가 왜 그러죠?" 내가 물었다.

"나도 모르겠다, 해리. 하지만 우리가 알아야 할 일일지도 모르겠어."

"괜히 쑤시고 드는 걸지도 몰라요, 할머니."

"네 말이 맞다. 나도 놀랐구나. 매기 마음을 상하게 하려는 건 아니었는데. 내 짐작엔 매기가 레드를 키워서 정이 있나 보다. 그리고 사람이 그렇게 되어버렸으니……"

"먹을 걸 갖다 준다잖아요."

"레드가 매기를 보살피긴 한다만, 그렇다고 온전한 인간으로 본다는 뜻은 아니지. 사람들이 나귀에게 먹이와 물을 주긴 하지만, 그게 나귀 의사를 존중한다는 뜻은 아니잖냐."

"나귀에겐 의사가 없어요."

"그래, 하지만 사람에겐 있지. 우리 말이다, 미스 매기 일은 젖혀 놓고 우리가 아는 사실들을 정리해 보자. 내가 혹 잘못 알고 있거나, 네 생각하고 다르면 말해다오. 살인자는 희생자를 묶었다. 가끔은 좀 희한한 방식으로. 우리가 알기로 여자 셋을 죽였고, 네 명일 수도 있다. 맞니?"

"네, 할머니. 그런 것 같아요."

"그리고 다 흑인이지? 한 명만 빼고. 다들 강에 버려졌거나 강 근처에서 발견되었지."

"회오리바람에 휘말린 한 명만 빼고요, 하지만 그 여자도 강에 있었을 수도 있죠. 폭풍이 거기도 지나쳤으니, 말 돼요."

"네가 말하던 그 흑인 의사가……"

"틴 선생님이요."

"틴 선생은 그 여자들을 죽인 놈이 돌아와서 시체에 몹쓸 짓을 했다고 생각하고. 여기까지 맞냐?"

"그래요."

"의문점은, 왜일까?"

"살인자가 미쳐서?"

"뭐 그런 거겠지. 하지만 그 이유를 좀 감 잡는다면, 어쩜 누가 범인인지 파악할 수도 있지 않을까. 물론, 아무 이유도 없을 수 있지. 하지만 나는 무엇에든 거의 이유가 있을 거라 생각하는 사람이라. 미친 사람이라도 이유는 있어. 우리가 보기엔 논리적이지 않을 수 있지만, 나름의 이치가 있단 말이지. 완전 돌아서 자기가 누군지 오늘이 며칠인지도 모르지 않는 이상은 그럴 거야. 하지만 이런 놈은, 멀쩡한 모습을 하고 우리 사이에 있단 말이야. 그러니 무언가가 그 자를 자극했거나, 그 자의 머릿속에는 이 모든 게 논리정연해 보이는 나름의 무언가가 굴러가고 있을 거라고. 어쩌면 그 자 스스로도 어쩌지 못할 수도 있겠지. 자기도 하고 싶지 않을지도 몰라. 또 한 가지는, 강을 좋아하거나 쉽게 접근할 수 있는 사람이라는 거야. 근방을 잘 알거나, 자기 힘으로 그 여자들을 옮길 방법을 아는 사람. 누군가 뭘 보긴 했을 게 틀림없어."

"모즈가 그랬어요." 나는 말했다.

"뭐가?"

"강가에 살았고 강을 좋아했죠."

"그랬지."

"그리고 모즈가 목 매달린 후로 살인 사건이 없고요."

할머니는 고개를 끄덕였다.

"하지만 너와 나는 모즈라고 생각하지 않잖니?"

"그렇죠, 아닐 거예요. 그랬다면 편했겠지만."

"어떤 면에선. 한편으로는 그게 너희 아버지 상태가 점점 더 나빠지는 이유일 거다. 누가 살해당하기를 바라는 건 아니지만, 의문이 피어오를 거야. 이제 전부 중단되었으니 혹 모즈가 범인이 맞았던 걸까? 그리고 또 의문이 들겠지. 모즈가 아니라면 누구일까? 그리고 만약 자기가 진짜 범인을 잡았더라면, 그 노인네한테는 아무 일도 없었겠지 싶고."

"아버지가 누굴 체포했다고 핼러윈 파티에서 말을 꺼낸 게 발단이 된 듯싶어요. 그래서 아버지가 그렇게 죄책감을 느끼는 거고."

"그래, 하지만 그게 누구라거나 어디 있다고는 말 안 했지, 안 그러냐?"

"안 했어요."

"스무티 씨나, 아니면 모즈에게 사슬 채우는 걸 도운 아이가 얘기했을 수도 있겠지? 아마 그랬을 거다. 그럼 모즈가 용의자이고 어디에 갇혀 있는지를 사람들이 어떻게 알아냈는지 설명되지. 그 점은 너무 골똘히 궁리할 필요 없어. 의도적으로 그랬든 멍청해서 그랬든, 입을 못 다무는 사람들이야. 다음으로 벌어진 일은 누군가 찾아와 모즈가 목 매달릴 거라고 경고한 거지. 누가 그랬을까?"

나는 고개를 저었다.

할머니가 말을 이었다.

"누가 소식을 듣고, 그 노인을 구해주고 싶었겠지. 그건 분명한 일 아니냐?"

"네, 할머니."

"하지만 만약 그게 살인자였고, 모즈가 범인이 아니라는 걸 알고 있었기 때문에 구해주고 싶었다면?"

"하지만 왜 살인자가 모즈를 구해주고 싶어하겠어요?" 내가 물었다. "살인자라면 누군가 다른 사람이 누명을 쓰길 바랄 법한데."

"어쩌면 살인자도 어쩔 수 없었는지도 모르지. 뭔가 다른 것에 휘둘리는지도. 누구든 다른 사람이 누명을 쓰는 걸 원치 않았을 거야…… 그런 말이다. 그 사람이 너희 아버지에게 경고해 줬을지도 몰라."

"그랬을 수도 있죠."

"소식을 듣고 너희 아버지와 모즈를 도와주고 싶었을지도 모르지. 자기는 그 사람이 저지르지 않았다는 사실을 아니까 결백한 사람이 죽는 걸 보고 싶지 않았을지도."

"본인이 저질렀으니까요?"

"그런 말은 아니다, 그냥 짐작해 보는 거지."

"하지만 그룬 씨가요?"

"다시 말하지만, 그냥 짐작이야. 내 탐정 책을 몇 권 읽어보면서 알게 된 게 있다면, 모든 사람이 용의자라는 거란다. 물론 나와 너, 톰, 너희 엄마 아빠는 빼고. 생각해 봐라. 그룬 같은 사람이 KKK단이리란 짐작은 못 했지?"

"네."

"또 한 가지. 그룬. 그거 유태계 이름 아니냐?"

"모르겠어요."

"텍사스 서부에서 그룬이란 성을 쓰는 사람들을 알고 지낸 적 있는데, 그 사람들은 유태인이었어. 독일 이름처럼 들리지만 아니야. 유태인 이름이지. 아, 우리가 말하던 그 사람은 독일인일 수도 있겠지만, 내가 알던 사람들은 독일인이 아니었어. 그 사람들은 신실한 유태인들이었지…… 만약 여기 그룬이 유태인이라면, 참 역설적이지 않니?"

"역설적이요?"

"그 자체적으로 말이 아귀가 맞지 않는다고. 그런 뜻이란다. 보렴, KKK단은 유태인도 좋아하지 않아. 하지만 이 사람은 여기 동네에 너무 오래 있어서, 저들은 그를 유태인으로 여기지도 않는 거야. 아마 기독교 교회도 가겠지."

"그룬 씨는 침례교예요, 엄마처럼."

"쪽지가 놓인 후에 후미등이 깨진 차가 가는 걸 보았다고 했지?"

"네, 할머니."

우리는 한동안 침묵 속에 차를 타고 가다가, 할머니가 불쑥 입을 열었다.

"차를 돌려야겠다."

우리는 그룬 씨 가게로 향했다. 가게 뒤, 커다란 페칸 나무 아래에 그의 검은 포드가 세워져 있었다. 할머니는 그 뒤로 다가가 차를 세웠다. 차창 쪽으로 몸을 기울이고, 눈을 가늘게 떠서 보려 했다.

"후미등 양쪽 다 있네." 할머니가 말했다. "고쳤을 수도 있지. 별로 어렵지 않으니. 나도 직접 후미등을 고쳐봤단다. 이 근방에서는 어디서 후미등 부품을 구하냐, 해리?"

"여긴 차 수리점이 없어요."

"누가 정비를 해?"

"이 근방에서는 대개 직접들 하죠. 심각한 거면 타일러에게 가져가고요. 거기서 부품을 구해야 했을 거예요."

"혹시 여분이 있지 않았다면 말이지. 그리고 분명 고칠 시간은 충분했겠고."

"네, 할머니. 그랬겠네요."

"아무 결론도 얻지 못했구나, 안 그러냐?"

"그러네요, 할머니."

"그 틴 선생이 이런 종류의 살인자에 대해 좀 아는 게 있다고 했지?"

"진짜 똑똑해 보였어요, 할머니. 스티븐슨 선생님보다 훨씬 더."

"그 사람을 만나러 가볼까?"

"글쎄요, 할머니…… 저기, 아시잖아요, 백인 여자분이 흑인 동네에 가서 흑인 남자와 얘기한다는 거가요."

"내 한 몸은 내가 챙길 수 있다."

"그렇죠, 할머니…… 제 말은요, 틴 선생님이요. 할머니와 틴 선생이 얘기를 나누면, 그분이 흑인 주제에 똑똑하고 의사랍시고 잘난 체한다고 여겨지는 마당에…… 나쁜 말이 돌고…… 모즈처럼 될 수 있어요."

"일리가 있다, 해리. 하지만 난 내 생각만 하고 있어. 제이콥을 도와주고 싶다. 그리고 틴 선생을 곤란하게 하지 않을 거야…… 패피 트리섬이 아직 거기서 잡화점을 하지?"

"네, 할머니."

"그럼 방법이 있다."

할머니는 차를 돌렸고, 우리는 펄 크리크로 향했다.

18장

우리는 펄 크리크로 차를 몰았고, 목적지에 가까워지자 할머니가
말했다.

"이렇게 하는 거다, 해리. 우리는 잡화점에 갈 거야. 가서 기름이
떨어졌다고 하고, 어차피 실제로 그러니까, 좀 사는 거야. 가게에 들
어가서 탄산음료를 좀 마시자, 그런데 그 전에 너는 틴 선생 집에 얼
른 달려가서…… 거기서 가깝다고 했지?"

"네, 할머니."

"네가 달려가서 틴 선생에게 내가 가게에서 얘기 좀 하고 싶다고
전해라. 원한다면 부인이랑 같이 와도 되고. 그러면 아무도 나와 몹
쓸 짓 했다고 그 사람을 욕할 일은 없겠지. 선생이 가게에 오면, 선
생만 대답할 수 있을 듯한 질문 몇 가지를 물어보련다. 우리가 모즈
의 누명을 벗기고 제이콥을 도우려 그런다고 말해. 진짜 살인자를

잡으려는 거라고. 알겠지?"

우리는 막 먹구름이 밀려들어 올 때 펄 크리크에 도착했다. 그 그림자가 도로와 잡화점에 드리워지고, 더욱 시꺼먼 구름이 뒤따라 모든 것을 뒤덮었다.

"내가 말한 텍사스 동부 얘기가 이런 거다." 할머니가 차에서 내리며 말했다. "오래가지 않아 비가 오잖아."

다만 비가 오는 건 아니었고, 그냥 구름만 꼈다. 나는 가게에 들어가 패피 트리섬과 얘기했다. 그는 나를 가게 뒤쪽 밖으로 데려가 깡통에 연료를 채워주었다. 같이 건물을 빙 돌아 앞으로 향하면서, 그는 몸을 이쪽 저쪽으로 움찔거렸다. 할머니를 보자 그들은 포옹을 나누었다.

"어떻게 지내시우, 이 늙은 말도둑 같으니." 할머니가 말했다.

오늘은 그가 가게에서 산 의치를 끼우고 있어서, 말을 알아들을 수 있었다. 가끔 의치가 미끄러지며 달칵거리고 딱딱거리긴 했지만.

"그 말을 훔쳤을 땐 나는 정말 젊었다오." 패피가 말했다.

"댁이 젊었을 때는 헤아리지도 못할 만큼 옛날이지."

그들이 이야기하는 사이 나는 틴 선생의 집으로 향했고, 할머니는 패피와 함께 계단을 올라 잡화점으로 들어갔다. 패피의 통통한 아내 카밀라가 외치는 소리가 들렸다.

"아이구, 미스 준, 어쩜 하나도 안 늙으셨네."

나는 틴 선생 집으로 가서 문을 두들겼다. 그 부인이 나왔다.

"네." 부인이 말했다.

나는 내가 누구인지 설명하고 틴 선생이 바쁘지 않으면 볼 수 있을지 물었다. 바쁘지 않았다. 부인은 나를 집에 들였고 그는 거실 흔들의자에 앉아 책을 읽고 있었다. 틴은 책을 무릎에 내려놓고, 나를 향해 미소지었다.

"잘 있었니? 아버지는 어떠시고?"

"그 일로 찾아뵌 거예요."

* * *

틴과 그 부인은 둘 다 교회라도 가는 것처럼 차려입고, 나와 함께 잡화점으로 걸어갔다. 안에는 할머니가 패피와 카밀라와 수다를 떨고 있었다. 패피는 평소처럼 몸을 움찔거리며 카운터 뒤에 서 있었고, 상체가 한쪽으로 흔들 기울어졌다가 마치 보이지 않는 손이 당기기라도 한 듯 저쪽으로 홱 끌려갔다.

카밀라는 카운터 이쪽 편에 있었으며, 이 카운티 내의 아이리시 감자를 전부 다 담고 고구마도 넉넉히 담을 수 있을 만큼 커다란 감자 자루로 만든 드레스를 입고 있었다. 그녀는 스툴에 앉아 방금 할머니가 한 말에 깔깔 웃었다.

그녀의 드레스 재료가 된 자루는 표백하고 파란색으로 물들였으나, 표백이 제대로 되지 않았고 염색이 제대로 들지 않았거나 물이 빠졌다. 그녀의 옷은 칙칙한 잿빛으로 변했고 엉덩이 위에 감자 자루 상표가 희미하게 남아 있었다. 그 단어를 보니 달려가는 돼지 뒷다리에 올라탄 벌레가 연상되었다.

카밀라의 머리는 기름을 반질반질하게 먹이고 정수리에 쪽을 져

긴 뜨개바늘 두 개를 꽂아놓았다. 불빛이 바늘 끝에 닿으면 번쩍하고 빛을 뿌려 엄청나게 날카로움을 알 수 있었다. 소문에 따르면, 카밀라는 호신용으로 뜨개바늘을 꽂고 다닌다고 했다.

할머니는 카밀라 옆 스툴에 앉아 있었고, 웃긴 얘기에 서로 팔꿈치로 쿡쿡 찔러댈 수 있을 만큼 가까운 거리였다. 세 사람 다 코카콜라를 마시고 있었다.

나는 할머니를 틴 부부에게 소개했고, 할머니는 차츰차츰 친구들에게서 틴 부부 쪽으로 옮겨갔다. 우리는 아버지가 시체를 보러 왔던 날 아버지와 내가 앉았던 자리에 앉았다. 나는 좀더 편하게끔 팔걸이에 천을 감은 나무 의자에 앉았고, 푹신한 의자와 소파는 어른들에게 양보했다.

스토브에 달린 작은 문은 이번엔 닫혀 있었고 코끝에 하얀 점이 있는 갈색 개가 그 앞에 누워 있었다. 불이 피워져 있었던 것은 아니기에, 나는 개가 습관 때문에 거기 누워 있으리라 짐작했다. 개는 우리를 보고는 일어나서, 고개를 숙인 채 내게로 어슬렁어슬렁 다가왔다. 걸을 때 다리를 절었다. 보니 개의 오른쪽 앞발 일부가 무슨 사고로 잘려나가고 없었다. 내가 토닥여 주자 개는 더 관심을 바라며 내 무릎에 머리를 올려놓았다. 나는 개 코를 쓰다듬어 주었다.

할머니는 아버지에 대해 간단한 상황 설명을 틴 선생에게 했고, 선생은 귀 기울여 들으며 이따금 고개를 끄덕거렸다. 나는 부끄러웠고, 요새 아버지가 얼마나 막막한지 나라면 말 안 했겠지만, 아무도 내 의사를 묻지 않았다. 할머니에겐 나름의 방식이 있었다.

할머니가 이야기를 마치자, 틴은 고개를 내저었다.

"그거 참 딱한 일이군요. 저는 제이콥이 마음에 들었는데. 정말로."

"그게 우리가 선생을 찾아온 이유라오. 우리는 그 살인을 저지른 자를 찾아보려 하고 있어요."

"부인, 제가 알았다면 진작 누군가에게 말했겠지요."

"알아요. 우리가 알고 싶은 건 이 살인을 저지른 자가 어떤 부류인지 혹시 선생이 아는가 해서."

"선생님이 아버지한테 얘기하는 거 들었어요." 내가 말했다. "얼음 창고 지붕 위에 있었거든요. 그때 얘기하시는 걸 봐선, 이런 종류의 일을 많이 아시는 듯했거든요."

"네가 그 위에 있었던 거 알고 있었다. 네 아버님도 마찬가지고. 당장 안 건 아니지만. 차츰 알게 되었지."

"그 아이들더러 내려가라고 했어야지." 틴 부인이 말했다.

"그 애들은 이미 다 봐버린 후였어." 틴이 말했다. "되돌릴 수도 없고. 이런 살인에 대해선, 아무도 많이 알지는 못하지. 들어도 상관없겠어, 여보?"

"내 심장과 위가 좀 예민하기는 해도, 호기심은 강철만큼 튼튼하니까. 남아서 들을게."

"좋아, 그럼." 틴이 말을 이었다. "전 아무것도 모릅니다. 실제로는요. 하지만 책을 좀 읽어보고, 그 문제를 생각해 봤죠. 이런 종류의 살인자는 그냥 화대 내기 싫다고 죽이는 게 아닙니다. 무슨 말인지 아시죠?"

할머니는 고개를 끄덕였다.

나는 생각했다. '화대?' 나는 무슨 말인지 전혀 몰랐다.

"그자는 사람을 해치는 걸 즐깁니다. 사드·후작처럼요. 다른 이들이 고통받으면 기분이 좋은 거죠."

"그거 상상하기 어렵구먼." 할머니가 말했다. "설마 그런 걸 정말 하고 싶을까. 자기도 어쩔 수 없는 충동이겠지."

"맞습니다. 충동이죠. 하지만 본인이 원하는 겁니다. 그러는 걸 좋아해요."

"선생은 모르는 일 아닌가요." 할머니가 말했다.

"부인, 제 의견을 물으셨잖습니까. 저로서는 그것밖에 알려드릴 수가 없군요."

"미안해요, 선생. 계속하시구려."

"집에 『성적 정신병질(Psychopathia Sexualis)』이라고, 리처드 크래프트-에빙이란 사람이 쓴 책이 있습니다. 끔찍한 호기심이겠지만, 아무튼 흥미가 가더군요. 이 책에선 아픔을 즐기는 사람에 대해 많이 다루고 있는데요……"

"고통을 원한다고요?" 할머니가 물었다.

"네. 사드 후작이 책에서 논했지요."

"나는 그런 책들은 못 봤어요. 보고 싶은 기분이 들까 모르겠네."

"아마 그게 옳을 겁니다, 부인. 그리고 고통을 주는 걸 좋아하는 사람들이 있죠. 그럼으로써 평소라면 자기가 통제할 수 없는 사람들에 대한 통제력을 얻는 겁니다. 또는, 그냥 권력을 좋아해서일 수도 있고."

"그 여자들 말인데, 매춘부였지요?" 할머니가 물었다.

"그렇게 보입니다."

"그것만도 충분한 통제력 아닌가요?"

"그건 상대가 허락한 통제지요. 그자는 완전한 통제를 원합니다. 또한 살면서 뭔가 나쁜 일을 겪거나, 어떤 일을 목격하고 영향을 받았을 가능성도 있지요. 거기에 사로잡혀 자기가 이걸 해야 한다고 느끼는 거죠. 다른 사람들은 그자가 겪은 종류의 일을 경험해도 영향받지 않을 수 있지만, 어떤 이유에서인지, 그의 본성 때문인지 사건의 강렬함 차이인지 그는 변화하게 됩니다. 그리고, 이 사건 범인의 경우, 좋은 쪽으로의 변화가 아니죠. 그 책에 언급된 게 또 하나 있습니다. 페티시즘이라고."

"뭐라고요?" 할머니가 물었다.

"특정 물건에 대한 집착이요."

"나는 박하에 집착하긴 하지만, 사람은 죽이지 않아요."

틴이 미소지었다.

"페티시는 그러니까…… 신발에 대한 집착을 예로 들어 볼까요. 범인은 특정한 종류의 신발을 신은 희생자만 고를 겁니다. 아니면 특정 타입이나. 또는 특정 종류의 신발을 신은 여자와 관계 가지는 걸 좋아할 수도 있죠."

"매춘부처럼?"

할머니의 질문에 틴이 고개를 끄덕였다.

"그럴 수 있지요. 그자에게 뭔가 의미가 있는 작은 물건을 남기고 가는 걸 좋아할 수도 있고. 그자가 젊었을 때 성교와 아픔을 온통 혼동하게 되었다고 해봅시다. 그럴 수 있어요. 살인을 저지른 후 희생자들의 옷이나 신발을 보관할 수도 있지요. 희생자들이 흑인이라 그 랬을 수도. 그저 접근하기 쉬워 매춘부를 골랐을 뿐 그들의 피부색 이나 돈벌이 방법과는 관계없을 수도 있고요."

"하지만 희생자들 중 한 명은 백인이었잖아요." 내가 말했다.

"그것 때문에 모즈가 목 매달렸고." 틴이 말했다. "전 모즈를 압니 다. 이 일과는 아무 상관이 없어요. 많은 게 그럴싸해 보였죠. 모즈는 강가에 살았고. 보트를 가지고 있었고. 늘 강을 오르내렸죠. 지갑이 그의 테이블에서 발견되었고. 또한 부인과 아이가 곁에 없으며 아무 도 그들의 행방을 모른다는 사실도. 그리고 그 이후로 다른 살인 사 건이 없었고. 하지만 모즈는 너무 늙었고 힘도 없었어요. 그게 누구 든 간에, 일부 여자들 행실이 마음에 안 들어서 이러는 것이겠죠. 어 쩌면 자기가 가질 수 있는, 또는 가졌던 여자들이 살려둘 만한 가치 가 없다 여겼을 수도 있고. 여자와의 관계를 즐기고 싶지만, 그러고 나면 그 여자는 더 이상 귀하지 않지요. 이제 성모 마리아가 아닌 겁 니다. 또는 매춘부의 경우엔, 매춘부라서 이미 증오하고 있고요."

"그 묶은 방식 말인데, 그 책에 그런 것도 나와 있수? 혹시 뭔가 알 수 있을까?"

"다시 페티시로 돌아가는군요. 결박. 통제. 수치. 그런 것들을 전 부 좋아할 겁니다. 제 짐작엔. 밧줄 매듭 법을 아는 사람일 수도 있 고. 이 아이 아버지가 저더러 조사해 달라고 이리 옮겨왔던 백인 여 자 시체 있지요? 그 당시엔 제이콥은 여자가 백인이라는 걸 몰랐어 요. 너도 알아?"

"네, 선생님." 나는 말했다.

"그 여자를 묶은 매듭은 벌목꾼들이 사슬이 없을 때 쓰는 매듭 같은 겁니다. 밧줄을 써야 하죠. 작은 작업들. 하지만 그걸로는 별로 알아낼 게 없어요. 이 카운티 안팎의 거의 모든 남자들이 조금씩은 벌목 일을 해봤으니. 사람들이 죽은 돼지를 운반하려 묶을 때 똑같은 종류의 매듭을 쓰는 걸 봤죠. 그리고 작은 규모로는 낚싯바늘에 낚싯줄을 묶을 때 비슷한 매듭을 쓰는 걸 봤고. 저도 써봤습니다. 예전엔 다들 제대로 매듭 묶는 법을 알았더랬죠."

"모즈가 저지르지 않았다면, 그 이후로 살인이 벌어지질 않은 걸 보아, 그자가 떠났을까요?"

할머니의 질문에 틴이 답했다.

"가능하죠. 하지만 살인을 그만뒀을지는 의심스럽습니다. 어디에 가든 다시 저지를 거고, 여기 오기 전에 다른 곳에서도 했을 가능성이 있습니다."

"하지만 그냥 다 떨쳐버릴 수도 있지 않을까요?"

"제가 어찌 알겠습니까만, 과연 그럴지 의심스럽군요. 너무 늙는다면 모를까. 아니면 감옥이나 정신병원이나 어디 들어가게 되거나."

"혹시 그 사람 인종은 짐작 가는 바 있는지?" 할머니가 물었다. "뭐라도 짐작 가는 거 있어요?"

"말씀 드린 것을 제외하면, 더할 게 없습니다. 언젠가 누가 이걸 학문으로 만들지도 모르죠. 저는 호기심에 좀 공부를 해보려 했지만, 아는 게 많진 않지요."

"모즈가 린치당할 거라고 경고해 준 사람이 있었다오." 할머니가 말하고, 틴에게 그 일을 얘기했다. "누군지 이 범인은 자기가 저지른 일로 다른 사람이 책임을 지는 걸 원치 않았나 봐요. 양심이 이겼던 게지."

"기독교적인 사고방식으로 돌리고 계시군요." 틴이 말했다. "하지만 제 생각엔 자기가 한 일이 남의 몫이 되는 걸 원치 않아서였을 겁니다. 오만하거든요. 자기 작품에다가 전부 서명을 남겼어요, 비유하자면. 같은 종류의 매듭과 상처. 전부 강가에서 범행하거나, 아니면 강으로 옮겼죠. 그곳이 편한 겁니다."

나는 생각했다. '염소 인간처럼.'

"이 사람이 양심이 있을 거라고는 생각하지 않습니다. 최소한 우리가 생각하는 식의 양심은요. 하지만 평소 일상에서 괴물은 아닙니다. 정상 같겠죠. 보통 예상할 그런 사람이 아니라."

"네이선 씨가 아니라면요." 내가 말했다. "아니면 그 아들 중 한 명이거나. 그 사람들은 괴물이에요."

틴은 턱을 문지르더니, 고개를 끄덕였다.

"그 사람들 알지. 동생 쪽 조슈아는 불 지르기를 좋아해. 그리고 형인 에소는 흑인 사내애들 두어 명을 고용해서 보트를 타고 낚시를 나갔는데, 애들 말로는 그가 잡은 물고기를 강둑에다 던지고는 그냥 쾅쾅 밟더란다. 그걸 진짜 즐거워하더라고. 그러니 네 말이 옳을 수도 있어. 네이선 부자 중 한 명이 범인으로 밝혀진대도 놀라진 않을 거다. 그만큼 증오와 악의를 내면에 갖고 있으면, 어떻게든 밖으로 드러나기 마련이야."

비가 오기 시작했다. 빗방울이 양철 지붕을 때리는 소리가 들려왔다.

"그리고 제가 생각해 오던 게 한 가지 더 있어요." 내가 말했다. "레드 우드로."

"아이치고는 상당히 험한 생각들을 했구나." 틴이 말했다.

"네, 선생님." 내가 말했다. "저하고 톰이 첫 번째 시체를 발견했고, 그 이후로 모든 것을 접했거든요. 제가 이 일의 일부라고 느껴져요."

"레드는 법 집행관이지." 할머니가 말했다. "그러니 정보와 사람들에게 접근할 수 있고. 쉽게 여자를 혼자 끌어낼 수 있지. 치안 관련 일로 그런다고 말하고. 흑인들은 법 집행관 말에 거역할 수 없으니. 그리고 레드는 여자들을 좋아하지 않는 사람으로 알려져 있지. 그리고 흑인을 싫어하고."

틴은 마치 어떤 정보를 공개해야 하나 고민하는 듯이 한동안 허공을 쳐다보았다.

"저기," 그가 말했다. "원래 말씀드리면 안 되는 얘기를 하려 합니다. 소문으로 들은 거지만, 우리 다 지금 남의 일을 파고드는 상황이니 알아둘 만하죠. 이건 흑인 동네에서도 잘 알려지지 않은 거지만, 한번은 미스 매기가 병이 나 저한테 와서 사흘간 우리 집에 머물러야 했어요. 폐렴이 심해져서. 아마 얘기하지 말아야겠지만, 모즈에게 벌어진 일과 지금 상황을 고려하면, 두 분이 알아두는 게 좋겠습니다. 그래도 어디 가서 말하진 않겠다는 약속은 해주셔야겠어요. 공연히 소문이나 퍼트리고 다닌다는 평판은 반갑지 않으니."

할머니와 나는 약속했다.

"레드는, 백인이 아닙니다. 적어도 완전히는요."

"뭐요?"

할머니는 틴 선생에게 가까워지면 모든 것이 좀더 명확해지기라도 할 듯이 의자에서 몸을 앞으로 기울이고 있었다.

"레드 아버지는 미스 매기에게 아이를 세 명 임신시켰다고 여겼습니다." 틴 선생이 말했다. "딸 둘과 아들 하나. 세 아이 다 백인처럼 나왔죠. 레드의 두 누나는 네 살 정도가 될 때까지 흑인 사회에서 자랐어요. 미스 매기는 그 아이들이 백인으로 통할 수 있겠다 싶었고, 딸들을 도와줄 친척이 있었답니다. 북부 어디에. 사실이 아닐 수도 있지만, 들은 이야기로는 그 여자애들은 아이를 원하는 백인들에게 입양되었고, 그 사람들은 여자애들이 흑인인 줄도 모른다더군요. 레드는 아들이다 보니, 처음엔 우드로 노인이 아이를 원했답니다. 레드는 그의 아들로 자랐고, 부인은 자기가 낳았다고 주장할 수밖에 없었지요. 어떻게 잘 감춘 모양입니다."

"레드는 자기가 흑인 피 섞인 거 알고요?" 할머니가 물었다.

"아뇨. 그리고 저는 확실히 알진 못합니다. 들은 대로 말씀드리는 거지. 하지만 저는 그렇다고 믿습니다. 레드는 미스 매기가 자기를 키우다시피 했으니 애정을 갖고 있지요. 그저 자신은 백인이고 미스 매기는 자기 보모고 젖어미려니 생각하게 되었고."

"잠깐," 할머니가 말했다. "우드로 씨가 미스 매기에게 아이를 세 명 임신시켰다고 여겼다 그랬죠. 여겼다?"

"이야기를 세세히 듣고 명석하기도 하십니다." 틴이 말했다. "셋째 아이, 막내가 레드죠. 하지만 그 애를 임신시킨 건 우드로 노인이 아니었어요. 모즈였습니다."

그 순간, 마치 지붕이 우리 위로 무너져내린 기분이었다.

"모즈는 백인 피가 섞여 있었죠." 할머니가 말했다.

"네." 틴이 말했다.

"그리고 레드는 모즈의 그쪽 피를 물려받았고."

틴은 고개를 끄덕였다.

"찬찬히 보면, 체격만 빼고 레드와 모즈는 꼭 빼닮았지요. 빨간머리, 주근깨, 그리고 그 나뭇잎 같은 녹색 눈. 그리고 미스 매기가 저한테 해준 얘기가 하나 더 있어요. 모즈의 아버지는, 그 우드로 노인의 아버지였답니다."

"혹시 레드가 알고 있을 수 있을까요?" 할머니가 물었다.

"미스 매기가 말하지 않았다면 모르죠. 반쯤 의식이 혼미한 상태가 아니었다면 저한테도 말 안 했을 겁니다. 레드를 자랑스러워하거든요. 레드는 자기 힘으로 지금만큼 되었으니. 하지만 레드는 자기가 흑인인 줄 모르고, 미스 매기가 자기 어머니인 줄 모르죠. 미스 매기는 그게 썩 기쁘지만은 않아요."

"왜 말하지 않은 거지요?" 내가 물었다.

"지금 이대로가 최선이라 여기는 거겠지. 흑인보다는 백인으로 사는 게 훨씬 더 나은 대접을 받으니."

나는 그제서야 미스 매기가 왜 요전 날 레드에 대해 얘기하기를 싫어했는지 알았다. 왜 그렇게 기분 상했는지도.

"제가 이런 말씀을 드리는 이유는, 레드 우드로가 여기 이쪽 사람들이 아는 일이 밖으로 새어나가지 않게 사람들에게 압력을 넣고 있기 때문입니다. 레드는 흑인들 일이 백인들 일에 섞이는 걸 원치 않아요. 하지만 그의 입장에서는 온전히 증오만은 아니죠. 자기가 흑인인 걸 알지는 못해도, 말은 그렇게 할지언정 선한 구석이 있어요. 여기 일이 좀 더 알려지면 백인들이 더 언짢아할 거고, 그러면 흑인들이 힘들어질 거라고 생각하는 거죠. 세상 일이 늘 겉보기와 같진 않습니다."

"그럼 살인자는?"

틴은 어깨를 으쓱했다.

"이미 말씀드린 것 이상은 전 모릅니다. 하지만 영국의 잭 더 리퍼 같은 다른 살인과 같다면, 그자는 더욱 대담해지고, 더 폭력적이 될 겁니다. 지금 당장은 중요한 존재가 아니라 생각하는 여자들만 노렸죠. 하지만 계속 그런 식은 아닐 겁니다. 어느 여자든 만만한 대상이다 결론짓겠죠. 그런 자는, 법 그리고 다른 모든 이들을 상대로 게임을 하는 겁니다. 자기가 잡힐 수도 있단 생각을 하지 않아요. 잘못을 저지른다는 생각을 안 합니다.

* * *

할머니가 작별 인사를 하고 카밀라와 서로를 쿡쿡 찔러대며 웃고 났을 쯤에는, 빗발이 거세져 양철 지붕을 누가 쇠사슬로 두들기는 듯이 퍼부어대고 있었다. 공기는 무겁지만 비에 식어 서늘했다. 열린 가게 문 밖으로 빗발이 진흙길에 쏟아져 도로에 물길이 흐르고 있었다. 시시각각 어두워져 갔다.

"비 그칠 때까지 기다려야 해요." 카밀라가 말했다.

"딸 걱정시키고 싶지 않아서." 할머니가 말했다. "그리고, 천천히 갈 거요."

우리는 차로 뛰어갔지만, 차에 탔을 즈음엔 이미 홀딱 젖어 추웠다. 할머니가 차를 출발시켰다.

"뭐 알게 되신 거 있어요, 할머니?" 내가 물었다.

"글쎄다, 해리. 탐정 소설에서는 그냥 사람들에게 질문만 하고 다니면 마침내 누가 중요한 걸 말해주더라만. 흥미로운 이야기를 몇 가지 듣기야 했지만, 무슨 도움이 된 것 같진 않구나. 시간이 지나면 알게 되겠지."

시내 외곽에서, 무언가가 빗속에서 나타나 도로 한복판에서 멈춰 섰다.

벌거벗은 흑인 남자였다. 그는 성기를 움켜쥐고, 그걸로 차 후드를 두들기기라도 할 듯이 차를 향해 흔들어대고 있었다. 입을 벌리고 뭔가 소리를 내는 거 같았지만, 엔진과 빗소리에 듣기란 불가능했다.

비록 전에 한번도 본 적은 없었지만, 나는 그가 누구인지 소문으로 즉시 알았다.

"루트예요." 내가 말했다.

"뭐?" 할머니가 말했다.

"그게 저 사람 이름이에요. 위험하진 않아요."

"카밀라 아들 윌리엄 말이냐?"

"이젠 루트라고 불러요." 내가 말했다. "머리가 정상이 아니래요."

루트는 비틀비틀 길에서 물러나서, 양손을 치켜들고 하늘에 대고 말하고 있었다. 양손을 든 채 숲 속으로 어슬렁어슬렁 사라졌다.

"원, 세상에." 할머니가 말했다. "확실히⋯⋯ 크구나."

19장

컴컴한 가운데 쏟아지는 빗속에서 할머니는 도로에서 벗어났고 어느새 숲 쪽으로 향하고 있었다. 나무들이 우리에게 덤벼드는 듯했다.

할머니가 실수를 깨달았을 즈음엔, 차는 풀과 진흙에 미끄러지고 있었다. 차가 옆으로 돌아가더니 기름 바른 유리 위에 있는 것 마냥 느린 동작으로 미끄러지다가, 차 뒤를 플라타너스 나무에 살짝 박으면서 멈추었다.

"망할!" 할머니가 말했다.

할머니는 차를 빼내려 했지만, 애를 쓸수록 타이어가 풀을 뭉개 진탕으로 만들어 더 깊이 빠져들었다.

"옴짝달싹 못하게 됐다, 해리. 걸어가야겠어."

"제가 갈게요, 할머니. 아버지 데리고 와서 모시고 갈게요."

"내가 자초한 일이니, 너와 같이 비를 맞으며 걸어야지."

"그러실 필요 없어요."

"안다, 하지만 그러고 싶어. 여기 앉아서 기다리는 게 내키지 않는구나. 거기 좌석 아래 좀 찾아봐라."

나는 손을 아래로 넣었다. 경첩이 달린 제법 큰 나무 상자가 있었다.

"열어봐라." 할머니가 말했다. "아직 다 들어 있는지 보자꾸나."

안에는 손전등, 작은 권총, 구급약품 몇 가지, 성냥, 32구경 총탄한 상자, 그리고 차량용 불꽃신호기가 들어 있었다.

"네가 좀 들어주렴." 할머니가 말했다.

나는 상자를 닫았고, 우리는 차에서 내려 걷기 시작했다. 빗발은매우 거셌고, 곧 얼음으로 변했다. 한여름에 우박이라니, 게다가 너무 세게 쏟아져서, 우리는 나무 그늘이 가려주기를 바라며 도로에서샛길로 벗어나 숲속으로 들어갔다.

어둡고 비와 우박으로 시야가 흐릿했지만, 오래지 않아 우리가 있는 곳이 흔들다리로 향하는 샛길임을 나는 깨달았다.

나는 할머니에게 그렇게 말했다.

"그럼 모즈 오두막에서 별로 멀지 않겠구나." 할머니가 말했다. "거기에 잠시 있으면 되겠다."

나는 생각해 보았다. 마을 사람들에게 둘러싸인 오두막을 기억했다. 오두막에서 멀지 않은 곳에서 모즈는 목 매달렸다. 나는 그 오두막으로 가고 싶지 않았지만, 우박 때문에 선택의 여지가 없었다.

숲을 나와 강과 모즈의 오두막으로 이어지는 공터에 들어서자, 우박이 마치 우리를 땅 속으로 우겨넣을 듯이 내리쳤다. 머리에 혹이생기고 비에 젖어 뼛속까지 얼어붙었다. 이제는 밤처럼 캄캄했고,

할머니는 상자에서 손전등을 꺼내어 우리는 그 불빛에 의지하여 오두막으로 향하는 언덕길을 다급히 내려갔다. 반쯤 열린 오두막 문으로 우리는 뛰어들어갔다. 우리 때문에 놀란 너구리가 펄쩍 뒤로 뛰고는 우리를 향해 히익거렸다.

할머니는 나를 벽 쪽으로 밀고는 문을 열어둔 채 두었으나, 놀란 너구리는 떠나려 들지 않았다. 할머니가 의자를 들어 너구리를 찌르자 놈은 열린 문으로 달려나가, 우박과 빗속으로 사라졌다. 나는 거의 놈이 불쌍할 지경이었다.

문을 닫고 나무 빗장을 지른 다음, 할머니는 손전등으로 주위를 훑었다. 집안은 온통 뒤집어져 있었다. 모즈의 몇 안 되는 옷가지가 흐트러져 있었다. 밀가루는 쏟아지고 식품 깡통과 깨진 병들이 바닥에 널려 있었다. 모즈가 죽은 후 군중들이 그랬는지 짐승이 그랬는지 알 수 없었다.

썩어버린 음식이 든 병 옆 바닥에는, 액자에 든 흑인 여자 사진이 놓여 있었다. 또한 사라진 모즈의 아들 사진으로 짐작되는 것도 있었다. 그건 여자 사진 액자의 앞면 가장자리에 끼워져 있었다. 그 사진은 상당히 바래 있었다. 아이는 열한 살쯤 되어 보였다. 자세히 사진을 들여다본 나는, 그게 시어스 앤드 로벅 카탈로그에서 오려낸 백인 아이 사진이고, 얼굴을 연필로 까맣게 칠했음을 깨달았다. 그게 도대체 무슨 영문이었는지 알 수 없었다. 그때도. 지금도. 여자는 무척 검었고 이목구비는 딱히 뚜렷하지 않았다. 나는 액자를 테이블에 내려놓았다.

방 구석에는 단순한 나무 프레임에 매트리스를 얹고 이불 몇 장이 흐트러진 침대가 놓여 있었다.

"좀 냄새가 나네." 할머니가 말했다.

"모즈 할아버지 탓은 아니에요. 모즈 할아버지가 여기 살 때는 냄새 나지 않았어요."

할머니는 내 어깨에 팔을 둘렀다.

"안다, 해리."

폭풍은 더욱 거세져, 캄캄하고 우릉거리는 가운데 번개가 오두막의 창문 두 개를 가로질렀다.

"피곤하고 춥구나, 해리." 할머니가 말했다. "좀 기다려야 할 거야. 나는 좀 누워야겠다. 두 명 자리는 되네."

할머니는 침대 가장자리에 앉아, 나에게 손전등을 주었다. 갑자기 할머니가 제 나이로 보였다.

"괜찮으세요, 할머니?"

"그럼. 그냥 늙어서 그렇지. 그리고 이따금 심장이 좀 피곤해져. 별나게 뛰네. 좀 쉬면 괜찮을 거야."

더 말 없이, 할머니는 침대에 누워 이불을 덮었다. 나는 다른 이불을 가져다가 어깨에 두르고 작은 테이블 앞 의자에 앉았다. 잠시 후 일어나서 통조림들을 집어다 찬장에 넣었다. 사진 액자와 시어스 앤드 로벅에서 오린 사진을 테이블 한가운데 놓았다. 나는 이불을 두른 채 다시 의자에 앉아, 손전등을 끄고 눈을 감았다.

한낮이고 해서 졸리진 않았지만, 퍼붓는 비와 우박 그리고 어둠이 뭔가 최면을 거는 듯했다. 지붕에서 샌 물이 오두막 저편 구석에 뚝뚝 떨어지는 소리가 들렸다.

나는 그 소리에 집중하다가 잠들었다.

* * *

모즈 꿈을 꾸었다. 사람들이 문을 두들겨대는 바람에 그가 문을
열고, 사람들이 그를 끌어내는 광경을. 그러다가 아버지가 나타났고
모즈는 이제 괜찮겠지 하고 생각했지만, 그렇지 않았다. 그가 느꼈
을 두려움, 목을 매달리는 고통, 생명이 빠져나가는 느낌, 그리고 무
슨 이유에서인지, 그의 피부색.

나는 노크 소리에 펄쩍 깨어났다.

고개를 홱 돌려 비에 젖은 창문을 쳐다보고, 고함질렀다.

"할머니!"

할머니가 잠에서 깨어났다.

"해리? 해리?"

"창문이요."

할머니는 쳐다보았다. 창에는 검은 얼굴이 있었고, 머리에 뿔이 달
려 있었다. 유리 안 우리를 들여다보며, 손마디로 톡톡 노크하고 있
었다. 빗줄기가 강물처럼 유리에 흘러내려 얼굴을 흐릿하게 가렸다.

염소 인간.

할머니가 벌떡 일어나서, 침대 옆에 둔 상자를 집으려 했다. 하필
상자가 발에 채여 테이블 밑으로 들어가버렸다.

얼굴이 사라지고 문이 흔들렸다. 나무 빗장이 버텨주었다. 마치 누
가 입 안 가득 뭘 물고 말하려 드는 것 같은 소리가 바깥에서 들려왔

다. 문이 더 세게 당겨졌고, 한순간 나는 문이 부서질지도 모른다고 생각했다.

나는 테이블 아래로 기어들어가 상자를 집어서, 연 다음 할머니에게 주었다. 할머니는 38구경 권총을 꺼냈다.

"저리 꺼져, 망할! 꺼지지 않으면 문에다 총을 쏠 거야."

염소 인간은 그 말에 아랑곳하지 않았다. 문을 더 흔들어댔고, 그렇게 위협은 했지만 할머니는 문에다 총질을 하지 않았다.

마침내 문의 흔들림이 멈추었다. 창문 앞을 지나는 그의 모습이 얼핏 보였다. 두 번째 창문은 유리가 없었다. 누런 방수포가 덮여 있을 뿐이었다. 길고 부러진 손톱이 달린 시커먼 손이 방수포 아래로 들어와서는, 마치 무언가 붙잡고 기어들어올 만한 것을 찾는 듯 더듬거렸다. 할머니가 성큼 나서 권총 총신으로 그 손을 후려쳤다.

울부짖는 소리가 났다. 손이 홱 빠져나갔다. 우리는 한동안 귀를 기울였다. 아무 소리도 안 났다. 할머니는 창가로 천천히 다가가, 방수포를 걷었다. 축축한 바람이 밀려들어와 집안이 싸늘해졌다. 할머니는 조심스레 벽에 기대어 창밖을 내다보았다. 방수포 반대쪽으로 가서, 다시 들어올리고 그쪽에서도 내다보다가, 비명을 지르며 펄쩍 뛰어 물러났다.

"젠장!" 할머니는 가슴을 움켜쥐고 테이블 쪽으로 뒷걸음쳤다. "저기 밖에 있어. 내가 보자마자 도망갔다."

"염소 인간이에요."

"거의 믿을 지경이구나." 할머니가 말했다.

"뿔이 있었잖아요, 아니에요?"

"그랬지…… 뭔가 있었어."

할머니는 의자를 끌어왔고 우리는 둘 다 테이블 앞에 앉았다. 작은 리볼버 권총은 테이블 중앙 사진 액자 옆에 놓였다.

* * *

우박이 멈춘 것은 대략 한 시간쯤 뒤였던 것 같고, 좀 더 지나니 비가 잦아들고 하늘이 밝아졌다.

"루트였을 수도 있어." 할머니가 말했다.

"머리에 뿔을 달고요?"

할머니는 그 말에 대답하지 않았다. 우리는 잠시 더 기다린 다음, 조심스럽게, 할머니가 나를 시켜 빗장을 풀고 문을 열게 했다. 할머니는 권총을 뽑아들고 서 있었다.

염소 인간이 덤벼들지는 않았다. 우리는 둘 다 안도의 한숨을 내쉬었다. 할머니는 상자를 챙겼고, 우리는 거기서 나와 빗속으로 나섰다. 빗발은 이제 약해졌고 하늘은 훨씬 밝아졌다. 공기는 아기의 첫 숨결처럼 맑았다. 저지대 자체도 아름다웠다. 숲은 무성하고, 잎은 비에 젖어 묵직했으며, 블랙베리 덩굴은 구불구불 뒤틀리고 엉켜 토끼와 뱀들에게 몸 숨길 곳을 마련해주고 있었다. 떡갈나무를 휘감은 덩굴 옻나무조차 아름답고 푸르러 보였고 거의 만지고 싶을 정도였다.

하지만 덩굴 옻나무와 마찬가지로, 겉모습은 속임수일 수 있다. 그 아름다움 아래 저지대는 어두운 것들을 감추고 있고, 솔직히 말하자면 전도사 길에 도착했을 때는 엄청나게 마음이 놓였다.

우리는 차 있는 데 들러, 다시 차를 빼려고 해봤지만 어림없었다. 제대로 빠졌다.

집까지 걸어가는 것밖에 다른 방도가 없었다. 비는 그쳤고 햇볕이 뜨거워졌다. 길은 진흙탕이었다. 신발과 바지 밑단에 진흙이 처덕처덕 달라붙었다. 할머니의 신발과 치맛단도 마찬가지였다.

"다음에는 바지를 입을 테다." 할머니가 말했다.

할머니는 진심이었다. 딱 할머니가 할 만한 일이었고 스캔들이 될 것이다. 그 당시엔, 톰 같은 어린아이나 여배우가 아닌 이상, 여자가 바지를 입는다는 건 생각도 못 할 일이었다.

우리가 마침내 포치에 들어설 무렵엔 해가 중천을 넘어서 기울기 시작하고 있었다. 어머니가 문을 열었다. 걱정으로 제정신이 아니었다.

"괜찮으세요?" 어머니가 물었다. "어디 가셨더랬어요?"

"차가 길에서 미끄러졌어." 할머니가 말했다.

"그렇게 많이 걸으시면 안 돼요, 어머니. 심장은 어떠세요?"

"괜찮다. 난 거동 못 하는 사람 아니야."

우리 둘 다 옷을 갈아입는 사이 어머니가 데운 비스킷과 소금에 절인 돼지고기를 차려주었다. 할머니는 어머니에게 일부나마 사실대로 털어놓기까지 했다. 우리가 차를 타고 나갔다가 길에서 미끄러져 모즈 오두막에 있었다고 했다. 할머니는 우리가 펄 크리크에 갔던 일과, 루트를, 그리고 그의 물건을 본 얘기는 하지 않았다. 염소 인간 얘기는 하지 않았다.

샐리 레드백에게 사슬을 매고 나무에 걸어 차를 끌어내자는 게 내 생각이었지만, 어머니는 샐리가 그런 일을 하기엔 너무 늙었고 힘들어서 죽을지도 모른다고 내 아이디어를 퇴짜놓았다.

대신 내가 샐리를 타고 시내로 나가 아버지를 데려오는 것으로 결정났다. 아버지는 그 무렵 슬슬 다시 일에 손을 대려고 이발소에 나가고 있었다. 아버지는 마치 집을 나선 적 없었던 듯이 들어오곤 했다. 어쩌면 그보다는 아예 집에 돌아오지 않았던 듯이. 아버지는 방으로 들어가거나, 아니면 커다란 떡갈나무 아래 의자에 앉아 커다란 나뭇가지를 깎고 깎아 부스러기를 만들곤 했다.

시내로 나가는 김에, 나는 캐너튼 부인에게 책을 반납하고, 봐서 다른 책을 빌리기로 마음먹었다.

나는 굴레, 고삐, 책이 든 안장 가방을 샐리에게 얹었고, 우리 모험에 끼지 못해서 실망한 톰이 나와 함께 타고 가겠다고 우겼다. 나는 톰을 뒤에 앉혔고, 샐리는 우리를 태우고 끄덕끄덕 시내로 향했다.

이발소에서 나는 아버지 차가 거기 없음을 알아챘지만, 세실의 트럭은 있었고 가게는 열려 있었다. 우리는 노새에서 내려 안으로 들어갔다. 세실은 주로 쓰는 이발 의자에 앉아 소설 잡지를 읽고 있었다. 나는 그를 못 본 지 꽤 되었다. 세실은 피곤해 보였지만, 우리를 보고 반가워했다. 의자에서 일어나 우리에게 인사하러 다가와서, 톰을 안아올려 의자에 다시 앉아 자기 무릎에 앉혔다.

"세상에, 컸구나." 그가 말했다.

"작년보다 5센티미터 컸어요." 톰이 말했다.

"그리고 무거워졌고." 세실이 말했다. "금방 여자가 되겠는걸."

나는 톰만 관심을 받는 게 싫어서 다가가 그들 옆에 섰다. 가까이서 보니 세실 목 뒤 옷깃 바로 위에 가늘게 긁힌 상처가 있었다.

나는 좀 끼어들고 싶었다.

"아직 캐너튼 부인과 만나세요?"

"이따금씩." 세실이 말하며 톰의 눈가에 흘러내린 머리를 넘겨주었다. "하지만 요새는 그렇게 살갑지가 않더라고."

"오늘 그분을 만나러 갈 거예요." 내가 말했다. "빌려주신 책을 돌려드리러."

"안부 인사 전해드려라."

하마터면 내 임무를 까먹을 뻔했다.

"아버진 어디 계세요?"

"음, 지금은 안 계신데."

"어디 계신데요?"

"사실, 내 집에 계셔."

"왜요?" 톰이 물었다.

"쉬고 싶으셔서."

나는 뭔가 이상함을 알 수 있었다.

"제가 아저씨 집에 가서 살펴볼게요."

"톰은 여기 있어도 된다." 세실이 말했다.

"아냐." 톰이 말했다. "나도 갈래요."

"아버지는 정말로 혼자 있고 싶어하셔." 세실이 말했다.

"이건 비상사태예요." 내가 말했다.

"네가 가서 모셔오는 게 나을 거다." 세실이 말했다. "톰은 여기서 나를 도와 청소하고, 5센트 벌면 되지."

"5센트요." 톰이 말했다. "전부 다요?"

"일해서 벌어야지. 할 일이 있어. 비질하고. 저 거울 닦고, 헤어오일 병도 닦고"

"그럼 전 가볼게요." 내가 말했다.

세실은 고개를 끄덕였다. 나는 앞문을 나와 이발소 옆 나무에 묶어두었던 샐리의 밧줄을 풀고, 세실 집으로 향했다. 도착할 무렵엔 해가 남색 접시에서 미끄러지는 고구마 덩어리마냥 지평선으로 떨어지고 있었다.

나는 세실 집에 딱 한 번 가봤었는데, 아버지가 세실을 가게에 일찍 부르려고 했을 때였다. 아버지가 내게 위치를 알려주고 그리 심부름을 보냈었는데, 길은 쉽게 기억이 났다.

세실의 집은 딱 시내 가장자리, 나무 몇 그루 가운데 있었는데 딱히 볼만한 것은 없었다. 녹슨 양철지붕을 얹은 방 두 개짜리 회색 오두막이고 미국풍나무 몇 그루가 둘러싸고 있었다. 그 나무 가지 중 하나는 마치 양철지붕을 벗겨내고 안을 들여다보기라도 하려는 것처럼 지붕을 받쳐드는 각도로 자라났다. 포치는 군데군데 썩었고 나무에 뚫린 구멍으로 아래 땅바닥이 보였다. 집 주위 땅바닥에는 미국풍나무 열매가 널려 있었다.

아버지 차는 집 뒤쪽, 변소에서 멀지 않은 곳에 주차되어 있었나. 운전석 문이 반쯤 열려 있었다. 뒤쪽 나무에는 세실이 가끔 트럭 짐칸에 다는 옆판이 기대어 있고 낚싯배는 썩지 않게끔 벽돌 위에 올려져 있었다.

나는 샐리를 나무에 묶고, 차 문을 닫은 다음, 포치에 올라가 아버지를 불렀다. 대답이 없었다. 문을 밀어보니 스륵 열렸다. 안에서 희미하게 고약한 냄새가 났다. 나는 안으로 들어가 둘러보았다. 나무 스토브, 창문에 걸린 친츠 커튼, 테이블, 의자 두어 개. 아버지는 없었다.

두 번째 방은 문에 커튼이 드리워져 있었다. 커튼을 밀쳐보니 거기서 고약한 냄새가 났고, 그 근원은 아버지였다.

아버지는 침대에 누워 잠들어 있었고, 입술을 푸르르 떨며 숨을 내쉬고 있었다. 방은 아버지 입냄새로 가득했고, 숨결에 실린 그 악취는 술이었다. 침대 옆에 길쭉한 병이 쓰러져 있었고 위스키가 바닥에 쏟아져 있었다.

나는 어찌할 바를 몰라 거기 선 채 아버지를 쳐다보았다. 아버지가 취한 모습은 한 번도 본 적이 없었다. 이따금 술을 즐기는 건 알고 있었지만, 그냥 한 잔 정도였다. 그러나 여기에 아버지가 침대에 뻗어 있고 빈 위스키 병이 먼지 속에 구르고 있었다.

그제야 왜 아버지를 볼 일이 줄어들었는지, 왜 매번 우리에게서 멀찍이 떨어지려 했는지 알았다. 아버지는 계속 술을 마시고 있었던 거다. 전에는 동정했는데, 이제는 실망이었다.

어머니의 마음고생이 어땠을지 짐작이 가기 시작했고, 어떻게 그걸 견디며 우리에게 비밀로 했는지 놀라웠다. 할머니도 아마 알고 있었을 것이다. 늘 사랑해 왔지만 그 두 분이 갑자기 더 우러러보였다.

나는 아버지 옆에 섰고, 한 대 치고 싶은 기분이었다. 그냥 깨우지 않기로 마음먹었다. 일어나봐야 아무 도움 안 될 거고, 저런 모습의 아버지가 일어나 있는 모습은 보고 싶지 않았다. 내 얼굴의 실망한 표정을 보이고 싶지 않았고, 아버지 얼굴의 실망한 표정을 보고 싶지 않았다.

나는 조용히 방을 빠져나와, 현관문을 닫고, 샐리를 타고 다시 이발소로 돌아갔다.

* * *

돌아와 보니, 톰은 세실이 시킨 청소 일을 거의 마쳤고, 세실은 상으로 닥터 페퍼와 땅콩 과자를 사오라고 톰을 잡화점에 심부름 보냈다.

톰이 가고 나자 세실이 말했다.

"네가 몰랐으면 했어."

"아버지는 술 마시러 시내에 나왔던 거군요?"

세실은 고개를 끄덕였다.

"가끔 내 집에 가곤 하셔. 내 생각에 술을 마실 거면 사람들 눈에 뜨이지 않는 데가 나을 거 같아서. 보통은 이 시간 전에 술 깨시는데. 난 정말이지 너희 아버지에게 뭐라 해야 할지 모르겠더라. 쉽게 넘기질 못하시더라고."

"누구한텐 쉬운가요."

"아버지에게 너무 그러지 마라, 해리. 좋은 분이셔. 그냥 약해지신 것뿐이야. 사람이 쓰러져 있을 때 걷어차는 거야 하나 어려울 거 없지."

"전 아버지 걷어차는 게 아니에요. 할머니 차가 길 아래로 미끄러져서 끌어올려야 하는데 도움이 필요해서 시내에 나온 거예요."

"오늘 뭐 손님들이 줄을 서는 것도 아니고 하니. 괜찮다면 내가 도와주지. 너희 아버지 차 쓰면 되겠다."

나와 세실은 같이 계획을 짰다. 톰이 아버지와 맞닥뜨릴 일 없게끔 나는 톰을 데리고 캐너튼 부인 집에 가고, 세실은 샐리를 끌고 걸어가서 아버지 차를 가져오기로 했다. 그는 자기 집 뒤에 괜찮은 풀밭이 있으니, 긴 밧줄로 묶어놔서 우리가 돌아올 때까지 샐리가 풀을 뜯을 수 있게 해놓겠다고 했다. 그런 다음 아버지 차를 타고 캐너튼 부인 집 앞에서 우리와 만나기로 했다. 세실이 캐너튼 부인을 만나고 싶은 모양이었다.

나와 톰은 캐너튼 부인 집 문을 두들겼으나, 그녀는 집에 없었다. 나는 포치 그네에다가 책을 두었고, 새 책을 빌리지 못해 섭섭했다.

나와 톰은 그 집 현관 포치에 앉아 세실을 기다리며, 닥터 페퍼를 마시고 땅콩 과자를 먹었다. 오래지 않아 세실이 나타났다. 그가 차에서 내리지 않아 우리가 가서 차에 탔다.

"아빠는 없어요?" 톰이 말했다.

"일하러 가셨어." 세실이 말했다. "나중에 만나게 될 거다."

우리는 전도사 길로 향했다.

* * *

할머니 차를 진흙탕에서 끌어냈을 즈음엔 이미 깜깜해져 있었다.

312

아버지 차를 탄 세실의 뒤를 따라 집까지 몰고가는 것 외엔 내가 달리 할 수 있는 일은 없었다.

톰은 세실과 함께 갔다. 세실은 톰을 무릎에 앉히고 운전대를 잡게 해주었지만 오래 그러진 않았다. 톰은 곧 내려가 옆에 앉았다. 세실은 상냥하긴 해도 아이가 사고를 내게 둘 만큼 어리석진 않았다.

나는 그 뒤를 따라갔고, 운전대를 좀 세게 꺾어서 차가 한쪽으로 많이 갔다가 다시 반대쪽으로 홱 향하곤 했지만, 다시 길 아래로 빠지거나 나무에 정면충돌하지 않고 무사히 집에 도착했다.

우리가 집에 들렀다가 내가 세실과 함께 아버지 차를 타고 샐리를 데리러 갈 즈음엔, 깜깜했고 으깬 감자 같은 달 위로 먹구름이 태운 그레이비소스처럼 흘러가고 있었다.

세실의 집에 가보니 아버지는 없었다. 차도 없이 어디로 갔는진 모르겠지만, 사라졌다. 침대 옆에 있던 위스키 병도 없어졌다. 다른 건 몰라도, 아버지는 깔끔한 술꾼이었다.

"너희 할머님이 내일 아버지를 시내에 태워다주실 수 있을 거야." 세실이 말했다. "아버지 차는 아침 일찍 이발소에 갖다놓을게. 너는 그냥 노새 타고 집에 가는 게 좋겠다. 이 밤중에 운전하고 가기엔 네가 경험이 없어 안 되겠다, 해리."

"고맙습니다."

"괜찮다."

우리는 앞쪽 포치로 나왔다. 나는 어색하고 손을 어째야 할지 알수가 없었다. 마침내 한 손을 세실에게 내밀었다. 세실과 나는 악수를 나누었다. 나는 샐리 레드백에 올라 집으로 향했다.

완전히 캄캄해져 있었고, 운이 꼬이려니 바람이 세졌다. 나는 캐너튼 부인 댁에 책을 돌려줄 수 있을까 해서 들렀지만, 불은 꺼져 있었고 책은 여전히 포치 그네에 놓인 채였다. 나는 거기다 책을 뒀다가 다시 비가 오면 젖을까 걱정되었다. 그래서 책을 챙겨서 샐리의 안장주머니에 넣고 올라탔다.

혼자 이렇게 늦은 시간에 밖에 나와본 적이 거의 없었기 때문에, 이 기회를 이용하기로 나는 마음먹었다. 나는 미스 매기 집에 갔다. 캐너튼 부인 집과 달리, 창에 불빛이 있었다. 또한 마당에 차가 한 대 세워져 있었다. 차 뒤쪽이 나를 향하고 있어서 제대로 보이지 않았다. 나는 샐리를 나무 사이로 몰아 들어가서 잠시 기다리며, 미스 매기를 보고 갈까 그냥 집에 갈까 망설였다. 그냥 집에 가야겠다는 결론을 내렸을 때, 차 문이 닫히는 소리가 나기에 고개를 들어 쳐다보았다. 차 시동이 걸렸다. 후미등이 빛났다. 한쪽이 깨져 있었다. 우리가 모즈에 대한 쪽지를 받았을 때 떠나갔던 바로 그 차였다.

차가 빠른 속도로 집 주위를 빙 돌면서 마당 한가운데를 가로질러 옆쪽 나무들 사이로 나갔다. 나는 애썼지만, 눈에 들어온 것은 모자를 쓴 남자, 그게 다였다. 차는 흙길에 다다라, 깨진 후미등을 내 쪽으로 번뜩이고 사라졌다.

나는 그 뒤를 쫓아가기 시작했지만, 곧 그만두었다. 샐리는 그 차를 따라잡을 수 없었다. 내가 조금만 몰아붙여도 샐리는 픽 쓰러져 죽을 것이다.

나는 내려서 나무에다 샐리를 묶고, 미스 매기 집으로 걸어갔다. 공기 중에 설명할 수 없는 무언가가 느껴졌다. 어쩌면 그냥 차 때문에 신경이 곤두섰을 수도 있지만, 마치 사방에 바늘이 가득하고 그 차가운 끝이 내 피부를 찔러대는 기분이었다.

나는 조용히 미스 매기네 포치에 올라갔다. 몸을 돌려 나귀우리를 쳐다보았다. 나귀는 거기 있었다. 돼지는 돼지우리 한쪽 구석 자기가 만든 진흙구덩이에 누워 있었다.

방충망은 닫혀 있었지만, 문은 살짝 열려 있었다. 나무 스토브 위에 놓인 등유 램프가 보였다. 미스 매기가 거기에 두는 건 한 번도 본 적이 없었다.

나는 그녀의 이름을 불렀다.

아무 대답이 없었다.

나는 노크했다.

여전히 아무 대답이 없었다.

나는 몇 번을 더 불렀다. 그리고 이번에 대답이 없자, 문을 열고 안으로 들어갔다.

"미스 매기." 나는 몇 번 더 시도했다.

나는 여전히 그녀의 이름을 부르며 작은 커튼 쪽으로 갔다. 커튼을 젖혔다. 램프 불빛이 들어와 침대에 오렌지색 빛을 드리웠다.

미스 매기는 감자자루로 만든 옷을 입고 침대에 누워 있었고, 그 손은 예수님을 경배하는 자세로 머리 위로 치켜들었고, 손목이 벽에 눌려 마치 뭔가를 떨구는 듯 그 마르고 검은 손이 아래쪽을 향하고 있었다. 눈을 뜨고 있었다.

속이 조여들더니 신물이 느껴졌다. 나는 그녀의 이름을 불렀다. 다가가서 어깨를 살며시 만졌다. 아직 따뜻했지만, 반응하지 않았다.

"미스 매기." 나는 말하고, 울기 시작했다.

나는 거기서 나와 커튼을 도로 쳤다. 램프로 다가가 훅 불어 껐다.

나는 포치로 나가서 한참을 거기 서서 밤의 어둠을 응시했다. 밤은 아무것도 말해주지 않았다. 나는 마치 꿈꾸는 듯 샐리에게로 걸어갔다. 밧줄을 풀고 노새에 올랐다. 집을 향해 타고 가기 시작했다.

샐리를 심하게 몰진 않았지만, 샐리가 지치지 않을 한도 내에서 최대한 속력을 냈다. 그러는 사이, 나는 머릿속으로 무언가를 끼워 맞추려 하고 있었다. 그 깨진 후미등에 관해 추리하려 애썼다.

어둠 속에서 누군가 튀어나와 샐리의 굴레를 붙잡았다.

* * *

"해리." 아버지가 말했다. "미안하다. 놀라게 할 생각은 아니었어. 누가 차를 훔쳐간 줄만 알았지. 길을 따라 집에 걸어가던 참이었어. 네가 길모퉁이를 돌아서 오는 걸 봤지. 네가 나한테서 도망칠까 싶어서."

"취하셨군요." 나는 말했다.

"아까는." 아버지가 말하고는 샐리의 굴레를 놓았다. "지금은 아니야. 걸으면서 술 다 깼어."

"주무시면서 술기운은 다 깬 줄 알았어요."

한순간, 아버지의 고개 각도에서 아버지가 내 말이 지나치다고 생각한다는 걸 알 수 있었다. 하지만 아버지는 자세를 풀고 넘어갔다.

"차는 도둑맞은 거 아니에요. 세실 집에 있어요. 할머니 차가 길

옆으로 굴러서 끌어올리려면 차가 필요했거든요. 아버지 모시러 거기 갔더니, 주무시고 계셔서."

"미안하다, 해리."

"미스 매기, 죽었어요."

"뭐?"

"죽었다고요. 집에 아버지 데리러 가던 참이었어요. 어쩌면 돌아와 계실지도 모르겠다 싶어서. 아버지가 너무 취해 있지 않기를 바라고 있었어요. 어차피 미스 매기에게는 이제 아무 도움도 되지 않겠지만."

"미스 매기는 원체 나이가 있었잖니, 해리."

아버지는 샐리에게 기대다시피 하고 말했다. 나는 차에 대해서, 후미등에 대해 얘기했다.

"좋아." 아버지가 말했다. "내가 뒤에 타마."

아버지는 약간 버거워하며 샐리에 올라탔고, 우리는 미스 매기네 집으로 돌아갔다.

안에서 아버지는 램프에 불을 붙이고, 커튼을 젖히고는, 침대 가장자리에 앉아 살펴보았다. 아버지가 제일 먼저 한 일은 그녀의 눈을 감겨주는 것이었다. 아버지는 그녀의 피부를 만져보았다.

"아직 온기가 좀 있는데."

"내가 발견했을 땐 정말 따뜻했어요."

아버지는 램프를 그녀의 얼굴 가까이 가져갔다.

"누군가 손으로 목을 붙잡았어. 그리고 바닥에 베개가 떨어져 있고. 그걸로 얼굴을 누른 모양이다. 그녀는 살해당했어, 해리."

아버지는 그 말을 할 때 고개를 돌려 나를 쳐다보았고, 램프 불빛 속 아버지 얼굴은 마치 밀랍으로 만들어진 것 같았다.

내 얼굴에 떠오른 무언가가 아버지가 알고 싶지 않았던 것을 깨닫게 한 모양이었다.

"이젠 아무것도 모르겠다, 애야." 아버지가 말했다. "하지만 그건 알겠어."

5부

20장

어떤 사람들은 오직 우리의 기억 속에서만 존재한다. 그 기억 속에서만 의미가 있거나, 또는 지나치게 큰 의미를 지닌다. 이제 아무도 늙은 매기에 대해 이야기하지 않는다. 나 말고 그녀를 기억하는 사람이 누구 있을지 모르겠다. 열심히 생각하면 그 맛이 느껴질 정도인 그녀의 요리의 기억. 이상하고 근사하며, 한 점 의심 없이 풀어놓던 그 이야기들의 기억.

그러나 어쩌면 그 또한 자만일지 모른다. 어딘가 매기의 가족이 있을 것이다. 살아 있을지도 모른다. 나만큼 늙거나, 아니면 나보다 더 늙었거나.

그들은 기억할 수 있겠지.

하지만 그들에겐 내 기억이 없다.

매기.

이젠 없다.

살해당했다.

그리고 마치 아무 일도 없었던 듯이 계절은 흘러갔다.

* * *

우리는 차를 가지러 세실 집으로 돌아갔다. 세실과 아버지는 별로
말이 없었고, 그 다음 아버지는 천천히 차를 몰고 나는 샐리를 타고
집으로 갔다.

집으로 가는 내내 나는 불쌍한 미스 매기와, 마지막으로 보았을
때 그녀가 언짢아했던 일을 떠올렸다. 집에 가는 동안 실컷 다 울고
집에 가서 식구들 앞에서는 울지 않을 참이었다.

집에서 아버지는 식탁에 앉아 커피를 마시며 미스 매기 살인사건
을 추리하려 애썼고 그러는 동안 어머니는 그 곁에 앉아 있었다.

나는 아버지에게 내가 봤던 후미등 깨진 자동차, 모즈에 대한 쪽
지를 보냈던 것과 같은 그 차 얘기를 했다. 또한 할머니와 내가 마지
막으로 미스 매기를 만났을 때의 상황과, 내가 레드 우드로 얘기를
꺼내자 미스 매기가 언짢아했다는 것도 말했다. 할머니는 레드가 정
말은 미스 매기의 아들이라는 소문을 아버지에게 말해주었다.

아버지는 그 얘기에 몹시 놀란 듯했다.

"저하고 레드는 한때는 형제 같았어요." 아버지가 말했다. "그랬
다면 제가 알았을 겁니다."

"음." 어머니가 말했다. "레드를 키운 건 그 노인이었으니, 가능하

지."

아버지가 고개를 끄덕였다.

"하지만 자기를 키운 사람인데, 왜 죽이겠어?"

"내가 이유를 말해주지." 할머니가 말했다. "해리 말을 들어보니 레드는 흑인을 안 좋아한다던데. 자기를 백인으로 여겼고 우월하다고 생각해 왔는데, 어느 날 미스 매기가 그에게 말했나 보지. 무슨 이유에서인지, 그냥 털어놓은 거야. 생각만 해도 견딜 수 없어서, 그녀를 죽인 거지."

"매기가 그에게 말했다 쳐요." 아버지가 말했다. "그리고 모즈가 자기 아버지라는 걸 깨닫고, KKK단에 연줄이 있어서 우리에게 모즈에 대해 일러주려고 했다고 칩시다, 그럼 왜 새삼 미스 매기를 죽이겠어요?"

"그것도 알아냈어." 할머니가 말했다.

"의견이 있으실 줄 알았습니다." 아버지가 말했다.

"레드가 출생의 비밀을 알게 되고, KKK단 연줄을 통해 누군가 모즈가 용의자로 붙잡혀 있다는 얘기를 흘렸다는 걸 듣게 되었다고 치자고, 그리고 그 노인네에게 사람들이 무슨 짓을 할지 알게 되었다고. 그 전날까지만 해도 그 계획에 전적으로 찬성이었다가, 그 노인이 자기 아버지임을 알게 된 거야. 레드는 그걸 막으려고 자네한테 쪽지를 보내지. 하지만 막지 못하고, 미스 매기가 나중에 그 일을 두고 뭐라 했겠지, 직접 끼어들거나 아니면 자네를 도와 막지 않아서 지 아버지를 죽게 만들었다고 말이야. 그래서 홧김에 그녀마저 죽인 거야."

"가능성 있어 보이네요." 아버지가 말했다.

"해야 할 일은, 가서 레드를 만나는 거야, 여보. 차 후미등이 깨져 있는지."

어머니의 말에 아버지는 고개를 끄덕였다. 톰이 아버지 무릎에 기어올라가 목을 껴안았다. 아버지는 그 애의 등을 살며시 토닥였다.

* * *

다음날 아버지는 레드를 찾으러 갔지만, 어디에서도 보이지 않았다. 그는 자기 일을 하고 있지 않았고, 일주일 동안 아무도 그를 보지 못했다. 그의 차도 사라졌다.

며칠 후 옆 카운티에서 사냥하던 사람이 숲 속 오솔길에 주차된 그의 차를 발견했다. 사실 차가 다닐 만한 큰 길이 아니었지만 빠르고 거칠게 몰아서 들어온 듯이 보였다. 온통 덤불과 나뭇가지에 긁힌 자국 투성이었다. 한쪽 후미등이 없었다.

확정적이진 않았지만, 레드가 미스 매기를 살해하고, 우리에게 모즈에 대해 일러준 사람인 듯했다. 할머니의 추리가 이치에 닿는 듯했다.

그래도 다른 미스터리가 있었다.

미스 매기는 그룬 씨가 기증한 삼나무 상자에 안치되어 자기 땅 뒤편에 묻혔다. 장례식은 간소했지만 흑백을 막론하고 많은 이들이 참석했다. 미스 매기는 널리 사랑받았다.

그녀의 집에서 누군가 서툰 글씨로 써주고 그녀의 서명이 적힌 종이가 발견되었다. 그녀는 노새와 돼지들은 사람들이 쓸 수 있게 주고 친구들이 와서 집을 깨끗이 치워주기를 바랐다. 그건 즉시 실행되었다, 노새와 돼지들 주인을 찾기도 전에. 또한 그녀의 유언장에서는 땅을 팔아 그 돈을 레드 우드로에게 주라고 되어 있었다. 땅은 팔렸지만, 레드 우드로가 나타나서 돈을 받아가는 일은 없었다.

미스터리는, 미스 매기가 묻힌 다음날, 누군가 시체를 파낸 것이다. 구덩이 안에는 아무것도 없었고, 내가 아는 한 이날까지 그 시체가 어찌 되었는지 왜 파냈는지 아무도 알지 못한다.

미스 매기 일 이후로, 어쩌면 그 여자들 살인범은 모즈가 아니라 레드였으며, 최후의 격분 속에 그가 미스 매기를 죽였을지도 모른다는 소문이 마을에 돌았다.

물론, 이런 얘기를 하는 사람들은 그녀가 그의 어머니이고 모즈가 아버지라는 사실을, 그가 아버지에게 린치에 대해 알리는 쪽지를 보낸 듯하다는 것을 알지 못했다. 아버지는 그 모든 것을 비밀로 했다.

아버지는 사람들에겐 내가 미스 매기의 집에서 차를 봤으며, 뭔가 수상하다 생각하고 아버지를 데려와 수사하게 된 것으로 해두었다. 내가 시체를 발견한 대목은 감추었다. 아버지는 자칫하면 내게 혐의가 올까 걱정했다.

레드가 매기를 죽인 동기로 짐작되는 것은 땅바닥의 개미들만큼이나 많았다. 좀 뒤가 구리다는 소문이 있던 레드가 그녀 집에 묻혀 있던 돈을 훔쳤다는 가설이 가장 인기 있었다.

이는 왜 미스 매기가 유언장에서 땅 판 돈을 그에게 남겼을까 하는 궁금증으로 이어졌다. 어떤 사람들은 그가 그녀에게 그렇게 시킨 거라고 했지만, 그걸로는 노새와 돼지들, 집안 살림에 대한 대목이 설명되지 않았다.

몇 년 후, 레드가 미스 매기의 아들이라는 이야기가 돌자 세부 사항이 좀 바뀌었다. 레드가 돌아와서 시체를 파내어 혼자만 아는 곳에 묻었다고 했다. 흑인 부두 주술사가 시체 부위를 쓰려고 파냈다는 소문도 있었고, 미스 매기의 쭈글쭈글 마른 손이 영광의 손(사형수의 손을 잘라 특별한 처리와 의식을 거친 것으로 미신에 따르면 마법적 효력이 있다고 여겨진다 — 옮긴이)이 되었다고 하는 얘기도 있었다. 수년간 그걸 봤다는 사람이 여럿 있었다. 도대체 마른 흑인 손을 보고 그게 누구 것인지 알 수 있기나 하다는 듯이.

어느 날 이발소에서, 나와 톰 그리고 세실이 있을 때, 에반스 씨가 세실이 그의 귓가 머리카락을 찰칵찰칵 자르는 동안 추측하던 기억이 난다. 에반스 씨는 추측하기 좋아하는 사람이었다. 할머니와 마찬가지로, 그는 살인 미스터리를 읽고 자기를 제법 탐정이라 여겼으나, 이발소에 있는 잡지 속 이야기를 풀려고 해본 게 그가 한 추리의 전부였다.

그는 작고 뚱뚱하며 대머리로, 뭔가 강조하거나 미스터리를 전개할 때면 입술을 오므리는 버릇이 있었다.

"미스 매기가 돈을 묻어뒀거나 숨겨두었고, 그걸 레드가 알게 되었다 쳐보자고."

"어떻게요?" 세실이 물었다.

"웬 깜둥이가 뭘 알게 되어 레드에게 말했겠지. 그러니까, 미스 매기에 대해 뭔가 알게 되어 그걸로 눈치를 챘는데, 무슨 일로 레드가 잡아들였겠지. 그러니까, 뭔가 범죄 말이야."

"누굴 잡아들여요?"

"웬 깜둥이 말야. 제대로 안 들었구만. 어떤 특정한 깜둥이가 아니라. 그냥 가상의 깜둥이. 그리고 이 깜둥이가, 자기 죗값을 줄여보려고……"

"뭘 저질렀는데요?" 세실이 물었다.

"아무 짓도 안 했어. 가상의 인물이래도. 아무튼, 이 작자가 돈에 대해 알고 레드에게 짐작 가는 장소를 말했겠지, 그래서 레드가 그걸 가지러 가보니 거기 없지 뭐야. 그래서 미스 매기에게 실토하게 만들려다가 그만 실수로 죽여 버린 거지."

"나라면 말이야," 보통은 조용한 편인 오버올 차림의 캘혼 씨가 입을 열었다. "나한테 거짓말을 한 그 가상의 깜둥이 놈을 족치겠어. 불쌍한 늙은 깜둥이 여자가 아니라."

"다들 말이 안 통하는구만." 명탐정 에반스 씨가 말했다.

"레드가 돈을 가져갔을까요?" 세실이 물었다.

"나야 모르지." 에반스 씨가 말했다 "하지만 그랬다는 쪽에 걸겠어. 아마 누구 도와준 사람이 있었을 거야. 여자. 자기 차를 버리고 여자 차로 떠났겠지."

"왜 자기 차를 버려요?" 세실이 물었다.

"여기 해리가 그 차를 목격했으니 알아봤을지도 모른다 생각해서."

"얘가 차를 본 걸 레드가 어떻게 알고요?"

"해리를 본 게 틀림없어." 에반스 씨가 말했다. "허, 그 부분은 생각하지 못했네. 하루 이틀만 기다려봐."

이 추론 말고 다른 것들도 있었다. 어떤 이는 레드가 미스 매기만 죽인 게 아니라, 저지대 살인자라고(그 살인자의 호칭이 그렇게 붙었다.) 했다.

하지만 이건 인기 있는 가설은 아니었다. 거기에 어긋나는 사실이 너무 많았다. 우선 미스 매기는 시신이 훼손되거나 묶이지 않았다. 둘째로, 백인은 그런 끔찍한 살인을 저지르지 않으리라 여기는 사람들이 있었다. 그리고 셋째, 대부분은 진범이 목 매달렸다고 확신했다. 모즈임이 틀림없다는 결론을 내린 이유는 간단했다. 그 후로 저지대에서 비슷한 살인이 없었으니까.

레드가 미스 매기를 죽이지 않았다고 생각하는 사람들도 많았다.

물론, 거기에는 많은 의문이 남았다. 왜 레드의 차가 미스 매기네 집에 있었을까? 왜 그는 사라졌는가? 왜 그의 차가 저지대에서 그런 식으로 숲속으로 돌진한 채 발견되었을까?

그 모든 질문에 맞는 답이 있었다. 그가 돈을 찾아내어 그걸 갖고 어딘가로 도망갔다든가. 언젠가는 해외에 가고 싶다고 그가 말하는 걸 들은 사람들이 있지 않았던가?

요점은, 진짜 결론은 아무것도 나지 않았고 그 사건은 결국 '신원불명의 깜둥이 살인'이 되어버렸다. 아버지 말고는 아무도 거기 신경 쓰지 않았다. 레드를 걱정하는 사람들이 더 많았다.

그는 정말로 저지대 살인자에게 잡혀간 걸까? 어쩌면 살인자의 정체에 대한 단서를 발견해서, 살인자가 그를 처치했을지도 모른다.

레드가 이전에 살인자에 대해 신경 쓰지 않았는데도 불구하고 이게 그가 숨겨진 돈을 찾아 파리나 어디로 떠다는 것 다음으로 인기 있는 가설이었다.

레드의 친구가 세계 온갖 이국적인 곳에서 그가 가명으로 써보낸 엽서를 정기적으로 받는다는 소문도 있었다. 또한 그 엽서들 중 몇 장에는 립스틱 자국이, 그가 전 세계 각국의 여자친구들에게 부탁한 부드럽고 붉은 입술의 키스 흔적이 남아 있었다.

물론, 이 엽서들이 단기간에 전 세계 곳곳에서 왔다 하니, 전적으로 설득력이 있는 이야기는 아니었다.

나는 아버지가 어떤 해답도 얻지 못했다는 사실이 이전보다 상황을 더 악화시켰다고 생각한다. 며칠 동안 아버지는 예전 모습으로 돌아갔지만, 수사는 레드의 차가 발견된 지점에서 그쳤고 그 외엔 아무것도 나오지 않았다.

그 모든 것들이 바위처럼 짓눌러와 아버지는 여러 달 동안 있던 그 어두운 나락으로 다시 떨어졌으며, 이전과는 달리 취했을 때 우리를 피하지도 않았고 이내 위스키 병들이 집에 훤히 보이는 곳에 늘어서 있었다.

할머니는 아버지를 강경한 태도로 대하며 이런저런 모욕을 하기도 했지만 아버지는 꿈적도 하지 않았다.

마침내, 아버지는 술병을 끼고 헛간으로 나가서 지냈고 마치 더 이상 존재하지 않는 것 같았다. 비록 이제는 세실이 이발소 일을 대부분 맡기는 해도 아버지가 거기서 돈을 좀 벌었고 집 주위에서 이런저런 일을 하긴 했지만, 밭일은 내 몫이 되었고 나는 솜씨가 별로였다.

우리는 그 어느 때보다도 힘겹게 생계를 꾸려가고 있었다.

농사가 힘겨운 것만으로는 부족하기라도 한 듯이, 비가 거세게 내리기 시작하여, 할머니와 내가 모즈의 오두막에 발이 묶여 있었던 날보다 더 심하게 땅을 때려댔다.

비가 그렇게 쏟아지니, 제대로 밭일을 할 수 없었다. 비는 며칠 동안 계속되며 밭에 콸콸 흘러 겉흙을 쓸어갔고, 작물도 같이 쓸려가거나 아니면 넘어지고 말았다.

할머니는 그게 제일 빌어먹을 일이었다고 말했다. 이미 모든 게 말라죽고 날아가는 걸 겪고 난 마당에, 이제 또 모든 게 물에 잠기고 쓸려가는 일을 당해야 한다니 말이다.

비는 홍수가 되었고 사빈 강은 불어나 흙탕물이 미친 듯 소용돌이치며 빠르게 흘러갔다. 강은 약한 강둑을 집어삼키고 나무를 뿌리뽑으며 물길을 바꾸었고, 그중 몇 그루는 노아의 방주 뱃머리를 만들고도 남을 만큼 컸다.

하지만 결국엔 그 역시 지나갔다. 비가 그치고, 먹구름이 갈라지며 그 틈새로 파란 하늘과 눈부신 황금빛 태양이 모습을 드러냈다. 사실, 아랍 사막만큼이나 뜨겁고 건조하게 바뀌었다. 땅에는 상처에 생긴 딱지처럼 진흙이 쌓인 채 단단히 굳어졌다.

밤에는 하늘을 감싸고 있던 어두운 자루가 찢어지고 별들이 쏟아져 나와 검은 벨벳 하늘에서 겁에 질린 동물의 눈처럼 번쩍였다.

강은 울부짖음을 멈추고, 옥수수빵과 콩으로 배를 채우고 만족스레 잠든 남자처럼 웅얼거렸다. 강둑은 더 이상 무너지지 않았고 땅은 다시 단단해졌으며, 강은 마치 하늘에 학대당한 적 없다는 듯이 행복하게 새로운 영역을 편안하게 흘러갔다.

클렘 섬션은 우리 집에서 약 16킬로미터 정도 떨어진, 당시 고속도로 노릇을 하던 작은 길이 갈라진 곳에 살았다. 지금은 그걸 고속도로라 여기지 않겠지만 그땐 큰길이었고, 거기서 꺾어져서 타일러쪽으로 가로질러 가려고 하면, 사빈 강가에 자리한 섬션 씨의 집을지나가야 했다.

클렘네 옥외변소는 사빈 강둑에 있었고, 그와 가족들이 배출한 것이 강으로 곧장 들어가게 되어 있었다. 우리 아버지 같은 분은 질색했지만 많은 사람들이 그렇게 했다. 그 시대 그 지역의 하수 개념이그랬다. 아버지는 그게 더러울 뿐만 아니라 게으르다고 여겼다. 제대로 된 옥외 변소를 만들려면 제대로 구덩이를 파는 끈기가 있어야 한다. 아주 깊은 구덩이. 구덩이가 다 차면 새 구덩이를 파서 변소를 옮기고, 예전 구덩이는 메우고, 새 구덩이를 채우기 시작하는것이다.

게으른 방식은, 변소를 강가에 지어 분뇨가 비탈을 타고 강둑으로떨어지게 하는 것이다. 물이 올라오면 분뇨는 쓸려 내려간다. 물이올라오지 않으면, 바람 부는 쪽에 서도록 하는 수밖에 없다. 크고 파란 똥파리들이 시커먼 더미 위에 모여들어 상한 초콜릿에 놓인 보석들처럼 반짝거렸다. 건조한 시기에 갑자기 바람이라도 불었다간, 그악취에 구역질이 난다.

홍수 중에는, 섬션 씨와 아들들은 통나무 조각을 변소 옆 홈에 끼워, 변소를 들어 올려서 올라오는 물길로부터 안전한 곳에 놓을 수 있게 했다.

그 기간 동안 그들이 어떻게 볼일을 봤는지는 잘 모르겠지만, 홍수가 지나가자 그들은 변소를 다시 원래 장소에 가까운 곳으로 옮겼다.

강 수위가 낮아지면서, 이전 변소에서 나온 것이 완전히 물에 쓸려가지 않고, 변소의 새로운 분뇨 낙하 위치 아래에 크고 시커먼 더미로 남아 있음이 발견되었다.

하지만 사건 이야기를 계속하기 전에 먼저 설명해야 하는 것이 있다. 섬션 씨는 이따금씩 길가 가판대에서 채소를 팔았으며, 내가 이야기하는 그 더운 날, 갑자기 배가 살살 아파서 아들 윌슨에게 가판대를 맡기고 그걸 해결하러 갔다.

볼일을 본 다음, 섬션 씨는 담배를 말아 변소 옆에 나와 파리가 들끓는 똥더미를 내려다보았다고 했다. 아마도 강물이 그걸 쓸어갔기를 바랐겠지. 하지만 날이 건조해서, 똥더미는 더 커지고 물은 더 낮아져 있었으며, 뭔가 희한한 것이 거기 놓여 있었다.

섬션 씨는 처음 그걸 얼핏 보고, 거대하고 부푼 메기가 배를 위로 하고 누워 있는 줄로만 생각했다. 작은 개와 아기들을 꿀꺽 삼켜버릴 수 있다는 소문이 있는 강바닥의 그 어마어마한 놈들 말이다.

하지만 메기는 다리가 없다.

섬션 씨는 다리를 보고도 그게 사람이라는 사실이 머리에 입력되지 않았다고 했다. 사람이라기엔 너무 부풀었고, 너무 이상했다. 하지만 사람이었고, 여자였다. 그녀의 다리는 엇갈려서 발목이 묶여 있었다. 한쪽 팔은 등 뒤로 당겨져 발에 묶여 있어서 등이 약간 휘어져 있었다. 다른 팔은 마치 그녀가 어깨 너머로 손을 뻗어 등허리를 긁으려는 듯한 각도로 묶여 있었으나, 손목 아래로 손이 잘리고 없었다. 밧줄로 윗 팔뚝을 감고, 다른 팔에 묶어 놓았다.

섬션 씨는 여름 내내 가족들이 배출한 것을 딛지 않도록 조심하며 비탈을 내려갔다. 그는 축축한 검은 것에 얼굴을 묻고 누워 있는 여자의 부푼 시체를 보았고, 파리들이 시체를 분뇨만큼이나 반겨하고 있었다.

섬션 씨는 바로 우리 밭 가장자리까지 와서, 말에서 내리더니 나를 부르기 시작했다. 토비가 그를 향해 몇 번 짖었지만 반기는 소리였다. 토비는 섬션 씨를 알고 있었다.

나는 서둘러 밭을 지나 그에게로 갔고, 그는 아버지를 만나야 한다는 말을 하기 시작했다. 아버지가 술에 빠지긴 했지만 근방 사람들은 대부분 몰랐다. 아버지는 거의 집에서만 그랬다. 나는 섬션 씨가 아버지의 그런 모습을 볼지도 모른다는 게 싫었다. 우리는 상당히 잘 숨겨오고 있었다.

하지만 아버지에게 말하는 것밖에 달리 어쩔 도리가 없었다. 나는 섬션 씨에게 기다리라고 말하고, 헛간으로 아버지를 부르러 갔다. 아버지는 오래된 담요와 짚으로 만든 침대에 샐리 레드백의 안장을 베고 누워 있었다. 아버지는 깨어 있었고, 내가 들어가자 고개를 돌렸다. 아버지의 얼굴에 수치심 또는 민망함 또는 그 두 가지가 스치는 것을 본 듯했다. 하지만 어쩌면 그냥 배가 아팠는지도 모른다.

나는 아버지가 아예 안 나오려고 들지도 모른다 여겼지만, 섬션 씨가 꽁꽁 묶인 시체를 발견했다고 말하자, 아버지는 벌떡 일어났고 그 바람에 위스키 병이 넘어졌지만 바로 세울 생각조차 하지 않았다. 나도 굳이 그러지 않았다. 아버지는 나보다 앞서 나갔다. 나는 병에서 위스키가 흘러나와 흙에 스며드는 것을 지켜보았다.

이날까지 나는 술이라곤 손도 대지 않았다.

아버지는 마치 오랫동안 독감을 앓고 난 사람처럼 좀 아파 보였지만, 나보다 앞서 빠른 발걸음으로 밭을 가로질러, 반대쪽 가장자리에서 섬션 씨를 만났다.

발견한 것에 대해 말하고 나서, 섬션 씨는 말을 타고 돌아갔고 아버지는 차로 그 뒤를 따랐다. 나도 가고 싶었지만, 아버지가 만류했다. 마음 한구석에선 이제 아버지 뜻대로 따르지 않아도 된다는 기분이 들었다. 아버지는 오래전 내 존경을 받을 자격을 포기했지만, 나는 기다렸다. 어쩌면 그냥 아버지와 함께 있고 싶지 않았는지도 모른다.

아버지와 섬션 씨가 괭이와 갈퀴로 시체를 똥더미에서 끌어내, 강물에 담가 헹궜다고 나는 나중에 전해들었다. 요즘의 현대 과학 수사 훈련을 받은 경찰이나 법 관계자라면 그렇게 하지 않을 것이다. 하지만 당시에는 아버지는 법의학에 대해 들어보지 못했다. 그런 단어가 존재하기나 했을지 모르겠다.

시체를 끌어낸 다음, 그들은 부어오른 살덩어리 속에서 루이스 캐너튼의 얼굴을 알아보고 충격에 휩싸였다. 차가운 죽은 눈을 한쪽은 떴고, 한쪽은 반쯤 감고 있어 마치 윙크하는 듯했다.

더 자세히 들여다본 결과, 그들은 시체가 몹시 난도질당해서 한쪽 가슴은 칼에 베였다가 낚싯줄로 봉합된 것을 발견했다. 무언가 바늘

땀 사이로 보였다. 아버지는 칼로 낚싯줄을 자르고 안에 든 것을 빼냈다. 종이 뭉치였다. 다른 시체들에게서 발견된 것 같은. 그리고 다른 것들과 마찬가지로, 알아보기엔 너무 글씨가 번져버렸다. 아버지는 그걸 손수건으로 싸서 주머니에 넣었다.

시체는 방수포에 싸여 우리 집에 도착했다. 아버지와 섬션 씨가 차에서 시체를 끌어내려 헛간으로 옮겼다. 나와 톰은 밖의 큰 나무 아래서 기다리고 있었고, 그들이 짐을 가지고 지나가자 방수포 틈새로 흘러나오는 죽음과 부패의 끔찍한 냄새를 느낄 수 있었다.

아버지와 섬션 씨는 잠시 헛간에 있었고, 나왔을 때 아버지는 손에 도낏자루를 들고 있었다. 또한 등을 더 곧게 폈고 발걸음에 결의가 넘쳤다. 눈은 비록 맑지는 않았지만, 까만 유리구슬처럼 딱딱하고 차가워 보였다. 아버지는 성큼성큼 차로 걸어갔다. 섬션 씨가 아버지를 말리는 소리가 들렸다.

"이러지 마, 제이콥. 그럴 가치가 없어."

우리는 차로 달려갔고 어머니가 집에서 나와 아버지의 이름을 불렀다. 하지만 아버지는 듣지 않았다. 아무것도 인지하지 못하는 듯했다. 마치 고집 센 노새에 대해 사람들이 늘 하는 얘기와 똑같았다. 코를 앞으로 내밀고 귀는 뒤로 젖혔다.

아버지는 차분히 도낏자루를 앞좌석에 놓았고 섬션 씨는 서서 고개를 절레절레 저었다. 어머니는 차에 올라 아버지를 설득하기 시작했다.

"제이콥. 무슨 생각하는지 알아. 그러면 안 돼"

토비는 주춤주춤 섬션 씨 옆에 가 섰고, 섬션 씨는 자기가 말해 봐야 아버지에게 아무 소용이 없을 거란 것을 알기에 몸을 숙여 개의 귀 뒤를 긁어주었다.

섬선 씨는 한 번 더 외쳤지만, 진심이 담겨 있는 것 같진 않았다.

"이러지 마, 제이콥."

아버지는 차에 시동을 걸었다. 어머니가 외쳤다.

"애들아. 타. 여기 있을 때가 아니야."

잘 모르겠지만, 어머니는 우리가 있으면 아버지가 진정할지도 모른다고 생각했던 것 같다. 하지만 우리가 차에 뛰어오르자마자 할머니가 집에서 나왔다. 할머니는 사태를 파악하곤 당장 차에 올라탔고, 아버지는 우리 존재는 거의 신경도 쓰지 않고 차를 출발시켜, 섬선 씨는 어안이 벙벙하거나 혹은 체념 상태인 채 우리 밭에 남겨졌다.

어머니는 네이션 씨 집에 가는 동안 내내 잔소리하고 소리치고 애원했다. 아버지는 한 마디도 안 했다. 아버지가 네이션네 마당에 차를 세웠을 때, 네이션 씨 아내가 최근 폭우에 대부분 쓸려나간 초라한 작은 정원에서 괭이질을 하고 있었다.

네이션 씨와 두 아들은 나무 아래 삐걱거리는 의자에 앉아, 피칸(호두 비슷한 견과류 — 옮긴이)를 깨서 먹고 있었다.

상황을 파악하기 시작한 할머니가 말했다.

"아이고 이런."

아버지가 차에서 내리기 전에 어머니가 먼저 도낏자루를 움켜쥐었으나, 아버지는 어머니 손을 조심스레 풀어 도낏자루를 빼앗아 들고 차에서 내려, 네이션 씨를 향해 걸어가기 시작했다. 어머니는 아버지 팔에 매달렸으나, 아버지가 뿌리쳤다. 아버지는 네이션 부인

바로 옆을 지나쳤고, 부인은 하던 일을 멈추고 놀라 올려다보았다.

어머니는 다시 아버지를 쫓아가려 했지만, 할머니가 어머니를 붙들고 말했다.

"그냥 내버려두는 게 낫겠다. 저럴 때면 헥토르를 뒤쫓는 아킬레우스와 마찬가지야. 너도 알잖니."

네이선 씨와 아들들은 아버지가 다가가는 것을 보았다. 네이선 씨가 천천히 자리에서 일어나자 페칸이 무릎에서 우수수 떨어졌다. 그의 얼굴 표정은 교회 부인네들이 가득한 방에서 바지 단추를 채우지 않은 채 서 있었음을 깨달은 사람과도 같았다.

"그 도낏자루로 뭘 할 참인가?" 네이선이 물었다.

다음 순간 아버지가 그 도낏자루로 뭘 하려는지 아주 분명해졌다. 도낏자루가 불화살처럼 바람 소리를 내며 뜨거운 오전 공기를 가르고 네이선 씨의 머리 옆 귀와 턱을 잇는 자리쯤을 가격했고, 그 소리는 온건하게 표현하자면 마치 총소리 같았다.

네이선 씨는 바람에 날아간 허수아비마냥 쓰러졌다. 아버지는 서서 도낏자루를 휘둘렀다. 네이선 씨는 소리를 내지르며 처량하게 양팔을 들어올렸다. 두 아들들이 아버지에게 달려들었다. 아버지는 몸을 돌려 형 쪽을 때려눕혔다. 동생 쪽이 아버지를 덮쳐 쓰러뜨렸다.

본능적으로 나는 그 아들을 걷어차기 시작했고, 그는 아버지에게서 떨어져 내 몸 위에 올라탔다. 하지만 이제 아버지가 일어섰다. 도낏자루가 쌩 소리를 냈다. 둘째아들은 번개처럼 나가떨어졌고, 아직 의식이 있는 큰아들 쪽은 다친 지네처럼 발발 기어 도망치기 시작했다. 그는 겨우 몸을 일으켜 집 쪽으로 달려갔다.

네이선 씨는 몇 번 일어나려 했지만, 그럴 때마다 도낏자루가 허공을 갈랐고 그는 쓰러졌다. 아버지는 네이선 씨의 옆구리며 등, 다리를 후려갈겼고 결국엔 힘이 빠져 물러나서 조금 망가진 도낏자루에 기대어 섰다.

숨을 돌린 아버지는 다시 매질에 나섰다. 하지만 이성을 좀 찾아서, 도낏자루 넓은 옆면으로 네이선 씨를 때렸다.

마침내 네이선 씨가 벌렁 드러누워, 손을 얼굴 앞으로 들어올리곤 울기 시작했다. 아버지는 도낏자루를 휘두르다 말고 멈추었다. 독기가 다 빠져나갔다. 그제야 나는 할머니가 아버지더러 벌컥하는 성미가 있다고 한 말이 무슨 뜻인지 알았다.

네이선은 갈비뼈는 틀림없이 부러졌을 테고, 입술은 찢어지고 부러진 이를 뱉어내며 울어대며, 주인 눈에 들려고 벌렁 드러누운 개처럼 팔다리를 들어 올린 채 누워 있었다.

숨을 돌리고 나서 아버지가 말했다.

"강가에서 루이즈 캐너튼이 발견됐어. 시체로. 다른 피해자들과 마찬가지로 난도질하고 묶인 채. 당신네 부자와 무리들은 무고한 사람을 목 매달았을 뿐이라고."

"자네는 법 집행관 아닌가?" 네이선 씨가 피를 뱉어내며 말했다. "이런 짓 하면 안 되는 거잖아."

"내가 제대로 된 법 집행관이라면, 모즈에게 저지른 짓으로 당신을 체포해야겠지만, 그래봐야 아무 소용없겠지. 근방 아무도 당신에게 유죄 판결을 내리지 않을 테니까, 네이선. 당신을 무서워해서. 하지만 난 아냐. 아니라고. 그리고 다시 내 앞길을 가로막으면, 맹세코 당신을 죽이고 그 시체가 흔적조차 안 남을 때까지 매일 두들겨 패 겠어. 이 오래된 도낏자루가 집에 있는 다른 것들처럼 튼튼하지 않은 게 다행인 줄 알라고."

아버지는 쪼개진 도낏자루를 옆으로 던져버리고 말했다.

"가자."

나는 차로 도로 향했다. 어머니, 톰, 그리고 할머니도 옆으로 왔다. 어머니는 아버지 허리에 팔을 둘렀고, 아버지도 똑같이 했다.

네이션 부인 옆을 지나자, 그녀는 괭이에 몸을 기대고 올려다보았다. 그녀는 한쪽 눈이 멍들었고 입술은 부어올랐으며, 뺨에는 오래된 멍 자국들이 있었다. 그녀는 우리에게 미소 지었다.

"안녕히 계시오." 할머니가 말했다.

* * *

매질이 끝나고 집에 온 다음, 아버지는 내게 발견된 시체가 누구인지 설명해 주었다. 나는 방충망 안 포치에 앉아 멍한 눈을 밖에 향한 채 캐너튼 부인 생각을 했다. 톰은 곁에 앉아 똑같이 그러고 있었다.

캐너튼 부인은 우리가 모르는 어느 불쌍하고 운 없는 사람이 아니라, 우리가 알고 정말 좋아하던 사람이었다. 내가 핼러윈 파티에서 봤던 그 자리의 모든 독신남들이 쫓아다니던 그 아름답던 여인이, 이제 다른 여자들처럼 난도질당해 방수포에 싸여 우리 헛간에 있다니 믿기 힘들었다.

엄청난 충격이었다.

우리가 앉아 있자니, 아버지가 포치로 나왔다. 아버지는 우리 둘 사이에 밀고 들어왔다. 위스키 냄새에 마른 땀 내음이 겹쳐져 있었다. 아버지가 말했다.

"저기, 얘들아. 내가 그렇게 제대로 살지 않았던 거 안다. 하지만 이거 하나는 믿어도 돼. 그건 다 지난 일이야. 내가 머저리였어. 이제 정신 차렸고, 앞으로도 그럴 거다. 살아생전에 다시는 위스키나 다른 독한 술은 한 방울도 입에 안 댈 거야. 알겠지?"

"네, 아버지." 우리는 말했다.

"우선 내일은, 밭을 제대로 가꾸기 시작할 거고, 그 다음 날부턴 제대로 이발소에 나가기 시작할 거다. 그동안 내가 너희들에게 좋은 모범이 되지 못했고, 자기 연민 말고는 달리 핑계가 없어. 그리고 이거 아냐? 어쩌면 모즈가 저지른 게 맞을지도 모른다 생각했어. 논리적으로는 어찌 된 건지 알 수가 없었다만, 살인이 멈추었으니 그런 생각이 들더구나."

"저도 그랬어요." 내가 말했다.

"그럼 됐다. 다시 예전대로 돌아가도록 하자꾸나. 가족."

"아빠?" 톰이 말했다. "다시 꼬박꼬박 목욕할 거죠?"

아버지가 웃음을 터트렸다.

"그래, 얘야, 그럴 거야."

21장

아버지는 그 약속을 지켰다. 아버지가 다시 술을 마시는 건 보지도 듣지도 못했다. 아버지는 다시 밭일을 하고 이발소에 나갔다. 그리고 얼마 안 되어 아버지의 기운이 다시 집안에 가득했다.

아버지가 내게 약속한 그날, 아버지는 물을 데워 뒤쪽 포치의 10호짜리 들통에서 목욕을 했다.

나머지 식구들은 부엌에서 기다렸다. 누가 봤으면 나사로가 부활하기를 기다리기라도 하는 줄 알았을 것이고, 어떤 면에선 그런 셈이었다. 뒷문이 열리고 들어왔을 때, 아버지는 마치 다시 태어난 것 같았으니까.

아버지는 몸을 바로 하고 섰다. 얼굴은 말끔히 면도했다. 피부는 깨끗하고 발그스름했다. 머리는 뒤로 넘겼고 깨끗한 옷으로 갈아입었으며 제일 좋은 모자를 손에 들고 있었다.

아버지는 어머니를 품에 안더니 키스했다. 격하게, 우리 앞에서. 어머니와 아버지는 늘 다정했으나 그 키스처럼 우리 바로 앞에서 그러는 모습은 보지 못했다.

아버지는 어머니와 떨어지고 나서, 미소 지으며 모자를 쓰고는 나를 쳐다보고 말했다.

"해리, 나하고 함께 가줘야겠다."

"나도 갈래요."

"아니, 아가. 해리만. 오빠는 다 컸고, 아빠가 도움이 필요할지도 모르니까."

그게 나한테 얼마나 큰 의미였는지 말로 다할 수 없다. 나는 아버지와 차에 올라 캐너튼 부인 집으로 향했다.

* * *

캐너튼 부인 집 문은 잠기지 않은 채였지만, 당시에는 그렇게 이상한 일은 아니었다. 사람들은 지금처럼 문을 잠그지 않고 살았다. 그럴 필요가 없었으니까.

아버지가 집안을 둘러보는 사이 나는 응접실에 서서 책꽂이의 책들을 바라보며, 캐너튼 부인이 얼마나 책에 대해 열성적이었는지 생각했다. 내가 읽었던 책들이 제법 되었다. 갈수록 기분이 참담해졌다.

집안을 보고 온 아버지가 고개를 내저었다.

"어디도 몸싸움한 흔적은 없어. 그냥 사라진 거야. 그냥 외출했다가 그 자에게 끌려갔을 수도 있고, 어쩌면 그와 아는 사이여서 아무거리낌 없이 같이 나갔을 수도 있겠지. 그리고 만약 그 경우라면, 용의 대상은 상당한 숫자일 거야, 부인은 다들 알고 지냈고 모든 사람에게 친절했으니."

우리는 그녀가 차를 두는 집 뒤로 나갔다. 차가 사라지고 없었다.

"흠, 이건 좀 단서가 되겠는데." 아버지가 말했다. "부인이 자기 차로 나갔고 그 남자를 어디서 태웠거나, 아니면 둘이 같이 나갔단 뜻이니까."

"세실이 알지도 몰라요. 좀 만나던 사이니까."

"나도 같은 생각을 하고 있었어."

우리는 이발소로 갔다. 세실 말고는 아무도 없었다. 그는 아버지 이발 의자에 앉아 탐정 잡지를 읽고 있었다.

세실은 아버지가 말끔하게 차리고 깨끗한 옷차림인 것을 보고 놀란 듯했다.

"나 머리 좀 잘라주겠나, 세실?"

아버지가 물으며 모자를 벗었다.

세실은 의자에서 일어나 잡지를 테이블 위에 툭 던졌다.

"그럼요. 좋아 보이시네요, 제이콥."

아버지는 의자에 앉았다. 세실은 아버지한테 이발용 보자기를 둘러주고, 일에 착수했다.

"루이즈 일은 알고 있나?" 아버지가 물었다.

"어, 요새 그렇게 찾아보진 않아서요. 무슨 일인데요?"

"루이즈가 죽었어, 세실."

찰칵거리던 가위가 멈췄다. 세실은 의자 앞쪽으로 돌아나와 아버지를 쳐다보았다.

"그럴 리가요?"

아버지는 고개를 내저었다.

"안타깝지만 사실이야. 이런 식으로 다짜고짜 말할 생각은 아니었지만, 달리 돌려 말할 방법이 없네. 강가에서 시체가 발견됐어. 그 미친놈에게 당한 거야."

"모즈가 아니었군요. 모즈가 아니라고 말씀하셨죠." 세실은 손님들 의자에 가서 털썩 앉아, 멍하니 가위를 몇 번 찰칵거렸다. "나하고 루이즈가 맺어질지도 모른다고 생각했었어요. 하지만 잘 되지 않았죠. 루이즈는 진지한 관계가 되고 싶지 않아 했거든요. 나를 더 만나지 않아 줬죠. 그래도 난 루이즈를 생각했고. 사랑일지도 모르겠다 생각했어요. 맙소사. 어떻게 그런 일이? 루이즈는 강가 매춘부가 아닌데요."

"자네가 혹시 루이즈가 누군가와 잘 되어간다는 얘기를 듣지 않았을까 생각했어. 뭔가 수상하다고 여긴 일이 있지 않을까 하고."

"아뇨. 제이콥, 머리 지금 안 잘라 드려도 될까요? 기분이 좋지 않아서."

아버지는 고개를 끄덕였다.

"그래, 세실. 나도 할 일이 있고. 자네가 도움을 줄 수 있을지도 모르겠다 생각해서 얘기 듣는 사이 머리나 자를까 했지. 난 정신 차렸어. 가게에도 꾸준히 나올 거고. 자네 수입에 영향이 간다는 건 알지만, 말해둬야겠다 싶어서."

"잘됐어요." 세실이 말하며 가위를 철컥거렸다. "세상에, 루이즈가."

"좀 쉬어." 아버지가 말하며 이발용 보자기를 벗고 일어났다. "손님들이 밀려드는 것도 아니니까. 기분이 안 좋으면, 집에 가 있어."

"괜찮습니다. 그냥 좀 앉아 있을게요."

아버지는 모자를 쓰고 말했다.

"그래."

우리가 밖으로 나와 차까지 오고 나서야 아버지가 말했다.

"다시 들어가서 코코넛 헤어 오일 병 좀 가져오겠니? 깨끗이 씻은 김에, 좋은 냄새도 나게."

나는 헤어 오일을 가지러 돌아갔다. 세실은 잡지를 들고 이발 의자에 앉아 있었다.

내가 들어서자 그는 잡지를 내려놓았다.

"참 끔찍한 일이야, 안 그래?" 그가 말했다.

"아버지가 헤어 오일 가져오라셔요." 내가 말했다.

"그래. 아버지는 저기 코코넛 오일 쓰신다. 저쪽 선반 끝에 있어."

나는 오일을 챙기고 작별 인사를 한 다음 나왔다.

캐너튼 부인 생각을 하면 괴로웠지만, 아버지가 훨씬 나아지셔서 다행이었다. 아버지가 어머니를 위해 좋은 냄새가 나도록 신경 쓴다는 게 반가웠다.

* * *

우리는 섬션 씨 집으로 차를 몰았다. 우리가 마당에 차를 세우자, 그가 집에서 나와 차 쪽으로 걸어왔다. 아버지는 차에서 내려 서 있었다.

"그 사람 죽이진 않았지?" 섬션 씨가 말했다.

"안 죽였어. 하지만 내가 봐줘서 그런 건 아니야."

"네이선보다 더 한심한 개자식은 없을걸. 그 흑인 영감에게 그런 짓을 하고는, 그걸 자랑스러워하다니. 도무지 이해하기 힘든 사람이라니까."

"그런 데 낭비할 시간 없어. 아까 그렇게 마당에다 놔두고 가버려서 미안하게 되었네."

"조금만 걸으면 되는 거린걸, 제이콥."

"주위 좀 둘러보고 싶은데, 클렘. 괜찮겠지?"

"그럼."

내 생각에 섬션 씨는 우리와 동행할 줄 알았던 모양이었지만, 아버지는 입 밖에 내어 말하지 않으면서 그냥 우리 둘만 가겠다는 뜻을 분명히 전했다.

변소와 강 쪽으로 걸어가며 아버지가 말했다.

"우리는 그녀를 물로 씻었단다, 해리, 하지만 십중팔구 잘못일 거야. 시체를 통해 알아낼 수 있는 것들이 아마 있지 싶다. 내가 배운 게 있었으면 진작 그 생각을 했을 텐데. 그 착한 숙녀가 그런 더러운 것 속에 있단 생각밖에 못 했어. 옷 벗은 채. 난도질당해서. 쓰레기처럼 버려진 거야."

우리는 강둑을 내려가 배설물 무더기 근처에 섰다. 끔찍한 냄새가 났다. 파리떼가 검푸른 구름처럼 날아올랐다. 이제 수위가 높지는 않지만, 갈색 흙탕물이 여전히 빠른 속도로 흘러가고 있었다. 아버지가 말했다.

"멀쩡한 게 뱃속에 들어갔다 하면, 고약한 게 되어 나온다니 참 희한하지."

"그 자가 그녀를 여기에 버렸어요, 아버지?"

"아닌 거 같다. 그냥 여기로 떠내려온 것뿐이야. 죽은 지 오래되지 않았어. 며칠."

"혹시 미스 매기하고 같은 때 죽었을까요?"

"그럴 수도 있지."

"그날 밤, 저 캐너튼 부인 댁에 갔었어요. 책을 돌려 드리려고. 집에 안 계시더라고요. 그때 이미 죽어 있었을까요?"

"가능해, 해리. 강을 보아하니, 날이 메말랐을 때 버려졌다가 홍수가 나면서 여기로 떠내려온 게 아닐까 싶다. 살인자가 클렘네 마당을 지나 여기다 버리진 않았을 거야. 가능이야 하다만, 굳이 그만한 위험을 무릅쓸 이유가 없지. 지금까지는, 저지대 깊숙이에다가 시체를 버려왔어."

"제가 무슨 생각하는지 아세요?" 내가 물었다.

"미스 매기와 캐너튼 부인이 같은 날에 죽었다고. 그리고 네가 레드의 차를 보았고, 차는 발견되었지만 그는 실종 상태지. 너는 그가 저질렀을 수도 있다고 생각하는 거야. 맞나?"

"네."

아버지는 셔츠 주머니에서 파이프를 꺼내 담배를 채우고 불을 붙였다.

"레드가 미스 매기에게서 진실을 듣고 그게 마음에 들지 않아 죽였을 가능성은 있겠지만, 루이즈를 죽였다는 뜻은 아니지. 물론, 우연치고는 희한하긴 해, 안 그러냐?"

"레드가 차를 두고 보트로 강 하류로 갔을 수도 있어요, 아버지."

아버지는 고개를 끄덕이곤, 한쪽 다리를 들어 파이프를 구두 바닥에 대고 털었다.

"그렇게 할 수 있겠지. 문제는, 레드가 그런 짓을 저지르는 게 상상이 안 돼. 난 레드하고 오랫동안 알았어. 미스 매기를 죽였을 수는 있겠지, 그것도 믿기 힘들다만…… 세상에, 레드가 사실 흑인이라니 믿어지지가 않는구나. 외모를 봐선."

"틴 선생님이 한 얘기죠."

아버지는 파이프를 주머니에 넣고 강을 바라보았다.

"틴 선생은 헛소문에 솔깃하는 사람 같아 보이진 않았다. 이제 생각해 보니, 상황이 맞아떨어져. 그리고 흑인들에 대한 레드의 감정을 고려하면, 자기가 흑인인 걸 알게 되고 이성을 잃었을 수 있다. 사실 꽤 이전에 그 사실을 알아내고는, 그 분노에 흑인 여자들을 죽이게 되었을 수도 있겠지."

"그 여자들이 다 흑인은 아니었어요."

"그래. 하지만 그게 도화선이 되었을 거라 생각해."

나는 아버지에게 이런 종류의 살인자들에 대해 틴이 우리에게 해준 얘기와 그의 생각을 말해주었다.

아버지는 주의 깊게 듣고는, 돌을 하나 집어 강에다 던졌다.

"같이 오솔길 좀 걷자."

우리는 강둑에 올라 강을 따라 이어진 오솔길에 들어섰다. 길이 좁아 우리 앞을 가로막는 나뭇가지며 덤불을 밀어내야 했다. 숲은 울창하고 어두웠으며 빗물을 머금고 있었다. 마치 비구름마냥 나무가 물방울을 떨어뜨렸다.

나는 시야 한구석으로 아버지를 지켜보았다. 아버지의 황갈색 모자는 물방울에 젖었고 그게 셔츠 어깨에 떨어져 짙게 젖은 자국을 만들었다. 다시 아버지가 커 보였다. 마치 잠깐 사이에 아버지 키가 8센티미터는 커진 것처럼.

강이 잘 보이진 않았지만, 몇 발짝 떨어져 무성한 나무와 잡목 아래로 배부른 사자처럼 그르렁거리는 강물 소리가 들려왔다. 썩은 물고기와 축축한 흙, 그리고 뭐라 판별할 수 없는 냄새와 함께, 상쾌한 솔향이 섞여 있었다.

"뭘 찾는 거예요, 아버지?"

"나도 모르겠다."

우리는 한두 시간가량 강을 따라 걸으며, 이따금 잡목을 밀어젖히고, 강을 바라보며, 뭔가 찾으려 했다.

걷는 동안 아버지가 말했다.

"틴 선생이 말하길 시체가 강에 떠내려갈 때면 배 쪽을 긁힌다고 했어, 물에 뜰 때 그쪽이 아래로 가니까. 루이즈는 그런 식으로 상처가 나지 않았지. 그냥 그 미치광이의 난도질뿐. 클렘네 집 앞하고, 여기까지 몇 킬로미터 정도는 모래밖에 없어. 그렇게 폭우가 쏟아졌으니 강물에 자갈이 같이 쓸려갔을 텐데, 루이즈가 그렇게 심하게 긁히지 않았다면 모랫바닥에서 멀지 않은 곳에서 강에 버려졌단 뜻이야. 강바닥이 매끄러운 모래인 곳이 한 군데 더 있긴 한데 몇 킬로미터 더 위쪽이고, 그 사이에 자갈 바닥이 한참 이어지지."

"잘 모르겠어요, 아버지."

"루이즈는 강바닥이 모래인 곳에서 강에 던져졌을 거야, 아니라면 홍수와 급물살에 자갈에 쓸린 자국이 났을 테니까."

"확실해요?"

"음, 그건 아니다만, 그게 논리적인 추측이지."

"그럼 여기가 모랫바닥인 곳이에요?"

"그래. 틀림없이 여기보다 더 위로 올라가진 않았을 거야. 또 하나 있는데, 시체를 버릴 만한 장소는 두세 군데밖에 안 돼. 나머지는 방금 우리가 지나온 것처럼 양쪽으로 온통 잡목과 나무가 무성하지. 기를 쓰고 덤빈다면야 그 잡목들을 헤치고 할 수야 있겠지. 하지만 내 생각대로 이 강을 아는 사람이라면, 편한 곳을 골랐을 거야."

우거진 숲 속이라 햇빛이 약했고, 우리가 걷는 사이 시간이 흐르며 더욱 햇살이 흐려졌다. 머리 위로 녹음이 가리지 않고 나뭇가지가 뒤엉키지 않은 곳에선 쪼개서 꿀에 담근 사과처럼 붉은 금빛의 햇살이 새어들었다.

마침내 오솔길이 트이고 나무들이 사라진 곳에 넓은 폭의 모래 비탈이 강까지 이어졌다.

"보통은 여기는 물이 아주 맑아서 바닥까지 다 보이지."

지금은 강바닥을 볼 수 없었다. 물이 더럽고 거품이 일었으며, 잔가지며 나무껍질 조각들이 쏜살같이 떠내려갔다.

"볼 게 뭐가 있을지 모르겠는데요."

아버지는 씨익 웃었다.

"나도 마찬가지다. 하지만 살인자가 루이즈의 차를 가져갔을 뿐만 아니라, 그걸 버려야 했을 거란 감이 든다. 루이즈와 같이 차를 타고 다니는 것만 해도 상당한 위험을 무릅쓴 거야. 하지만 루이즈를 죽이고 났으니, 그 차를 처분해야겠지. 내가 말한 그곳들 중 한 군데에서 그랬다고 해도 놀랍지 않을걸. 저쪽 넓은 오솔길로 바로 강둑까지 차를 몰아 들어올 수 있어. 그리고 이런 모래 비탈 두세 군데 말고는 달리 그럴 수 있는 곳이 없어."

"차를 버리고 나서 어떻게 집에 갔을까요?"

"그것까지 다 궁리해 내진 못했다. 하지만 아마 계획이 있었겠지. 이전엔 놈이 피해자들의 차를 가져가지 않았어. 사실 그 사람들은 차가 없었지. 이번에는 차를 가져간 것처럼 보이고. 흠, 이리로 와서 불쌍한 루이즈를 죽여서 저 좋을 대로 묶어서 강에다 던졌다면, 차를 버려야 했을 거야. 강에다 밀어 넣었거나, 아니면 그냥 두고 갔겠지."

"레드의 차는 그냥 버려져 있었어요."

"맞아." 아버지가 말했다. "있잖냐. 술을 끊고 나니 다시 좀 제대로 생각을 할 수 있을 듯한 기분이 드는구나. 아버지가 미운 건 아니지?"

"하나도 안 미워요."

"좋아. 그럼 다 잘 될 거야."

우리는 넓게 트인 길을 조금 내려갔다. 강가로 내려갔다가, 강 옆으로 난 좁은 오솔길로 다시 올라왔다. 오래지 않아 강가의 다음 장소까지 왔다. 아까의 모래 비탈과 비슷했지만, 여기엔 잡목들이 쓰

러지고 물에 쓸려간 곳이 보였다. 쓰러진 잡목숲 틈새로 비쳐들어
온 햇살이 모래에 반사되어 다이아몬드 가루처럼 빛났다.

강물 속에 차 지붕이 보였다. 물론 캐너튼 부인 차였다.

"아버지 말이 옳았어요."

"그런 모양이다. 아마 내가 처음으로 제대로 한 추리일 거야."

* * *

다음 날이 되어서야 아버지는 사람들 도움을 받아 차를 강에서 끌
어냈다. 차 안에는 물에 젖은 책 두 권, 『타임 머신』과 『늑대개 화이
트팽』이 있었다. 또한 위스키가 조금 들은 금속 플라스크 통과, 스티
븐슨 선생이 처방한 것으로 라벨에 쓰여 있는 두통약 통 하나가 나
왔다.

아버지의 가설은 캐너튼 부인이 내게 읽을 책 두 권을 가져다주는
길이었고, 살인자가 자기 차를 타고 그녀를 따라오다가, 그녀를 설
득하거나 차에 태웠으리라는 것이었다. 누군가 그녀가 아는 사람이
었을 법했다. 그녀가 순순히 따랐을 사람.

누구든 간에 살인자는 그녀를 죽이고 그녀의 시체와 차를 버렸다.
십중팔구 자기 차를 근처에 두었을 테니, 그걸 타고 집에 쉽게 돌아
갔을 것이다.

논리적으로 여겨졌고, 나는 그 생각에 괴로웠다.

만약 캐너튼 부인이 나에게 책을 가져다주는 길이었다면, 내 책임
도 부분적으로 있다는 기분이 들었다. 모든 것이 모루처럼 내게로

떨어지는 듯했다.

얼마 전까지만 해도 나는 근심이라곤 없는 행복한 아이였다. 그때가 대공황인 줄도 몰랐고, 이발소에서 읽는 잡지 밖의 세상에 살인 자들이 존재한다는 것도 몰랐으며, 내가 읽은 잡지 속 살인자들은 그런 종류의 짓을 저지르지 않았다. 그리고 아버지는 잠시 엇나갔을 지언정 신실하고 선량한 사람이었지만, 닥 새비지(1930-40년대 유행한 펄프 픽션 잡지 속 캐릭터로, 다재다능한 의사 겸 모험가 — 옮긴이)는 아니었다.

탐정 소설 잡지에서는 경찰과 탐정들이 단서 한두 가지를 보고선 모든 것을 꿰어맞춘다. 사건을 말끔하게 해결해 버린다. 현실에서는, 단서야 남아돌지만, 사건 해결은커녕 더 혼란스럽게 만들 뿐이다.

결론적으로, 나무에 가시철사로 묶인 그 불쌍한 여자를 내가 발견한 그날 밤에 비해 딱히 뭔가 더 알아낸 사람은 아무도 없었다.

나는 알던 사람들이, 혹은 안다고 생각했던 사람들에게 문제가 있고 삶이 있음을 알게 되었다. 어머니와 아버지에겐 과거가 있었다. 아버지가 방황하는 모습을 보았고, 한때는 어머니 역시 다른 방향이지만 방황했던 적이 있던 게 아닐까 싶었다. 사라진 레드 우드로의 팔뚝에 문신으로 기록된 방황.

나는 아버지에게 벌컥 하는 성미가 있음을 알게 되었다. 네이선 씨가 빌고 울 수 있으며 그 아들들은 재빨리 도망칠 수 있다는 걸 알게 되었다.

미스 매기는 레드의 어머니였고 레드는 살인자일지도 모른다. 하지만 그가 미스 매기와 캐너튼 부인을 죽였을까? 만약 그렇다면, 어째서? 그리고 지금은 어디 있을까?

내가 알던 사람들이 알고 보니 낯설고 잔혹했다. 그들은 모즈를 목매달고 나와 아버지를 걷어차고 때렸다.

그때의 나라면 제일 높은 나무 꼭대기에 올라가면 달에 손이 닿고, 잘 드는 가위로 싹둑 자를 수 있다는 얘기를 들어도 놀라지 않았을 것이다.

22장

　우리는 모두 캐너튼 부인 장례식에 갔다. 베셀 침례교회에서 나와 가족들은 앞줄에 서 있었다. 세실도 그 자리에 있었다. 동네와 근방의 거의 모든 이들이 왔으며, 네이션 가족과 모즈를 죽인 린치 무리에 있던 몇 명만 예외였다.

　심지어 스티븐슨 선생도 모습을 보였으며, 슬프다기보단 실망한 모습으로 뒤쪽에 서 있었다. 테일러 선생도 보였다. 그는 스티븐슨 옆에 손을 무릎에 모으고 앉아, 바람만큼이나 공허한 얼굴을 하고 있었다. 테일러가 무척 힘들어하고 있다는 소문이었다. 그와 그녀가 최근 진지한 관계였다고도 했다.

　일주일 안 되어 아버지의 이발소 손님들이 돌아왔고, 그중에는 린치 참가 무리들도 있었으며 그 대부분이 머리를 자르고 싶어했다. 아버지는 정기적으로 가게에 나가야 했다. 그날 자신을 폭행했고 모즈를 죽인 이들의 머리를 잘라주며 아버지가 어떤 기분이었을지는 모르겠다. 하지만 아버지는 그들의 머리를 잘라주고 돈을 받았다. 어쩌면 아버지는 그걸 일종의 복수로 여겼는지도 모르겠다. 어쩌면 쉽게 용서하고 잊는 분이었는지도 모른다. 그리고 어쩌면 그저 돈이 필요해서였는지도 모른다.

어머니는 시내 법원에 일자리를 얻었다. 어머니는 아버지와 같이 차로 출퇴근했다. 그래서 할머니는 우리와 남았고, 할머니는 일주일에 두세 번씩 마을에 나가 이발소의 남자들을 짜증나게 하고 잡화점 그룬 씨한테 들르는 습관이 생겼다.

두 사람은 함께 시내와 교외를 차로 돌아다녔다. 그룬 씨는 가끔 할머니와 카페에서의 저녁식사와 쇼 구경을 하려고 타일러까지 차로 가기도 했다.

모든 일들이 그렇듯이 살인에 대한 이야기는 사라졌다. 아버지는 캐너튼 부인의 시신에서 나온 종이 뭉치를 말려보았지만, 다른 것들과 마찬가지로 너무 망가져 있었다. 혹시 그렇지 않았어도, 그게 어떤 의미가 있었을지 모르겠다.

더 이상 모즈를 언급하는 이들은 없었다. 마치 그 불쌍한 사람이 존재하지 않았던 것처럼. 캐너튼 부인이 그런 모습으로 발견되었음에도 불구하고 어떤 이들은 여전히 그가 살인자이기를 바랐다. 이제 가장 흔히 통하는 이야기는 레드가 저지르고 어디로 떠났으며 결코 돌아오지 않으리라는 것이었다. 그에게서 엽서를 받는다는 사람은 더 이상 없었다. 얼마나 사람들이 변덕스러운지 보여주는 일이었다.

세상은 언제든 그러하듯이 평소로 돌아갔지만, 내 눈에는 예전처

럼 분명하고 깨끗하며 명료하지 않았고, 무슨 수를 써도 완전히 돌
려놓을 수는 없을 것이었다.

살인자에 대해선, 나와 톰은 그게 레드라고는, 다 끝났다고 확신이
들지 않았다. 우리는 아직 그게 염소 인간이었다는 생각을 갖고 있
었다. 그리고 부모님이 일 나가고 할머니가 한껏 차려입고 그룬 씨
와 연애하러 시내에 나간 날에, 우리는 산탄총을 갖고 모즈의 움막
에 가보기로 했다.

거기가 염소 인간을 마지막으로 본 곳이었고, 나는 염소 인간에
대해 더 많은 것을 알아내거나, 아니면 붙잡을 결심이었다. 내 마음
속 일부분은 영웅이 되고 싶었다. 그런 목적으로 우리는 산탄총과
함께 튼튼한 밧줄을 챙겼다.

이제와 돌아보자면, 정말 멍청한 짓이었다. 하지만 그때는 딱 그렇
게 될 줄만 알았다. 우리가 산탄총으로 염소 인간을 꼼짝 못하게 위
협하거나 아니면 부상을 입힌 다음 묶어서 데려올 수 있을 줄만 알
았다.

하지만 다시 생각해 보면, 염소 인간이 말을 할 수 있을까? 자백
할 수 있을까? 우리말을 하나? 초자연적인 능력이 있을까? 우리는
그럴지도 모른다고 추측했고, 그런 목적으로 성경도 챙겨갔다. 나는
어딘가, 아마도 이발소 비치된 잡지에서 성경을 높이 쳐들면 악이
움츠러들리라는 걸 읽은 적 있었다.

나와 톰은 며칠 동안 마주앉아 생각한 끝에, 염소 인간을 죽이거
나 생포하자는 그 계획을 그 전날 밤 세웠다.

할머니의 차가 시야에서 사라지자마자, 우리는 급히 숲으로 떠났

다. 나는 산탄총을 들었다. 토비가 쫄래쫄래 우리를 따라 나섰고, 등이 멀쩡하지 않은 것치곤 제법 빨랐다.

우리는 또한 낮에는 염소 인간이 아무 힘이 없고, 놈의 소굴을 찾을 수 있다면 죽일 수 있을 거란 생각을 갖고 있었다. 어떻게 그런 생각을 하게 되었는지는 잘 모르겠지만, 아버지가 모이 쪼는 닭보다도 더 빠르게 네이선 머리를 막대기가 쪼개지도록 두들겨 팰 수 있으며, 성경으로 악에 맞설 수 있다는 것과 마찬가지로 확실하게 믿게 되었다.

우리는 높은 강둑 사이로 거친 물살이 굽이굽이 흘러가고 키 큰 나무들이 우뚝 서 있는 깊은 숲속으로, 덩굴과 잡목이 함께 뒤엉켜 거의 뚫고 들어갈 수 없는 곳까지 들어갔다.

강둑을 따라 걸으며 우리는 흔들다리 근처에서 강을 걸어서 건널 만한 곳을 찾았다. 우리 둘 다 그 다리를 건너고 싶지 않았고, 토비가 건널 수 없어서라는 핑계를 대긴 했지만 그건 그야말로 핑계였다.

먼 길을 걸어 마침내 모즈가 살던 오두막에 다다랐다. 우리는 거기 서서 그냥 오두막을 바라보기만 했다. 애초에 나무와 함석, 방수포로 지은 움막에 불과했다. 모즈는 대개 오두막 밖 강을 내려다보는 버드나무 아래 오래된 의자에 앉아 있었다.

할머니와 내가 비를 피하다가 창 너머로 염소 인간의 얼굴을 봤던 그때 이후로 오두막은 심하게 상한 것처럼 보였다.

문은 활짝 열려 있었다.

"염소 인간이 안에서 기다리고 있으면 어떡해?" 톰이 물었다.

"내가 이 산탄총으로 쏴버릴 거야. 그러면 되지."

"먼저 창문으로 들여다보는 게 나을지도 몰라."

괜찮은 조언 같았지만, 별로 알아볼 수 있는 게 없었고 그저 염소 인간이 안에 도사리고 있진 않다는 것 정도만 확인할 수 있었다.

전보다 더 엉망이었다. 토비가 들어가서 냄새를 맡고 돌아다니다가 우리가 불러서야 나왔다. 우리는 안으로 들어가서 둘러보았다. 유리 없는 창에 붙여놓은 누런 종이를 통해 빛이 들어왔고, 바람에 종이가 흔들렸다. 유리가 끼워져 있던 창문은 애들 짓인지 깨졌고, 그쪽에서 들어오는 빛은 흐렸다.

시어스 카탈로그 오린 게 끼워져 있던 사진 액자가 바닥에 떨어져 있기에 집어들었다. 문이 열려 있었던 터라 비가 들이쳐 종이가 상했고, 카탈로그 오린 것이 사진에 엉겨붙어 곤죽이 되어 있었다. 나는 그걸 뒤집어서 테이블에 내려놓았다.

"나 여기 있기 싫어." 톰이 말했다.

"나도 마찬가지야."

밖으로 나온 다음, 나는 문을 제대로 닫았다.

우리는 강을 면한 쪽으로 집 주변을 빙 돌아 물가로 내려갔다. 오두막을 돌아보았다가, 바깥 벽에 뭔가 걸려 있음을 알아챘다. 쇠사슬이었고, 거기에 생선뼈가 줄줄이 달려 있었으며 하나는 아직 성성한 생선이었다.

우리는 다가가서 쳐다보았다.

"방금 전에 여기다 건 거 같은데." 톰이 말했다. "아직 물이 뚝뚝 떨어져."

성성한 생선과 함께 내걸린 생선뼈들은 누군가가 여기 꾸준히 생선을 매달아 왔음을 보여주었다. 마치 모즈에게 바치는 것처럼.

다른 못에는 십중팔구 강에서 건져냈을 법한 오래된 신발을 끈을 서로 묶어 매달아 놓았다. 그 위로는 물에 불어 뒤틀린 벨트가 걸려 있었다. 신발을 건 못 아래 바닥에는, 양철 접시, 연파란색의 조약돌, 그리고 입구 넓은 유리병이 선물처럼 놓여 있었다.

나는 죽은 생선과 생선뼈를 내려서 전부 강에다 던지고 사슬은 다시 벽에 걸어놓았다. 신발과 접시, 조약돌, 유리병을 강에 던져버렸다.

"왜 그러는 거야?" 톰이 물었다.

"물고기가 아직 살아 있는 거 같아서. 그렇게 고통을 줄 필요 없잖아. 그리고 누가 가져다 먹을 것도 아니고."

"우리가 그래도 되지."

"하지만 안 그럴 건데."

"오빠는 다른 물건들도 다 내버렸잖아. 그거 좀 못된 짓 같아, 해리. 누가 거기다 선물처럼 매달아 놓은 건데."

"알아. 그래서 그런 거야. 못된 마음 먹고 그런 게 아니라, 선물을 받아간 것처럼 보이게 하려고."

나는 제대로 설명할 수가 없었다. 그저 그래야 하는 일 같았다.

모즈의 오래된 보트가 여전히 집 옆에 있었고, 썩지 않도록 바위 위로 끌어올려져 있었다. 바닥에 노 하나가 놓여 있었다. 우리는 그걸 타고 강 아래쪽 들장미 터널이 있는 곳으로 가기로 했다. 토비를 태우고, 우리 산탄총을 실은 다음 보트를 물에 밀어 넣어 출발했다. 한참 떠내려가 흔들다리에 이르자, 혹시 염소 인간이 도사리고 있지 않나 지켜보며 그 아래를 지났다. 염소 인간이 햇빛을 두려워하리라는 생각은 점차 스러져가고, 우리는 불안하고, 조금은 바보 같은 기분이 들기 시작했다.

우리는 실행보다 계획할 때 훨씬 용감했다.

다리 아래 그늘에 자리한 강둑 깊이, 동굴처럼 어두운 구멍이 있었다. 나는 거기가 염소 인간이 살면서 먹잇감을 기다리는 곳이리라 상상했다.

목표는 물론, 놈의 소굴에서 맞붙는 것이었다. 하지만 우리는 그러지 않았다. 아무 말도 하지 않았다. 그저 노를 저어 지나갔다.

우리는 나무에 묶여 있던 여자를 발견했던 강둑 쪽으로 살며시 노를 저었다. 거기 그 여자가 있었던 흔적은 아무것도 없었다. 마치 꿈이었던 것처럼.

우리는 보트를 강가로 끌어올려 거기다 두고 강둑 더 높은 쪽으로 올라가서, 가시넝쿨 터널로 들어갔다. 이러자고 얘기한 건 아니었지만, 우리가 첫 번째 시체를 발견했던 곳, 가시넝쿨 터널 안에서 겁에 질렸던 곳을 보고 싶었다.

터널은 여전했고, 낮에 보니 우리가 짐작했던 대로 확실히 가시넝쿨을 자르고 터널을 뚫은 것이었다. 밤에 느껴졌던 것처럼 크고 길진 않았고, 더 큰 터널로 이어졌는데 그것 역시 우리 기억보다 더 짧고 작았다.

가시넝쿨 위에 장식하듯 작은 천조각이 여기저기 걸려 있었다. 빨간 긴 천조각과 파란 것, 그리고 붉은 꽃이 그려진 하얀 천조각. 시어스 앤드 로벅 카탈로그에서 오려낸 속옷 차림 여자들 사진과 내가 친구에게 들은 그 벌거벗은 여자 카드 같은 것들이 있었다. 가시가 사진의 여자 사타구니 부분을 뚫고 삐죽 나와 있었다.

터널 한가운데에는 누군가 불을 피웠던 흔적이 있었고, 머리 위로 넝쿨이 낮게 드리워진 가지가 워낙 빡빡이 뒤엉켜서 비가 몰아쳐도 여기 대부분은 물에 젖지 않게 생겼다.

그날 밤에는 그런 천조각들과 종이를 본 적 없었지만, 원래 있었을지도 모른다. 지금은 이렇게 건조하긴 하지만, 그렇게 비가 쏟아지고 물이 넘쳐나는 마당에 여기라고 완전히 말라 있었을 리는 없다. 누군가 여기에 새로 천조각이니 종이를 이따금씩 새로 더 갖다 놓은 게 틀림없었다.

토비는 냄새를 맡으며 불편한 허리와 다리로 힘닿는 데까지 뛰어다니고 있었다. 여기저기 실례를 하며 사방에 영역 표시를 하고 있었다. 마치 가시넝쿨에 다람쥐가 잔뜩 있기라도 한 것 마냥 안절부절못하고 있었다.

"무슨 둥지 같아." 톰이 말했다. "염소 인간의 둥지."

소름이 좍 끼쳐왔고 혹시 그게 정말이라면, 다리 아래 동굴이 아니라 여기가 놈의 소굴이라면 놈이 언제고 올지 모르는 일이다. 나는 톰에게 그 얘기를 하고, 우리는 토비를 불러 거기를 빠져나와, 보트를 타고 상류 쪽으로 노를 저어 올라가려 애썼지만 헛일이었다.

결국 우리는 보트에서 내려 강둑을 따라 들고 가려 했지만 너무 무거웠다. 우리는 포기하고 보트를 강가에 두었다. 걸어서 흔들다리 옆을 지나 한참 올라가 모래톱을 발견했다. 우리는 거기서 강을 건너 집으로 돌아가, 부모님과 할머니가 귀가하기 전까지 집안일을 마치고 우리 몸과 토비를 깨끗이 씻었다.

우리는 그날 본 것을 생각해 보고, 아버지한테 얘기할까 고민했지만, 원래 아무 데도 가면 안 되는 것이었던 만큼 어린 마음에 난관에 처했다. 좀 더 나이 먹은 사람에게라면 명백했을 일이 그때의 우리에겐 그렇지 않았다.

그날 밤, 나와 톰이 밖의 슬리핑 포치에서 속삭이고 있자니 할머니가 나왔다. 우리는 입을 다물었다. 할머니가 말했다.

"너희 둘 종일 무슨 음모꾼들마냥 그러더라. 궁금해서 넘어갈 수가 없네."

"아무것도 아니에요." 톰이 말했다.

"내 보기엔 뭔가 있는데." 할머니가 말하고는 우리 침대 사이 그네에 앉았다. "할머니한테 말해보지 그러냐. 너희 엄마 아빠에게는 말 안 한다고 약속하마."

우리는 물론 누군가에게 털어놓고 싶어 안달이 나 있었다. 내가 쳐다보자 톰은 고개를 끄덕였다. 나도 마주 고개를 끄덕였다. 톰이 말했다.

"말 안 한다고 약속해요, 어기면 머리가 뚝 떨어져서 개미떼로 뒤덮어도 좋다고."

할머니는 웃음을 터트렸다.

"아이구, 그런 건 싫구나. 그러니까 약속하마."

우리는 할머니에게 모두 털어놓았다. 이야기를 마치자 할머니가 말했다.

"너희만 탐정 노릇을 하고 있었던 게 아냐. 그리고 우리 셋 다 수사를 하고 있으니, 앞으로 이렇게 하자. 우리끼리만 서로 아는 걸 공유하기로."

"글쎄요." 나는 말했다. "아버지한테는 알려야 할지도 모르는데."

할머니는 고민했다. 나는 할머니는 늘 알고 싶어하는 양반인 걸 파악하고 있었다. 그래서 할머니의 제안은 놀랍지 않았다.

"이렇게 하자. 너희 아버지가 쓸 만한 증거가 나오기 전까진 우리끼리 비밀로 해두는 거야. 그럼 됐지?" 우리는 동의했다. "그러기로 맹세하고, 어기면 우리 머리가 뚝 떨어져 개미떼에게 뒤덮이는 걸로 하자." 우리는 맹세했다. "난 오늘 시내에 나갔더랬어. 그룬 씨를 찾아갔지. 정말 좋은 양반이야."

"할머니는 그분하고 많이 만나네요." 톰이 말했다.

"그런 거 같구나."

할머니 말에 내가 물었다.

"그럼 그분이 이 난리통하고는 아무 관계없다고 생각하세요?"

"세상에. 그럼, 없지."

"그 아저씨는 KKK단이잖아요." 톰이 말했다.

"지금은 아냐." 할머니가 말했다. "얘기를 해봤더니, 그 사람이 먼저 여기서 있었던 사건 얘기를 꺼내더구나. 자기는 그만뒀대. 그리고 유태인이라고. 별 생각 없이 거기에 들어갔대. 그들이 옳은 일을 하는 줄로만 여겼다는구나. 예전에 「국가의 탄생」이란 영화를 봤는데 거기서는 KKK단이 좋은 사람들로 나왔다는 거야. 하지만 그날 밤 여기 와서 너희 아버지와 이야기하고, 모즈가 목을 매달린 일 이후로, 혹시나 자기가 유태인이라는 걸 저들에게 들켰더라면, 그 밧줄에 목 매달린 게 자기였을 수도 있겠다 싶었던 거지. 그래서 KKK

단을 나왔대."

"할머니?" 톰이 물었다. "그 아저씨 할머니 남자친구예요?"

"아무리…… 뭐, 아직은 아니다. 그렇게 될 수도 있겠지만."

톰이 킥킥댔다.

"할머니는 너무 나이가 많잖아요."

"네 기준에만 그런 거야, 꼬마 아가씨. 내일 모즈의 오두막하고, 그 동굴과 가시넝쿨 터널을 살펴보자꾸나."

* * *

다음날 아침, 어머니 아버지가 일하러 간 사이, 나와 할머니, 톰, 토비는 산탄총을 갖고 할머니 차에 올랐고, 우리는 모즈의 오두막으로 향했다. 길을 절반쯤 갔을 때, 성경을 깜빡한 게 떠올랐다.

나는 모즈의 낡은 오두막에 대해 짐작 가는 바가 있어서, 확인해 보고 싶었다. 하지만 내 짐작은 틀렸다. 못에 새로 걸려 있거나 벽에 기대놓은 물건은 아무것도 없었다. 하지만 뭔가 희한한 게 있었다. 우리가 강둑에 내버려둔 보트가 바위 위 원래 자리로 돌아와 있고 노는 보트 안에 있었다.

우리는 할머니에게 그 얘기를 했다.

"허, 별일이구나." 할머니가 말했다.

우리는 한동안 오두막을 둘러보았다. 어제와 똑같았지만, 물에 젖어 뭉개진 사진 액자가 테이블에 세워져 있었고, 연필로 색칠한 시어스 앤드 로벅 카탈로그 오린 아이 사진은 아무 데도 보이지 않았다.

내가 할머니에게 그 얘기를 하자 할머니는 말했다.

"누군가 여기 왔었네, 그건 확실해. 의문점은, 무엇 때문에 그랬을까? 자, 그 보트를 타고 너희가 말한 거기 가보자."

할머니가 보트에 타고, 나와 톰이 보트를 강에 밀어 넣은 다음, 나는 노를 젓고 톰은 앞에 앉아 안내인 노릇을 하며, 우리는 가시넝쿨 터널로 나아갔다. 기분 좋은 여정이었다. 날은 따뜻하고 강은 빠르게 흘러갔으며, 강물엔 그 위로 드리워진 나뭇가지 그림자가 점점이 박혀 있었다.

거대한 물뱀이 물가 큰 버드나무 뿌리 위에 도사리고 있었다. 검고 작은 벌레들이 강물 수면에 북쪽 지방의 아이스 스케이터들처럼 미끄러져 나갔다. 두 번인가 거북이가 우리를 먹이인지 확인하려고 고개를 물 밖으로 빼꼼 내밀었다가 다시 시야에서 사라졌다.

우리가 보트를 정박하고 뭍에 올라 터널에 들어서자, 군데군데 어둡기는 했지만 대천사의 날카로운 칼날처럼 햇살이 뚫고 들어와 천 조각과 카탈로그 오려낸 종잇조각들을 비추었다. 할머니는 주위를 둘러보며, 천이며 종잇조각들을 만져보았다. 할머니가 말했다.

"이걸 무슨 살인자 소굴이라고 단정 짓진 못하겠다. 아이들, 십중팔구 남자애들이 지들 놀이터를 만든 게야. 색색의 천이며 종이를 가져다가 꾸민 거지."

"하지만 이 사진들 중 몇 장은 속옷 차림 여자들이에요."

내 말에 할머니가 되물었다.

"너도 변소에 있을 때 그거랑 똑같은 사진 보지 않았니, 해리? 그 카탈로그를 그냥 뒤처리하는 데만 썼어?"

나는 얼굴이 빨개졌다.

톰의 표정을 보아하니 앞으로도 이 얘기를 줄곧 끄집어낼 기색이었다.

"보시면 불 피운 자리가 있어요." 나는 말했다.

"아이들이나 떠돌이가 불을 피웠겠지." 할머니가 말했다. "그리고 생각해 보면, 살인자가 왜 불을 피우겠니? 여기에 머물진 않았겠지. 내 생각엔 그 자는 우리들 가운데에, 아니면 우리 근처에 살고 있을 거야."

"밤에 불빛이 필요해서 불을 피웠을 거예요." 톰이 말했다.

"그것도 가능하겠지." 할머니가 말했다.

할머니는 마음속에서 이미 결론을 지었음을 알 수 있었다.

"하지만 그 사람이 여기 올 수도 있어요." 톰이 말했다. "이곳을 쓸지도 모르잖아요."

"그럴 수도 있겠지." 할머니가 말했다. "하지만 내 생각엔 그냥 애들이 놀이터를 만든 거야. 떠돌이들이 몸을 숨기려 썼을 순 있겠지."

"떠돌이들이 오기엔 너무 숲 속 깊은 곳 아니에요?"

"누가 알겠니?" 할머니가 말했다. "보트를 돌려놓고, 너희 엄마 아빠가 돌아오기 전에 집에 갈 수 있나 보자."

"아휴." 톰이 말했다. "시간은 많잖아요."

"그래." 할머니가 말했다. "그래도 아무튼 가야지."

우리는 보트를 강 위쪽으로 들고 갈 생각이었지만, 막상 실행에 옮길 참이 되자 할머니가 굳이 그럴 것 없다고 결정했다.

"모즈는 세상을 떠났어. 그리고 물살에 맞서 노를 저어봤자 별 소용없을 테고. 들고 가면 기운 다 빠질 거다. 그냥 두고 가자. 게다가, 누구든 저번에 도로 갖다 놓은 사람이 또 그럴지도 모르지."

우리는 걷기 시작했다. 물을 건널 수 있는 얕은 데까지, 그리고 차까지 내내 걷는 동안, 누군가 나무들 사이 조용히 움직이며 나뭇잎 틈새로 우리를 훔쳐보고 있다는 기분이 자꾸 들었다. 하지만 돌아보면 매번 숲과 나뭇잎 그리고 강밖에 보이지 않았다.

* * *

그날 밤 나는 침대에 누워 이런저런 생각을 해봤지만 번번이 그 일이 떠올랐다. 할머니는 어른이고 똑똑하지만, 탐정으로서는 아버지보다 나을 것 없고, 아버지가 아무 쓸모가 없었다는 건 본인도 인정할 일이었다. 나와 톰도 잘하진 못하지만, 우리는 한 가지 결론에 도달했다. 살인자는 염소 인간이거나, 아니면 미스 매기가 방랑자라고 부르던 자일 것이다.

미스 매기 생각을 하니 다시 슬퍼졌다. 그 맛있는 음식이나, 재미난 이야기는 이제 없다. 미스 매기는 죽었다. 내가 수없이 그녀와 함께 앉아 웃고 그녀가 나를 도련님이라 부르던 바로 그 집에서 살해당했다.

그리고 캐너튼 부인. 그녀는 나에게 책을 가져다주느라 죽었을 수도 있다. 하필 그 시간 그 자리에 있었던 게 문제일 수도 있다. 내 탓이 아니라는 건 알지만, 그래도 역시 죄책감이 드는 것을 어쩔 수 없었다.

불쌍한 캐너튼 부인은 늘 무척 상냥했다. 그 책들이며 핼러윈 파티. 다정한 미소. 지난 핼러윈 밤 그 드레스를 입은 그녀의 가슴. 목 칼라에 조그만 붉은 장미들이 점점이 수놓인 희고 순수한 드레스.

가물가물 잠에 빠져들며 나는 아버지에게 가시넝쿨 터널에 있는 시어스 카탈로그 사진과 천조각 얘기를 해야 하나 생각했지만, 말하지 않기로 할머니와 약속을 한 터였다. 그 약속을 애초에 하는 게 옳았는지 알 수가 없었다. 그 약속을 어기거나 아니면 물러달라고 할까 생각하다가 잠들었다.

다음날 아침 일어났을 때는 전부 대수롭지 않아 보였고, 할머니도 다 잊어버린 듯했다. 할머니에겐 새로운 관심거리가 생겼다. 그룬 씨. 심지어 많은 이들이 숙녀답지 못하다고 여기는 일까지 했다. 그룬 씨 가게 근처에 맴돌면서 그와 만나고, 아무 대가 없이 물건 진열을 돕는다거나 하는 일 말이다.

이따금 나와 톰은 몰래 빠져나와 모즈의 낡은 오두막에 가곤 했다. 가끔은 못에 생선이나, 강에서 건진 별난 것들이 걸려 있곤 했다.

나는 누군가 모즈가 죽은 줄 모른 채 선물을 가져다주고 있는 모양이라고 합리화했다. 아니면 뭔가 다른 이유에서 거기에 갖다두었거나.

우리는 착실하게 거기 있는 것들을 내려 강으로 돌려보내면서, 혹시 염소 인간이 갖다놓는 것일까, 만약 그렇다면 어째서 그러는지 궁금해했다. 그런 괴물이 모즈를 좋아할 수 있을까? 혹시 미스 매기의 이야기 속 방랑자처럼 악마에게 바치는 공물이었을까? 오줌 넣은 위스키는 아니었지만, 악마가 생선과 강에서 건진 잡동사니를 좋아할지는 아무도 모를 일이다.

염소 인간의 흔적을 찾아 둘러보았지만 발견한 것은 누군가 발이 큰 사람의 신발자국뿐이었다. 발굽 자국은 없었다.

가끔은 우리 둘 다 누군가의 눈길을 느끼곤 했다. 나는 그 염소 인간이 모습을 드러내기를, 단 한번이라도 볼 수 있기를 바라며 늘 산탄총을 가지고 다녔다. 세상 무슨 추리력을 다 동원한다 해도 안 될 일을 산탄총 한 발로 해결할 수 있으니까.

그러던 어느 날 강가에 있을 때 톰이 문득 떠올린 생각이 있었다.

"만약 악마에겐 산탄총이 통하지 않으면 어떡해?"

나는 그 생각은 못 했다. 진작 했어야 할 것을. 아무래도 상대는 악마 아닌가.

산탄총이 있든 없든 우리는 좀 불안해져서 그곳을 떠났고, 한동안 돌아가지 않았다. 그 후 며칠간 나는 싱싱한 생선과 강에서 건진 물건들이 못에 걸려 있을까 궁금해했다. 갖고 왔던 사람은 돌아와서 그게 사라진 걸 보고 무슨 생각을 할까? 아니면 숲속에 숨어 우리를 내내 지켜보고 있었을까? 나에게는 너무 큰 미스터리였고, 결국엔 한쪽으로 미뤄둘 수밖에 없었다.

23장

한여름에 접어들면서 날씨는 점점 뜨거워지고, 공기는 마치 머리에다가 담요를 두 겹 두른 느낌에다가 가끔은 그 담요에 불이 붙어 연기로 가득 찬 것만 같았다.

그래서 한낮에는 움직이는 게 영 내키지 않았고, 한동안 우리는 몰래 빠져나가 강에서 낚시하는 것도 그만두고 집 근처에서 놀았다.

그해 7월 4일 독립기념일에, 우리 마을은 기념행사를 하기로 했다. 나와 톰은 잔뜩 들떴다. 폭죽이며 원통 꽃불을 비롯하여 온갖 종류의 불꽃놀이며, 또한 집에서 만든 음식들도 잔뜩 있을 테니까.

더 신나는 일은 활동 사진 상영을 한다는 사실이었다.

사람들은 아직도 이따금 그 살인자를 생각하고 얘기를 나누었지만, 대부분은 레드가 범인이라고 단정지었고, 그의 차가 발견되고 집은 거의 원래대로였으니, 아버지가 그가 범인임을 밝혀내기 직전

임을 알아채고 도망쳤다고 여겼다.

사람들은 그 이야기에 만족하는 듯했다. 그렇게 믿고 싶었으니까. 살인자가 오래전 떠나버렸다고 생각하는 쪽이 밤에 잠자리에 들 때, 달빛 아래 옥외 변소에 갈 때, 드리워놓은 낚싯줄을 확인할 때 더 마음이 편했던 것이다.

여자들도 좀 더 마음 편히 잠자리에 들 수 있게 되었다. 다만 이제는 저지대 살인자가 등장하기 전과는 다르게 문과 창문을 걸어 잠갔다.

심지어 부모님과 할머니마저도 범인은 레드였다고 믿게 되었다. 그게 이치에 닿아 보였다.

나와 톰은 언제라도 염소 인간이 돌아올까봐 경계를 늦추지 않았다. 놈이 그저 숲속에 숨어 상황이 잠잠해지고 사람들이 예상치 못할 때까지 기다리다가, 공격해 올 거라고 생각했다.

하지만 독립기념일 날, 아이스크림과 불꽃놀이, 활동 사진의 날, 우리는 경계심을 풀었다. 물론 전에도 경계심을 풀었던 적이 있었지만, 아무 일도 없었다. 그리고 모두가 고대하는 온갖 근사한 일들이 벌어지는 무더운 독립기념일 날에 무슨 일이 있겠는가?

어두워지기 전 늦은 오후 다들 모였다. 메인 가에 차량을 통제했지만, 어차피 다니는 차도 드물었으니 별일은 아니었다. 요리와 수박, 방금 만든 아이스크림이 차려진 테이블들이 거리에 놓였고, 침례교 목사가 몇 마디 한 다음, 모두들 접시를 들고 돌아다니며 음식을 덜어 먹었다.

아버지가 어머니에게 상이 잘 차려져 있어 다행이라고, 덕분에 목사가 설교를 짧게 끝냈다고 말했던 기억이 난다. 목사는 식탐도 있고 먹성도 좋은 사람이었다.

나는 거의 다 조금씩 맛보고, 매시드 포테이토와 그레이비, 민스미트와 사과 그리고 배 파이에 집중했다. 톰은 파이와 케이크 그리고 세실이 도와줘서 자른 수박만 먹었다.

테이블 사이에 둥글게 놓은 의자들이 있었고 의자 뒤에는 임시 무대 같은 것이 있었다. 기타와 바이올린을 연주하고 노래를 부르는 사람들 몇이 있었다. 남녀들이 봉쇄한 거리 한가운데에 모여 음악에 맞춰 춤을 추고 있었다. 어머니 아버지도 춤을 추고 있었고, 할머니는 그룬 씨와 함께였다. 테일러 선생은 톰의 손을 잡고 춤을 추고 있었다. 그는 무척 크고 톰은 아주 작아서, 개 앞발을 붙잡고 뒷발로 깡총거리게 만드는 광경 같았다. 그는 행복해 보였지만, 소문에 따르면 루이즈 캐너튼 일로 크게 마음 아파하고 있다고 했다.

나는 네이선 씨와 아들들이 나타날 줄로만 생각했다. 공짜 음식이나 술을 준다는 소리만 들리면 언제나 나타나는 사람들이었으니. 하지만 오지 않았다. 아버지 때문이지 싶었다. 네이선 씨는 터프해 보이고 입이 가볍지만 그 도낏자루 맛을 단단히 봤고, 섬션 씨가 그 일을 마을에 다 퍼뜨려서, 아버지가 세상을 뜨고 한참 후에도 그 매질을 마치 직접 보기라도 한 것처럼 말하는 사람들이 있었고, 이윽고 크리튼던 영감의 돼지들 이야기와 합쳐져 결국에는 지역 전설의 위치를 획득했다.

밤이 깊어가면서 음악이 그치고 영화가 상영되었다. 오래된 영화였다. 카우보이와 총싸움이 잔뜩 나오는 무성영화. 영화가 돌아가는 천막은 외침과 발 구르는 소리 그리고 말 없는 등장인물들을 대신해

떠드는 젊은 남자들이 가득했다.

마침내, 늦은 밤, 불꽃놀이가 시작되었다. 폭죽이 터지고 원통 꽃불과 불꽃이 메인 가 하늘에서 터지며 어둠 속에 색색으로 타오르다가 사그라들었다.

톰이 테일러를 버려서, 선생은 춤을 출 아가씨를-부엘라 리 버드웰을 찾아냈고, 톰은 세실의 무릎에 앉아 음악에 맞춰 박수를 치며 팔짝팔짝 몸을 들썩이고, 개인 밤하늘에 환한 색채의 다음 향연이 펼쳐지기를 기다렸다.

어느 불꽃 하나가 금방 스러지지 않고, 별똥별처럼 땅으로 떨어지고, 그걸 눈으로 따라가다 보니 불꽃이 세실과 톰의 뒤편으로 사라지던 게 기억난다. 그 마지막 불빛 속에서 톰의 웃는 얼굴과, 세실이 그애의 어깨에 손을 얹고 음악에 맞춰 다리를 들썩거리며 말 태우듯 톰을 흔들어주고 있는 것이 보였다. 그리고 그 근처, 음식이 잔뜩 차려진 테이블 옆에 스티븐슨이 주머니에 손을 넣고 서 있었다.

아까 춤추는 사람들 속에서 춤은 추지 않고, 그냥 이리저리 돌아다니고만 있는 그를 보았다. 지금은 평소의 음울한 표정을 하고 선 채, 세실의 무릎에 앉아 있는 톰을 쳐다보고 있었으며, 축 처진 얼굴엔 땀이 송글송글 맺혀 있었다. 그의 위로는 하늘에 색색의 불꽃이 터지고 있었다.

* * *

그날 밤 늦게 집에 돌아왔을 때 식구들은 모두 눈이 말똥말똥해서, 우리는 밖의 커다란 떡갈나무 아래 앉아 사과주스를 마셨다. 아주 즐거웠지만, 어쩐지 난 계속 누가 지켜보는 듯한 불편한 느낌을 떨칠 수 없었다.

나는 숲을 훑어보았지만 아무것도 보이지 않았다. 톰은 아무렇지도 않아 보였다. 어머니, 아버지, 할머니도 아무 내색이 없었다. 그래도, 나는 마음이 놓이지 않았다.

오래 지나지 않아 주머니쥐가 숲 가장자리에 몸을 드러내고 우리가 잔치를 벌이는 모습을 훔쳐보다가, 다시 어둠 속으로 사라졌다. 나는 안도의 한숨을 내쉬었다.

아버지가 오래된 기타를 치고 그 소리에 맞춰 어머니 아버지는 노래를 몇 소절 불렀고, 그런 다음 아버지가 연주하고 어머니와 할머니가 몇 곡을 노래했다. 이따금씩 토비가 컹컹 짖어댔다.

그 다음엔 할머니, 어머니, 아버지가 이야기를 들려주었고, 그러는 동안 어머니는 아버지 무릎에 앉아 있었다. 아버지는 말과 함께 묻힌 옛날 총잡이 얘기를 알고 있었다. 그 사람 말고는 아무도 그 말을 탄 적이 없다고 했고, 총잡이가 법망에 쫓기던 중 부상을 당하자, 그는 잡히거나 자기 말을 남이 타는 꼴을 보느니 먼저 자기 말을 죽이고 자살하는 쪽을 택했다. 그를 발견한 사람들은 그 자리에 말과 함께 그를 묻어주었고, 아버지는 그 늙은 도둑이 전속력으로 말을 달리다가, 그와 말이 묻힌 자리에 가면 사라지는 모습을 해마다 몇 번은 목격했다는 이야기를 친척들에게서 들었다고 했다.

할머니는 당신 할머니에게서 들었다며 누군가 죽을 때가 되면 나타나는 비둘기 이야기를 해주었다. 그리고 사람이 죽는 순간, 비둘기가 천장으로 날아오르면서 더 이상 보이지 않게 되지만, 그 후로도 얼마 동안 그 날갯짓 소리를 들을 수 있다고 했다. 할머니의 할머니는 비둘기가 영혼을 데려가기 위해 오는 거라고 말했단다.

어머니는 오자크 산맥에서 퓨마가 사륜마차에 탄 여자와 아기를 쫓아온 이야기를 들려주었다. 여자는 달빛 속에 점점 가까워지는 퓨마를 볼 수 있었다. 퓨마가 말과 나란히 달리는 바람에 말들이 겁을 집어먹었다. 아기 어머니는 재빨리 기지를 발휘하여, 아기 옷가지를 길가에 내던져 사람 냄새로 퓨마의 주위를 흐트러지게 했다. 퓨마가 옷가지를 물어뜯으려 멈춰 섰다가, 다시 나타나 마차 가까이까지 쫓아오면 여자는 또 옷가지를 던졌다. 마침내, 그녀는 자기 옷을 던지는 지경에 이르렀고, 결국엔 퓨마와 거리를 벌릴 수 있었다. 하지만 거의 벌거벗은 여자가 친척집에 도착하고 보니, 마차에는 발톱 자국이 나 있었고 아기가 있던 요람은 비어 있었다.

이야기가 끝난 다음 우리는 돌아가며 변소에 갔다. 톰은 할머니를 졸라 같이 갔으며, 나도 할머니가 같이 가주었으면 했지만 체면 때문에 말을 꺼내지 못했다. 나는 어둠 속에서 고약한 냄새를 맡으며 시어스 앤드 로벅 카탈로그를 움켜쥐고 얼른 볼일을 보았고, 어딘가에서 올빼미 소리가 났다.

마침내, 우리는 씻고, 밤 인사를 한 다음 잠자리에 들었다.

* * *

그날 밤 침상에 누워, 나는 벽에 다가가 귀를 대보기로 마음먹었다. 한동안 안 그랬었지만, 그날 밤엔 어머니 아버지의 목소리를 듣고 싶었다. 부모님이 다시 하나로 이어졌음을, 세상 모든 것이 제대로라는 것을 느끼고 싶었다.

한동안 듣는 동안 부모님은 이런저런 얘기를 하다가, 나지막하게 말하기 시작했고 어머니가 하는 소리가 들렸다.

"애들이 듣겠어, 여보. 벽이 종잇장처럼 얇은데."

"하기 싫어?"

"물론 나야 하고 싶지."

"벽이야 늘 종잇장처럼 얇았는걸 뭐."

"당신이 늘 오늘 밤 같진 않잖아. 이럴 때면 어떤지 알면서."

"내가 어떤데?"

어머니는 웃음을 터트렸다.

"소리가 크다고."

"여보. 내가 마음잡은 지 꽤 되었잖아…… 그리고…… 알지, 정말 하고 싶어. 당신은 싫어?"

"물론 하고 싶어."

"소리 크게 내고 싶은데. 차 끌고 나가면 어때? 내가 좋은 자리 알아."

"제이콥. 누가 지나가면 어쩌려고?"

"사람들 안 다니는 데야."

"굳이 그럴 거 없어. 여기서 하면 되잖아. 그냥 조용히 하면 되는 걸."

"조용히 하고 싶지 않아서 그래. 그리고 조용히 한다 쳐도, 즐거운 밤이잖아. 난 안 졸려."

"애들은 어쩌고?"

"그냥 저쪽 길 아래야, 여보. 애들 할머님이 계시잖아. 재밌을 거라고."

"그래…… 좋아. 그러지 뭐."

천둥이 우르릉 울렸다. 어머니가 하는 말이 들렸다.

"아, 제이콥. 이건 경고일지도 몰라. 나가지 말라는 경고."

"생육하고 번성하여라."

"우리가 지금 번성할 때가 아닌 거 같은데."

나는 아버지 웃음소리를 들었고, 어머니가 킥킥거렸다.

나는 누워서 도대체 부모님이 뭘 어쩌는 건지 궁금해했다. 부모님 방은 조용해졌고, 오래지 않아 차 시동 소리가 들리더니 길 저편으로 사라졌다.

어디로 가는 걸까?

그리고 뭘 하러?

정말이지 몇 년이 지나서야 그날 밤 상황을 파악할 수 있었다. 물론 섹스에 대해 알아가는 중이긴 했지만, 어른들 사이, 특히 내 부모님 사이에서 벌어지는 일을 파악할 수 있을 만큼 깨우치지는 못했던 것이다. 부모님이 사랑을 나눈다는 것 자체를 그냥 상상할 수가 없었다. 내 짐작에 그날 밤 부모님이 차를 몰고 나간 주된 이유는 뭔가 평소와 다른 일, 차에서 사랑을 나눈다는 생각에 혹했던 것 같다. 그러면 잠시나마 그저 낭만적인 상황에서 서로의 육체를 탐닉하는 두 연인으로서만 있을 수 있으니까.

나는 한동안 궁리하다가 깜박 잠이 들었고, 비의 기운을 품은 바람에 덥던 공기가 서늘해졌다.

얼마 후 나는 토비가 짖는 소리에 깨어났지만, 계속 그러지는 않기에 도로 잠들었다. 그 다음에, 똑똑 소리가 났다. 마치 새가 딱딱한 바닥에 놓인 모이를 쪼아먹는 소리 같았다. 천천히 눈을 뜨고 누운 채 고개를 돌려 보니 방충망 문 너머로 형체가 보였다. 그냥 거기 서서 안을 들여다보고 있었다.

시원하긴 했지만 폭풍은 아직 멀찍이 떨어져 있었고, 구름에 가리지 않아 달이 밝았다. 잠에서 깨어난 그 순간, 달빛 아래 나는 방충망에 커다란 구멍이 났고 문고리가 풀려 있음을 깨달았다.

그제야 잠이 확 깨고 이게 꿈이 아님을 깨달았다. 나는 침상에 벌떡 일어나 앉아, 방충망 뒤의 형체를 쳐다보았다.

머리에 뿔이 달린 시커먼 형체였고, 방충망 문틀을 긴 손톱으로 톡톡 치고 있었다. 염소 인간이 그르렁거리는 소리를 냈다.

"꺼져!" 나는 말했다.

하지만 그 형체는 그대로 있었고 그르렁거리던 소리가 웅얼거림으로 바뀌었다. 바람이 불자 그 형체도 바람결에 날아가 버린 것처럼 방충망 포치 밖에서 사라졌다.

톰의 침상 쪽을 홱 돌아보니 톰이 자리에 없었다.

나는 얼른 일어나서 방충망으로 달려가, 거기 난 구멍을 쳐다보았다. 방충망 문을 열고 뒷문 계단으로 나갔다.

저쪽 숲속에 염소 인간이 보였다. 그가 손을 들어 나를 불렀다.

나는 망설였다. 부모님 방으로 달려갔지만 부모님은 없었다. 도대체 뭘 하려는 건진 모르겠지만 아무튼 내가 잠들기 전 부모님이 차를 몰고 나갔던 게 생각났다.

나는 할머니 방 문을 열었다.

"할머니!"

할머니는 마치 끈 달린 인형처럼 벌떡 일어나 앉았다.

"도대체 무슨 일이냐?"

"염소 인간이요, 그놈이 톰을 잡아갔어요."

할머니는 이불을 걷어붙이고 침대에서 일어났다. 할머니는 잠옷 차림이었고 긴 머리가 어깨 아래로 흘러내려 헬멧처럼 얼굴을 감싸고 있었다.

할머니는 포치로 달려나갔다. 비어 있는 침상과 구멍 난 방충망을 보았다.

"가서 너희 아버지 데려와라." 할머니가 말했다.

"아버지하고 어머니는 집에 없어요."

"뭐?"

"차 타고 나갔어요."

할머니는 상황을 파악하려 애쓰며 잠시 생각했다.

"저기 봐요, 할머니, 밖에 숲이요." 내가 말했다.

염소 인간은 아직 거기 있었다.

"잘 보고 있어라. 산탄총하고 신발 챙겨오게."

잠시 후 할머니가 산탄총을 갖고, 신발을 신고 돌아왔다. 나는 기다리는 사이 오버올을 입고 신발에 발을 꿰었다. 염소 인간은 움직이지 않았다. 우리에게 손을 흔들고 있었다.

"저 개자식이 우릴 놀리네." 할머니가 말했다.

"그래요, 근데 톰은 어디 있는 거죠?"

할머니의 얼굴이 축 처지는 것이 보였다. 방충망 무늬 그림자가 드리워진 달빛 속에서 할머니가 갑자기 늙어 보였고, 거의 마녀 같았다.

"가자." 할머니가 말했다.

할머니는 총 개머리판으로 방충망을 밀어 열고, 염소 인간 뒤를 따라 내달리기 시작했다. 아주 빨랐다. 바람에 할머니의 하얀 잠옷이 펄럭이고 달빛이 총신에 부딪혀 파랗게 빛났다. 할머니는 지옥에서 뛰쳐나온 망령 같았다.

나는 할머니 뒤를 쫓아갔지만, 따라잡기 힘들었다. 염소 인간은 소리 없이 그늘 속으로 사라졌다.

달리면서 나는 톰을 부르기 시작했고, 할머니도 듣고는 따라했지만 톰은 대답하지 않았다. 나는 발이 걸려 넘어졌다. 일어나 보니 내 발에 걸린 것은 토비였다. 토비는 숲 바로 안쪽 땅바닥에 꼼짝 않고 누워 있었다. 나는 토비를 안아올렸다. 머리가 한쪽으로 힘없이 떨구어졌다. 토비는 나직히 낑낑거렸고, 뒷발을 허우적거렸다. 머리에 난 맞은 상처에서 피가 뚝뚝 떨어졌다.

토비는 온갖 고생을 다한 마당에 머리까지 맞았고, 어쩌면 죽어가고 있을지도 모른다. 토비는 아까 내게 염소 인간이 왔다고 알리려 짖었는데, 나는 귀담아 듣지 않았다. 나는 몸을 돌리고 다시 잠들었으며, 염소 인간은 톰을 잡아갔다. 이제 토비는 다쳤고 죽어가고 있으며 톰은 사라졌고, 부모님은 차를 타고 어딘가에 갔으며 염소 인간은 이제 보이지 않았다.

그리고 그 점에 있어선, 할머니도 안 보이긴 마찬가지였다.

24장

피 흘리는 토비를 죽게 내버려두고 싶진 않았지만, 나는 할머니를 도와 염소 인간과 톰을 찾아야 했다. 나는 토비를 조심스레 내려놓고 눈물을 닦은 다음, 무작정 숲속으로 뛰어들어가 할머니가 염소 인간을 쫓아 사라진 좁은 길로 따라갔다. 당장이라도 할머니나 톰의 시체에 발이 걸려 넘어질 줄만 알았지만, 그런 일은 없었다. 마침내 할머니를 따라잡아 갔다. 할머니는 이제 그렇게 빠르지 않았다. 다리를 절뚝이고 숨은 가빴다. 잠옷은 나뭇가지에 찢겨 있었고 머리도 헝클어졌다. 할머니는 정말 딱 미친 사람 같았다.

"얘, 네가 따라가야겠다." 할머니가 말했다. "난 이제 한 걸음도 더 못 떼겠어…… 앉아서 좀 쉬어야…… 마음 같지가 않구나. 놈은 저기 검은나무딸기 덤불 사이로 갔어. 서둘러야 해…… 총 가져가고."

"할머니 여기 두고 어떻게 가요."

"따라가서 톰을 찾아야지. 총 가져가라. 놈은 총이 없지만, 칼을 갖고 있는 걸 봤어. 커다란 칼을 옆구리에 차고 있더라. 톰이 어디 있는지 실토하게 해, 알았지? 아이구 맙소사, 죽겠구나. 심장이 제멋대로 뛰네. 어서…… 가봐, 해리."

할머니는 바닥에 털썩 주저앉았고, 풀무질하듯 가슴이 오르락내리락했다. 나는 누운 할머니에게서 산탄총을 낚아채어 검은나무딸기 덤불로 뛰어들어, 솔잎이 깔린 좁은 오솔길로 들어섰다. 달빛이 머리 위 가지 사이로 춤추며 길을 비추었다. 염소 인간이 나뭇가지를 밀치고, 몇은 부러뜨린 흔적이 보였다. 마치 자기가 사라진 방향을 내게 알리려는 듯이.

가는 방향을 볼 수 있을 만큼은 달빛이 밝았지만, 그림자마다 당장이라도 덤벼들 듯이 도사린 염소 인간처럼 보였다. 바람이 나무 사이로 한숨짓고 빗방울이 떨어지기 시작했다. 차가운 비. 점점 달은 비구름에 둘러싸여 갔다.

계속 쫓아가야 하는지, 아니면 돌아가서 할머니와 함께 부모님을 찾으러 가야 할지 알 수가 없었다. 내가 뭘 하든 귀한 시간을 낭비하고 말 것 같은 기분이었다. 염소 인간이 불쌍한 톰에게 무슨 짓을 하고 있을지 알 수 없었다. 놈이 그 애를 묶어서 숲 가장자리에 데려다 놓고 돌아와서 창가에서 나를 불러냈을까? 어쩌면 이미 톰에게 저 좋을 짓 다 하고, 나한테도 그러려는 걸지도 모른다.

그 불쌍한 여자들이 당한 일들을 떠올리고 톰을 생각하자 속이 울렁거렸고, 그대로 가는 게 최선이라 결론짓고 더 빨리 달렸다. 부디 그 괴물을 따라잡아 총으로 쏴버리고 톰을 구출할 수 있기만을 바랐다.

그제야 오솔길 한가운데 희한한 것이 나무 틈새 달빛에 보였다. 꺾은 나뭇가지가 땅에 꽂혀 있었다. 윗부분을 오른쪽으로 꺾고 다듬어 뾰족하게 만들었다. 꼭 방향을 가리키는 화살표 같았다.

염소 인간이 나를 놀리고 있었다. 나는 그 화살표 방향으로, 지금 있는 오솔길보다도 더 좁은 샛길로 가는 것밖에 선택의 여지가 없다고 마음먹었다.

길에 들어서니 한가운데 또 나뭇가지가 있었고, 이번 것은 좀더 급히 준비하여 그냥 꺾어 땅에 꽂기만 했고 또다시 오른쪽을 가리키고 있었다.

그게 가리키는 쪽은 오솔길이라고도 할 수 없는, 나무들 사이 작은 틈새에 불과했다. 거기 들어서자 거미줄이 머리에 휘감기고 나뭇가지가 얼굴에 철썩철썩 부딪혔으며, 어느새 나는 허공을 딛고 둑 가장자리를 미끄러져 내려가고 있었으며, 엉덩방아를 찧고 고개를 들자 그곳은 전도사 길이었다. 염소 인간은 지름길로 나를 도로까지 이끌었으며, 곧장 간 게 분명했다. 내 바로 앞, 흙바닥에 화살 모양이 그려져 있었으니까. 염소 인간이 큰길을 건너거나 따라갈 수 있다면, 어디든 갈 수 있다는 뜻이다. 염소 인간에게서 안전한 곳이란 없다. 큰길을 건너지 못한다거나, 저지대 밖으로는 못 나온다는 이야기들은 다 틀렸다.

염소 인간은 뭐든 마음대로 할 수 있다.

나는 떨어뜨렸던 산탄총을 주워들고 큰길을 따라 달렸다. 이제는 표시를 찾아보지도 않았다. 나는 흔들다리 쪽으로 향하고 있었고 그

건너에는 들장미 가시넝쿨 터널이 있었다. 염소 인간이 톰을 다리 아래 동굴로 데려갈 수도 있겠지만, 할머니는 아니라 했어도 나는 그 터널이 놈의 소굴이라는 걸 알았고, 거기서 놈을 찾아내어 쏴 죽여버리고 싶었다. 톰이 무사하기를 빌었다. 나는 영웅이 되고 싶었다. 죽고 싶지 않았다. 아주 간절히. 그러다가 산탄총으로 염소 인간을 막을 수 있을까 하는 생각이 들었다. 전에도 궁금했지만, 이제 놈이 이끄는 대로 추적하고 있는 마당이니, 그 어느 때보다도 절실하게 궁금하지 않을 수 없었다.

달려가는 동안 내가 지금 향하는 곳이 들장미 가시넝쿨 터널이며, 이러나저러나 톰도 거기 있으리라는 확신이 커져갔다. 그 터널이야말로 놈이 여자들을 강에 던지기 전에 못된 짓을 한 현장이었다. 그 죽은 흑인 여자를 거기에 두어 그자는 우리 모두를 조롱하고, 그 한 건만이 아니라 아마도 그 모든 살인들이 벌어졌을 현장을 우리에게 보여준 것이다. 여유롭게 저 좋을 대로 할 수 있는 장소.

비록 직감과 아이다운 환상에 근거한 것이긴 했지만 나는 그 결론을 확신했다. 아버지에게 그 주장을 더 확실히 밀고 나갔더라면 좋았을 텐데, 그러지 않아서 지금 이 지경에 처한 것이다.

흔들다리에 다다르자 바람이 거세지고 달이 군데군데 구름에 가렸다. 다리가 앞뒤로 출렁거렸고, 새총에서 날아가는 돌멩이처럼 허공을 나르는 내 모습이 익히 상상이 갔다. 나는 모즈의 오두막으로 내려가 보트를 타고 가시넝쿨 터널로 가는 게 낫겠다고 마음먹었다.

저번에 강가에 보트를 내버려둔 것을 떠올리고 순간 심장이 쿵 내려앉았지만, 곧 이전에도 보트가 제자리로 돌아왔던 것을 떠올리고,

제발 그러기를 바라며 달려갔다.

도착해 보니 보트는 제자리에 있었지만, 산탄총을 배 안에 놓고 강물로 밀어내려 하자, 모래에 걸려 움직이지 않았다. 5분을 꼬박 애썼지만 보트가 꿈쩍도 하지 않아서, 나는 눈물을 터트렸다.

나는 심호흡을 했다. 다리밖에 선택의 여지가 없었다. 보트가 모래에 걸린 모양을 봐서는 나 혼자 움직일 수 있을 리가 만무했고, 염소 인간이 어디로 톰을 데려갔는지 확실히 알고 있었다.

오두막을 지나쳐 숲으로 뛰어가는 도중 잡목림 밖으로 앞부분이 슬쩍 삐져나온 차를 봤다. 잠시 부모님일지도 모른다 생각했지만, 얼핏 보니 우리 차가 아니었다. 트럭이었다. 상관없었다. 보트를 싣고 강에 와서 밤낚시를 하는 사람일 수도 있고, 주머니쥐나 너구리 사냥을 하는지도 모른다.

몸을 돌려 다리 쪽으로 가려고 오두막 뒤를 달려가는데 무언가 눈에 들어왔다. 오두막 뒷벽 못에 걸려 있었다. 잘린 손이었다. 무언가 반짝거리는 것이 그 손에 매달려 있었다.

무릎이 푹 꺾였다. 톰. 오 하나님. 톰.

나는 천천히 다가가 들여다보고, 그 손이 톰의 것이라기엔 너무 크고, 거의 썩어서 살점은 아주 조금밖에 없는 것을 보고 안도했다. 어둠 속에선 멀쩡해 보였지만, 전혀 아니었다. 썩은 손은 반쯤 주먹 쥔 상태였고 작은 목걸이를 쥐고 있었다. 목걸이는 그 메마른 손가락에 늘어뜨려져 있었고 그 벌어진 손아귀의 거뭇해진 살점 위에 총알구멍이 난 프랑스 동전이 놓여 있었다.

테일러 선생의 동전.

이게 염소 인간과 어떻게 연결되는지 이해하려 애쓰고 있는데, 내 어깨에 누가 손을 올렸다.

고개를 휙 돌리면서 산탄총을 들어 올렸지만, 다른 손이 재빨리 총을 낚아채 갔다.

나는 염소 인간과 얼굴을 마주하고 있었다.

* * *

달이 구름 밖으로 나와 달빛이 염소 인간의 눈을 곧장 비추었다. 그 검붉은 얼굴에서 두 눈이 차가운 에메랄드처럼 빛났다. 모즈의 눈과 똑같은 색깔이었다.

염소 인간은 낮게 그르렁거리는 소리를 내더니 내 어깨를 툭툭 토닥였다. 그의 뿔은 뿔이 아니라, 오래되고 시커멓게 변한 밀짚모자가 삭아서 누가 물어뜯은 것마냥 앞이 뻥 뚫렸고, 세월과 바람, 그리고 비에 그 양쪽 가장자리가 바깥쪽으로 휘어진 것이다.

그냥 밀짚모자였다. 삭은 밀짚모자. 뿔이 아니었다.

그리고 그 눈. 그 피부색. 모즈의 눈. 모즈의 피부색.

그 순간 나는 알았다. 염소 인간은 염소 인간이 아니었다. 모즈의 아들, 머리가 멀쩡하지 않고 다들 죽은 줄로만 알았던 그 아들이었다. 내내 이 숲속에 살고 있었으며 모즈가 보살펴왔고, 아들도 제 나름대로 모즈를 보살피려 강에서 주운 것들을 선물이라고 갖다 주었고 모즈가 세상을 떠났음에도 불구하고 계속 그러고 있었던 것이다. 그는 해진 옷과 밑창이 벌어진 신발 차림으로 숲을 배회하는, 어른의 몸을 한 덩치 크고 멍청한 아이였을 뿐이었다.

염소 인간은 돌아서서 강 상류 쪽을 가리켰다. 그 순간 나는 그가 아무도 죽이지 않았으며, 톰을 데려가지 않았음을 알았다. 그는 내게 경고하려고, 톰이 납치되었다고 알려주러 온 것이다. 이제 그 방향을 가리키고 있었다. 그냥 알 수 있었다. 그가 어떻게 손이나 테일러의 동전과 사슬을 얻게 되었는지는 모르겠지만, 염소 인간이 아무도 죽이지 않았다는 것은 알았다. 그는 우리 집을 지켜보고 있었다. 어쩌면 아직 자기가 어린애라고 생각하는지도 모른다. 머릿속에선 하나도 나이를 먹지 않았다. 아까 내가 느낀 누군가 우릴 지켜보는 듯한 기분은 주머니쥐의 눈길이 아니라 염소 인간이었다. 그는 숲 속에 있다가 톰이 잡혀가는 것을 보았고, 이제 나를 도와주려 하고 있다.

나는 그에게서 떨어져 보트로 도로 달려가, 다시 밀어내려 애썼다. 염소 인간이 나를 따라와 보트에다 산탄총을 놓고, 보트 뒤를 붙잡았고 우리는 함께 보트를 모래사장에서 강으로 밀어냈다.

나는 염소 인간과 함께 물에 첨벙 뛰어들었다. 그는 나를 덥석 붙잡아 보트에 태우고는, 보트를 밀어 물살을 타게 했다.

나는 그가 오두막이 있는 강가로 허우적허우적 돌아가는 모습을 지켜보았다. 그는 강둑에 서서 나를 쳐다보았다. 친구가 가는 게 싫은 아이처럼. 바람이 그의 낡은 모자를 후려치고 마치 옷을 벗기려는 듯이 펄럭거리게 했다.

나는 노를 들고 저으면서, 톰이 무슨 일을 당하고 있을지 생각하지 않으려 애썼다.

먹구름이 달 앞으로 계속 지나갔지만 멈춰 가리지는 않았다. 달은 따뜻한 담요 아래 숨은 겁먹은 아이처럼 계속 고개를 들락날락했다. 빗방울이 더 잦아지고 바람은 거세졌으며 습기를 머금어 약간 서늘 했다.

어찌나 열심히 노를 저었던지 등과 어깨가 아파오기 시작했지만, 물살이 나를 도와 빠르게 밀어주고 있었다. 어둠 속에 헤엄치는 물 뱀 한 무리를 지나쳤다. 놈들은 떠내려가는 통나무 위에 올라타서 쉬는 걸 좋아하는지라, 보트를 통나무로 착각하고 그럴까봐 겁이 났다.

나는 빠르게 노를 저어 물뱀 무리 사이로 지나갔다. 한 마리가 정 말로 보트 옆으로 기어오르려 했지만, 내가 노로 철썩 후려쳐서 죽 었는지 살았는지 아무튼 다시 물에 떨어졌다.

강줄기가 휘어진 부분에 다다르니 이끼가 나뭇가지에서 커튼처럼 늘어져 있었다. 두터운 거미줄을 뚫고 지나듯이 버둥거리다가 들장 미가 자라는 곳이 보였고, 그 순간 묘하게 덜컹 가슴이 내려앉는 기 분이 들었다. 마치 물이 가득 든 양동이를 들고 가던 중에 갑자기 바 닥이 쑥 빠져버린 것처럼.

들장미 가시터널에서 직면할 상황에 대한 두려움만이 아니라, 아 무것도 발견하지 못할 수도 있다는 두려움 때문이었다. 어쩌면 내가 다 틀렸고 염소 인간이 정말 톰을 데려갔는지도 모른다. 어쩌면 모 즈의 오두막에 톰을 숨겨놓고, 내가 사라질 때까지 기다렸을지도 모 른다. 하지만 만약 정말 그렇다면, 왜 나한테 총을 돌려줬을까? 하지 만 다시 생각해 보면, 그는 그렇게 똑똑하지 않다. 너구리나 주머니쥐처럼 숲에 사는 짐승이나 마찬가지다. 보통 사람처럼 생각하지 않는다.

이 모든 것이 머릿속에서 빙글빙글 도는 가운데 나 자신의 두려움과 진짜로 산탄총으로 사람을 쏜다는 생각에 마음이 온통 복잡했다. 마치 꿈을 꾸고 있는 기분이었다. 몇 년 전에 독감에 걸렸을 때 꿨던, 모든 것이 빙글빙글 돌고 부모님의 목소리가 웅웅 울리며 온 사방에 그림자가 나를 붙잡아 끌어가려 드는 꿈처럼.

나는 강둑으로 노를 저어, 보트에서 내린 다음 최대한 물가로 끌어올렸다. 노젓기를 하느라 힘이 너무 빠져서 보트를 완전히 물 밖으로 끌어낼 수는 없었다. 그저 보트가 떠내려가지 않고 그 자리에 남아 있기만을 바랄 뿐이었다.

나는 산탄총을 챙겨 조용히 오르막을 올라갔고, 나와 톰 그리고 토비가 그날 밤 지났던 그 터널 입구를 찾았다.

들장미 덤불 안은 어두웠다. 달은 구름 뒤로 숨었고 바람이 뼈다귀 같은 나뭇가지를 흔들어 달각거리는 소리를 냈다. 빗방울이 가시덤불 사이로 들이쳐 내 머리의 땀과 섞이고 얼굴로 흘러내려 입에서 짠맛이 나서, 나는 부르르 떨었다.

7월 4일인데, 나는 추웠다.

아니면 이제 5일인가? 그렇게 생각했던 게 기억난다. 그런 생각을 할 때가 아님을 익히 알고 있었다. 정신 똑바로 차려야 했다.

살금살금 터널 안으로 들어가자, 가시덤불 사이로 주황색 불빛이 펄떡거리고, 그 불빛 앞에 움직이는 그림자가 보였다. 그리고 마른 낙엽을 움켜쥐어 부스러뜨리듯이 버석거리는 소리가 났다.

나는 벌벌 떨며 앞으로 나아가 터널의 끝에 다다랐고, 그 자리에서 얼어붙었다. 더 큰 터널로 들어설 수 없었다. 여자들 사진과 천조각이 널려 있던 그 동굴 같은 터널. 그리고 그 순간 번뜩 깨달았다. 내가 봤던, 빨간 것이 묻은 그 하얀 천조각. 캐너튼 부인이 그 파티 날 밤, 그리고 아마도 살해당했던 밤에 입은 드레스 자락이었다.

갑자기, 마치 바닥에 발이 못 박힌 듯했다.

나는 산탄총 공이를 당기고, 얼굴을 가시덤불 너머로 들이밀고 들여다보았다.

터널 한복판, 나와 톰이 그날 탄 자국을 봤던 그 자리에 모닥불이 지펴져 있었다. 톰이 바닥에 누워 있었고 옷은 벗겨져 주위에 흩어져 있었으며, 한 남자가 그 애 위로 몸을 숙이고 앞뒤를 이리저리 어루만지며, 오랫동안 굶다가 먹는 짐승 같은 소리를 내고 있었다. 놈의 손이 톰 위로 피아노를 연주하듯 오갔다.

그는 땅에서 시어스 앤드 로벅 카탈로그를 집어들어, 한 장, 또 한 장 뜯었다. 불빛 속에 어린 소녀의 사진임을 볼 수 있었다. 그는 사진을 조심스레 아주 단단히 말아서, 살며시 바닥에 놓았다. 나는 다른 피해자들을, 그 사람들 몸속에 쑤셔 넣어진 종이를 생각했고, 틴 선생이 말한 페티시라는 것을 떠올렸다.

커다란 사탕수수 베는 칼이 톰의 머리 옆 땅바닥에 꽂혀 있었고, 톰의 얼굴은 내 쪽을 향하고 있었다. 휘둥그렇게 뜬 눈에는 눈물이 그렁그렁했고 모닥불이 반사되어 피처럼 빨간 점들이 빛나고 있었다. 입에는 두꺼운 반다나로 재갈을 물렸다. 손과 발은 밧줄로 묶여 있었고, 끔찍한 각도로 뒤틀려 있었다. 마치 조금만 건드려도 부러질 것 같았다.

남자가 일어나자 바지가 풀어져 있고 자기 물건을 붙들고 있는 게 보였다. 그는 불 앞에서 왔다갔다하며 톰을 내려다보고 소리질렀다.

"이러고 싶지 않아. 네가 이렇게 만들었어. 네 탓이야. 넌 딱 좋아. 딱 좋다고. 오늘밤, 너는 딱 좋았어."

목소리는 컸지만, 내가 들었던 그 누구의 목소리와도 같지 않았다. 그 목소리에는 강 저지대의 어둠과 습기 그리고 진흙탕, 그 모든 죽은 생선과 뱀 그리고 버려진 쓰레기, 강둑 위 변소 오물이 고스란히 들어 있었다.

놈의 얼굴을 제대로 볼 수는 없었지만, 체격과 캐너튼 부인 손에 있던 사슬로 미루어 테일러이리라 확신했다. 몸싸움하는 사이 그녀가 그의 사슬을 움켜쥐었고, 그는 사슬이 딸려간 줄 모르고 손목을 잘라버렸으리라 짐작했다.

천천히 그가 돌아섰고, 불빛에 비친 머리를 보고 내가 틀렸음을 깨달았다. 테일러가 아니었다. 네이선 씨 큰아들이었다.

그러나 그가 내가 제대로 볼 수 있는 쪽으로 돌아서고 보니 네이선네 아들이 아니었다. 그냥 그런 부류의 사람일 거라고 예상했기 때문에 그렇게 생각한 것뿐이었다.

나는 터널 안으로 완전히 들어서서 말했다.

"세실."

정말이지 아무 계획 없이 그 이름이 내 입에서 나와버렸다. 세실이 돌아섰고, 나를 봤을 때 그의 얼굴은 아까 저녁때, 톰이 그의 무릎 위에 앉아 팔짝거리고 그의 뒤로 불꽃이 터질 때와 마찬가지였다. 기쁘지도 슬프지도 않고, 그저 꿈꾸는 듯, 뭔가 제대로 파악할 수 없는 꿈에서 깨어난 사람 같았다.

그는 성기를 잡고 있던 손을 놓았고, 그룬 씨 가게의 진열품처럼 물건을 내놓은 채 서 있었다.

"아, 이런." 그의 목소리는 여전히 허스키하고 짐승 같았다. "다 틀어져버렸네. 톰을 갖고 싶진 않았어. 정말 아니었다고. 하지만 그애는 무르익어가고 있었어, 바로 내 눈 앞에서. 매번 볼 때마다 그랬지, 안 돼, 먹는 자리에다 똥을 싸는 법은 없어. 하지만 무르익었다고. 그리고 너희 집에 가서 혹시 될까 싶어 들여다보고, 거기 데려가기 쉽게 있는 모습을 보고선, 오늘 밤 톰을 데려와야겠다는 걸 알았지. 달리 어쩔 수가 없었어."

"왜요?"

"얘야. 이유는 없어. 그러지 않겠다고 다짐했었지만, 어쩔 수 없었어. 그럴 수밖에."

그는 슬금슬금 내게 다가왔다.

나는 산탄총을 들어 올렸다.

"자, 얘야. 나를 쏘진 않겠지."

"아니, 쏘고 싶은데요."

"나도 어쩔 수가 없어. 이렇게 하자. 톰을 놓아줄 테니, 이 일은 다 잊기로. 너는 집에 가고, 나는 이곳을 뜨고. 작은 보트를 숨겨둔 게 있으니, 그걸 타고 어디든 하류로 가서 기차를 타고 뜰게. 나 그런 거 잘해. 눈 깜짝할 사이 사라질 수 있어. 트럭에다 보트를 싣고 여기 왔는데, 트럭은 널 줄게. 너도 이젠 트럭 몰 만큼 컸으니까. 너도 트럭 한 대 있어야지. 너한테 주고 갈게. 모즈 오두막 위쪽에 있어."

"쪼그라들었네요." 내가 말했다.

그의 고추는 늘어져 있었다.

세실은 아래를 내려다보았다.

"그렇네." 그는 바지 안으로 물건을 넣고 단추를 채우며 말했다.
"이봐. 난 톰을 해치지 않았어. 그냥 좀 만지기만 했다고. 막 아래에
손대려던 참이었어. 그냥 냄새만 맡았는걸. 나는 사라지고, 모든 게
괜찮아질 거야."

"강을 따라 내려가서 또 그 짓을 하겠죠. 강을 타고 여기 와서 우
리에게 했듯이. 그만두지 않을 거죠, 안 그래요?"

"뭐라 할 말이 없구나, 해리. 가끔 어떻게 수습이 안 돼."

"당신은 그 사람들을 죽였어요, 세실. 아저씨를 믿었는데. 아버지
도 믿었고. 우리는 다들 아저씨를 믿었다고요"

"할 말이 없다, 해리."

"캐너튼 부인은요. 좋아하는 줄 알았는데."

"그랬지. 좋아했어. 톰도 좋아하고. 좋아하니까 가만히 두려고 했
어. 중요한 사람들은. 나는 매춘부들을 노렸어. 그걸로 참을 수 있을
줄 알았지. 하지만 그 매춘부들은 내가 원한 게 아니었어. 나는 좀
더…… 신선한 걸 원했거든. 루이즈는 참 좋은 여자였지. 죽일 마음
은 없었어. 나는 루이즈를 원했지만, 그녀를 나를 원치 않았지. 묶이
는 걸 원치 않았어. 진짜야, 해칠 생각 없었다고. 하지만 루이즈는 나
를 원하지 않았어. 말다툼을 하다가 그녀의 목에 걸린 동전 펜 사슬
목걸이를 보고, 그 멍청한 의사놈이 내 여자한테 손을 댔다 생각하

니 그만 루이즈의 목을, 그 빌어먹을 동전을 움켜쥐고 만 거야. 그러
자 루이즈의 손이 올라와서 사슬에 얽혔고, 나는 저 사탕수수 칼을
갖고 있었지."

그는 톰 옆의 땅에 꽂혀 있는 칼을 가리켰다. 겁나게 생긴 물건이
었고, 모닥불 불빛이 그 반짝이는 칼날에 비쳐 마치 피에 물든 듯이
보였다.

"저걸 갖고 있었어. 그걸 휘둘렀지. 그녀의 손을 잘랐어. 망할 것.
우리는 강가에 있었어. 그녀에게 보여주고 싶은 게 있다고 말하고
거기로 데려왔거든. 그래서 강가에 있었지. 그리고……"그는 조금
웃었다. "그 빌어먹을 손이 그만 강으로 툭 떨어진 거야. 상상이 되
니……"

"염소 인간이 그걸 발견했어요."

"염소 인간?"

"아저씨가 진짜 염소 인간이죠. 미스 매기의 방랑자이고."

"무슨 말인지 도통 모르겠구나."

나는 그를 사탕수수 칼과 멀리 떨어뜨려 놓고 싶었다.

"저쪽 옆으로 가요." 내가 지시했다.

세실은 내 왼쪽으로 이동했고, 나는 오른쪽으로 갔다. 우리는 원을
그리며 빙 도는 꼴이 되었다. 나는 톰 가까이로 다가가, 세실에게 총
을 겨눈 채 쪼그려앉았다.

"난 아주 사라질게." 세실이 말했다. "그냥 놔주기만 하면 돼."

나는 한 손을 뻗어 반다나 매듭을 잡아당겨 풀었다. 톰이 말했다.

"쏴버려! 쏴버리라고! 내 아래에 손가락을 쑤셔넣었어. 쏴버리라

396

니까! 창문으로 날 끌어내서 자기 손가락을 내 아래에 넣었단 말야."

"쉿, 톰." 내가 말했다. "진정해."

"아파. 이거 풀어줘…… 그 총을 이리 주면 내가 쏴버릴 거야."

"그동안 계속 여기로 그 여자들을 데려와서 죽였군요?"

"완벽한 곳이야. 떠돌이들이 이미 만들어놨었지. 일단 여자를 점찍으면, 뭐, 다루는 건 쉬워. 늘 보트를 준비해 놓았고, 강으로는 거의 어디든 갈 수 있거든. 기찻길은 여기서 멀지 않아. 기차들이 많이 다니지. 돌아다니기 쉽지. 난 트럭에도 보트를 실어서 가져왔고."

"모즈가 있는 곳을 말한 게 아저씨군요? 아저씨가 네이선 씨에게 말한 거예요."

"너희 아버지가 나한테 단서를 줬지. 그리고 스무티 그 멍청이를 이발해 주는 게 바로 이 몸 아니겠어? 스무티는 자기 헛간에 둔 그 흑인 놈 일로 잔뜩 흥분해서 입을 열었고, 나야 그걸 알았대도 뭐 어쩔 뜻은 없었다만, 워낙 그놈 입이 싸니 사람들이 다 알게 되는 건 시간 문제였어. 나는 그저 KKK라고 짐작 가는 사람들한테 슬쩍 흘렸을 뿐이야."

"하지만 어째서요?"

"모즈가 뒤집어쓰고, 나는 관둘 참이었어. 정말 그러고 싶었다고. 루이즈와 결혼해서 자리잡고, 이발 일 하고 너희 아버지처럼 살고 싶었지. 어쩌면 애도 가지고. 하지만 그럴 수 없더라, 해리. 애썼지만 그렇게 되지가 않아. 다 털어버린 줄만 알았는데, 루이즈가 그 어린 의사선생한테 눈길을 준 거야. 그만 폭발했지."

"그냥 쏴버리라니까." 톰이 말했다.

나는 쭈그리고, 사탕수수 칼을 뽑아 왼손으로 톰을 묶은 밧줄을 긋고 오른팔로 옆구리에 산탄총을 끼고 계속 겨냥했다.

"가끔은 친구 때문에 화날 때도 있지 않아? 잘못을 저질러서. 하지만 친구가 일부러 그런 건 아니잖아. 나도 일부러 그런 건 아니야. 어쩔 수가 없어서 그래."

"지금 박하사탕 하나 슬쩍했다거나 그런 얘기가 아니잖아요. 아저씨는 공수병 걸린 짐승들보다 더 나빠요. 그놈들이야 스스로도 어쩔 수 없어서 그렇다지만."

"말했잖냐, 나도 마찬가지야. 내가 전쟁에서 본 참상 너는 몰라. 얼마나 끔찍했는지."

"아버지에게 이야기한 독일군 죽이는 군인은 아저씨 본인 얘기죠?"

"아버지가 그 얘기 하시던? 그래, 나 맞다. 그걸로 한숨 돌렸지. 곧 더 이상 겁이 나지 않았어. 고향에 있을 땐 늘 겁에 질려 있었지. 우리 어머니는 나를 좋아하셨어. 정말 나를 좋아하셨지. 그리고 어머니는 자기 아버지가 자기를 범할 때 묶었던 것처럼 나를 묶기를 좋아했어. 어머니한테서 그걸 배웠지. 결박. 하지만 나는 묶이는 건 싫었어. 어머니는 좋아했지만. 난 묶는 쪽이 좋았어. 내가 도를 넘기 전까지 우린 꽤 괜찮은 팀이었어. 그게 아칸소에서 있었던 일이지. 나는 그래서 입대해서 전쟁터로 도망쳤고, 더 많이 죽이는 법을 배웠어. 즐기는 법을. 그리고 돌아왔을 때…… 음, 그게 긴장을 풀어준다는 걸 알게 됐지. 진짜야, 해리. 나도 어쩔 수가 없다니까. 아무래도 상관없는 사람들만 대상으로 하려 애썼어."

"어차피 아저씨에겐 누구든 상관없잖아요."

나는 말하며 밧줄을 칼로 썰었지만 별로 성과가 없었다.

"이러다 내가 베일 거 같아, 해리 오빠." 톰이 말했다.

모닥불이 타닥거리며 세실의 얼굴에 벌건 빛을 비추었다. 빗방울이 머리 위 무성한 가시덩굴 사이로 얼마간 스며들어 불에 떨어져 칙칙거리는 소리를 냈다. 세실이 말했다.

"너는 꼭 아버지 같구나, 안 그래? 저만 옳다 이거지."

"그런 거 같네요."

"우리 아빠가 아저씨 혼내줄 거야." 톰이 말했다.

사탕수수 칼은 날카로웠지만 다루기 힘들었고, 톰이 욕하며 자기를 풀어달라고 떠들어대기 시작했다. 나는 결국 사탕수수 칼을 던져버리고, 주머니칼을 꺼내 이로 물어 폈다.

세실이 내 쪽으로 다가왔다.

"더 가까이 오지 마요, 세실. 다리를 쏴버릴 테니까."

"고추를 쏴버려!" 톰이 소리질렀다.

주머니칼이 더 다루기 쉬웠다. 나는 마침내 밧줄을 끊었고 톰이 일어나 앉아 손목을 문질렀다.

"이제 괜찮아, 톰."

"저 사람 고추를 쏴버리면 괜찮아질 거야."

내가 일어나 산탄총을 들어올리자 세실이 움찔했다. 하지만 나는 그를 쏴버릴 수 없었다. 사람을 죽이도록 배우지 않았다. 다람쥐 사냥이나 낚시도 먹을 게 아니면 잡을 수가 없었고, 당연히 세실을 먹을 순 없었다.

그냥 내게는 냉정하게 사람을 쏠 수 있는 기질이 없었다. 물론 죽어 마땅한 사람이었지만, 아무리 애를 써도 차마 그럴 수가 없었다. 만약 내가 그의 무릎을 쏴서 움직이지 못하게 하고 아버지를 데리러 간다면, 천천히 피를 흘리다 결국 죽겠거니 했다. 산탄총알을 사람 살에 박는다는 생각에 정신이 없고 메스꺼웠으며, 상식을 잊고 말았다.

그를 어떻게 해야 할지 알 수 없었다. 그를 놓아주고, 아버지에게 말해서 추적해서 잡도록 하는 것밖에 방법이 없지 싶었다. 그를 묶으려 다가가면 도리어 내가 당할 게 뻔했고, 총을 겨눈 채 데려가려 하면 그가 뭔가 수를 써서 나를 제압할까 겁났다.

톰이 옷을 입고 있는 사이 나는 말했다.

"결국엔 벌을 받을 걸요."

"이제 말이 통하네."

"거기 그대로 있어요, 우린 갈 거니까."

그는 양손을 들어보였다.

"이제 좀 머리가 돌아가는구나."

"오빠가 못 쏘면, 내가 해." 톰이 말했다.

"가자, 톰."

톰은 내켜 하지 않았지만 터널을 지나 밖으로 나갔다.

"기억하렴. 우리 좋은 때도 있었어." 세실이 말했다.

"내 머리 이발해 준 것 말고는 아무것도 없고, 아저씬 어차피 애들 머리 자를 줄 몰라요." 나는 돌아서서 터널을 나왔다. "그리고 토비에게 한 짓을 생각하면 다리를 쏴버려야 하는데."

"저 사람이 토비를 해쳤어?" 톰이 말했다. "그 총 내놔."

톰은 총을 잡을 듯이 했고, 바로 그 순간 세실이 앞으로 나섰다. 나는 톰을 옆으로 떠밀고 산탄총을 들어올렸다.

"그냥 여기 뜨겠다고 했었잖아요."

그는 미소 지었다.

"그럴 거야, 해리. 그래도 사람이 노력하는 걸 뭐라 할 순 없지."

"뭐라고 할 수 있죠. 톰. 가!"

우리는 터널을 서둘러 지났고, 나는 한동안 그가 따라오나 귀를 기울이며 이따금 뒤돌아보았지만, 쫓아오는 기색도 모습도 없었다.

우리는 터널을 나와 첫 번째 시체가 발견된 나무를 지나서, 내가 보트를 끌어올려 둔 강가로 내려갔다. 숲으로 가면 잡힐 수도 있겠지만, 보트를 타고 하류로 가면 그가 우리를 추적하기 힘들 거라 짐작했다. 혹시 세실이 우리를 잡으려 들 경우의 얘기지만.

나는 그게 아니기를 바랐다.

강에 내려가 보니 내가 제대로 물가로 끌어올리지 못한 보트가 비에 불어난 물살에 쓸려가고 없었다. 저 멀리 빠른 속도로 떠내려가는 보트가 보였다.

"젠장." 나는 말했다.

"저거 모즈 보트야?" 톰이 물었다.

"강둑을 따라 흔들다리까지 가야겠어."

"먼 길인데." 세실의 말이 들렸다.

몸을 홱 돌려보니 나와 톰이 시체를 발견한 나무 옆 좀더 높은 강둑에 있었다. 나무 옆에 선 커다란 그림자로만 보였고, 나는 땅속에서 솟아난 새카맣고 악으로 가득한 악마를 떠올렸다. 어쩌면 세실은 방랑자가 아니라, 미스 매기가 말하던 바알세붑 본인일지도 모른다.

세실이 나무 뒤에서 나왔고, 달빛이 사탕수수 칼에 번뜩이자 나는 사신과 커다란 낫에 대해 읽은 이야기를 떠올렸다.

"갈 길이 멀어, 얘들아. 먼 길이지." 내가 산탄총을 겨누자 그는 나무 뒤로 숨고 말했다. "먼 길이야."

그를 죽였어야 했다는 걸 그제야 알았다. 아니면 최소한 사탕수수 칼을 빼앗거나. 이제 보트가 없으니 그는 숲에 숨어 우리를 따라올 수 있고, 우리는 그를 볼 수도 없었다.

나와 톰은 강둑을 따라 바쁘게 걷기 시작했고 세실이 우리 위쪽 강둑에서 움직이는 소리가 들리다가, 마침내 그의 소리가 더 이상 들리지 않게 되었다. 우리가 터널 근처에서 소리를 들었던 그날 밤하고 똑같았다. 그것도 아마 세실이었고, 누가 봐주기를 바라고 그렇게 나무에 매달아 놓은 자기 작품을 보러 왔던 게 아닐까 싶었다. 어쩌면 그가 막 볼일을 본 직후에 우리가 왔던 건지도 모른다. 우리를, 어쩌면 톰을 따라다니고 있었을까. 내내 톰을 원했을지도 모른다.

우리는 급히 걸어갔고 톰은 그동안 거의 내내 욕을 하면서 세실이 손가락으로 무슨 짓을 했는지 말했다. 그 모든 것에 나는 속이 메스꺼웠다.

"제발 닥쳐, 톰. 닥치라고." 톰은 울기 시작했다. 나는 멈춰서 한쪽 무릎을 꿇고 산탄총을 내 몸에 기대 세운 다음 양손으로 톰의 어깨를 잡았다. "미안해, 톰, 정말로. 나도 무서워. 우리 둘이 뭉쳐야 해, 알았지?"

"알았어." 톰이 말했다.

"이쪽 길로 가야 해. 나한텐 총이 있어. 세실은 아니고. 이미 포기했을지도 몰라."

"포기하지 않을걸, 오빠도 알잖아."

"계속 가야 해."

톰은 고개를 끄덕였고 우리는 다시 발걸음을 옮겼다. 이내 강을 가로지르는 흔들다리의 길고 검은 그림자가 보였고, 거센 바람에 다리는 앞뒤로 흔들리며 녹슨 경첩처럼 끼익거리며 신음했다.

"아래로 내려가서 강물을 걸어 건널 수도 있어, 톰, 하지만 내 생각엔 여기 다리로 건너야 할 거 같아. 그게 더 빠르고, 집에 일찍 갈 수 있어."

"무서워, 해리 오빠."

"나도 그래. 할 수 있겠어?"

톰은 윗입술을 빨며 고개를 끄덕였다.

"응."

우리는 다리가 시작되는 강둑으로 기어올라가 내려다보았다. 다리는 앞뒤로 흔들렸다. 그 아래 검은 물에서는 흰 물거품이 일었다가 작은 폭포 아래로 떨어져 더 넓고, 더 깊고, 더 느린 물길로 흘러들어 갔다. 하지만 그 비 오고 바람 부는 밤에는 그것마저 빠르게 흘렀다.

숲은 고요해 보였지만 뭐라 딱 잘라 말할 수 없는 것들이 가득했다. 이따금 빗발에도 불구하고 구름이 갈라지며 달빛이 우리를 비추었다. 빗발이 거세졌고, 오래지 않아 구름과 비뿐이고 달빛은 거의 없으리라는 것을 알았다. 그러면 설상가상이었다.

저번과 마찬가지로, 혹시 판자가 빠지면 톰이 알 수 있도록 내가 먼저 건너기로 마음먹었다. 발을 디디니 바람과 내 무게에 다리가 더 심하게 흔들려 하마터면 물에 빠질 뻔했다. 케이블을 잡으려 손을 뻗다가 산탄총을 놓아버렸다. 굉음과도 같은 물소리에 묻혀 아무 소리도 없이 총은 물에 빠져버렸다.

"총 잃어버렸잖아, 해리 오빠." 톰이 강둑에서 소리쳤다.

"이리 와, 케이블 꼭 붙들고." 톰은 다리 위에 발을 디뎠다. 다리가 격렬하게 흔들려서 또 떨어질 뻔했다. "살살 걸어야 해. 그리고 함께. 내가 한 걸음 떼면, 너도 한 걸음 떼고. 하지만 만약 판자가 빠지거나, 내가 떨어지면 너는 제때 알 수 있을 거야."

"오빠가 떨어지면 난 어떡해?"

"강을 건너가야지, 톰."

우리는 나아갔고, 아까처럼 심하게 흔들리지는 않아서 움직임을 맞출 수 있었다. 그래도 진도는 느렸고, 그냥 강둑을 따라 내려가다가 물이 얕은 데를 걸어 건너는 쪽이 나았을지도 모르겠단 생각이 들기 시작했다. 하지만 그 길은 어두웠고, 물 가까이까지 나무가 무성하니 세실이 우리를 덮치기 쉬웠을 것이다.

하지만 지금 이 다리에서 비바람 속에 천천히 나아가고 있자니, 다시 고려하게 되었다. 하지만 물론 돌아갈 순 없었다. 이제 중간까지 와서 앞으로 나아가나 뒤로 돌아가나 거리는 마찬가지였다. 그리고 이제 내겐 산탄총이 없었다.

나는 몸을 돌려 톰 너머 다리 저쪽을 쳐다보았다. 더 심각한 문제가 생길 것 같진 않았다. 곧장 집으로 향하고 계속 조심할 수밖에 없다고 마음먹었다.

이 모든 생각이 내 머릿속을 맴돌고 우리가 반대쪽 강둑에 도달할 즈음, 강둑에서 무슨 더미가 움직이더니 그 주위의 그림자도 함께 움직였다. 마치 작동 중인 조면기(목화에서 씨를 분리하는 기계 — 옮긴이)를 통과한 것 같은 꼴을 한 세실이 사탕수수 칼을 들고 시야에 나타났다.

그의 얼굴 표정이 다 말해주었다. 우리를 손에 넣은 것이다. 나는 어깨 너머로 톰을 돌아보았다. 톰의 표정은 무언가 나에게 해답을 기대하고 있었다.

나는 혹시 되돌아갈 수 있을까 생각했지만 그런 결정을 내리기 전 세실을 돌아보았고, 그가 사탕수수 칼을 자기 옆 바닥에 꽂는 것을 보았다. 단단한 땅 위에 서서 그는 흔들다리를 고정한 케이블 양쪽을 붙들고 말했다.

"내가 너희보다 먼저 왔지. 서둘러 내려가 얕은 데서 강을 건넜어. 너희도 그렇게 했어야 하는 건데 말이야. 그리고 기다렸지. 이제 너와 톰은 물에 빠지게 될 거야. 이러고 싶진 않았다만, 일이 그렇게 되었구나. 알지? 내가 원한 건 톰뿐이야. 지금 당장 톰을 이리 넘겨, 네 옆을 지나 다리를 건너게 해라, 너는 가도 돼. 네가 집에 도착할 즈음이면 나와 톰은 길을 나섰을 테고, 나는 여기를 뜰 거다. 내가 할 수 있는 제안은 그것뿐이야, 해리."

"뭘 하다 말고 중간에 손을 떼면 아무것도 안 되죠."

세실은 케이블을 꽉 붙들고 흔들어댔다. 다리가 발 아래에서 흔들렸고 발이 공중에 붕 떴다. 두 팔로 감싸고 있는 케이블 한쪽만이 나를 지탱해 주고 있었다.

나는 톰을 홱 돌아보았다. 톰은 다리 판자에 매달려 있었다. 썩은 나뭇조각이 갈라지고 달빛 속에 나무 부스러기가 튀는 게 보였다. 톰의 발은 허공에 대롱대롱 매달려 있었다. 판자가 삐걱거렸다. 톰이 신음했다. 다리는 바람결에 한숨짓고 녹슬고 오래된 케이블은 장화 발에 짓밟혀 천천히 죽어가는 쥐처럼 끽끽거렸다.

세실이 다시 케이블을 흔들었다. 나는 꽉 잡고 매달렸고 발이 홱 떴다. 몸을 일으켜 판자에 다시 발을 디디려 했지만, 다리는 기울어 졌고 바람에 흔들거리는 케이블을 아무리 잡아당겨 봐야 그냥 나와 함께 비스듬하게 될 뿐이었다.

톰이 매달려 있는 판자는 부러지진 않았고, 그저 더 많은 부스러 기를 흩날렸다. 톰은 다리 아래쪽 케이블에 나사로 고정된 가느다란 나뭇조각이나 다름없는 것을 붙들고 있었다.

세실을 돌아본 나는 또 다른 형체가 그늘에서 튀어나오는 것을 보았다. 커다란 체구에, 뿔 같은 것이 머리에 달려 있었다.

모즈의 아들, 텔리.

텔리는 세실의 목덜미를 낚아채 뒤로 확 끌어당겼다. 세실은 빙글 돌아 벗어나서, 그의 배를 쳤다. 그들은 서로 팔뚝을 붙잡고 잠시 드잡이질을 하며, 밀고 당겼다.

세실이 풀려났고, 그 와중에 소매가 좀 떨어져 나갔다. 그는 사탕수수 칼을 홱 들어 올려 텔리의 가슴에 휘둘렀다. 텔리는 고함소리를 내뱉고는 세실에게 달려들었고 두 사람은 다리 위로 넘어졌다.

그들이 쓰러진 순간, 판자들은 쪼개지고 다리는 격하게 흔들렸다.

부러지는 소리가 나고, 그에 이어 끼익 소리와 함께 케이블 하나가 끊어져 채찍처럼 휙 날아올라 갔다가 물에 떨어졌다.

세실과 텔리는 우리를 지나쳐 사빈 강으로 첨벙 빠졌다. 톰은 한동안 다리 판자에 대롱대롱 매달려 있었지만 그게 쪼개지기 시작했고, 그게 다 부서지기 전, 남아 있던 케이블도 끊어지면서 우리는 그들 뒤를 따라 급류로 추락했다.

* * *

나는 물 속 깊이 빠져들었다가 콜록거리며 수면으로 떠올라, 톰과 부딪혔다. 톰은 소리를 질렀고 나는 동생의 셔츠 목깃을 잡았다. 물이 다시 우리를 집어삼켰다. 나는 톰의 옷깃을 꼭 붙든 채 물 위로 올라가려 발버둥쳤다. 수면 위로 나와보니, 세실과 텔리는 서로 뒤엉킨 채 사빈 강의 작은 폭포들 아래 더 깊고, 잔잔한 물로 떨어지고 있었다.

그러다 우리 역시 폭포의 일부가 되었고, 그 아래로 떨어지자 물이 우리 위로 쏟아져 나는 톰의 셔츠 목깃에 단단히 매달렸다. 잠깐 의식을 잃은 느낌이었다가, 다시 물 밖으로 나오며 밤 공기에 닿는 충격에 정신이 났다.

나는 톰을 꼭 붙들고, 물가 쪽으로 헤엄치려 애썼다. 젖은 옷과 무거운 신발, 그리고 피곤한 몸에 그 빌어먹을 물살 때문에 힘들었다.

톰은 전혀 도움이 되지 않았다. 축 늘어져서 물이 당기는 대로 끌려가고 있었다. 몇 번이나 해내지 못할 거라고, 아니 그보다 나 살자고 톰을 놓아버릴지도 모른다는 생각이 들었지만, 나는 손아귀에 감각이 없을 때까지 동생에게 매달렸다.

마침내 발에 모래와 자갈이 닿았다. 나는 톰을 끌고 허우적허우적 강가로 물을 헤치고 나아갔다. 무릎을 털썩 꿇었다. 톰은 몸을 굴려 토했다.

나는 앞으로 풀썩 쓰러져 돌아누운 다음 서늘한 공기를 들이켰다. 머리가 빙빙 돌았다. 문득 나는 비가 그쳤음을 깨달았다.

나는 고개를 들어 강을 바라보았다. 달은 비구름들을 떨치고 사빈강을 비추어, 뜨거운 프라이팬 위에 녹기 시작한 기름처럼 반짝거렸다. 세실과 텔리가 서로 붙들고 있는 것이 보였으며 이따금 상대를 치려 손이 올라왔고, 그들 주위를 둘러싼 무언가 다른 것이, 달빛 아래 번들거리는 은색 덩어리 십여 개가 있었다.

세실과 텔리는 그 물뱀 무리 속으로 흘러들어 갔던 것이다. 그놈들을 건드려버렸다. 마치 물에서 채찍이 날아와 그 두 사람을 연신 후려갈기는 듯했다.

그들은 서로 몸싸움하며 강줄기가 휘어져 진흙물이 흐르는 곳으로 떠내려갔고, 덤벼드는 물뱀들이 그들과 함께했다. 완전히 시야에서 사라지기 전 구름이 다가와 달을 가렸고 강 위로 드리워진 나무 그림자 속에서 그들은 완전히 보이지 않게 되었다.

* * *

간신히 기운을 내서 일어나고서야 나는 신발 한쪽을 잃어버렸음을 깨달았다. 나는 톰을 잡고 강둑 더 위쪽으로 끌어올렸다. 우리는 잠시 누워 기운을 차렸다.

마침내 걸어갈 만큼 힘이 나는 것 같아서 우리는 길로 이어지는 숲 틈새로 비틀비틀 향했다. 신발 잃은 한쪽 맨발은 디딜 때마다 뭔가에 찔렸다.

전도사 길에 도착하자, 나는 걸음을 멈추고 앉아서 발에 박힌 것들을 가능한 한 뽑아냈다. 다른 한쪽 신발을 벗고, 우리는 집으로 걸어가기 시작했다. 비가 이제 제대로 쏟아지고 있었고, 전혀 수그러드는 기색이 없었다. 달빛도 없고, 캄캄한 어둠과 빗속에서 진흙탕 길을 제대로 따라가기가 어려웠다.

한참 걸렸지만, 집에 가까워지자 마당에서 우리 이름을 부르는 어머니 목소리가 들렸다.

우리를 보자 어머니는 안도감에 외침소리를 내고는, 젖은 머리카락이 얼굴에 다 흘러내리고 잠옷은 새틴 장갑처럼 몸에 찰싹 달라붙은 채 우리에게로 달려왔다.

* * *

우리가 그날 밤 도착했을 때, 아버지는 우리를 찾으러 숲으로 나갔고, 할머니는 놀라 몸져누워 있었다. 죽은 줄로만 생각했던 토비는 집에서 어머니가 만들어준 임시 침상에 있었다. 어머니는 또한 토비의 머리에 붕대도 감아주었다. 어머니는 토비를 영웅이라고 했다. 우리를 보곤, 불쌍한 토비는 간신히 꼬리를 움직여보였고, 몇 번 짖어 반갑다는 시늉을 했다.

동틀 때가 거의 다 되어, 비에 쫄딱 젖고 지친 아버지가 돌아와, 식탁에 앉아 어머니와 할머니에게 그동안 겪은 일을 말하는 우리를 발견했다. 우리가 아버지에게 달려가자 아버지는 무릎을 털썩 꿇고, 우리 둘을 품에 안고 울기 시작했다.

* * *

다음날 아침 모래톱에서 세실이 발견되었다. 물을 먹고 뱀에 물려 퉁퉁 부어올라 있었다. 목이 부러져 있었다고 아버지가 말했다. 텔리가 뱀에게 물리기 전 그를 해치운 것이다.

텔리는 강둑 옆 나무뿌리에 팔이 걸리고 발은 넝쿨에 칭칭 휘감긴 채였다. 사탕수수 칼에 베인 가슴과 옆구리 상처가 벌어져 있었다. 아버지 말로는 그 처량한 낡은 밀짚모자가 여전히 머리에 씌워져 있었다고 했다. 어쩌다 보니 머리카락이 모자에 뒤엉켰고, 뿔처럼 보였던 부분이 물에 젖어 그의 눈을 가렸다.

나는 염소 인간이, 텔리가 무슨 생각이었을까 궁금했다. 그는 톰을 구할 수 있게 나를 인도해 주었지만, 세실을 막으려는 데는 나서지 않았다. 어쩌면 겁이 났는지도 모른다. 하지만 다리 위에서 세실이 우리를 해치려 들자, 그는 세실에게 달려들었다.

우리를 도와주고 싶어서였을까, 아니면 그저 이미 거기 있었던 참이고 겁이 나서였을까? 이제는 알 도리가 없다. 나는 그동안 내내 저 숲 속에 살았던 불쌍한 텔리 생각을 했다. 그 아버지는 머리에 이상이 있는 아들이 혹 사람들에게 이용이라도 당할까 비밀로 하고 오직 자기만 아들이 거기 있다는 걸 알고 지냈던 것이다.

그후 이틀 동안, 나는 이제 할머니 방이 된 우리 옛날 방에 누워서 여기저기 찔린 발의 상처를 보살피고 기력을 회복하면서, 톰이 당할 뻔했던 일을 생각하며 기억을 되살렸다.

어머니는 그 이틀 동안 우리 곁에 있으면서, 수프를 끓일 때만 자리를 비웠다. 아버지는 밤에 우리 곁을 지켰다. 내가 아직도 흔들다리에 있는 줄 알고 겁에 질려 깨어나면, 아버지가 미소 지으며 머리를 쓰다듬어주었고, 그러면 나는 다시 누워 잠들었다.

낮 동안에 아버지는 헛간 한쪽을 헐어 그 판자로 슬리핑 포치에 벽을 만들었다. 이제 누구든 밖에 노출된 상태에서 잔다는 게 마음이 놓이지 않을 거라고 말했다. 옛날 포치가 그립긴 했지만, 아버지가 한 조치가 최선이었다. 다시는 거기 밖에 누워 편안히 잘 수 없을 터였다.

판자 뜯어낸 헛간을 다시 고치기까지는 거의 이 년이 걸렸다.

여러 해 동안, 아칸소에서 오클라호마, 텍사스 북부에 이르기까지 여러 지역에서 그런 살인사건이 있었다는 것을 여기저기서 주워들어 알게 되었다. 그 당시엔 아무도 그게 한 살인자의 소행이라고 점찍지 못했다. 당시의 사법기관들은 요즘처럼 돌아가지 않았다. 연쇄살인자의 본성에 대해 알려지지 않았었다.

이제 그 1930년대의 그 오래된 사건에 대한 이야기는 다 끝났다.

에필로그

짧은 후일담. 이 사건의 마무리로부터 대략 육 개월 후에, 아버지의 지인인 지미 세인트 존이라는 사람이 희한한 것을 발견했다. 흥미롭게도, 레드의 차가 버려져 있던 곳 근처였지만, 너구리 사냥을 하다가 손전등을 떨어뜨리고 그게 떨어진 강둑을 기어 내려갔다가 나무들 틈을 발견하고 우연히 딱 맞는 각도로 올려보았던 덕에 찾게 된 것이다.

뭔지 꼭 타르 인형처럼 보였다. 타르를 바른 허수아비 같은 것이 강 위로 드리워진 나뭇가지에 밧줄로 매달려 있었다.

다음날 그는 우리 아버지에게 그 이야기를 했고, 아버지는 차를 몰고 거기로 가보았다. 나는 당시에 전부 다 듣지는 못했지만, 다년간 여러 가지 사실을 취합해 꿰어맞추었다.

타르가 두껍게 발리고, 눈은 뜬 채였지만 물론 그 안은 텅 비어 벌레가 가득 차 있는 시체가 밧줄로 나뭇가지에 목매달려 있었다. 아버지는 그 남자가 나뭇가지에 밧줄을 걸고, 자기 목에다 감은 다음 강둑에서 몸을 던졌다고 했다. 도대체 그런 식으로, 그런 일을 저지를 수 있게 결심하게 된 일이 무엇이었을까 궁금하다고 했다.

내 생각엔 아버지 역시 그 암울하던 시기에 자살을 고려했을 것 같지만, 그런 식으로, 그렇게 외롭고 괴상한 방식으로 실행한다는 건……

그곳에는 커다란 타르 통 두 개가 불 피운 자리 잿빛 재 위에 놓여 있었다. 깡통은 검게 그을리고 뚜껑은 열려 있었으며, 타르가 묻은 납작한 판자가 있었다.

아버지는 남자가 타르를 데워 그 펄펄 끓는 것을 자기 몸에 바르고는 강가에서 목을 맸다고 결론 내렸다.

아버지는 이제 신뢰하게 된 틴 선생에게 시체를 가져갔고, 의사는 최선을 다해 시체를 씻어냈다. 피부 상당 부분이 타르 덕분에 보존되어서, 페인트 세척액이며 그런 것들을 동원해서 타르를 걷어내고 나니 한쪽 팔에 직접 문신한 여자들의 이름을 쉽게 알아볼 수 있었다. 나는 아버지에게 어머니 이름이 정말로 거기 쓰여 있었는지 묻지 않았지만, 나름의 의심은 갖고 있었다.

가슴 한복판에는 새로 새긴 조잡한 문신이 있었다. **깜둥이.**

아버지는 이런 식으로 추론해 엮었다. 레드는 미스 매기를 어머니처럼 사랑했지만, 그녀가 자기 친모임을 알게 되자 이성을, 삶에서의 방향을 잃어버렸다. 불쌍한 흑인 여자를 돌보는 선량한 백인 남자가 아니라, 그 자신이 흑인인 것이었다. 그는 친아버지인 모즈를

413

구하려 했지만 그게 실패하고, 자신이 속아 살아 왔다고 결론짓고 미스 매기에게 갔다. 어쩌면 다 장난이라고, 뭐 그런 거라고 그녀가 말해주리라 생각했을지도 모른다. 진실은 알 수 없다. 어쩌면 레드는 자신이 백인이 아님을 아는 사람을 처치해야 한다고 마음먹었을지도 모른다.

이 또한 우리는 알 수 없다. 하지만 정체성에 대한 진실에, 자신이 저지른 짓에 대한 죄책감에 그는 가슴에 새긴 거친 문신, 뜨거운 타르, 그리고 천천히 목을 졸리는 죽음으로 스스로를 고문했던 것이다.

어쩌면 KKK단의 소행일지도 모른다. 레드가 흑인이고 거의 십여 명의 백인 여자 이름을 팔뚝에 새겨놓았음을 알게 돼서 그랬을 수도 있다. 아니면 레드가 모즈를 구하려고 했던 것을 알아내서 그랬을지도 모른다.

확실히 알아낼 방도는 없다. 인생은 그런 것이다. 할머니가 읽던 추리소설과는 다르다. 모든 게 딱 맞아떨어지진 않는다.

모즈의 낡은 오두막에 있던 연필로 색칠한 그 사진처럼.

그건 무엇이었을까?

모즈가 그랬을까?

아들 사진이 없어서, 오래 전에 세상을 뜬 아내의 사진과 함께 두려고 만들었을까? 자신에게 아들이 있었음을 기억하기 위해 색칠했을까?

아니면 세실이 거기 가져다 놓았을까?

이유가 뭔진 몰라도 그는 시체에다가 작게 말은 신문 조각들을 집어넣고, 시어스 앤드 로벅 카탈로그에서 잘라낸 사진들을 늘어놓기를 좋아했다. 그것들을 희생자들과 함께 남겨두었다. 모즈를 어떤 식으로든 자신의 희생자라고, 자기 범죄로 인해 벌을 받았다고 여겼을까? 시체에 종이를 놓을 기회가 없었기에, 오두막에다 두었을까?

그리고 그 다른 종잇조각들은 뭐였을까? 여자 사진들은? 그 사진들 때문에 자신이 그런 짓을 하게 되었다고 탓했을까? 욕정과 살인?

한동안 여기 요양원에 은퇴한 정신과 의사가 있었는데 그가 뇌졸중으로 세상을 뜨기 전, 그 시절 이야기를 들려주고 그 종잇조각에 대해 물었다. 그는 확답은 할 수 없지만, 여자들에 대한 기사 스크랩이었을지도 모른다고 했다. 여자들과 관련된 범죄.

그는 여러 가지 가능성이 있지만 그 어떤 것도 진짜 답은 될 수 없다고 했다.

당시 나는 그게 뭔지 알 수 없었다. 그리고 지금도 모르기는 마찬가지다.

이제 말할 게 별로 없다. 그저 일반적인 일 몇 가지. 나는 한동안 영웅이 되었다가, 상황이 정리되고 다른 사람들과 마찬가지로 살아갔다.

마침내 학교 선생님을 구했고, 오래지 않아 몇 분을 더 모셔와 우리는 정규 수업을 받았다. 나는 10학년까지 다 마쳤다. 톰도 학교를 마쳤고, 몇 년 후 대학까지 갔다.

하지만 저지대에서의 그날 밤 이후로, 할머니는 온전히 회복하지 못했다. 불안감이 할머니를 늙게 하고 심장을 망쳐놓은 듯했다. 그룬 씨를 좀 만났지만 그걸로는 낫지 않았다. 할머니는 몸이 안 좋아져서 일 년 정도 병상에 누워 있다가, 어느 날 아침 그냥 일어나지 않게 되었다.

그뒤 우리는 아버지가 시내에 산 5에이커의 새집에서 살았다. 그곳엔 이미 작은 묘지가 있었는데, 오래 전 죽어 잊힌 어느 집안 가족 묘였지만, 집주인이 존중하는 마음에서 그냥 내버려두었다. 우리도 똑같이 했다. 할머니는 거기 커다란 떡갈나무 아래 묻혔고 그 나무는 아직도 있다. 최소한 내가 아직 거동할 수 있던 십 년 전쯤 가봤을 때까진 있었다. 묘는 무너지고 흙과 함께 섞였다. 바로 할머니가 원했던 대로, 벌레들에게 먹혀서 텍사스 동부 전체로 퍼져나간 것이다.

토비도 그곳 어딘가에 묻혔다.

내가 이야기한 사건 이후로, 토비는 오 년 정도 더 살았다. 새집의 안팎을 마음대로 돌아다녔다. 어느 날 아침 아버지가 볼일을 보라고 토비를 풀어주었다. 토비는 절름절름 계단을 내려가 시야에서 사라졌다. 밤이 되도록 돌아오지 않았다. 다음 날 아침 어머니가 할머니 묘에서 멀지 않은 곳에서 죽은 토비를 발견했다.

우리 옛날 집은 아버지가 팔았다. 거기서 더 이상 농사를 지을 수가 없었고, 이발소 가까이로 이사 가고 싶어했다. 모즈의 무덤은 나무와 잡목 사이로 사라졌고, 지금은 주차장과 신용금고가 들어섰다. 마치 그가 존재한 적도 없었던 것만 같았다.

아버지는 경관 일을 그만두었다. 어차피 그 일을 잘하지도 못했다. 전업 이발사로 돌아섰고, 점차로 경기가 좋아지고 아버지 형편도 나아지다가 암에 걸렸다. 다행히 고생 않고 빨리 세상을 떴다. 예순두 살이었다. 어머니는 마치 아버지가 부르기라도 한 듯 그 뒤를 따랐다.

416

톰은 1969년에 음주운전 차량에 치여 죽었다. 우리 어머니만큼이나 사랑스러운 여성으로 자라났고, 유치원 선생이 되었다. 남편은 쓰레기였다. 그놈은 톰이 임신했을 때 도망쳤고, 그 뒤로 거의 소식을 듣지 못했다.

톰은 쓸모없는 아들자식을 마약 중독 치료를 받게 하려 휴스턴에 데리고 가다가 사고를 당했다. 정면충돌이었다. 톰은 현장에서 즉사했다.

아버지의 이름을 따서 제이콥이라고 이름 지은 조카는 머리에 멍 하나 들고 말았고, 회복해서는, 여러 명의 여자를 임신시키고, 마약과 알코올 중독자가 되어 여러 사람들의 인생을 고되게 하고, 마침내 차라리 다행스럽게도, 1975년에 약물 과용으로 삶을 마감했다.

틴 선생과 부인은 60년대쯤에 휴스턴으로 이사 갔다. 우리는 사실 서로 그렇게 연결점이 많지 않았다. 그후로 다시는 그들을 만나거나 소식을 듣지 못했다.

패피 트리섬의 아들 루트는 1939년에 KKK단에게 거세를 당하고 불에 타 죽고 말았다. 패피가 죽고 카밀라가 뇌졸중으로 쓰러져 운신을 못하게 되자, 루트는 혼자 지내게 되었고 그렇게 무해한 존재가 아니었음이 밝혀졌다. 흑인 여자애들 대여섯 명을 강간했지만 어떤 조치도 취해지지 않았는데, 백인이나 흑인이나 다들 그 여자들이 자초한 일이겠거니 했기 때문이었다. 난 어째서 그들이 자초했다는 건지 모르겠다. 그들은 여자고 그는 남자였으며 그가 자기 욕심을 채우고 싶었다는 것 말고는.

마침내 루트는 백인 사회의 시각에서 보면 흑인 여자들 강간보다

417

더 큰 잘못을 저질렀다. 어디서 어떤 상황이었는지는 모르지만, 백인 여자에게 자기 것을 노출했고, 그걸로 끝났다. 아버지는 루트의 정신연령이 다섯 살 정도일 거라고 했다.

네이선 노인은 술에 취해 살며 내내 말썽을 저질렀다. 그래도 그 대가를 치르진 않았다. 여든 살이 넘도록 살다가 잠자다 죽었다.

그의 아내는 진작 도망쳤고, 아들 둘은…… 어떻게 되었는지 나는 정확히 모르겠다. 그들은 떠났다. 한 명은 낚시 중 사고로 죽었다 들었지만 정말인진 모르겠고, 둘 중 누구였는지도 모른다.

스티븐슨 선생은 어찌 되었는지 기억에 없다. 어느 날 보니 없었고, 테일러 선생이 그 자리를 대신했다. 나는 스물두 살 때 마블 크릭의 첫 번째 법 집행관이 되었다. 그전까지는 지역 경관만 있었는데, 이제 마을이 좀 커져서 전담 집행관의 필요성이 대두되었다.

2차 대전이 터졌을 때 나는 입대 신청을 했지만 받아들여지지 않았다. 몇 년 전, 밭을 갈고 있던 중에 말벌에 쏘인 샐리 레드백의 뒷발질에 그만 뺨 옆쪽을 차여 오른쪽 눈을 상했다. 작은 흉터만 남고 회복되었지만, 시력에 영향이 가고 말았다. 나는 소총 사격을 할 수 없을 거라는 판정을 받았다. 나는 왼손 사격을 할 수 있다고 설명하려 했지만, 당시엔 병사가 모자라지 않았기에 결국 나는 고향에 남게 되었다.

법 집행관으로서의 임무 수행 과정에서 나는 엘리너 피글이라는 사랑스러운 아가씨를 만났다. 그녀는 가족들과 캘리포니아를 떠나 마블 크릭에 정착하게 되었다. 그들은 캘리포니아에서 약속의 땅을 찾지 못하고, 오클라호마에서 모래바람을 피해 텍사스 동부로 왔다.

테일러 선생은 우리 아이 둘을 받아주었고, 십일 년 전 엘리너의 사망 선고를 내려주었다. 엘리너의 심장이 버티지 못하고 말았다.

큰아들 제임스는 자라서 베트남으로 싸우러 갔다. 그곳에서 죽었다. 둘째 윌리엄은 법대에 갔고 잘 살고 있다. 내 요양원 비용을 많이 도와주었다. 둘째는 나를 휴스턴에 있는 자기 집으로 데려갔고, 이후 내가 너무 짐이 된다 하자 여생을 마칠 요양원을 찾아주었다. 아들은 별로 내켜 하지 않았지만, 솔직히 나는 이쪽이 더 낫다.

가족들은 일주일에 두 번 나를 만나러 오고, 내가 보고 싶다 하면 더 자주 온다. 며느리 코린은 내게 딸 같고, 손자들은 잘 자랐다.

하지만 시간은 사람을 시들게 한다. 아들과 며느리, 손자들을 사랑하지만, 여기서 몸뚱이에 튜브를 꽂은 채 으깬 콩과 옥수수, 고기랍시고 주는 끔찍한 것들을 오래 전 죽은 아내를 닮은 예쁜 간호사가 먹여주기만을 기다리며 누워 있고 싶은 생각은 추호도 없다.

그래서 나는 이제 그 시절의 기억과 함께 눈을 감는다. 나쁜 일들은 좋았던 일처럼 기억에 담아둘 만한 게 아니다. 잠이 들면 나는 숲과 사빈 강 옆에 있던 작은 옛집에 돌아가 있다. 귀뚜라미와 개구리 소리가 들리고 달은 휘영청 밝고 밤 공기는 서늘하다. 나는 어리고 튼튼하며, 생기로 가득하다.

눈을 감고 그곳으로 갈 때마다 난 깨어날 때면 이 세상이 아니기를, 어머니와 아버지, 톰과 할머니, 어쩌면 모즈와 염소 인간 그리고 착한 우리 토비가 기다리고 있는 세상이 나를 맞이하기를 바란다.

〈끝〉

419

옮긴이 | 박미영

이화여자대학교 영어영문학과를 졸업한 후 KBS 방송아카데미 영상번역작가 과정을 수료했다. 옮긴 책으로 『프레서스』, 『셜록의 제자』, 『바람과 그림자의 책』, 『뉴욕 미스터리』 등이 있다.

밑바닥

1판 1쇄 찍음 2016년 8월 26일
1판 1쇄 펴냄 2016년 9월 2일

지은이 | 조 R. 랜스데일
옮긴이 | 박미영
발행인 | 김세희
편집인 | 김준혁
펴낸곳 | 황금가지

출판등록 | 2009. 10. 8 (제2009-000273호)
주소 | 06027 서울 강남구 도산대로 1길 62 강남출판문화센터 5층
전화 | 영업부 515-2000 **편집부** 3446-8774 **팩시밀리** 515-2007
홈페이지 | www.goldenbough.co.kr

㈜민음인은 민음사 출판 그룹의 자회사입니다.
황금가지는 ㈜민음인의 픽션 전문 출간 브랜드입니다.